W0403923

# A GIRL, UNBROKEN

EIN KUSS AUS RACHE, BLUT UND LIEBE

MILA OLSEN

Deutschsprachige Erstausgabe April 2020
Copyright © 2020 by Mila Olsen
Alle Rechte vorbehalten.
Handlungen und Personen im Roman sind frei erfunden. Ähnlichkeiten mit lebenden oder verstorbenen Personen sind rein zufällig.
Uta Maier, Apfelstraße 7a, 69517 Gorxheimertal
Lektorat: Anne Paulsen
Korrektorat: Jürgen Müller
Plotredaktion: Anna Milo
Umschlaggestaltung: Marie-Katharina Wölk www.wolkenart.com unter Verwendung von Motiven von © shutterstock
Satz: Uta Maier
ISBN: 9798711051244

*Für dich, lieber Leser und liebe Leserin,*
*falls du die griechischen Namen der Besatzung nachschlagen möchtest,*
*findest du sie am Ende des Buchs unter:*
*Zum Nachlagen*

# Kapitel 1

Manchmal braucht es nur einen Atemzug, und die ganze Welt dreht sich. Ich wartete auf den Schlag von Pan, und in meinem Kopf explodierten hundert Erinnerungen zur selben Zeit, ein buntes Feuerwerk aus Momenten. Ich sah mich auf meiner Geburtstagsfeier, in meinem gelben Sahnebaiser-Kleid, das Telefon ans Ohr gepresst; ich sah mich an Bord der Agamemnon, gefesselt und blind in meiner Zelle sitzend. Ein tiefblauer Knall und in diesem Blau die weiße Geistererscheinung meiner Mom. *Ich bin das Vögelchen.* Ich sah Nathans meergraue Augen und das Armband, das er mir geschenkt hatte. *Möchtest du es zurück, Will?* Unser Kuss im Sturm. Moms Ring, der verloren war. Sparta und das Fischernetz. So viele Bilder innerhalb eines Atemzugs.

Ich war nie mutig gewesen. Und auch nie tapfer. Und doch hatte ich mein Leben für das von Dad riskiert. Deswegen stand ich jetzt hier. An Bord dieses Kutters, zwischen Männern, die sich griechische Namen gegeben hatten. Zwischen Troja, dem Skater-Boy; Ikarus, dem Zauberer; dem stierköpfigen Taurus; Sparta, dem Verräter; Ilias, Pans Zwilling; den Hobbits und so vielen anderen. Auch ihre Gesichter waren nur ein buntes Aufblitzen in meinem Geist. Mehr Ahnung als Wirklichkeit. Und dazwischen Isaac. Immer wieder Isaac. Er wartete auf Pans Schlag. Sie warteten alle.

Ich blinzelte. Sah ihn vor mir stehen mit seinen dunklen Augen und den schwarzen Medusalocken. »Bitte nicht, Pan«, wisperte ich noch. Dann wurde mein Körper von einer gewaltigen Kraft erschüttert, ich schrie, aber ich fühlte keinen Schmerz, sondern stürzte zusammen mit Maury aufs Deck. Mein Kopf krachte auf die Planken, und für wenige Sekunden war mir, als würde ein schwarzer Schleier vor meinen Augen wehen, und ich nahm die Welt davor nur noch getrennt von meinen Gefühlen wahr.

Ich sah Pan, der sich schattengleich über mich beugte und wieder aufrichtete, ich hörte Schüsse in meiner Nähe, direkt über mir, doch ich fühlte nichts. Hatte Pan geschossen?

Wie in Trance wand ich mich aus den Armen des niedergestreckten Maurys, starrte auf die lange Narbe in dessen Gesicht und richtete mich auf. Stand da wie zum Abschuss freigegeben. Blinzelte in eine Welt, die wie in Zeitlupe und rasend schnell an mir vorbeiflog. Ein Mann, der zuvor auf den Pollern gestanden hatte, lag am Boden, den anderen riss Nathan mit der Mündung der Glock nach unten. Ein Schuss löste sich, und Isaac wich zurück.

Ich fühlte nichts. Nicht einmal Furcht.

»Willa!« Nathan rannte auf mich zu, aber ich konnte mich nicht bewegen. Entschieden packte er mich und zog mich mit sich wie ein tosender schwarzer Sturm. Wieso war er überhaupt frei? Wie hatte er das geschafft?

»Nicht schießen!«, hörte ich Isaac rufen, im selben Atemzug sah ich Pan und Ikarus über die Reling springen.

Ich kam mir vor wie in zwei Welten, meiner inneren und der im Außen. Ilias lag am Boden und rang mit einem Mann in dunkelgrünem Overall, dessen Waffe davongeschlittert war. Reflexhaft sprang ich mit Nathan über ihn, und im nächsten Augenblick flogen wir durch die Anlegestelle für die Gangway, die schmale Öffnung in der Reling, nach unten.

Es ging zu schnell, ich konnte nicht einmal schreien. Schwarze Wellen brachen über meinem Kopf zusammen, ich schluckte Wasser und schlug mit den Armen, doch eine starke Hand fasste meinen Oberarm und zog mich hinauf auf einen festen Untergrund. Für Sekunden wusste ich nicht, was passierte, erst als der Motor aufheulte, begriff ich, dass Nathan mich auf den Rand des Speedboots gezogen hatte. Pan ragte über mir auf und feuerte mit einem Revolver Richtung Himmel, Nathan löste den Knoten der Festmacherleine, während Ikarus am Hecksteuer hantierte.

»Gib Gas!«, schrie Nathan und warf die Leine ins Wasser, danach zog er mich vollständig ins Boot und hielt mich fest, während wir über das dunkle Meer schossen, weg von der Agamemnon, aus der Reichweite ihrer Schusswaffen.

»Wartet!«, rief er dann, als wir schon ein gutes Stück gefahren waren. »Was ist mit Stanton? Wir können ihn nicht im Wasser zurücklassen.«

Ikarus drosselte das Tempo, und aus sicherer Entfernung sah ich die Lichter des Kutters in der Nacht leuchten.

»Stanton ist Sparta«, murmelte ich vor mich hin. *Artig, gewiss manchmal ein wenig seltsam, leicht zu lenken.* Worte ohne Sinn tanzten in meiner Leere. Die Agamemnon erschien mir von hier so winzig. Ich sah Schemen der Männer, die gespannte Ankerkette und spürte immer noch nichts. Es war, als hätte ein schwarzes Loch meine Gefühle geschluckt.

»Fahren wir ein Stück zurück. Er kann den Rest schwimmen«, schlug Ikarus vor. Ich schüttelte mechanisch den Kopf, aber keiner nahm Notiz von mir.

»Das schafft er nicht.« Nathan, der neben mir ganz vorne auf dem Boden saß, lehnte sich über das Wasser und rief nach Stanton. »Stell den Motor aus«, sagte er irgendwann zu Ikarus.

Die Stille war unheimlich. Sie war wie das schwarze Loch in mir, aus dem jederzeit ein neuer Schrecken aufsteigen konnte. Eine neue Erinnerung, ein Ungeheuer aus der Tiefe. Ein Teil von mir wollte nicht, dass Sparta an Bord kam, der andere wusste, er würde es ohne uns nicht schaffen. Wir mussten ihm helfen.

»Was ist mit dem Floß?«, hörte ich mich fragen und war mir fremd.

»Ist wieder auf Deck!« Nochmals rief Nathan nach Stanton, wieder blieb es totenstill, so wie nach dem Untergang der Titanic.

»Er schon ertrunken?«, fragte Pan zögernd.

»Nicht so schnell. Nicht Stanton. Er ist ein Kämpfer.« Nathan friemelte sein Handy aus einer Reißverschlusstasche, schaltete die Taschenlampenfunktion an und ließ den Strahl über das Wasser gleiten. Es musste ein neues Modell sein, wenn es den Sturz in den Atlantik unbeschadet überstanden hatte.

*Ob er das auch gestohlen hat? Er kann sich das doch gar nicht leisten? Ist das jetzt nicht sowieso völlig egal?*

Blinzelnd sah ich auf die See.

»Was, wenn Isaac losfährt?«, hörte ich Ikarus vom Heck her fragen.

Nathan leuchtete stoisch weiter über das Wasser. »Das dauert. Der Kutter ist träge, außerdem hat er niemanden, der die Agamemnon wirklich steuern kann.«

Ich saß da und hörte ihre Worte, aber nichts erreichte mich. Nicht die Kälte meiner klatschnassen Klamotten. Nicht einmal das Pulsieren in meinem Kiefer oder das Brennen meiner Wangen und Lippen, das ich erst jetzt wieder wahrnahm. Unermüdlich flossen Rinnsale des Atlantikwassers über mein Gesicht, fast als würde ich weinen.

»Da hinten!«, rief Nathan plötzlich.

Im Schein der Lampe erkannte ich zwei Köpfe, die aus dem Wasser ragten, beinahe gleichzeitig ertönten Stimmen.

»Wartet!« – »Wartete auf uns!« – »Stanton schafft es nicht mehr lange!«

»Noah!« Nathan stieß erleichtert Luft aus. »Es sind Noah und Stanton!«

Troja schwamm auf uns zu, dicht gefolgt von Sparta, den ich jetzt schemenhaft an den Dreadlocks erkannte.

Ich wusste, ich sollte froh darüber sein, dass Troja Isaac entkommen war und Sparta noch lebte, doch innerlich war ich wie versteinert.

Emotionslos sah ich zu, wie Nathan und Pan Troja und Sparta aus dem Wasser zogen. Troja grinste mir lausbubenhaft zu, rubbelte über seine Haare, aber er zitterte vor Kälte, und der Schreck stand ihm noch ins blasse Gesicht geschrieben. Er gehörte hier ebenso wenig her wie ich. Mit einem Ruck ließ er sich auf einen der verankerten Sitzplätze fallen, Sparta sank unmittelbar neben ihn und kauerte sich zusammen.

Für einen Moment betrachtete ich ihn. Mittlerweile glaubte ich nicht mehr, dass er hinter dem Anschlag steckte. Vielleicht war es ja auch Ilias alias Rayk gewesen. Oder Taurus alias Thomas Tremblay.

*Merk es dir für deinen Polizeibericht, kleine Lady!*

Isaacs Worte tanzten durch meinen Geist, ich sah sein aristokratisches Gesicht vor mir, aber ich schob es weg.

Wie in Trance bekam ich mit, dass Ikarus den Motor startete, dann glitten wir durchs nachtschwarze Wasser Richtung Küste. Über uns war der ganze Himmel voller Sterne, der Mond lag dazwischen wie ein dicker, gelber Lampion. Niemand sprach ein Wort. Ganz tief holte ich immer wieder Luft und fragte mich, was mit mir los war, warum ich nichts fühlte. Ich konzentrierte mich auf Nathan, der den Arm um mich gelegt hatte, um mich zu wärmen, doch die Kälte erreichte mich nicht, ebenso wenig die Berührung.

Ich starrte auf das pechschwarze Wasser. Da war etwas in mir drin. Es saß tief unterhalb des Schocks. Eine begrabene Erinnerung, die ich nicht sehen wollte, nicht fühlen wollte, die aber unerbittlich in mein Bewusstsein stieg.

Da war ein Boot, ein offenes Schnellboot wie dieses. Ein Boot der Seenotrettung oder ein Privatboot. Ich blickte zur Seite und es war, als könnte ich dieses Boot neben unserem übers Wasser gleiten sehen, so wie den Trawler vor wenigen Wochen. Ich blinzelte, und die Zeit schob sich ineinander, sodass gestern, heute und morgen eins wurden.

*Ich sitze auf Dads Schoß, eingewickelt in eine Wolldecke, ohne Worte, ohne Gefühle, so wie heute. Jemand wirft den Motor an, und wir lassen die rußschwarze Rauchsäule hinter uns, die von der ausgebrannten Yacht in den Himmel steigt, die Löschboote sind längst abgedreht. Dad drückt mich an sich, und als ich den Kopf zu ihm drehe, sehe ich sein kummervolles Gesicht, diese tiefe schwere Verzweiflung auf den bleichen Zügen und weiß, dass etwas davon meine Schuld ist. Nur verstehe ich es nicht.*

*Meine Schuld.*

*Ich traue mich nicht, meine Arme um seinen Hals zu schlingen, und blicke auf die graue See. Meine Schuld. Diese Begräbnisstätte auf dem Meer. Plötzlich fällt die Lähmung von mir ab, und das Begreifen kommt zurück. Ich will mich aus Dads Armen winden, ins Wasser springen und Mom zurückholen. Ich muss sie zurückholen, weil alles meine Schuld ist. »Mom! Mom! Mom!« Ich schreie ihren Namen immer wieder. »Mom, es tut mir leid!« Die Männer müssen mich festhalten, aber etwas in mir ist wie eingerastet. Ich schreie so lange, bis ich das Bewusstsein verliere, und als ich im Mount Sinai Hospital aufwache, habe ich die letzten drei Tage vergessen. Retrograde Amnesie.*

»Meine Schuld«, flüsterte ich, aber es ging im Knattern des Motors unter. Schlagartig waren all meine Gefühle wieder da. Die ausgestandene Furcht, der pochende Schmerz in meinem Kiefer und auf Lippen und Wangen, die beißende Kälte. Es war, als gäbe es keine Stelle an meinem Körper und in meiner Seele, die mir nicht wehtat, aber ich konnte trotzdem nicht weinen.

Wir stoppten im knietiefen Wasser vor einem menschenleeren Küstenstreifen und wateten die letzten Meter zum Strand. Laut Nathans Handy waren wir in Hilton Head Island, eine der vielen vorgelagerten Inseln vor der Küste South Carolinas, die über Brücken mit dem Festland verbunden waren.

Ich fühlte mich ausgebrannt und hätte mich am liebsten in die

Dünen zu einem hundertjährigen Schlaf fallen lassen, aber die Männer jagten gnadenlos weiter, ohne Rücksicht auf mich und Sparta. Nathan meinte, das Speedboot sei vermutlich von einem Anbieter für Wal- und Delfinbeobachtungen gestohlen, daher wollten sie so schnell wie möglich von hier fort.

Natürlich auch wegen Isaac. Aber das musste keiner laut aussprechen.

Sie schlugen einen Weg jenseits der palmengesäumten Hauptverkehrsstraße ein und blieben immer im Schutz der niedrig gewachsenen Laubbäume.

Ich stolperte Nathan hinterher, der vorweg lief, und fragte mich, wie lange sie vor Isaac davonlaufen konnten, ob das überhaupt möglich war und was sie jetzt vorhatten. Mir war klar, dass sich jeder der Männer hier für mich eingesetzt hatte, jeder, bis auf Sparta, deswegen gab ich keinen Mucks von mir, auch wenn es eine Qual war, einen Fuß vor den anderen zu setzen. Mein Kiefer pochte bis in meinen Schädel. Immer wieder tastete ich über die Schwellung an meiner Lippe, kühlte sie mit meinen eiskalten Händen, während ich mich verstohlen umsah und vor Kälte zitterte.

Es war mitten in der Nacht, hin und wieder drang Gelächter aus einem der vielen Beach Resorts zu uns, und in der Ferne spielte Musik. Popmusik, wie ich sie zu Hause im Penthouse gehört hatte, wenn ich in meine Farben, Pinsel und Bilder versunken gewesen war. Ariana Grande, Post Malone und Dean Lewis.

*»Du bist angemalt von Kopf bis Fuß, du bist ja selbst ein Gemälde«*, hörte ich Dad liebevoll scherzen. Plötzlich senkte sich ein Gewicht auf meine Brust, drückte die Rippen gegen mein Herz, sodass ich kaum noch atmen konnte. Ich sehnte mich plötzlich mit so einer Macht nach Dad und New York, dass ich fast den Verstand verlor. Ganz gleich, was er getan oder nicht getan hatte: Ich wollte meine Arme um ihn schlingen, meine Nase in sein Tausend-Dollar-Hemd graben und weinen, bis ich keine einzige Träne mehr hatte. Er war mein Dad – und ich vermisste ihn so sehr.

Ich musste mit ihm reden, ich musste ihn so vieles fragen. *Warum wollte Mom dich wirklich verlassen? Bin ich schuld an ihrem Tod? Erinnere ich mich deswegen nicht, und warum waren die blauen Pillen in Mr. Sparkles Bauch? Was ist mit Coldville, Dad?* Es gab so vieles, das ich nicht verstand, so vieles, was womöglich falsch gelaufen war. Doch nach allem, was heute passiert war, brauchte ich seine Sicherheit, seine Worte und seine Zärtlichkeit. Ich brauchte seine Macht, mich zu beschützen. Ich wollte, dass er Isaac lebenslang ins Gefängnis werfen ließ, damit er mir nie wieder wehtun konnte. Bei jedem fernen Holzknacken und Rascheln hatte ich Angst, Isaac könnte uns bereits eingeholt haben, was natürlich kompletter Unsinn war.

Erschöpft sah ich mich um. Nathan war stehen geblieben. Ich hatte keine Ahnung, wie sie von hier wegkommen wollten. Ich hatte nicht einmal eine Ahnung, was sie jetzt mit mir vorhatten. Sie redeten kaum, vorhin hatte Nathan mit Ikarus geflüstert, aber ich hatte kein Wort verstanden.

»Ihr wartet hier, Ian kommt mit mir«, sagte Nathan nun und deutete Richtung Straße. »Kjertan, du passt auf sie auf!« Er musterte mich kurz durch die Schatten der Bäume. Es lag nicht viel Gefühl darin, mehr Eile und Konzentration, aber das war okay. Er hatte mich vor seinem Bruder gerettet, mehr konnte ich nicht erwarten.

Als er mit Ikarus in der Dunkelheit verschwand, wurde mir klar, dass ich nicht wusste, wie er seine Worte gemeint hatte. *Pass auf sie auf wegen Sparta* oder *Pass auf sie auf, damit sie uns nicht abhaut?*

Von Pan blickte ich zu Sparta, der japsend auf dem Boden saß, den Rücken an einen Stamm gelehnt. Er musste in ein Krankenhaus, er brauchte medizinische Versorgung und ein warmes Bett, ob er nun ein Verräter war oder nicht. Und Troja? Verstohlen schaute ich zu ihm rüber. Er hatte die Hände auf den Scheitel gelegt und trat von einem Bein auf das andere.

»Sch-scheiße kalt, was?« Er grinste, obwohl seine Zähne aufeinander klapperten.

»Hm!«, machte ich nur. Für den Bruchteil einer Sekunde überlegte ich davonzulaufen, aber meine Vernunft hielt mich zurück. Pan hätte mich keine drei Schritte später wieder eingefangen, außerdem war ich viel zu angeschlagen; und verrückterweise kam es mir so vor, als schuldete ich ihnen etwas. Vielleicht würden sie mich ja auch so gehen lassen. Ihr Plan war gescheitert, und wenn sie Dad keine Bilder meiner Misshandlung präsentieren wollten, wie Isaac es vorgehabt hatte, war ich für sie nutzlos und bei ihrem Untertauchen nur ein weiterer Ballast.

Bei der Vorstellung, womöglich wirklich nach Hause zu kommen, fühlte ich eine tiefe bittersüße Sehnsucht in mir. Denn nach Hause zu gehen bedeutete nicht nur, Dad wiederzusehen, sondern auch, Nathan verlassen zu müssen.

Es hinterließ ein stechendes Ziehen in meinem Herzen.

Aber Nathan und ich hatten sowieso keine Chance. Sein Bruder wollte mich töten, das war eine Tatsache, derer ich mir sicher war. Bei Nathan wäre ich immer in Gefahr.

Ich blickte gerade zur Straße, einer majestätischen Palmenallee, als ein Scheinwerfer die Dunkelheit zerschnitt. Kurz darauf hielt ein dunkler Kleinbus mit getönten Scheiben. Nathan sprang heraus und winkte.

Pan fasste mich am Arm, doch ich schüttelte ihn ab. »Ich komme da schon allein hin.« Ich wusste nicht mal, warum ich plötzlich so wütend war. Er und Nathan hatten mich gerettet. Sogar schon zweimal.

»Tut mir leid, Prinsessa. Ich nur stützen wollen«, sagte er zerknirscht, was sofort mein Gewissen rührte, aber ich konnte mich nicht entschuldigen. Immerhin trug ich keinerlei Schuld an der Situation. Hätten sie mich nicht als Geisel genommen, wäre ich nie in Gefahr geraten; allerdings führten diese Hätte-Wenn-und-Aber-Überlegungen zu rein gar nichts.

Durch die geöffnete Schiebetür stieg ich in den Minibus, Nathan und Troja folgten, während sich Sparta und Pan zu Ikarus nach vorne auf die Dreiersitzbank quetschten.

Mit eingezogenem Kopf blickte ich mich um. Ich stand in einem dunklen Materialraum, eingepfercht zwischen zwei angeschraubten Regalen mit Hunderten von Bolzen, Rohren und Werkzeugen. Müde ließ ich mich sinken und lehnte mich an ein Board, Nathan setzte sich mir gegenüber.

Er beobachtete jede meiner Bewegungen, als könnte er daraus schließen, was ich dachte.

»Wem gehört der Wagen?«, fragte ich irgendwann.

»Ist gestohlen«, sagte Nathan und rieb sich über sein geschwollenes Auge. »Soll ich mir deine Verletzungen anschauen?«

Ich schüttelte den Kopf. Ich wünschte, er würde mich in den Arm nehmen, andererseits gab es etwas, das mich selbst auf Abstand hielt. Vielleicht die Realität hier auf dem Festland. Alles war plötzlich anders. Ich wusste so viel mehr. Noch vor wenigen Stunden hatte ich Nathan nicht ins Gesicht schauen können, weil mir das, was mein Vater getan hatte oder vielleicht getan hatte, so unvorstellbar grausam erschienen war. Nach dem Zeitungsbericht zweifelte ich jedoch wieder an Dads Schuld. Was, wenn sie sich doch irrten? Und war Isaac nicht ebenfalls grausam? Und Nathan? Er hatte zu den Männern gesagt, er wolle mich wie eine Geisel halten: *Wasser, Brot und Fesseln, damit sie lernt, was Entbehrung bedeutet!*

Wie konnte er? Vor allem, da er mich als Elfjährige offenbar gerngehabt hatte.

Mit brennenden Augen sah ich aus dem getönten Fenster auf bunte Reklametafeln. *Hilton Beach Resort. Aral. Burger King.* Ich wollte so gerne mit meinem Dad sprechen. »Und wem gehört die Agamemnon?«, fragte ich unvermittelt. »Ich meine, ihr behauptet, so arm wie Kirchenmäuse zu sein, aber einen Kutter samt Sprit könnt ihr finanzieren?«

Nathan musterte mich geradeheraus. »Ikarus hat sie beim Zocken von einem alten Fischer gewonnen.«

»Mit gezinkten Karten oder mit Zaubertricks und drei Assen im Ärmel?«

»Das habe ich gehört!«, meldete sich Ikarus von vorn.

Nathan ging nicht darauf ein. »Sie war ein Schrotthaufen, aber wir haben sie wieder klargemacht.«

Ich fand seinen unüberhörbaren Stolz fehl am Platz. »Wir?«

»Unser Dorf. Wir haben alles, was wir besaßen, jeden Cent, zusammengekratzt.«

Ich schluckte. »Dann weiß euer ganzes Dorf über … über die Entführung Bescheid?« Das war nahezu unvorstellbar.

Nathan schloss für einen Moment die Augen, als müsste er sich einem geistigen Bild in sich verschließen. »Es sind nicht mehr so viele, Will.«

*Will.* Es klang so schön, wie er das sagte, auch wenn ich gerade wütend auf ihn war. Und es tat weh, weil ich wusste, dass das zwischen uns aussichtslos war. Ich stellte mir Nathan vor, wie er in seinem verarmten Dorf durch leere Straßen ging, auf der Suche nach alten Freunden. Wie er, ganz in Schwarz gekleidet, an Türen klopfte, aber niemand öffnete. Wie er vor einer endlosen Reihe weißer Kreuze stand, die Haare vom Wind zerzaust. Ich tastete nach dem Armband an meinem Handgelenk. *Möchtest du es, Will? Möchtest du es zurück?*

»Wie viele sind es denn noch?«, fragte ich leise.

»Hundertdreiundfünfzig, einschließlich Kinder, alter Menschen und Kranker. Jede Familie, die noch dort ist, hat mindestens einen Angehörigen, der das Dorf nicht verlassen kann.«

»Und sie … sie wissen es alle?«

»Alle jungen Männer, die noch dort waren, haben sich uns angeschlossen. Ein paar ältere sind geblieben, um die nötigen Arbeiten zu verrichten. Holzhacken für den Winter. Reparaturen, Gräber schaufeln …«

Durch die Dunkelheit des Wagens blickte ich in sein Gesicht mit den eindringlichen Augen. »Alle jungen Männer?« Mein Magen zog sich zusammen.

»Ausnahmslos. Ja. Der Zorn ist groß. Aber wie du siehst, gab es schon immer geteilte Meinungen über die Vorgehensweise.«

»Du meinst mit dem, was mit mir passiert?«

»Ja. Aber auch mit dem, was wir fordern.«

Ich schluckte erneut und sah zu Troja, der wie wir auf dem Boden saß und in seinem nassen Hoodie neben Nathan an dem Regal lehnte. Seine Augen waren geschlossen, doch er schlief nicht. Seine Finger klopften einen unruhigen Takt auf den Boden und sein silberner Ring, den ich eben zum ersten Mal wahrnahm, verursachte das nervenzehrende Geräusch, das ich in meiner Zelle schon öfter gehört hatte. Klong-klong-klong. Am liebsten hätte ich ihm gesagt, er solle die Hände stillhalten, aber ich ließ es. Ich wollte keinen Streit provozieren. Stattdessen sah ich nach vorne. Auch Sparta und Pan waren wach. Pan aß Chips, die er im Handschuhfach gefunden hatte, Sparta hatte die Beine angewinkelt, die Füße auf den Sitz gestellt und wärmte sich mit den Armen. Ikarus, der am Steuer saß, fummelte an der Klimaanlage herum.

*Der Zorn ist groß.*

Die Bedeutung von Nathans Worten sickerte nur nach und nach zu mir durch. Es gab also oben in Kanada ein ganzes Dorf, etwa einhundertfünfzig Menschen, die ihre letzte Habe für diesen Plan geopfert hatten. Sie warteten auf Ergebnisse. Sie pflegten ihre sterbenskranken Verwandten und hofften jeden Tag auf die erlösende Nachricht, dass ihnen geholfen wurde. Mit der Wahrheit und mit ehrlichem Geld. Aber übersahen die Männer nicht etwas ganz Entscheidendes?

»Nathan«, flüsterte ich.

Er sah mich an.

»Die Forderungen – mein Vater kann sich doch zusammenreimen, wer ihr seid, oder? Die Wahrheit über die Hampton Oil Company interessiert doch nur die Bewohner deines Dorfs.«

»Oder Umweltschützer oder Konkurrenten.«

»Du hast selbst gesagt, mein Vater sei ein intelligenter Mann, oder? Er wird es sich denken.«

»Aber dieses Wissen wird ihm nichts nutzen. Er kann niemanden dort oben ins Kreuzverhör nehmen lassen, solange wir dich bei uns haben.« Jetzt lächelte er. »Keine Polizei.«

»Und wenn er selbst hochfährt?«

»Ich glaube, das würde er nicht wagen. Die Menschen dort würden ihn steinigen, und er weiß das. Und selbst wenn er andere schickt, Handlanger ... uns verrät niemand. Offiziell sind wir alle tot und liegen dort begraben. Ein weißes Kreuz für jeden von uns. Jeder hat sein eigenes Grab ausgehoben, und die winzige Behörde im Dorf spielt mit. Alle spielen mit.«

»Das ist aber kein Spiel.« Ich sah kurz zu Troja, dessen Augen immer noch geschlossen waren – der aber zum Glück nicht mehr mit den Fingern auf den Boden trommelte. »Nathan ... ich kann meinen Dad um Geld für die Menschen in Coldville bitten. Um eine erstklassige medizinische Versorgung. Die beste, die du dir vorstellen kannst.«

Nathan kniff die Augen zusammen, und die Falte dazwischen grub sich tief in seine Haut. Sie war ein Gradmesser seines Zorns, so viel wusste ich bereits. »Ich habe es dir schon mal gesagt: Wir akzeptieren keine Almosen, wir wollen Gerechtigkeit. Dein Vater muss bestraft werden. Seine Freiheit für das Leben derer, die bereits begraben sind. Den Kranken kann auch sein Geld nicht mehr helfen.« Für einen Moment sah er zu Sparta, der so reglos dasaß, als bekäme er unsere Worte nicht mit. Dann beugte er sich vor und flüsterte: »Sie sterben. Der Immundefekt ist nicht aufzuhalten, wenn er begonnen hat. Er entsteht im Knochenmark, ist aber keine Leukämie. Grippeähnliche Symptome, Kaposi, Durchfall, Pilzbefall, Tuberkulose, Lungenentzündung. Wie bei HIV, aber im Gegensatz dazu gibt es keine Medikamente, um den Krankheitsverlauf zu verlangsamen oder sogar zu stoppen. Die Ärzte haben noch nicht einmal einen Namen dafür.«

»Es geht also doch um Rache«, sagte ich mit einem Schuss Bitterkeit in der Stimme.

Nathan lehnte sich wieder zurück und schüttelte den Kopf. »Was ist in diesem Fall Gerechtigkeit, und was ist Rache, Will? Auge um Auge, Zahn um Zahn, so wie es Isaac und ein paar andere fordern? Sie würden deinem Vater am liebsten das nehmen, das er am meisten liebt. Dich. Und sie wollen dich leiden lassen, damit er leidet.«

»Das ist Rache. Und hat nichts mit Gerechtigkeit zu tun.«

»Stimmt. Ich war auch immer dagegen; und ich dachte, ich hätte die anderen ebenfalls davon überzeugt, doch da habe ich mich offenbar gründlich getäuscht.« Er sah zu Sparta nach vorne und wieder zurück. »Was soll Gerechtigkeit in diesem Fall bewirken? Tote wieder lebendig machen? Kranke gesund?«

»Rache erweckt aber auch keine Toten. Und sie heilt keine Kranken.«

»Was gerecht ist und was nicht, liegt im Auge der Betroffenen. Und wir wollen Hampton bluten sehen, jedoch auf eine andere Weise als Isaac.«

»Es ist mein Dad, über den du da sprichst. Und euer Plan ist gescheitert«, sagte ich heftig. »Dad wird einen Schuldigen suchen und finden. Und Isaac hat nie, niemals, daran geglaubt, dass mein Vater sich stellt, ob schuldig oder nicht. Das hat er mir gesagt. Und er hat auch gesagt, dass es egal wäre, was er mir antut.«

Nathan starrte mich ungläubig an. »Wann hat er das gesagt?«

»Auf der Agamemnon.« Ich wartete eine Weile, bis Nathan sich bewusst machen konnte, was das bedeutete. Mein Kiefer klopfte, und in meinem Mund war eine Stelle, aus der mir fortwährend Blut auf die Zunge sickerte. Als ich meine Hände hob, um mir die Haare aus dem Gesicht zu streichen, zitterten sie wie Espenlaub. »Nathan?«

»Ja?« Sein Blick war nun sanft, so sanft, dass es wehtat.

»Was passiert jetzt mit mir?«

Nathan musterte mich lange, und ich sah die Licht- und Schattenmuster der Reklametafeln über sein grün und blau geschlagenes Gesicht fliegen. »Sag mir«, forderte er mich auf, ohne mich aus den Augen zu lassen, »zweifelst du an der Schuld deines Vaters?«

Ich zupfte an meiner nassen Hose herum, die ich wegen der vielen Männer um mich herum nicht ausziehen wollte, ebenso wenig wie meinen Pullover. »Nein«, sagte ich nach einer Weile.

Nathans Augen wurden groß. »Du lügst mich an! Tu das nicht.«

Ich schwieg.

Er richtete sich im Sitzen auf. »Sag mir die Wahrheit!«

»Ich weiß es nicht – okay!«

»Du weißt es nicht.« Frustriert stieß er Luft aus. »Du kennst unsere Gesichter und unsere Namen. Du kennst unser Dorf. Die Wahrheit über alles.« Wütend hieb er mit der Faust auf den Boden. »Isaac hatte recht. Wenn wir dich jetzt gehen lassen, würde dein Vater dich davon überzeugen, dass er unschuldig ist. Und irgendwann wärst du ganz sicher bereit, uns zu verraten. Vielleicht nicht sofort, aber nach ein paar Wochen oder Monaten bestimmt.«

Ich presste die Lippen aufeinander.

»Ist es nicht so?«, fragte er, und sein Gesicht bekam jenen abweisenden Zug, den ich bereits kannte.

»Dich, Ikarus, Pan und Troja würde ich ganz sicher nicht verraten.«

»Ich habe aber allen zugesichert, dass sie nicht geschnappt werden ... damals, als du dämlicherweise deine Augenbinde abgenommen hast.«

»Du tust es schon wieder.«

»Was?«

»Dich unnahbar geben. Du willst dich nur schützen.«

Er seufzte tief.

Tränen schossen mir in die Augen, und ich blickte zur Seite. »Und was bedeutet deine Zusicherung im Klartext?«

»Du musst bei uns bleiben. Für eine längere Zeit als geplant.«

Jetzt sah ich ihn an, in sein Gesicht, das wieder vollkommen offen war. »Wie lange?«

»Vielleicht ein paar Monate, vielleicht ein Jahr.« Er klang weder spöttisch noch böse oder hart, eher bedauernd und mitfühlend. Doch gerade das machte momentan alles schlimmer.

Ich entgegnete nichts. Er hatte ja schon mal erwähnt, dass er sich mit mir in die Bayous zurückziehen wollte, bis die Männer ihre Angelegenheiten geregelt hatten. Etwas Ähnliches hatte ich schon erwartet, aber im Moment erschien es mir undenkbar. Ich fror erbärmlich, ich war komplett erschöpft, ich hatte Hunger und mein Kiefer stach wie die Hölle. Ich wollte kein Leben auf der Flucht führen, wer weiß, wo sie mich versteckten; vielleicht nicht in den Bayous, sondern in irgendeinem schmutzigen Keller, den ich nur nachts verlassen durfte.

In diesem Augenblick wollte ich nur nach Hause. Weg von diesen Männern und weg von ihren Wahrheiten.

## Kapitel 2

STUNDEN VERGINGEN, IN DENEN ICH TROTZ MEINER ANSPANNUNG IMMER mal wieder im Sitzen einnickte. Die Situation war alles andere als entspannt. Ikarus schaute ständig in den Rückspiegel, ob uns ein Polizeiauto folgte. Pan spielte mit der Waffe herum, die er mitgenommen hatte, später diskutierten Nathan, Pan und Troja über den gestohlenen Wagen, den sie bald zurücklassen mussten, außerdem klingelte unentwegt Nathans Handy, bis er es irgendwann ausschaltete. Isaac wollte bestimmt wissen, wo wir waren.

Immer stärker drang die Realität zu mir durch. Wir waren zwar Isaac und seinen Männern entkommen, doch ich war immer noch eine Geisel. Status: kompliziert – das spürte ich auch daran, wie sie alle mit mir umgingen.

Als wir den Wagen wechselten, bugsierte mich zwar niemand gewaltsam am Arm von einem Auto zum anderen, aber Nathan, Pan und Troja blieben dicht an meiner Seite. Ich hätte nicht weglaufen können. Ich durfte auch auf keine öffentliche Toilette, sondern musste mich zwischendurch in die Büsche schlagen – mit Nathan als Wache in so unmittelbarer Nähe, dass es gerade noch akzeptabel war. Als sie später nur ein Auto ohne getönte Scheiben kurzschließen konnten, musste ich für einen Teil der Strecke in den Kofferraum klettern. Es stank nach Hundehaaren und Exkrementen, es war eng und stickig, und ich fürchtete mich in der absoluten Schwärze, aber ich gab keinen Ton von mir. Als Nathan mich später herausholte, aß ich nichts, obwohl er mir von dem Geld, das in dem Wagen gelegen hatte, Pommes und einen Cheeseburger mitgebracht hatte. Das fettige

Zeug, das ich bei Dad nie essen durfte, roch unfassbar verführerisch, aber ich sah ihn nur strafend an. Er wirkte nicht besonders schuldbewusst wegen des Kofferraums, er hatte mir klargemacht, es gäbe keine Alternative und sie hätten keine Zeit für Diskussionen. Ich war hin- und hergerissen zwischen Dankbarkeit und verletztem Stolz. Und das galt für jeden von ihnen, bis auf Sparta. Er war die ganze Zeit über still, und ich wusste nicht mehr, was ich von ihm halten sollte. Er hatte ehrlich geklungen, als er seine Unschuld beteuert hatte. Die Frage war nur: Wenn er es nicht gewesen war, wer dann? Apollon vielleicht? Oder Taurus? Oder, obwohl ich das nicht denken wollte, womöglich Ilias? Ich fand keine Antwort, aber ich müsste bald mit Nathan darüber reden. Doch momentan war ich zu wütend auf ihn, außerdem schwirrte mir der Kopf. Alles hatte sich innerhalb weniger Stunden gedreht. Aus Ikarus, Pan, Troja und Sparta waren Ian, Kjertan, Noah und Stanton geworden. Manchmal benutzten sie auch ihre Nachnamen, wie Jungs das zeitweise machten, doch die konnte ich mir erst recht nicht merken, nur McCormack und Van Veenstra. Van Veenstra, da es so ungewöhnlich klang. Als ich auf einem abgelegenen Parkplatz bei einer Rast fragte, wo sie mich hinbrachten, lächelte Nathan zum ersten Mal wieder.

»Es wird dir gefallen«, sagte er nur und berührte ganz zart die Schwellung in meinem Gesicht. Er sah liebevoll aus in diesem Moment, aber ich wandte mich ab, auch wenn mein Herz vor Aufregung pochte und eine Million Schmetterlinge in meinem Bauch aufflatterten. Er hatte gesagt, er wollte mir näher sein, als gut für ihn wäre, näher als gut für den Plan wäre. Aber wenn er tatsächlich wählen müsste, würde er sich immer noch für die Menschen und Toten von Coldville entscheiden. Sein ganzes Leben verband sie mit ihm. Trotzdem schmerzte es mich an einer Stelle, die mir völlig fremd war.

Als Nathan mich aus dem Kofferraum von Wagen Nummer vier holte, war es stockfinster. Ich konnte kaum etwas erkennen, aber es roch nach Tümpel, Moor und nassem Holz. Allerdings war der Geruch, der mir aus unseren Klamotten in die Nase stieg, keinen Deut besser. Angeekelt schnupperte ich an dem Ärmel des getrockneten Hoodies und zog die Nase kraus. Ich stank nach Hund. Nach einem sehr alten und durchnässten Hund, und mir war immer noch erbärmlich kalt, obwohl die Luft lau war.

Von einem Bein aufs andere tretend sah ich mich um und lauschte. Ein Heer von Zikaden zirpte gegen das dunkle Quaken eines Froschchors an. Irgendwo rief ein Käuzchen, und etwas rauschte – es klang wie der Wind in den üppigen Baumkronen von Rosewood Manor, doch es war nahezu windstill. »Wo sind wir hier?« Wir waren über vierundzwanzig Stunden unterwegs gewesen.

Nathan sah sich flüchtig um. »Louisiana.«

»Louisiana?« Mein Herz machte einen überraschten Hüpfer. »Wo genau? In den Bayous?«

»Wir bringen dich in Sicherheit.«

»Mich? Viel eher euch!«

Nathan ging nicht darauf ein und blickte zu Pan. »Wir sollten das Auto nicht ganz so offensichtlich herumstehen lassen. Am besten, wir schieben den Nissan ein Stück ins Unterholz. Noah, Stan, geht ein Stück mit ihr beiseite.«

Troja fasste mich am Arm und zog mich ein paar Schritte zurück. »Nur weg von dem Nissan.« Ich entgegnete nichts, aber ich machte mich steif.

In seinem Gewahrsam sah ich zu, wie Nathan die Handbremse löste, das Lenkrad justierte und zusammen mit Ikarus und Pan den Wagen anschob.

Tatsächlich ragten neben uns dunkle Bäume in einen tiefschwarzen Himmel. Jetzt, wo sich meine Augen an die Dunkelheit gewöhnt hatten, nahmen die vagen Schemen meiner Umgebung immer mehr Konturen an. Wir befanden uns abseits einer Schotterstraße auf einer verwilderten Wiese, in der sich das Unkraut gegenseitig erstickte. Rechts und links waren Wälder, und über allem hing eine meterdicke Feuchte. Die Luft war so schwer, dass es mich wunderte, warum ich es erst jetzt wahrnahm. Es war, als würde ich beim Atmen trinken. Ich lauschte, und wieder fiel mir das Rauschen auf.

Ungelenk wand ich mich aus Trojas Griff. »Ist hier irgendwo ein Fluss?«

Nathan blickte kurz über die Schulter zu mir. »Da vorne, nur hundert Meter weiter. Der Atchafalaya.« Äste knackten, als sie den Wagen ins Unterholz schoben. »In den Sprachen der Natives heißt das: langer Fluss.«

Ich hatte von dem Atchafalaya River gehört, als ich ein Kind gewesen war. Man sagte, das gesamte Flussdelta mit all seinen grünen Nebenarmen und Seen umfasse über hundert Meilen von

Nord nach West und über zwanzig von Süd nach Ost. Es war nasses, sumpfiges Land, ein Labyrinth, eine Heimat für jede Art von Einsiedlern, Aussätzigen oder Vertriebenen, und es mündete im Golf von Mexiko in einem Becken, wo es mit den Bayous des Mississippi verschmolz. »Und am Atchafalaya soll ich ein Jahr bleiben?«, fragte ich herausfordernd und schlang zitternd die Arme um meinen Oberkörper.

»Ganz genau!« Mit einem seltsamen Gefühl im Bauch beobachtete ich, wie Nathan die Tür des Wagens zuschlug. »Das reicht, würde ich sagen«, sagte er dann.

»Sollen wir ihn noch mit Zweigen abdecken?« Ikarus sah sich suchend um, doch Nathan winkte ab.

»Nicht nötig. Bevor es hell wird, sind wir weit weg.«

»Glotz sie nicht so an!«, hörte ich Troja plötzlich zischen, drehte mich um und sah gerade noch, wie er Sparta vor die Brust stieß, sodass dieser das Gleichgewicht verlor und rücklings auf die Wiese stürzte. »Ich habe dich nur nicht ertrinken lassen, weil ich es nicht mit meinem Gewissen vereinbaren konnte! Das heißt aber noch lange nicht, dass du für mich kein elender kleiner Wichser bist. Pass bloß auf!«

Geschockt sah ich von Troja zu Sparta. »Er ist krank«, sagte ich, irritiert wegen Trojas Ausbruch, und streckte Sparta spontan die Hand hin. Er ergriff sie dankbar, und ich zog ihn auf die Füße. Er war viel leichter, als ich erwartet hatte, und vermutlich zu Tode erschöpft, da er sich in keiner Weise gegen Troja zur Wehr setzte. »Und wahrscheinlich war er es auch gar nicht«, fügte ich jetzt noch hinzu. Ich hatte ja zu dem Zeitpunkt meiner Anschuldigung nicht gewusst, wie schlecht es ihm wirklich ging.

Troja taxierte mich, die schokobraunen Augen zusammengekniffen. »Du warst dir doch so sicher. Und außerdem: Wer sollte es sonst gewesen sein? Ian oder ich etwa?«

Ich schüttelte den Kopf. »Er war stark.«

»Danke«, sagte Troja trocken. »Dann war es Kjertan.«

»Hört auf!« Nathan kam mit langen Schritten durch die Dunkelheit auf uns zu. »Spart euch eure Kräfte, es ist noch ein langer Weg.«

»Stanton hat sie angesehen, als wollte er ihr bei lebendigem Leib die Haut abziehen und sie anschließend in ein Salzfass stecken.« Troja spuckte auf den Boden. »Ich sage, wir lassen ihn hier.«

»Und ich sage, wir nehmen ihn mit.« Nathans leise Stimme duldete keinen Widerspruch.

Für einen Moment fixierten sie sich, aufgeheizt von der Flucht, gereizt und müde durch den Schlafmangel.

Troja sah als Erster weg. »Sag hinterher bloß nicht, ich hätte dich nicht gewarnt!« Er marschierte so selbstverständlich voran, als würde er den Weg kennen, aber Nathan pfiff ihn zurück. »Hier geht's lang.« Er deutete auf einen Trampelpfad in der entgegengesetzten Richtung, der in den Wald auf der anderen Seite führte. Sichtbar verlegen trottete Troja zurück, was Ikarus zu einem Grinsen verleitete.

»Arsch!« Troja boxte ihm gegen die Schulter, Ikarus boxte zurück, dann lachten sie wie zwei Schuljungen, die sich in der Pause aus Spaß prügelten.

»Ich hoffe, ihr habt alle eure Boots an.« Nathan, der bereits ein paar Schritte vorausgelaufen war, stoppte abrupt.

Ich betrachtete meine Füße, die nur in Socken steckten, was mir aber erst durch Nathans Frage wirklich bewusst wurde. »Ähm … nein.«

»Nein?« Das tat Nathan gerne. Worte oder Fragen wiederholen. Er kam zu mir und starrte ungläubig auf meine Füße. »Asche-Sack-Zement! Sag mir bitte, dass das nur ein Scherz ist und deine Schuhe im Nissan liegen.«

»Sie sind auf der Agamemnon in deiner Kammer«, sagte ich kleinlaut, obwohl es nicht meine Schuld war, dass sie dort lagen.

»Am Atchafalaya«, sagte Nathan und machte eine vage Geste mit ausgebreiteten Armen, »wimmelt es von Sumpfklapperschlangen, Diamantrücken und Korallenottern. Ein Korallenotterbiss kann mehrere Erwachsene töten, aber nur zu, Prinzessin, wenn du meinst, du müsstest barfuß gehen …«

»Ich habe mir das hier nicht ausgesucht«, fauchte ich ihn an und ballte vor Zorn die Hände zu Fäusten. Ich war müde, ich fror und in meinem Magen klaffte der Hunger so groß wie die tiefste Spalte des Grand Canyons. »*Du* hast mich hierhergeschleppt. Ich kann nichts dafür, dass wir wegen Isaac über Bord springen mussten. Hätte ich gewusst, dass das ein Ausflug in die Sümpfe wird, hätte ich meine Boots gerne geholt, aber Isaac hat es vorgezogen, mich von seinen Söldnern grün und blau schlagen zu lassen … tut mir leid, da hatte ich eben keine Zeit …« Ich starrte ihn an und hoffte, ich würde nicht anfangen zu weinen. Und ich hoffte, er würde mich weder anbrüllen noch etwas Liebevolles sagen, denn dann würde ich garantiert in Tränen ausbrechen. Ich wollte mich doch einfach nur irgendwo hinlegen und schlafen.

Die Männer blickten von mir zu Nathan und wieder zurück. Für mehrere Herzschläge blieb es still, schließlich ging Nathan wortlos in die Knie und bedeutete mir, auf seinen Rücken zu klettern. Mit hoch erhobenem Haupt, aber irrsinnig erleichtert, schritt ich durch das Gestrüpp an den anderen Männern vorbei, schlang meine Arme um seinen Hals, und er nahm mich auf den Rücken.

»Ich schätze, dann muss ich dich wohl tragen«, sagte er nur und lief los. Für ein paar Minuten schwieg ich beleidigt, aber schließlich überwog das gute Gefühl, mich ausruhen zu können. Ich grub die Nase in seine Haare, in denen noch der wilde, abenteuerliche Geruch von Salzwasser hing. Es tat so gut, ihn zu spüren. Seine Stärke, mit der er mich festhielt und mühelos durch die Nacht trug. Mein Geist war voller widersprüchlicher Sehnsüchte und Wünsche, voller Fragen, aber sie verloren sich mit jedem von Nathans Schritten, als würde die Luft sie aufsaugen und bis morgen für mich speichern. Noch konnte ich die Landschaft nur erahnen, da es zu dunkel war, aber morgen wären wir in einer völlig fremden Welt. Alles wäre verdreht, vielleicht auch das mit Nathan und mir. Wieder hörte ich das Käuzchen rufen, und in der Ferne raschelte es, als huschte etwas durchs Unterholz davon. Möglicherweise eine Korallenotter.

»Nathan«, fragte ich nach einer Weile ganz nah an seinem Ohr.

»Was?« Seine Schritte schmatzten energisch auf dem sumpfigen Boden, gottlob musste ich nicht laufen!

»Wirst du mich jetzt ein Jahr lang tragen?«

»Was? Wieso denn ein Jahr?«

»Na ja, wir bleiben Monate bis ein Jahr, hast du gesagt. Ohne Schuhe komme ich nirgendwo ohne dich hin.«

Er lachte laut auf, so laut, dass es wohl auch die anderen hinter uns hörten. »Freu dich nicht zu früh, Prinzessin. Ich besorg dir schon welche.«

Sein Lachen klang schön und jagte ein Kitzeln durch meinen Bauch, das mich bis in meine besockten Fußspitzen elektrisierte.

Plötzlich blieb er stehen. »Tut mir leid wegen vorhin.«

»Wegen des Kofferraums?«

Umständlich zog er sein Handy heraus, schaltete die Taschenlampe ein und leuchtete über den Pfad, um sich zu orientieren. »Nein, das nicht.« Wieder lachte er und steckte das Telefon zurück. »Oder doch, ein bisschen schon, auch wenn es nötig war. Nein … ich meine, du hast mit allem recht, was du vorhin gesagt hast. Ich wollte dich nicht so anschreien, ich bin nur einfach völlig erledigt.« Über die

Schulter blickte er mich an. Sein Gesicht war meinem so nahe. Ich sah es nur unscharf, verschwommen und dunkel in der Nacht, aber seine Augen waren wie reflektierende Lichter und doch tief wie das Universum.

Plötzlich musste ich an etwas denken, das Dad mir mal gesagt hatte, als ich noch ein Kind gewesen bin. Im Leben gebe es nur zwei endgültige Wahrheiten: *Alles, was geboren wird, stirbt. Und alles verändert sich.*

Natürlich hatte er recht. Mom wurde geboren und ist gestorben. Ebenso meine Wellensittiche Banana und Balou. Ich bin gewachsen und älter geworden. Außerdem habe ich mein rosafarbenes Kinderbett mit dem Krönchen am Kopfende gegen ein Himmelbett eingetauscht, auch wenn ich mit acht Jahren Stein und Bein geschworen habe, ich würde, bis ich neunzig bin, in diesem Bett schlafen. Selbst die Skyline von New York hat sich seit meiner frühen Kindheit verändert, und das nicht nur wegen Nine-Eleven.

Alles war wie ein Fluss in ständiger Bewegung. So auch jetzt.

Ich fühlte mich plötzlich seltsam. Fast wirklich wie eine geraubte Prinzessin, die von einem Piraten in ein wildes Land verschleppt wurde. Und gerade jetzt, in diesem winzigen Bruchteil meines Lebens, wusste ich nicht mehr, was ich tatsächlich wollte.

Nathan oder Dad.

Als ich wach wurde, schaukelte ich sanft hin und her wie in einer Wiege. Das ferne Schnattern von Wildenten drang in mein Bewusstsein, doch ich blieb mit geschlossenen Augen liegen, zu müde und zu aufgewühlt, um schon ein Teil der Realität zu werden. Der Untergrund, auf dem ich lag, war hart; ich hatte mehrfach versucht, mich im Schlaf zu drehen, aber es war aufgrund des Platzmangels unmöglich gewesen. Ich lag auf dem Rücken, die Beine angezogen, die Füße aufgestellt. Sonnige Wärme fiel auf meine Lider, und etwas kitzelte auf meiner Stirn, weich wie eine Feder. Es fühlte sich an wie ein Schminkpinsel, was logischerweise nicht sein konnte. Unwillkürlich schlug ich die Augen auf und blickte genau auf einen dicken silbernen Strang, der über meinem Gesicht baumelte wie eine fedrige Liane. Spanisches Moos. Da fiel es mir wieder ein. Wir waren in Louisiana.

Sofort richtete ich mich auf, ein Fehler, denn mein Kiefer pulste, als hätte er noch einen Schlag abbekommen, außerdem schwankte der Kahn, der meine Schlafstätte gewesen war.

Undeutlich erinnerte ich mich, wie wir an Nathans geheimen Versteck angekommen und mit den Booten ein Stück weitergefahren waren, bis sich die Männer ein paar Stunden hatten hinlegen müssen. Ich hatte eingezwängt zwischen zwei Sitzbänken geschlafen; im hinteren Teil des Kahns schnarchte Pan neben Sparta.

Meine Güte, er könnte damit glatt eine Sumpfzypresse durchsägen!

Vorsichtig sah ich mich um. Der Kahn lag neben einem Kanu, das einen kleinen Außenborder hatte. Troja und Ikarus schliefen darin, die Füße lässig auf einer Sitzbank abgelegt. Die Boote trieben auf einem sumpfigen Gewässer mitten im Wald. Für Sekunden fühlte ich mich wie in meinem Südstaatenzimmer in New York. Eine seltsame Magie strömte durch meine Adern. Alles war fremd und vertraut. Ein dunkles Heer uralter Sumpfzypressen ragte über mir auf, die knolligen Stämme steckten grau und schuppig wie gigantische Elefantenfüße im Sumpf. Unmöglich zu sagen, ob das Gebiet nur vom Fluss überflutet oder der Atchafalaya selbst war.

Neugierig blickte ich in die Kronen der Zypressen. Hier hingen zu Tausenden die silbrigen Gespinste des Spanischen Mooses, als hätten urzeitliche Riesenschmetterlinge ihre Kokons abgelegt. Dazwischen fiel Morgenlicht durch die Baumkronen und tauchte alles in silbergrünes Licht.

»Es gefällt dir, ich hatte recht.«

»Nathan?« Suchend schaute ich mich um und entdeckte ihn unweit des Kahns. Er saß auf einem gigantischen Baumstumpf, der ein gutes Stück aus dem Wasser ragte. In dieser Umgebung wirkte Nathan McCormack unwirklich. Seine dunklen Klamotten verschmolzen mit den Baumstämmen und dem dunkelgrünen Wasser, sein geprügeltes Gesicht leuchtete unnatürlich hell, als wäre es mit einer silbernen Glasur überzogen.

»Wer war das?«, fragte ich und deutete auf sein angeschwollenes Jochbein. Auf der Flucht hierher hatten wir vor Hektik und Anspannung kaum über Isaac und den Überfall gesprochen.

Nathan zuckte nur die Schultern. »Keine Ahnung, es ging wahnsinnig schnell. Ich glaube, Miller hat mir seinen Gewehrkolben ins Gesicht gerammt.« Er grinste verlegen, wurde aber gleich wieder ernst. »Du hast auch ganz schön was abbekommen.« Er tippte an eine Stelle unterhalb seines Auges. »Da bist du pottascheblau … aber es passt gut zu deinen hübschen Augen, keine Sorge.« Er lächelte, und diesmal dauerte es an.

Ein warmes Gefühl flutete in meinen Bauch.

»Hast du heute mal Hunger oder bist du immer noch beleidigt wegen des Kofferraums?«

»Ich habe einen Bärenhunger«, gestand ich und spürte sofort das riesige Loch in meinem Magen. »Und ich bin nur noch ein bisschen beleidigt.«

»Das ist gut.« Nathan wies auf das Boot, in dem ich saß. »Im Kahn liegt ein Rucksack. Das Zeug haben wir uns gestern noch zu eigen gemacht. Ist nicht viel, aber es reicht für den Anfang.«

»Zu eigen gemacht? Spontane Eigentumsübertragung also.«

»Ja, was dagegen?«

»Überhaupt nicht. Zumindest nicht unter diesen Umständen.« Ich blickte mich um, entdeckte den dunkelblauen Rucksack und durchwühlte ihn gierig.

»Die Sandwichs kannst du essen. Keine Nüsse, kein Ei.« Ich sah auf, und Nathan zwinkerte mir zu. Er wirkte so verändert. Womöglich weil die anderen schliefen. So musste er nicht aufpassen, wie er mich behandelte, denn ich fürchtete, es gäbe nur noch mehr Konflikte, wenn die Männer erfuhren, was zwischen uns war. Wenn da überhaupt etwas war. Und wenngleich es auch nicht so fatal wäre wie noch auf der Agamemnon, so würde es alles nur verkomplizieren.

Still aß ich das Sandwich, lauschte dem Zwitschern der Vögel und betrachtete die geheimnisvolle Natur. Ich fühlte etwas in mir, etwas tief Verborgenes, das mit meiner Vergangenheit zu tun hatte. Es schien, als wäre die Umgebung ein Abbild oder das Symbol dafür.

»Es gefällt dir hier.« Nathan stellte es nochmals fest, und mir fiel ein, dass ich ihm vorhin keine Antwort gegeben hatte.

»Ja.« Nur wenige Meter weiter entdeckte ich einen Silberreiher, der im Wasser stakste und hin und wieder seinen Schnabel in den Sumpf tauchte. »Trotzdem möchte ich nicht ein ganzes Jahr hierbleiben. Ich möchte zu meinem Dad. Ich muss ihn so vieles fragen.«

Er nickte. »Das verstehe ich, aber es geht nicht anders. Du weißt, warum. Und ich habe Angst, dass du selbst in New York nicht mehr vor Isaac sicher bist. Außerdem müssen wir erst einmal abwarten, wie dein Vater auf Isaacs Bilder reagiert.«

»Auf Isaacs Bilder?« Fassungslos schluckte ich den letzten Bissen hinunter und bekam die nächsten Worte kaum heraus: »Du willst immer noch gemeinsame Sache mit ihm machen … nach allem, was er getan hat …«

»Er hat die Fotos sicher längst zu einem Kontaktmann an Land geschickt, der sie ebenfalls weitergeleitet haben wird. Sie haben da ein ausgeklügeltes System entwickelt, damit Quelle und Herkunft nicht geortet werden können, aber davon verstehe ich nichts. Jeder hat seine Aufgaben.«

*Na super!* Ich schwieg verletzt. Dad würde in Ohnmacht fallen, wenn er mich auf diesen Fotos sah.

Nathan beobachtete mich. »Es ist sowieso schon passiert. Ich kann es nicht mehr rückgängig machen, daher warten wir erst mal ab … Womöglich überrascht uns dein Vater und reagiert doch.«

»Dein Bruder hätte Sparta ertrinken lassen«, sagte ich hitzig, auch wenn es nichts damit zu tun hatte.

»Ich weiß.« Mehr sagte Nathan nicht.

»Das verdient niemand. Was, wenn Sparta es nicht war?«

Nathan blickte auf die Schlafenden, legte den Zeigefinger auf die Lippen und schüttelte den Kopf. Dann formte er ein tonloses »Nicht hier – nicht jetzt«, zumindest interpretierte ich es so.

Ich nickte.

Bei seinen nächsten Worten verdüsterte sich sein Gesicht. »Isaac darf dich niemals finden, Will. Sein Hass sitzt noch viel tiefer, als es mir bewusst war.«

Ich lehnte mich ein Stück nach vorne, was den Kahn sofort zum Schaukeln brachte. »Du hattest Angst, dass er an Bord kommt. Du hast den Kurs geändert. Ich verstehe das nicht. Du hast doch gesagt, er würde am Ende der drei Wochen sowieso zu euch stoßen.«

»So lautete der offizielle Plan, ja; aber ich hatte von vorneherein meinen eigenen – so wie Isaac offenbar auch seinen eigenen verfolgt hat. Ich hatte schon immer vor, dich hier in den Bayous freizulassen, natürlich irgendwo in der Nähe der Dörfer, ohne dass er dich je zu Gesicht bekommen hätte. Diesen Plan kannten aber nur ich und die Zwillinge.«

»Ilias und Pan?«

»Rayk und Kjertan, ja. Sie mochten Isaac noch nie, und das beruht auf Gegenseitigkeit. Er hält sie für einfältig. Keine Männer, mit denen man clevere Pläne ausheckt. Sie halten ihn für einen blasierten Mistkerl.«

»Du vertraust Ilias? Also Rayk?«

Nathan nickte zu dem schmalen Kahn, in dem sich Pan rekelte. »Ja. Aber ein paar Details hatte ich beiden trotzdem verschwiegen.«

Ich sah in sein ernstes Gesicht, in dem die grauen Augen silbrig im Morgenlicht funkelten. »Du hältst dich im Alleingang für unfehlbar, was?«

Betroffen sah er zurück. »Wäre ich unfehlbar, hätte Isaac die Koordinaten nicht erfahren. Ich frage mich die ganze Zeit, wer es gewesen sein könnte, wenn nicht Stan.« Er senkte die Stimme zu einem Flüstern. »Ich weiß nicht mal, ob der, der dich ins Meer geworfen hat, derselbe war, der auch die Koordinaten verraten hat. Im Grunde hätte jeder auf die Brücke gehen können, während ich im Wasser nach dir getaucht habe. Also jeder, der was von Transpondern versteht. Es muss nicht Stan gewesen sein.«

Ich sah ihn an. »Muss es denn auf der Brücke gewesen sein? Was ist mit deinem Handy? Als du im Wasser warst, hätte es sicher jeder benutzen können, oder?«

»Es hat einen Code. Keiner kennt ihn.«

»Vielleicht hat doch jemand ein zweites Handy mit an Bord gebracht.«

»Auszuschließen ist es nicht, auch wenn ich mir relativ sicher bin, dass es keiner gewagt hätte. Doch dann könnte es jeder gewesen sein.«

»Die Frage ist auch, warum hat es jemand getan?«

»Weil der Plan in Gefahr war. Derjenige wollte, dass Isaac herkommt und den Plan mit aller Macht zu Ende bringt, egal, was es für dich bedeutet.« Wieder blickte er zu den Booten und legte einen Finger auf die Lippen.

Ich fragte mich, welchen Männern er hier vertraute. Pan sicherlich, und Troja ebenfalls. Sparta war ohnehin der Wackelkandidat, aber was war mit Ikarus? Er hätte vielleicht als Einziger die Salbe verschwinden lassen können, ohne dass es jemandem aufgefallen wäre. Aber natürlich hätte sie auch jeder unbemerkt über Bord werfen können. Dafür brauchte man keine Zaubertricks.

Ich würde später alleine mit ihm darüber reden, jetzt musste ich erst noch etwas anderes klären. »Weißt du, was Isaac mit mir machen will?« Das musste ich unbedingt wissen, denn meiner Meinung nach wollte er meinen Tod und das schon von Anfang an.

Nathan blickte auf seine Hände, dann wieder zu mir. »Ich wusste, dass er keine Hemmungen haben würde, dir wehzutun, sollte dein Vater unsere Forderungen nicht erfüllen. Deswegen habe ich ja auch den abgesprochenen Kurs geändert. Aber natürlich ist da …« Er verstummte plötzlich.

»Was ist da?«

»Leise … die anderen sind wach!« Elegant erhob er sich und sprang mit einem Riesensatz von dem Baumstumpf auf das Motorboot. Damit war das Gespräch beendet, denn Ikarus fuhr mit einem erschreckten Schrei auf und weckte dadurch Troja, der etwas vor sich hin brummte. Nathan balancierte sich indessen geschickt aus, die Arme waagrecht ausgestreckt.

Missfällig sah ich ihn an, und er warf mir ein reumütiges Lächeln zu, bevor er meinem Blick auswich. Er wollte nicht darüber reden.

Okay, offenbar gab es tatsächlich noch etwas Konkretes. Es ging nicht nur um Coldville und die Hampton Oil Company. Es musste etwas Schwerwiegendes sein, der wahre Grund, warum Isaac mich bis aufs Blut hasste.

*Ich will dich: besitzen, zerstören und töten.* Das hatte er nicht aussprechen müssen, seine Augen hatten es mir gesagt. Ich konnte nur hoffen, dass ich hier wirklich in Sicherheit war.

# Kapitel 3

Nathan und Ikarus banden den Kahn mit einem Tau an das motorbetriebene Kanu, sodass wir schneller vorankamen. Neben weiteren Tauen gab es noch eine Box unter einer Sitzbank. Dort bewahrte Nathan seine eiserne Reserve auf: Wasserflaschen, Hartkekse und ein paar Dollars, damit er nie ohne Grundversorgung in die Bayous zurückkehrte. Den Kahn hatte er vor Jahren selbst gebaut, das Motorboot verwaist und mit kaputtem Motor gefunden und repariert. Die Boote hatten nun über ein Jahr in ihrem Versteck gelegen, seit der Zeit, als Isaac Nathan nach Coldville zurückbeordert hatte. Warum und wie lange er zuvor hier gewesen war, verriet er mir nicht, aber ich wusste, dass er seine Schwester in den Bayous beerdigt hatte. Außerdem waren die Bayous immer Isaacs und Nathans Ziel gewesen, als sie damals aus Coldville fortgegangen waren. Das konnte bedeuten, dass er für eine sehr lange Zeit hier gelebt hatte; was erklären würde, warum er sich so gut auskannte.

Den frühen Morgen über fuhren wir mit gedrosseltem Tempo den Atchafalaya entlang, dem großen Strom folgend, Richtung Golf von Mexiko. Gegen Mittag bogen wir in die Seitenarme und kamen durch Wälder, die dem von heute Morgen ähnelten. Sie sahen aus, als würden sie auf dem Wasser treiben. Schwimmende Wälder nannte sie Nathan. Ich liebte ihre geheimnisvolle Magie. Hier strichen Nebelschwaden wie silberglitzernder Rauch über das dunkelgrüne Wasser, da streiften uns die weichen Luftwurzeln der herabhängenden Moose. Von kleineren Inseln ertönte das Quaken von Millionen Fröschen. Leider gab es auch eine ganze Armee Stechmücken, schwimmende Giftschlangen und zweihundertkiloschwere Geierschildkröten.

»Diese Giganten leben am Grund des Sumpfes und können euch mit einem einzigen Biss den Zeh amputieren«, sagte Nathan mahnend.

»Autsch!« Ich verzog mein Gesicht und war froh, dass wenigstens die Atmosphäre relativ gelöst war. Bis auf die Feindseligkeit zwischen Sparta und Troja wirkten die Männer lockerer als noch auf der Agamemnon.

»Wie lange bleiben eigentlich die anderen hier?«, fragte ich Nathan, als die Sumpfzypressen in ihrer Mitte einen schmalen Lauf freigaben, auf dem man nicht länger stochern musste, sondern gut rudern konnte.

Nathan verankerte gerade die Paddel wieder in ihrer Vorrichtung. »Das müssen wir noch besprechen«, antwortete er knapp. »Allerdings ohne dich.«

Seine regelrechte Versessenheit auf den Plan versetzte mir wieder mal einen Stich. »Und was ist mit Sparta? Er braucht einen Arzt«, sagte ich gedämpft mit einem Blick auf das hintere Motorboot, das wir die letzten Stunden gezogen hatten, um Sprit zu sparen.

»Stan wusste von Anfang an, worauf er sich einlässt. Er wusste, dass unser Vorhaben im Ernstfall auch länger dauern könnte.«

»Kann er nicht einfach nach Coldville zurückgehen? Zu seiner Familie?«

»Ich weiß nicht, ob er es schaffen würde. Außerdem: Wenn er jetzt ginge und dein Vater tatsächlich seine Leute hingeschickt hat … sie würden ihn sofort in die Mangel nehmen, und das würde er nicht durchstehen.«

Ich wurde hellhörig. »Was meinst du mit: in die Mangel nehmen?«

Nathan sah an mir vorbei. »Ich glaube, dein Vater würde vor nichts zurückschrecken, um dich wiederzubekommen.«

Die Worte hinterließen ein dunkles Gefühl in mir, vor allem, weil Dad davor zurückschreckte, sich selbst anzuzeigen. Ob schuldig oder nicht: Ich hätte mich für ihn – und sein Leben – in jedes Gefängnis der Welt einschließen lassen.

Nathan erschlug wie beiläufig eine Stechmücke auf seinem Arm, bevor er sich wieder an mich wandte. »Mach dir fürs Erste keine Sorgen wegen Stan. Ich besorge ihm Medizin. Es gibt in den Sümpfen weise Cajuns, die sich mit Kräuterheilkunde auskennen. Sie haben schmerzstillende Extrakte, die einen Elefanten schachmatt setzen könnten.«

»Cajuns?«

»Die Cajuns sind französische Siedler, die nach dem britischen Sieg aus den Provinzen Kanadas vertrieben wurden und sich als Flüchtlinge in Louisiana niederließen. Weißt du das nicht?«

»Natürlich weiß ich etwas über die französischen Siedler, auch, dass einige nach Louisiana gegangen sind. Ich wusste nur nicht, dass man sie Cajuns nennt.«

»Du weißt nicht so viel über die Südstaaten, was?« Nathan klang nicht spöttisch, eher überrascht.

»Rosewood Manor war so etwas wie ein goldener Käfig, und außerdem war ich seit meinem elften Lebensjahr nicht mehr dort.«

Nathan lächelte. »Die Cajuns leben heute als Minderheit in den Sümpfen, aber ihr Wissen hat sich mit den Natives und den Creolen vermischt. Glaub mir«, sagte er, als ich skeptisch die Stirn runzelte, »das Zeug, das ich Stanton besorgen werde, wirkt.«

Wir fuhren den ganzen Tag, und ich entdeckte später noch kleinere Alligatoren, die sich auf schwimmendem Treibholz sonnten; Silberreiher, die im Tiefflug über die Baumkronen glitten; verlassene Häuser auf Pfählen und verrottete Kanus, die herrenlos an den Ufern lagen. In der Ferne sah ich hin und wieder die Bewohner dieses seltsamen Ortes. Hausboote, auf denen ältere Frauen mit schwarzem Haar auf der Veranda in der Sonne saßen; Stege, an denen ihre Männer in Gummistiefeln angelten. Vermutlich waren es diese Cajuns, Einsiedler oder gar Kriminelle, die hierher geflüchtet waren, an einen Ort, den Amerika vergessen hatte.

Gegen Abend frischte der Wind auf und ließ die Büschel der silbernen Moose wehen. Es sah gespenstisch aus, ein bisschen, als würden die Bäume mit tausend Taschentüchern ein Lebewohl winken. Ich fröstelte. Das Labyrinth aus ineinander verschlungenen Wasserläufen wurde immer verworrener. Mehrmals hatte ich Nathan gefragt, wohin er wollte, und er hatte geantwortet, dass dieser Ort keinen Namen besäße und schon lange verlassen sei.

»Du kannst ihn *Secret Hide* nennen, wenn das okay für dich ist«, sagte er, als ich ihm wieder einmal damit auf die Nerven fiel.

Auf einer Landspitze sah ich einen Waschbären davonhuschen.

»Ich könnte ihn auch *One Year Prison* nennen«, schlug ich missbilligend vor.

Troja grinste. »Wie wär's mit *Princess Paradise?*«

»Wir werden sehen«, sagte ich, froh, wenigstens eine einzige Sache bestimmen zu können.

Es dämmerte bereits, als wir den Ort erreichten, von dem Nathan gesprochen hatte. Es war eine kleine Insel zwischen einem schwimmenden Wald und dem gigantischen Becken des Atchafalaya. Am Horizont, weit in Ferne, lag eine weitere Insel, über der die Abendsonne in Gold und Purpur zerlief. Es sah geheimnisvoll und mystisch aus, als stünde das Wasser lichterloh in Flammen.

Eine Gänsehaut krabbelte mir über den Rücken, und ich bekam kaum mit, wie Nathan und Pan anlegten, ausstiegen und die Boote an einem verwitterten Steg festbanden. Erst als ich mich umdrehte, entdeckte ich die Hütten, verwahrloste einstöckige Holzbauten auf Pfählen, wie ich sie heute schon mehrfach an den Ufern gesehen hatte. Eine davon neigte sich so weit nach rechts, dass ihr Wellblechdach fast ins Wasser tauchte, aber diese war offenbar nicht unsere Unterkunft.

Der Pfahlbau, den Nathan jetzt zielstrebig ansteuerte, besaß eine direkte Verbindung zum Steg, sodass ich auch ohne festes Schuhwerk dorthin gelangen konnte. Hastig kletterte ich aus dem Kahn und lief den Männern hinterher.

»Diese Holzhütten sind schon lange unbewohnt«, erklärte Nathan, und das graue Holz des Steges ächzte unter der Last der vielen schweren Schritte. »Nachdem Katrina hier durch ist, haben die Bewohner ihre Bleibe verlassen. Aus Angst vor einem neuen Hurrikan.«

Ich musterte das verkommene Holzhäuschen, das hier das größte war. Zum Schutz vor Überschwemmung stand es auf Pfählen, die weiter in die Luft ragten als Pans Scheitel, es war sozusagen eine Hütte in erster Etage. Eine Art Penthouse, das mir aus seinen blinden Fenstern voller Ironie zuzuzwinkern schien.

Nathan stieg die breiten Stufen hinauf, und auch hier knarzte das morsche Holz, als wollte es unter jedem seiner Schritte durchbrechen. Ich blickte hinauf. Das Haus hatte einen Vorbau, der über dem Wasser thronte; der hintere Teil war über festem Grund gebaut – Land, das von den uralten Zypressen, üppigen grünen Stauden, Gras und

Gehölz durchzogen war. Ich entdeckte ein paar lose, faulige Bretter, verrostete Werkzeuge, Paddel und sogar einen alten Autoreifen, achtlos liegengelassen wie Strandgut. Außerdem gab es einen winzigen Schuppen.

Und hier sollte ich ein Jahr bleiben? Das war unvorstellbar. Hier gab es nichts! Gar nichts! »Warte!«, rief ich Nathan zu, bevor er die Hütte betreten konnte. Er stoppte und musterte mich fragend, als ich mich an den anderen vorbeizwängte. Bittend sah ich ihn an, brachte aber plötzlich keinen Ton mehr heraus.

»Das wird schon«, sagte Nathan nur, als hätte er die stumme Frage in mir gelesen.

Ich schüttelte nur den Kopf, doch das hatte nichts mit seiner Äußerung zu tun. Da war etwas an diesem Ort, und es hatte mich ganz unvermittelt gepackt. Es hinterließ eine Unruhe in meinem Inneren, das Bedürfnis, etwas zu suchen, von dem ich nicht einmal wusste, dass ich es verloren hatte.

»Jetzt komm, Will!« Entschieden öffnete Nathan die Tür, und die rostigen Angeln quietschten dunkel, ein jammervoller Laut wie ein uraltes Seufzen. Pan murmelte etwas, das wie ein Gebet um Bewahrung klang. Noch vor ihm trat ich ein und glaubte, etwas krabbeliges Vielbeiniges in die Düsternis huschen zu sehen. »Igitt!« Ich zuckte zurück, aber Troja schob mich weiter.

»Trautes Heim, Glück allein!«, spöttelte er. »Ich hoffe sehr, dass ich nicht ein Jahr hier versauern muss.«

Ich ignorierte ihn und sah mich um, immer noch von dem fremden Gefühl in mir berührt. Diese Hütte besaß keinerlei Trennwände im Inneren, auch wenn sie aus drei Räumen zu bestehen schien. Von Westen fiel das Abendrot durch die Fenster des Vorbaus und malte goldene Lichtquadrate auf den Holzboden; ein sanftes Licht wie von Flammen, das die Spinnweben zwischen Möbeln und Dach in glühende Geflechte verwandelte. Vorsichtig ging ich ein paar Meter weiter, beunruhigt, eine Riesenspinne oder eine Giftschlange würde jäh aus einer finsteren Ecke hervorschießen.

»Keine Angst«, sagte Nathan, der meine Furcht erriet. »Die Korallenotter sucht normalerweise keine Zuflucht in höher gelegenen Hütten. Außerdem reagiert sie nur aggressiv, wenn sie sich bedroht fühlt.«

Ich nickte dankbar und inspizierte den winzigen Vorbau, in dem nur ein paar staubige Sitzkissen um ein Stück Treibholz lagen, offenbar das ehemalige Wohnzimmer. »Luxuriös, meine Unterkunft«, kommentierte ich knapp. Ikarus und Troja lachten, Pan rumorte irgendwo herum und Sparta hatte sich sofort im hinteren Bereich auf eine Matratze gelegt.

Nachdem ich aus dem Fenster auf das weitläufige Bassin gesehen hatte, ging ich zurück. Die Hüttenmitte sollte wohl eine Art Küche sein. Mit den Fingerspitzen fuhr ich über die Drehschalter des Gasherdes. »Ob der noch funktioniert?«

Nathan zuckte die Schultern. »Werden wir sehen, sobald wir ein Feuerzeug oder Streichhölzer finden. Wenn das Gas leer ist, organisieren wir ein paar neue Flaschen.« Er kam zu mir rüber. »In den leerstehenden Häusern der Cajuns lassen sich zeitweise Abenteurer nieder, manchmal auch Naturfotografen. Hin und wieder bleiben sie länger und schaffen mehr Vorräte her, als sie später wieder mitnehmen können. Wir schauen morgen, was wir in den umliegenden Hütten finden.«

»Hab Scheißhaus entdeckt«, meldete Pan plötzlich, und seine Stimme schien von unten zu kommen. Diesmal zuckte ich nicht wegen seiner derben Wortwahl zusammen, daran hatte ich mich längst gewöhnt. »Ist unten. Scheiße fallen direkt in Sumpf.« Polternd kam er einen schmalen Stieg hinauf, der im letzten Raum, offenbar dem Schlafzimmer, zum stillen Örtchen führte.

»In dieser epischen Breite wollten wir's gar nicht wissen«, seufzte Ikarus, der gerade zusammen mit Troja einen staubigen Schrank nach Kerzen und Streichhölzern durchwühlte.

Fröstelnd rieb ich mir über die Arme, auch wenn es nicht kalt war. Es war Sommer in Louisiana, Ende Juni, das bedeutete, dass die Temperaturen auch nachts selten unter zwanzig Grad fielen, doch mir steckte noch die Angst vor Isaac in den Knochen. Die Fahrt und die Natur hatten mich von der Angst abgelenkt, aber ich spürte sie in der Tiefe, meterhoch, gewaltig, hinter all den neuen Eindrücken verborgen.

Wieder ging ich zum Vorbau und spähte aus den Fenstern auf das rotschimmernde Becken. »Nathan?«

»Willa?« Er kam zu mir, und sein Geruch stieg mir in die Nase. Das Meeressalz klebte immer noch an ihm, aber er roch auch nach frischem Schweiß, ein herber, sinnlicher Geruch, der den Wunsch in mir weckte, er würde mich wieder küssen. »Bin ich hier vor ihm sicher?«, fragte ich leise. »Kennst nur du diesen Ort?«

»Ja.« Seine Stimme klang dunkler als gewöhnlich. »Isaac war nie hier. Keiner der anderen war es. Versprochen.«

Ich lächelte erleichtert, und als er mich ansah, lag ein tiefes Funkeln in seinen Augen. Zaghaft hob er die Hand und berührte die geschwollene Stelle meines Gesichts mit den Fingerspitzen. Es tat weh, doch ich hielt still, weil die Berührung behutsam und tröstlich war. Sie löste eine Wärme in mir aus, die mich von Kopf bis Fuß erfüllte, mich ganz und gar glücklich machte, obwohl alles um mich herum im Chaos versank; obwohl ich nicht mehr wusste, was ich wollte und wohin ich gehörte; obwohl ich so große Angst hatte.

Für mehrere Atemzüge standen wir so da, gefangen in der Berührung, und konnten nicht aufhören, einander anzusehen, dann, abrupt, ließ Nathan die Hand sinken, als wäre es ihm verboten, mich anzufassen.

Hastig wich er einen Meter zurück und verschränkte die Arme. »Es tut mir leid, was passiert ist, Will.«

»Das weiß ich«, flüsterte ich. Draußen wich das letzte Dämmerungsrot der Schwärze der Nacht. Mein Herz brannte. Ich wollte seine Berührung. Ich brauchte seine Nähe. Am liebsten hätte ich ihn geschüttelt und ihn angeschrien, er solle mich in den Arm nehmen, mich küssen und was sonst noch mit mir anstellen. Ein kleiner Teil fand sogar, er wäre mir das schuldig, als Wiedergutmachung sozusagen, aber natürlich war das unsinnig. Ich hatte kein Recht auf ihn, vor allem, wenn seine Geschichte stimmte.

»Du bist ein tapferes Mädchen«, sagte er jetzt leise. »Stärker und mutiger, als ich gedacht habe. Und du hast ein gutes Herz.«

Ich schluckte. »Das mit dem guten Herzen sagt auch Pan über dich.« Er war so schön, wie er da in dem letzten schwarzen Licht stand. Schatten auf dem Gesicht und Trauer im Blick. Unnahbarkeit auf jedem Zentimeter Haut. Ein Mann ohne Träume. Aber das stimmte ja nicht. Er hatte Träume, er hatte sie nur so gut versteckt, weil er sie fürchtete. Er hatte mir gesagt, dass er mir näher sein wollte, als gut für ihn war.

Ich zwinkerte, und er sah mich immer noch an, die Arme verschränkt, die Distanz wie eine unsichtbare Mauer um seinen Körper.

In diesem Moment wollte ich ihn ganz und gar. Ich spürte eine fremde Sehnsucht in mir, die mich völlig verrückt machte. Sie brannte, loderte und flirrte wie tausend Feuerfunken in meiner Brust. Ich wollte ihm etwas bedeuten, ich wollte alles für ihn sein und hatte gleichzeitig so große Angst, dass er mich dafür nie nahe genug an sich heranlassen würde. Dass ich nie einen Abdruck in ihm hinterlassen würde, der tief genug war, um ihm in Erinnerung zu bleiben. Dass er mich nach all dem hier irgendwann vergessen würde.

Ich musste mich abwenden, weil sich mein Magen bretthart verknotete, und nach ein paar bangen Herzschlägen, in denen ich aus dem Fenster sah und das Unmögliche hoffte, wandte er sich ab und ging zu den anderen zurück.

Ich blickte auf das schwarze Becken, das in der Dunkelheit schlief. Noch nie hatte ich mich so zerrissen, so glücklich und einsam zugleich, so verwundbar und verängstigt gefühlt. So weit weg von zuhause. Und unter all diesen Gefühlen spürte ich immer noch die tief verborgene Magie dieses Ortes. Dieses Geheimnis, das er nicht preisgab. Es war wie ein fernes Lied in meinem Kopf, ein Rhythmus, wie Arme, die mich fest umschlungen hielten und mich wiegten. Auf und ab. Immer wieder. Da war eine tiefe ehrliche Liebe, ein Ächzen von altem Holz und der Geruch von dunkelgrünem Wasser. Aber das alles war nur ein Gefühl, das sich in diese Bilder verwandelte, nichts Greifbares. Und dennoch erschien es mir schicksalhaft, ausgerechnet hier in den Bayous gelandet zu sein, an dem Ort, den ich schon als kleines Mädchen auf die Wände meines Zimmers gemalt hatte.

Der nächste Tag war so arbeitsintensiv, dass ich die Magie des Ortes erst mal vergaß. Ich entstaubte und säuberte die Hütte, so gut wie es mit dem zerfledderten Schwamm und dem Geschirrtuch möglich war. Allerdings hatte ich keine Erfahrung im Saubermachen, weswegen Nathan mir Pan zur Seite stellte, nachdem ich die Hälfte des kostbaren Putzmittels ins noch wertvollere Wasser gekippt hatte. Überhaupt klebte Pan immer an mir, ich vermutete, dass das eine Vorsichtsmaßnahme wegen Sparta war, und Nathan bestätigte meine Vermutung, als ich einmal kurz mit ihm allein sprechen konnte. »Kjertan ist der Einzige, dem ich wirklich vertraue, auch wenn ich weder Ian noch Noah verdächtige. Stanton bleibt auf der Schwarzen Liste, wobei ich ihm höchstens unterstelle, dass er die Koordinaten weitergegeben hat. Trotzdem möchte ich nicht, dass du mit einem von den dreien alleine irgendwo hingehst, verstanden?«

Es war müßig, zu überlegen, wer von der ehemaligen Crew mich anstatt Sparta hatte loswerden wollen, aber meine Gedanken kreisten fortlaufend um das Thema. Wegen der Größe kam ich öfter auf Ilias zurück, aber Pan schwor mir hoch und heilig, dass mir sein Zwilling allein ihm zuliebe nie ein Haar gekrümmt hätte. Ilias wusste, wie sehr

Pan mich mochte. Außerdem waren sie meistens einer Meinung, und wenn Pan jemanden mochte, schloss Ilias sich an und umgekehrt.

Im Grunde hätte es jeder gewesen sein können, nur die Hobbits schieden aus – sie waren einfach viel zu klein. Es war wirklich zwecklos, darüber nachzugrübeln.

Es vergingen sicher drei Wochen, in denen wir uns einrichteten. In den umliegenden Hütten, die teilweise weit verstreut auf der Landzunge lagen, suchten wir nach allem, was wir gebrauchen konnten. Wir fanden ein paar Patchwork-Decken, Streichhölzer, ausgeleierte Matratzen, einen halben Sack Nudeln, einen Sack Reis, dazu »Dosenfraß« – wie es Ikarus abfällig nannte – und Wechselklamotten. Nathan entdeckte sogar ein paar alte knöchelhohe Schnürstiefel für mich, allerdings in neununddreißig, was zwei Nummern zu groß für mich war.

»Himmel, Will! Kein Mensch hat so winzige Cinderella-Füße! Kann an dir nicht irgendetwas mal normal sein?«, kommentierte er es, halb belustigt, halb genervt, aber es klappte dann doch mit den Stricksocken, die wir in der windschiefen Hütte gefunden hatten.

Nathan selbst war am zweiten Tag mit dem Motorboot fortgefahren und hatte nur Ikarus mitgenommen. Als sie nach sechs Stunden wiederkamen, hatten sie mit seinen letzten Dollars das Boot mit den fehlenden Vorräten beladen: mit noch mehr Dosenfraß, Obst und frischem Gemüse, Mehl und Gewürzen, Gas für den Herd, mit Werkzeugen, die noch fehlten, mit Binden und Tampons, mit einem Ladekabel für Nathans Handy und einem Generator, mit dem man per Handkurbel Strom erzeugen konnte. Außerdem hatten sie ein paar fiebersenkende Medikamente und Antibiotika dabei.

Einerseits war es beängstigend, dass die Küstenstädte offenbar nicht so weit entfernt waren – schließlich konnte Isaac dort nach uns suchen –, andererseits war es praktisch. Zumindest hatte ich jetzt Binden und Tampons für alle Fälle, auch wenn meine Periode bisher kein Problem gewesen war. Ich bekam sie sowieso nur sehr unregelmäßig, vielleicht dreimal im Jahr, ein Phänomen, das laut Dr. Moore mit meiner Psyche zusammenhing. Mir war das allerdings immer gerade recht gewesen.

Am nächsten Morgen brachen die Männer mit dem Motorboot auf, um herauszufinden, ob sie irgendwo in der Gegend Empfang hatten. Sie wollten die Nachrichten checken, ebenso eingegangene Anrufe. Natürlich wollten sie auch mit Isaac in Kontakt treten, aber das wollte keiner zugeben, das dachte ich mir nur.

Da sie alle gemeinsam unterwegs waren, bestand für mich keine Gefahr, dass mir jemand hinterrücks ein Stück Treibholz überzog – wenn ich Nathan glauben durfte. Ich sollte nur hin und wieder das Becken im Auge behalten, er wollte mit den anderen auf die Ost-Seite bei dem schwimmenden Wald, und notfalls sollte ich dorthin laufen und laut rufen.

Sie gingen zum Steg hinunter, und ich beobachtete, wie die Männer ins Boot stiegen. Nathan trug wie immer schwarz und wirkte in der nebeligen Luft wie ein Schatten. Sparta war dagegen blass und sah neben dem schattenhaften Nathan aus wie ein Gespenst. Nathan hatte mir gestern gesagt, er hätte aufgrund der Immunschwäche eine durch Pilze ausgelöste Lungenentzündung. Viele, die er kannte, waren letztendlich an so einer Infektion gestorben. Oder an einer harmlosen Erkältung. Beides führte irgendwann zu hohem Fieber. Organversagen. Tod. Bei manchen ging es schneller, bei anderen zog es sich quälend dahin. Ich mochte mir nicht ausmalen, wie es war, wenn Sparta hier starb. Troja und Ikarus wirkten neben ihm wie unbeschwerte Studenten. Ikarus trug einen weiten bunten Mantel, den wir auf einer Veranda gefunden hatten, und sah damit wirklich aus wie ein Zauberer. Troja hatte sich einen braunen Poncho aus der windschiefen Hütte übergeworfen, ein Cowboyhut saß auf seinem Kopf. Aus Langeweile ärgerten sie sich ständig gegenseitig, aber Troja wechselte weiterhin kein Wort mit Sparta und ging ihm aus dem Weg.

Pan war still geworden – wahrscheinlich, weil er sich um Ilias sorgte. Seit Neustem trug er ein dunkelgrünes Bandana, das er sich aus einem mottenzerfressenen Hemdsärmel geknotet hatte und das seine Locken bändigte, die durch die Luftfeuchte in alle Himmelsrichtungen abstanden. Er blickte zu mir, und ich lächelte verhalten, hob zaghaft die Hand und winkte. Er beobachtete mich oft, so oft, dass es mir manchmal unangenehm war, doch ich sagte nichts, weil ich ihn nicht kränken wollte. Immerhin hatte er Maury statt meiner k. o. geschlagen, und dafür war ich ihm bis ans Ende meiner Tage dankbar.

Als ich das Boot nicht mehr sah, holte ich mit einem henkellosen Eimer Wasser aus dem Atchafalaya, zog mich aus und wusch mich am Steg mit unserer unschätzbar wertvollen Seife. Alles war hier kostbar, die Hygieneartikel, jeder Tropfen Trinkwasser, jedes Kleidungsstück. Ich kannte so etwas nicht, und ich musste aufpassen, dass ich nicht zu verschwenderisch mit den Dingen umging.

Nachdem ich auch mühselig meine langen Haare gewaschen hatte, stieg ich die knarzenden Stufen zur Hütte hinauf. Für einen Augenblick sah ich über das weite Becken. Nebelschwaden irrten über das Wasser, und im See tummelten sich Hunderte von Pelikanen, die lautlos ihre Schnäbel ins Wasser tauchten. Keine Spur von einem fremden Motorboot. Bis auf ein feines Glucksen des Wassers war es still, trotzdem klopfte mein Herz schneller. *Wir sind am Ende der Welt, und die Bayous sind ein Irrgarten aus Wasserstraßen. Jemanden hier aufzuspüren, ist schwerer, als die Nadel im Heuhaufen zu finden,* hatte Nathan gesagt.

Zurück in der Hütte suchte ich nach etwas Passendem zum Anziehen, doch ich fand nur die alte Thermohose und den Hoodie, die hier bei über dreißig Grad viel zu warm waren. Um nicht nackt herumzulaufen, streifte ich mir den Kapuzenpulli über, schlüpfte in eine Männerunterhose von Nathan und in meine Boots, anschließend stiefelte ich über die mit Schilf und Stauden überwucherte Landzunge, in der Hoffnung, in einem der Häuschen doch noch Klamotten in meiner Größe zu finden. Die schmale Insel war nicht sonderlich groß. Ich brauchte von unserer Hütte an einem Ende ungefähr eine halbe Stunde, um ans andere Ende zu gelangen. Die Breite durchschritt man in etwa fünf Minuten. Je nachdem, wo man gerade war, brauchte man auch weniger. Das Stück Land musste also in etwa drei Meilen lang und eine halbe breit sein.

Ich war trotzdem angespannt. Während der ersten Meter blickte ich nervös zum Steg zurück, doch da lag nur der Kahn. Ich hätte ihn natürlich benutzen können, um zu den anderen Hütten zu kommen, aber im Rudern hatte ich keinerlei Übung.

Die ersten vier Ein-Zimmer-Hütten, die in der Nähe lagen, waren eine herbe Enttäuschung, aber da hatten wir auch schon alles inspiziert. Dafür entdeckte ich in der fünften, in der ausschließlich Sparta gesucht hatte, einen wahren Schatz. Ich fand einen alten Spiegel und eine marode Truhe mit Frauen- und Mädchenkleidung. Zu meinem Entzücken waren sogar passende Unterhosen, ein veilchenblaues Sommerkleid und eine schwarze knielange Hose dabei. Letztere war aus zartem Stoff, genau das Richtige für diese erdrückende Hitze und die ständige Schwüle.

Glücklich über meine Beute belud ich mich mit den Klamotten, packte den Spiegel obendrauf und lief zurück, immer mit Blick auf den Boden, damit ich auf keine Schlange trat und keinen Alligator übersah. Die Alligatoren hier waren viel kleiner als jene am Mississippi, eine andere Unterart, hatte Nathan erklärt, und sie griffen auch keine Menschen an, trotzdem fand ich sie unheimlich. Ich hasste Krokodile, und ich hasste Alligatoren. Ich war einfach kein Freund von Reptilien.

In der Hütte sah ich erst mal aus allen Fenstern, doch Nathan und die anderen waren noch nirgendwo zu sehen. Umso besser: Zeit für Mädchenkram! Zuerst wusch ich meine neuen Klamotten per Hand, wrang sie aus und hängte sie auf unsere provisorische Wäscheleine im Schlafbereich; nur die schwarze Hose und ein lavendelblaues Shirt wollte ich sofort anprobieren.

Schnell schlüpfte ich in die frisch gewaschenen Klamotten, stellte den Spiegel auf eine hüfthohe Kommode und betrachtete mich. Ich mochte die Hose, und auch wenn der durchscheinende Stoff jetzt noch nass war, konnte man den Schnitt gut erkennen. Unterhalb meiner Knie saß sie durch ein breites Gummi enger, sodass die schmale Spitzenbordüre sich wie eine Blüte nach unten öffnete. Mädchenhaft. Sie würde Dad gefallen, so wie das Kleid an meinem neunzehnten Geburtstag. Ich verdrängte den Gedanken. Ich war hier nicht mehr Daddys Liebling. In meinem Gesicht schillerte immer noch das Hämatom, das mittlerweile grünlich leuchtete. *Evergreen* hieß die passende Ölfarbe. Unwillig strich ich mir die Haare zurück, und mein Blick fiel auf die stumpfe Schere, die Nathan gefunden und in eine alte Vase gesteckt hatte. Mechanisch zog ich sie heraus und begann, mein langes Haar unterhalb des Kinns Strähne für Strähne abzuschneiden.

Ich hätte heulen können, ich hatte keine Ahnung, warum ich das tat, doch es kam mir wichtig vor. Wie etwas, das ich erledigen musste, um voranzukommen.

Als die letzte Strähne zu Boden glitt, sah ich wie gebannt in den Spiegel. Ich erschrak, aber ich wusste nicht, wieso. Womöglich, weil Dad mein langes Haar so geliebt hatte? Wollte ich mich auf diese Art von ihm lossagen? Nur, warum überhaupt? Ich war mir ja immer noch nicht sicher, ob ich ihn für schuldig hielt oder das alles nur ein Missverständnis war. Und die Frage war auch: Selbst wenn er schuldig war, bedeutete das automatisch, dass ich ihn nicht mehr lieben durfte und mich von ihm lossagen musste?

Aus einem Impuls heraus drehte ich mich um, sprang, zwei

Stufen auf einmal nehmend, die Treppe hinunter und jagte in den noch nassen Klamotten über die schmale Landzunge, ohne Ziel, ohne an irgendetwas zu denken. Ich sprang über altes Gerümpel hinweg, rannte, bis ich kaum noch atmen konnte, dann brach ich auf dem schwankenden Steg eines versteckt gelegenen Häuschens zusammen. Minutenlang lag ich rücklings auf dem Holz und starrte in den Himmel, ohne etwas zu sehen. Ich spürte nur das friedliche Schaukeln unter mir wie ein Wiegen in sanften Armen. Lauwarme Tropfen fielen auf mein Gesicht. Der sintflutartige Louisiana-Regen kündigte sich an. Ich blieb liegen. Auch als die Tropfen immer mehr wurden, auch als es wie aus Eimern schüttete. Meine Klamotten waren ohnehin noch nass.

Eine Weile lag ich einfach nur da und spürte das monotone Prasseln auf meinem Körper. Irgendwann merkte ich, dass ich vor mich hinsprach, Worte, von denen ich nicht gewusst hatte, dass ich sie kannte. Sie hatten einen Rhythmus, der einfach so aus mir herausfloss, als wäre ein Damm gebrochen.

*Du bist mein Ein und Alles, mein Tag und meine Nacht, mein Himmelsstern und meine Erde. Du bist mein Gestern und Morgen. Mein Jetzt. Meine Ewigkeit.*

Ich wiederholte sie wie ein Gebet, immer wieder, bis mich ein Ruf aus der Trance riss. Kerzengerade fuhr ich in den Sitz.

Mein Herz hämmerte. Für Bruchteile von Sekunden dachte ich, es wäre Isaac mit seinen bewaffneten Männern, aber er würde mich sicher nicht rufen, sondern hätte sich angeschlichen. So leise wie möglich stand ich auf. Ich war immer noch verwirrt von der Erinnerung an die Worte, als ich auf dem Steg zu dem Häuschen zurücklief.

»Hallo? Ist da jemand?«, rief ich gedämpft und umrundete die Veranda, um an Land zu kommen.

Wie aus dem Boden gewachsen stand Nathan vor mir, packte mich an den Schultern und presste mich wie damals auf See gegen die Hütte. Mir entwich ein »HhH!«, weil er mich erschreckt hatte, gleichzeitig flirrte alles in mir wie elektrisiert, da er fuchsteufelswild aussah. Richtig atemlos.

»Tu-das-nie-wieder! Nie wieder! Hast du verstanden?« Von oben sah er auf mich herab, die Haare tropfnass, die Augen finster, und dann küsste er mich. Nicht nur ein bisschen. Nicht vorsichtig. Nicht tastend, wie ein Fremder, der den anderen nicht kennt, sondern voller blindem Verlangen. Voller heißem Zorn, Zorn auf sich, aber auch auf mich. Auf sich, weil er nicht gegen seine Gefühle ankam, auf mich, weil ich sie in ihm auslöste. Genauso fühlte es sich an, aber es war mir egal. Ein düsterer, süßer Schauer aus Aufregung und Glück jagte über meine feuchte Haut, den Rücken hinab bis in die Zehen. So etwas kannte ich nicht. Es war wie ein Sog, in den ich geraten war, und ich wollte, dass er niemals damit aufhörte, mich zu küssen, gleich wie zornig er dadurch auf sich selbst war.

Als hätte er den letzten Gedanken gespürt, hielt er inne und wich zurück, ohne meine Schultern loszulassen. »Entferne dich nie wieder so weit von der Hütte, ohne Bescheid zu sagen«, stieß er wütend hervor. »Für einen Moment hatte ich Angst, Isaac hätte dich …«

»Aber ich dachte …«

Wieder küsste er mich, erstickte meine Frage mit Mund und Zunge. Er schmeckte nach dieser mystischen Landschaft, nach Abenteuer und Fremde, ein Geschmack, der mich tief im Inneren berauschte. Irgendwann ließ er mich los, und ich schob die Hände unter sein regennasses T-Shirt, fuhr über seine heiße, feuchte Haut, die harten Muskeln, die vielen Namen der Toten. In meinem Rücken spürte ich das zerfaserte Holz der Hütte, gegen die er mich presste. Alles verschwamm. Die vielen Fragen in meinem Kopf, das Flimmern meiner Gedanken, jede Erinnerung.

Als er das nächste Mal zurückwich, lag ein sonderbares Funkeln in seinen meergrauen Augen. Vielleicht sahen Männer Frauen so an, wenn sie Lust hatten, mit ihnen zu schlafen. Ich wusste es nicht, ich hatte ja keinerlei Erfahrung. Angespannt ballte ich sein T-Shirt in meinen Händen zusammen und spürte mein Herz bis in die Kehle klopfen.

»Nathan?«, flüsterte ich mit brennenden Lippen, auf denen ich ihn immer noch schmeckte. »Was ist das zwischen uns?«

Er sah mich wie gebannt an, dann hob er langsam die Hände und strich mit den Fingern hauchzart über mein Gesicht, von der Stirn zu den Schläfen hinab bis zum Kinn, wieder hinauf, vollkommen synchron. Er wirkte verloren, so weit weg. »Ich wollte mich nie verlieben. Ich wollte überhaupt nie wieder jemanden lieben. Es hat mir nur Unglück gebracht«, sagte er rau.

»Tous ceux qu'il aime meurent.«

Seine Hände zupften an meinen Haaren zwischen Kinn und Schulter, ein kurzes Erkennen der Veränderung ohne Worte. »Ja.« Seine Stimme klang schwer, rau und kehlig. »Alle, die ich liebe, sterben, das war schon immer so. Ein ewiger Fluch.«

»Aber dein Bruder lebt«, sagte ich. »Er ist dir geblieben.«

Wieder zupfte er an meinen Haaren. Er schwieg. Und sein langes Schweigen war meine Antwort. Ich begriff es endlich. Das war das fehlende Puzzleteil, das mir noch gefehlt hatte. »Isaac … er ist auch krank … er stirbt?«, wisperte ich fassungslos. Daher rührte Isaacs elender Hass auf mich, diese persönliche Note, die ich immer spürte.

Nathan trat einen Schritt zurück und wirkte plötzlich verschlossen. »Ich will nicht darüber reden.«

*Und ich will dich küssen,* aber der Wunsch war kindisch in diesem Augenblick. »Nathan, rede mit mir«, bat ich und hoffte, eindringlich genug zu klingen. »Ich bin da, und ich sterbe nicht.«

»Aber eines Tages wirst du gehen, und ich ertrage es nicht, noch einmal jemanden zu verlieren. Eines Tages wirst auch du sterben.« Das Letzte sagte er zornig, als wäre das meine Schuld.

»Aber … jeder stirbt doch irgendwann.«

Er blickte mich an, und sein Gesicht war für Sekundenbruchteile bar jedes Schutzes, barg all seine Trauer, seinen ganzen Kummer ohne seine Wut. Jetzt sah er weder kriegerisch aus noch wie ein Pirat, sondern nur wie ein einsamer Junge, der die Welt nicht verstand. »Ich ertrage es aber nicht mehr. Verstehst du? Das nächste Mal zertrümmert es mich und lässt nichts mehr von mir übrig.« Er presste die Lippen zusammen, und der schutzlose Moment war vorbei. Als er so da stand, wirkte es, als könnte nur noch der Zorn auf diese ungerechte Welt ihn zusammenhalten. Als würde er in Einzelteile zerfallen, wenn er ihn losließe. Mein Herz tat weh, als ich ihn so sah.

»Ich verspreche dir, ich werde nicht sterben. Nicht vor dir«, sagte ich mit einem Lächeln, auch wenn es blödsinnig war.

Prompt ballte er die Fäuste. »Versprechen sind heilig. Man muss sie halten können, aber deins ist unhaltbar.«

»Nathan, ich will doch nur …« *Dass du mich küsst. Dass du mich liebst. Dass wir zusammen sein können. Wenigstens für diese Zeit, in der ich hier gefangen bin.* All das wollte ich ihm sagen, aber ich konnte nicht, als ich ihn so elend sah. Er zitterte, und ich hatte Angst, dass er sich wieder völlig in sich zurückzog, mich abwies oder schlecht behandelte, nur um sich zu schützen. »Das mit Isaac tut mir leid«, sagte ich leise, auch wenn ich es nur für Nathan selbst bedauerte. »Wie lange …« Ich verstummte, als ich seinen lichtlosen Blick sah. Seine Lider flatterten.

»Er hat noch Zeit. Vielleicht sechs Monate, vielleicht ein Jahr. Keiner der anderen weiß es.« Jäh lief er los, sprang von der Holzveranda auf den Boden und reichte mir die Hand, damit ich besser hinunterklettern konnte.

»Hast du es deswegen getan?«, fragte ich.

Nathan ließ mich los und marschierte mitten durchs Dickicht, als fürchtete er weder Giftschlangen noch Riesenspinnen.

»Was getan?« Er drehte sich nicht einmal zu mir um.

Eilig kletterte ich über einen herabgefallenen Ast. »Mich als Geisel genommen. Weil dein Bruder stirbt. Hast du deswegen mitgemacht?«

Er hielt immer noch nicht an, und das brachte mich plötzlich auf hundertachtzig. »Verdammt noch mal, Nathan, ich rede mit dir!«

Er lief noch schneller. Er tat es schon wieder! Erst überfiel er mich regelrecht mit seiner Zuneigung, dann stieß er mich mit beiden Händen von sich. Ich war es so leid, auch wenn er seine Gründe hatte. Ich hatte auch Gründe, weswegen ich von ihm geliebt werden wollte! Außerdem schuldete er mir was. Nur wegen ihm und seinem Bruder saß ich hier fest! Er und Isaac waren schuld, dass ich an Dad zweifelte und fast in einem Fischernetz ertrunken wäre. Noch dazu hatte er mich gefesselt und verspottet. Wieso fühlte ich mich überhaupt mit dieser Macht zu ihm hingezogen? Wegen eines einzigen Sommers in meiner Kindheit – ein paar Worten zwischen bunten Lichtern, Scherben und Sonnenstrahlen? Ich wusste es nicht, und das ärgerte mich noch mehr. Und wütend zu sein, war viel besser, als meine Enttäuschung zuzulassen, allerdings stolperte ich vor Unachtsamkeit geradewegs über ein altes Rohr, das herrenlos herumlag. Ich fing mich, aber etwas schrammte über mein Bein, es war scharf und heiß, sodass ich unwillkürlich aufschrie.

»Willa?« Nathan, der schon etliche Meter weitergelaufen war, drehte sich um.

*Ja, klar! Jetzt reagierst du! Du gestehst dir deine Gefühle nur ein, wenn du vorher Angst um mich hattest!*

Der beißende Schmerz an meinem Bein trieb Tränen in meine Augen. »Ich glaube, eine Korallenotter hat mich gebissen!«

## Kapitel 4

KEINE AHNUNG, WIESO DIESER SATZ AUS MEINEM MUND KAM, VIELLEICHT weil ich so sauer war oder weil das gebogene Rohr mich im ersten Moment tatsächlich an eine Schlange erinnert hatte. »Eine orange-schwarz gestreifte ...«, fügte ich noch hinzu und war erschrocken über mich selbst – es war nur ein Kratzer, und Nathan fürchtete den Tod eines geliebten Menschen. Ich wollte ihm sagen, dass es nur ein dämlicher Scherz gewesen war, doch als er auf mich zu preschte, war meine Kehle wie zugeschnürt.

Sein Gesicht war weiß wie Alabaster, bleicher noch als Spartas, und in seinen Augen lag tiefe, schreckerfüllte Finsternis. Er sah nicht mehr aus wie er selbst, sondern wie ein Mensch, dem ein Dämon die Seele gestohlen hatte. Völlig leer. Vor mir fiel er auf die Knie, umklammerte mein Bein mit den Händen, doch ich konnte immer noch nichts sagen.

»Willa«, flüsterte er und seine Stimme schwankte. »Großer Gott, Will ...«

Automatisch fasste ich in sein Haar. Der Regen hatte es weich und seidig gewaschen. »Es ... es ist nur ein Kratzer ...«, stammelte ich endlich. »Ich habe ... es war ein Witz ... ich wollte nicht, dass du ...«

Sein Griff wurde fester, als er kapierte, dass ich gelogen hatte. Dann fuhr er so schnell auf, als hätte er übermenschliche Fähigkeiten. Sein von Angst umschattetes Gesicht wurde hart, die Lippen schmal. Für einen Moment dachte ich, er würde mich ohrfeigen, aber er packte mich nur wortlos am Arm und zog mich rabiat hinter sich her.

»Es … es tut mir leid, Nathan …«

Unter seinem vernichtenden Blick hätten sich Flammen in Eis verwandelt. »Oh – das wird es noch, glaub mir!«

»Was … wieso?« Ich stolperte unbeholfen hinter ihm her, streifte einen Baum und schürfte mir den Oberarm auf.

»Meinst du, du kannst das verwöhnte Milliardärstöchterchen spielen, das bockig wird, nur weil es nicht seinen Willen bekommt?«

»Nein, ich wollte nicht …«

»Spar dir die Worte! Dein Vater kann dir alles kaufen, nicht wahr? Du hast immer alles bekommen, was du wolltest! Aber ich … ich bin nicht käuflich! Merk dir das!«

»Ich wollte dich auch gar nicht kaufen«, sagte ich ungeduldig. »Ich wollte doch nur …«

»Dass ich Angst bekomme? Du wolltest mich dafür bestrafen, dass ich dich nicht an mich heranlassen kann. Ich habe vielleicht nicht deine Bildung, ich hatte keinen Privatunterricht zuhause, aber ich bin nicht dämlich!«

»Es war unfair, ich weiß …«

Ruckartig blieb er stehen. Seine Augen waren wie zwei graue Mondsicheln. »Unfair?«, presste er atemlos vor Zorn hervor, und seine Wangen schimmerten durch das neblige Licht des Waldes grün. »Das nennst du unfair?« Danach marschierte er weiter, ohne ein einziges Wort zu sagen, und ich traute mich nicht mehr, ihn noch mal darauf anzusprechen.

Den ganzen Weg über hielt er mich gepackt, und als wir die Hütte erreichten, seufzte ich erleichtert auf, weil ich hoffte, er würde sich im Kreis der anderen besinnen, doch er steuerte nicht die Stufen nach oben an.

Stattdessen zog er mich zu dem winzigen Schuppen neben dem Häuschen.

»Was hast du …?« Mir blieben die Worte in der Kehle stecken, als er einhändig an dem rostigen Vorhängeschloss des Schuppens hantierte.

»Was soll das?« Ich wollte ihm meine Hände entreißen, doch er hatte offensichtlich damit gerechnet und packte sie fester.

»An deiner Stelle würde ich mich nicht wehren.« Er klang beunruhigend ruhig, seine Finger waren flink, das Vorhängeschloss offen. Er hatte natürlich recht, ein Kräftemessen wäre zwecklos. »Und jetzt geh rein!«

»In den Schuppen?«

»Siehst du was anderes hier?«

»Nathan«, fing ich an, aber unterbrach mich, als er mich hineinschob.

»Das ist lächerlich«, sagte ich, doch in meinem Bauch flackerte eine unbestimmte Form von Furcht, endgültig mit ihm gebrochen zu haben. »Willst du mich wie ein Kind bestrafen, indem du mich in einen dunklen Raum sperrst?«

Er stand im Eingang. »Ich will dich in den nächsten vierundzwanzig Stunden nicht sehen. Aber ich will dich weder irgendwo anbinden müssen noch befürchten, dass dir auf der Insel tatsächlich was passiert.«

»Du willst mich nicht sehen? Das stimmt doch gar nicht. Natürlich willst du mich sehen. Und darum geht es hier auch gar nicht. Du willst doch immer nur Rache. Rache für das, was mein Vater getan hat, Rache für meine Worte. Rache für diese ganze ungerechte Welt. Sogar Rache für deine Gefühle für mich. Aber damit löst du überhaupt nichts, und nichts wird dadurch besser.« Tränen stahlen sich in meine Augen, und ich hasste es, dass er sie sah. »Glaubst du, ein einziger Mensch wird von den Toten wieder auferstehen, wenn mein Vater im Gefängnis sitzt? Es wird sich nichts verändern. Auch in dir drin wird das nichts ändern. Es macht nur alles noch tausendmal schlimmer.«

Er fixierte mich von oben bis unten. »Und deine Worte eben – das war doch selbst eine Art von Rache.«

»Ich habe dir doch schon gesagt, dass es mir leidtut. Es … ich habe nicht nachgedacht …«

»Nicht nachgedacht?« Seine Augen wurden schmal, und dann warf er die Tür zu. Ich stand im Dunkeln, aber stockdunkel war es nicht, da der Schuppen aus Brettern bestand, die nicht ganz bündig zusammengenagelt waren. Ich hörte, wie Nathan das Vorhängeschloss an der Tür anbrachte. »Du hast meine größte Angst benutzt, um mir etwas heimzuzahlen, von dem du keine Ahnung hast«, sagte er wütend. »Wärst du ein Kerl, hätte ich dich verprügelt.«

Ich musste schlucken. »Und weil du das nicht kannst, sperrst du mich ein? Wie am Anfang?« Er hasste mich. Natürlich tat er das. Was ich getan hatte, selbst wenn es für ihn nur Sekunden gedauert hatte, war unverzeihlich gewesen. »Es tut mir leid …«, flüsterte ich.

»Ja, klar«, sagte er spöttisch und hieb gegen die Bretter. »Jetzt!«

Aus dem muffigen Schuppen heraus hörte ich, wie er davon marschierte, danach ließ ich mich auf eine Plane am Boden sinken und schlug zornig gegen ein Brett, bevor mir Tränen der Wut in die Augen schossen. Wut auf ihn, aber auch auf mich.

Warum hatte ich nicht einfach den Mund gehalten? Ich wusste doch, dass er Angst hatte, sich auf mich einzulassen.

*Und jetzt sperrst du mich ein, weil du willst, dass ich dich hasse. So ist es doch! Weil es für dich dann einfacher wird.*

Wenn die Abneigung von mir ausging, brauchte er sich nicht mehr um seine Gefühle zu kümmern. Das hatte er von Anfang an schon so gehandhabt. Ganz sicher war das der Grund für diese Aktion.

Am Nachmittag regnete es ein zweites Mal, und der Schuppen sog sich mit Feuchtigkeit voll. Meine Klamotten blieben klamm, es war heiß und stickig, außerdem knurrte mein Magen und ich hatte Durst. Zu tun gab es hier nichts, denn all das Werkzeug, das hier lagerte, und der Schubkarren waren draußen.

Ich wartete.

Nathan kam nicht.

Irgendwann hämmerte ich gegen die Tür. »Nathan! Himmel noch mal, lass mich raus! Nathan!«

Doch obwohl er mich ganz sicher gehört hatte, ignorierte er mich. Auch die anderen ließen sich nicht blicken, wahrscheinlich hatte er ihnen verboten, mir zu helfen. So wie sein Bruder.

Ich wartete weiter. Mückenschwärme verirrten sich durch die Ritzen und ließen sich immer wieder auf meinen Armen nieder, sodass ich ständig um mich schlug, was in der Enge aber nicht wirklich möglich war, ohne sich irgendwo anzustoßen.

Ab und zu stand ich auf und spähte durch die Lücken zwischen den Brettern nach draußen, aber dort war nichts außer flimmernder feuchter Luft.

Irgendwann, nach einer halben Ewigkeit, kam Nathan schließlich doch. Er hatte eine Flasche Wasser dabei, die er mir wortlos in die Hand drückte. »Musst du auf die Toilette?«, wollte er wissen.

»Nein«, log ich trotzig und hoffte, er würde noch etwas anderes sagen, aber er schlug die Tür vor meiner Nase zu.

Ich hörte das Schloss klicken, danach entfernten sich seine Schritte.

»Sind wir jetzt wieder bei meinem Geiselstatus angekommen?«, rief ich ihm hinterher. »Du wolltest mich ja lehren, was Entbehrung bedeutet! Tust du das jetzt? Bekomme ich jetzt nur noch Wasser und Brot?«

Er antwortete nicht.

*Mistkerl!*

Und ich hatte nicht mal Brot!

Stunden vergingen, zumindest fühlte sich das Warten nach Stunden an. Ich spürte die Nacht durch den Wald herankriechen und hatte Angst, Nathan würde mich auch in der Finsternis nicht herauslassen. Doch je mehr Zeit verstrich, desto wütender wurde ich. Trotzdem würde ich ihn nicht hassen, das erreichte er damit nicht, und das verschaffte mir einen klitzekleinen Triumph.

*Wenn ich nur nicht so dringend auf die Toilette müsste!* Ich hätte vorhin gehen sollen! Außerdem hatte ich die Wasserflasche längst ausgetrunken und immer noch Durst. Ich saß auf dem Boden und ließ sie wie beim Flaschendrehen kreisen, bis mich die Geräusche in der aufsteigenden Dämmerung unruhig machten.

In den Pflanzen ringsum raschelte es, als wanden sich Schlangenleiber über die herabgefallenen Blätter. Bei dem Gedanken jagte ein kalter Schauder über meinen Rücken.

Hastig stand ich auf und schlug gegen die Tür. »Nathan! Was, wenn hier eine Schlange reinkriecht?« Okay, das war ganz bestimmt kein Argument, das er hören wollte, aber ich hatte wirklich Angst vor einer Korallenotter. Wieder spähte ich durch die Ritzen und lauschte.

In der Ferne schwelten gelbe Lichter, wie die reflektierenden Augen von Alligatoren, ab und zu hörte ich ein lautes Platsch, wie wenn ein Kleinwagen ins Wasser stürzt. Was, wenn Isaac sich jetzt heranschlich und ich hier eingesperrt war und nicht weglaufen konnte?

Angespannt blieb ich in der Mitte des Schuppens stehen, doch als mein Magen zum x-ten Mal knurrte, presste ich die Nase wieder gegen das Holz und sah zu den erleuchteten Fenstern hinauf. Ganz schwach nahm ich den Geruch eines Eintopfes wahr, und selbst wenn es nur Dosenfraß war, hätte ich gerade alles dafür gegeben.

Doch ich bekam nichts. Dafür hörte ich das Klappern von Geschirr, ab und zu ertönten Stimmen. Ich hörte Pan reden, verstand aber nicht genau, was er sagte, doch es hörte sich missbilligend an. Vielleicht ergriff er ja Partei für mich. Hoffnungsvoll blickte ich mit einem Auge hinaus. Mittlerweile war die Nacht ein schwarzes, lebendiges Wabern. Der sumpfige Wald war voller Geräusche, und als das Licht im Holzhäuschen ausgeschaltet wurde, war es urplötzlich stockfinster.

Nathan meinte es tatsächlich ernst. Er würde mich die ganze Nacht über hier draußen gefangen halten. Doch gerade, als ich das dachte, hörte ich jemanden am Vorhängeschloss hantieren, eine Sekunde später ging die Tür auf.

»Hier, noch was zu trinken für dich.« Nathan stand in der Finsternis. Ich blinzelte mehrmals, um besser sehen zu können. Reglos wie eine Statue starrte er mich an. Ich fühlte mich urplötzlich unendlich verletzlich, außerdem sah ich ganz sicher furchtbar aus.

»Ich hasse dich nicht«, flüsterte ich, fing dabei an zu weinen und verfluchte mich. »Du hast verloren.«

»Das ist kein Spiel, Will.« Seine Augen glommen in der Schwärze wie nachtdunkles Meerwasser in einem Scheinwerfer. Für einen Moment dachte ich daran, dass er mich vor dem Ertrinken und vor seinem Bruder gerettet hatte. Ich dachte daran, dass Pan gesagt hatte, er habe ein gutes Herz. *Gott hjarta,* aber davon hatte ich heute nichts gespürt, und ich war stocksauer.

Trotzdem nahm ich die kleine Wasserflasche, die er mir hinhielt, und trank sie in einem Zug leer. Als ich sie ihm zurückgeben wollte, war der Eingang frei.

Schnell ging ich hinaus. Er stand mit verschränkten Armen seitlich des Schuppens und beobachtete mich. Er sagte kein Wort, aber er sah schuldbewusst aus. Schuldbewusst und dennoch zornig.

»Der Schuppen ist schlangensicher«, sagte er jetzt. »Ich selbst habe eine Plane verlegt, schon in den ersten Tagen, weil wir ständig dort Werkzeug geholt haben. Du warst also nicht in Gefahr, nur damit du das weißt.«

Seine Worte waren mir egal, auch wenn es mich beruhigte, dass er in seinem Zorn nicht meine Sicherheit vergessen hatte. Trotzdem wollte ich jetzt weg. Weg von ihm und auch weg von den anderen, die mir nicht geholfen hatten.

Ohne etwas zu erwidern, warf ich ihm die leere Flasche vor die Füße und huschte auf den Trampelpfad, der an das andere Ende der Landzunge führte. Ich lief schnell. Mir war bewusst, dass Nathan mir folgte oder jemand anderen hinterherschickte. Es war mir egal. Alles. Selbst Schlangen und Alligatoren. In der feuchten Nachtluft erleichterte ich mich hinter einem Gebüsch, hastete danach wieder den Pfad entlang und fand nach einigen Minuten die Hütte, in der ich am Morgen die Kleider und den Spiegel entdeckt hatte. Eine Tür gab es nicht, und in dem kargen Raum setzte ich mich auf die Truhe.

Mit klopfendem Herzen lauschte ich in die Düsternis. In weiter Ferne hörte ich Geräusche. Hoffentlich hatte Nathan jemand anderen geschickt. Ich wollte ihn nicht sehen, im Grunde wollte ich niemanden sehen.

Die Verandadielen knarzten. »Prinsessa? Du hier?«

Zum Glück, es war nur Pan! Auf ihn war ich am wenigsten wütend.

»Hey!«, rief ich nach draußen. »Ich bin in der Hütte.« Mir fiel ein, dass er mich in letzter Zeit immer beobachtet hatte, wenn er dachte, ich würde es nicht bemerken. Allerdings war er der Einzige, der heute wahrscheinlich für mich Partei ergriffen hatte, es hatte sich jedenfalls so angehört.

Plumpe Schritte näherten sich, kurz darauf fiel ein Schatten über mich, obwohl ich dachte, es könnte kaum mehr dunkler werden. Pan stand vor der nicht vorhandenen Tür.

»Ich geh nicht mit zurück«, sagte ich sofort, damit das von vorneherein klar war.

»Ich kann reinkommen?«

Zögernd nickte ich, und er musste sich bücken, um unter dem Türrahmen hindurchzugehen. In der Hütte selbst konnte er nicht aufrecht stehen, daher ließ er sich neben mich auf die Truhe fallen. Das alte Holz knarzte bedenklich, sodass ich für einen Moment fürchtete, das ganze Ein-Zimmer-Häuschen würde wie ein Kartenhaus in sich zusammenfallen und im Sumpf versinken.

»Schön dein Haar … passt zu dir. Du starke Frau«, sagte er und musterte mich von Kopf bis Fuß, was ein unangenehmes Kribbeln in meinem Nacken auslöste. »Und Hose sehr schön. Man sieht Haut.«

Das stimmte, vor allem, weil jetzt Mondlicht durch das Fenster fiel. Ich spannte die Schultern an, aber ich rückte nicht von ihm ab, weil ich ihn nicht beleidigen wollte.

»Also: du böse auf Nathan. Nathan böse auf dich?«

Ich nickte. Neben mir begann er sich eine Zigarette aus losem Tabak zu drehen. Es hatte etwas Heimeliges, das mich entspannte, und für einen Augenblick wollte ich mich nur irgendwo zusammenrollen, in dem modrigen Geruch der Hütte einschlafen und meinem Herzen entkommen. Es war verkehrt, Nathan zu wollen, aber mein blödes Herz konnte nicht aufhören, bei jedem Schlag an ihn zu denken, selbst jetzt noch.

Pan leckte an dem Zigarettenpapier, klebte es fest und zündete die Kippe an. Eine Weile sagte keiner ein Wort. Pan rauchte, ich starrte in die schattengezeichneten Schemen der Hütte. Ein kaputter Schaukelstuhl, ein umgefallener Tisch mit drei Beinen, zerbrochenes Geschirr und eine Wiege, wie für ein Baby. Ich dachte an die Worte, die mir immer noch im Kopf herumspukten. *Du bist mein Ein und Alles.*

Urplötzlich musste ich an Mom denken. Was würde sie jetzt sagen, wenn sie mich sehen könnte? Was würde sie mir raten? *Vertrau deinem Dad?* Aber sie hatte ihn verlassen wollen.

Pan unterbrach meine Gedanken, indem er aufstand und die Zigarette auf einer Keramikscherbe ausdrückte, danach ließ er sich zurück auf die Truhe fallen. »Ich Nathan sagen, ich nix gut finden. Ich Nathan sagen, er Hase aus Angst. Mädchen einsperren, nur weil er lieben! Nur weil er fürchten Liebe!« Er schnaubte verächtlich.

Ich blinzelte überrascht. »Das hast du ihm gesagt?« Ich stellte die Füße auf die Truhe und schlang meine Arme um die Knie.

»Ja, Prinsessa«, sagte er beinahe kummervoll. »Nathan, er dich lieben. Ich wissen.«

Tränen schossen mir in die Augen wegen dieser einfachen Worte. *Er dich lieben. Ich wissen.*

»Ich mit dir reden wollen, Prinsessa. Lange schon.« Pan wirkte plötzlich ernst und straffte die Schultern. »Ich dich sehr gern haben, du weißt. Sehr, sehr gern.«

*Oh nein!* Ich betete, dass er mich nicht dazu zwang, etwas zu sagen, das ihm wehtun würde. »Ich mag dich auch sehr gerne, Kjertan«, antwortete ich vorsichtig.

»Willa.« Es war das erste Mal, dass ich ihn meinen Namen sagen hörte, und er schien selbst überrascht über den Klang aus seinem Mund. »Dein Vater, du jetzt vielleicht zweifelst an Schuld. Aber wenn du sehen, er schuldig, und du nix wollen nach Hause. Ich dich kann mitnehmen an Ort in Kanada. Nicht Coldville. Anderer Ort. Sehr schön. An saubere See. Ich gut zu dir sein. Ich uns ernähren, wenn du wollen.« Aus riesigen schwarzglimmenden Augen betrachtete er mich, und ich fühlte mich unbehaglich und schuldig, weil ich ihn zwar mochte, aber anders mochte als er mich.

»Pan … Kjertan …«, begann ich, und die niedrige Decke kam mir auf einmal erdrückend vor. »Ich … ich mag dich gern, als Freund, aber ich glaube, du magst mich ein bisschen mehr, als ich dich mag.«

Mein Herz klopfte, als ich ihn anschaute. »Du bist sicher ein guter Ehemann eines Tages … wenn du dich nicht gerade wieder an einer Geiselnahme beteiligst.« Zaghaft legte ich meine Hand auf seine, und er lächelte so verloren, dass sich mein Herz zusammenzog.

»Ich mir gedacht. Ich vermuten, dein Herz gehören Nathan. Aber ich dich nix würden einsperren in winzige Schuppen.«

»Ich weiß.« Ich nickte lächelnd.

»Und trotzdem du ihn lieben?« Ich nickte nochmal, und Pan legte seine andere Hand auf meine, sodass sie komplett zwischen seinen verschwand. »Nathan dadurch wollen, dass du ihn hassen. Er nix wollen dich bestrafen für Worte. Die er hat verziehen in drei Sekunden. Naaa, zehn vielleicht. Aber er sich nicht verzeihen, dass er dich lieben. Er sich sicherer fühlen, wenn du ihn hassen.«

»Ich weiß«, wisperte ich. Mir wurde bewusst, wie sehr sich Nathan vor der Liebe fürchten musste. Womöglich verstand ich ihn tatsächlich nicht. Wie konnte ich auch? Ich hatte *nur* meine Mom verloren, er hatte jeden Menschen verloren, den er je geliebt hatte. Und nun würde er auch noch seinen Bruder verlieren. Von einem auf den anderen Moment tat er mir wieder unendlich leid, auch wenn ich so wütend und verletzt war.

Von der Veranda aus sah ich Pan nach, wie er mit hängenden Schultern das Häuschen umrundete und in der Dunkelheit verschwand. Mein Mitgefühl ließ mein Herz rau in der Brust klopfen. Ich war Pan wegen unserer Flucht vor Isaac zu ewigem Dank verpflichtet, und doch hatte ich ihm das Herz brechen müssen.

Gedankenversunken ging ich hinaus auf den Steg und blickte in den nachtschwarzen Himmel. Abermillionen Sterne flimmerten am Firmament, tanzten um das schmale weiße Band der Milchstraße, die von hier aussah, als hätte das Himmelsgewölbe einen Riss und als läge dahinter ein neuer Himmel mit anderen Sonnen und Monden.

*Du bist mein Himmelsstern und meine Erde.*

Es kam mir vor, als wäre mein Unterbewusstsein wie diese Sümpfe. Etwas war hinabgesunken bis zum tiefsten Grund, aber es war noch da. Es schlief nur im Moorland, aber ich konnte es offenbar nur hervorholen, wenn ich in Lebensgefahr schwebte.

*Lost Memories.*

Ja, das wäre ein guter Name für diesen Ort.

Irgendwann hörte ich wieder Schritte, leichter als die von Pan.

»Will?« Nathan stand auf der Veranda und sah hinaus zum Steg.

Mein Herz brannte wie Feuer und Eis. Ich blickte ihn nicht an und schwieg. Ich war immer noch verletzt; und doch wollte ich, dass er mich wollte.

»Es gibt Neuigkeiten von deinem Vater«, sagte Nathan jetzt in die Stille.

Mit klopfendem Herzen schaute ich in seine Richtung.

# Kapitel 5

»Er hat zugesagt, in acht Wochen reinen Tisch zu machen und sich öffentlich zu den Umweltverbrechen zu bekennen. Er will vorher noch seine und deine Angelegenheiten regeln, und auch die seiner Mitarbeiter.«

In mir passierten so viele Dinge gleichzeitig. Mein Bauch wurde warm vor Dankbarkeit, und das Sehnen nach Dad wuchs bis in den sternengesprenkelten Himmel. Ich wollte mich jetzt sofort an Dad drücken und einfach nur weinen. Ich war ihm doch genug wert. Er liebte mich bedingungslos. Für einen Augenblick ließ ich all diese Gefühle zu, bevor die Wahrheit wie ein Stein in meinen Magen sackte.

Er würde ins Gefängnis gesteckt. Ich würde allein zurückbleiben. Deswegen hatte Pan mir seine Zuneigung gestanden. Er hatte es schon gewusst, ganz sicher. Und er hatte mir ein neues Zuhause angeboten. Mehrmals schluckte ich gegen die angestauten Tränen in meiner Kehle an. Ein winziger Teil in mir hoffte immer noch darauf, dass Dad seine Schuld nur eingestand, um mich zu retten. Es durfte nicht anders sein, denn dann, und das wurde mir nun mit aller Deutlichkeit klar, hätten mir Nathan, Isaac und alle anderen nicht nur meine Freiheit gestohlen, sondern mein ganzes Leben. Meinen Vater. Sein Geld und mein Zuhause. Meine Zukunft. Außerdem konnte der Mann, der mit mir Brownies gebacken und meine Vogelvoliere sauber gemacht hatte, einfach nicht fähig sein, all diese Verbrechen zu begehen. Das war absolut unmöglich.

• • •

In dieser Nacht blieb ich allein in der winzigen Hütte, allerdings war ich mir sicher, dass mich jemand bewachte. An Schlaf war nicht zu denken, tausend Dinge gingen mir durch den Kopf. Ich machte mir nicht die Illusion, in acht Wochen freizukommen. Nathan hatte gesagt, ich müsste ein paar Monate, wenn nicht sogar ein Jahr hierbleiben. Wenn ich jetzt darüber nachdachte, verstand ich auch, warum. Isaac hatte höchstens noch ein Jahr, dann würde er nicht mehr leben. Ich wäre vor ihm sicher. Außerdem: Selbst wenn Dad sich schuldig bekannte, würde er vielleicht trotzdem Anzeige erstatten. Oder vermutlich erst recht. Das eine schloss das andere ja nicht aus; somit müssten die Männer dafür sorgen, dass sie eine neue Identität bekamen, neue Pässe, wie es mir Nathan in der ersten Woche in den Sümpfen mal erklärt hatte. Sie trauten mir nicht. Manche – und ich vermutete, er dachte dabei an Taurus – mussten eventuell ein zu auffälliges Tattoo entfernen lassen, und ganz bestimmt würden sie sich in alle vier Himmelsrichtungen zerstreuen. Erst wenn sie unsichtbar wären wie Wind, würde Nathan mich gehenlassen.

Hatte außer Sparta keiner von ihnen eine Familie in Coldville, zu der er zurückwollte? Allerdings würde die Polizei dort zuerst suchen. Sie würden notfalls die Gräber ausheben, aber dafür brauchten sie natürlich die Namen. Die konnte nur ich ihnen geben, da im hohen Norden alle schweigen würden. Doch sobald ich auch nur einen von ihnen verriet, würde dieser die anderen möglicherweise mit in den Abgrund reißen. Und es gab Männer, deren Namen ich der Polizei niemals freiwillig nennen würde.

Oder war der Plan ein ganz anderer? Würden die Männer vielleicht auf die Zahlungen der Ersatzleistung warten, ihre Familien aus Coldville herausholen und mit ihnen an einem anderen Ort neu beginnen?

Ich wusste es nicht. Sicherlich würde es mir auch niemand hier verraten. Für mich änderte sich durch Dads Eingeständnis im Grunde nur mein Leben danach. Ein Leben ohne Dad an meiner Seite, allein, dafür aber mit der Presse im Nacken. Ein Spießrutenlauf um Schuld und Sühne, mit Gerichtsverfahren und Negativschlagzeilen. Ich wäre verantwortlich für alles, was es zu regeln gab, aber ich hätte niemanden mehr, den ich um Rat fragen konnte.

Allein diese Gedanken überforderten mich komplett. Es machte mir in dieser stickigen, heißen Nacht in Louisiana plötzlich so viel Angst, dass ich Pan am liebsten gesagt hätte, er solle mich doch mitnehmen, natürlich nur als gute Freundin, aber dann fiel mir meine Grandma Anna ein.

*In unendlicher Liebe.*

*Deine Grandma.*

Wie hatte ich sie nur vergessen können! Sie hatte mit mir über Mom und Dad reden wollen. So lange hatte ich nicht mehr an sie und ihren Brief gedacht. Vielleicht hatte sie ja ein paar Antworten für mich.

Die nächsten Wochen verflogen im Gleichklang der Tage. Der Sommer war heiß und schwül, es gab immer etwas zu tun. Zum Glück war die Stimmung durch das Zugeständnis meines Vaters gelockert und wir schufen uns so etwas wie einen geregelten Arbeitsalltag. Ich hatte Schwielen an den Händen, die nicht mehr weggingen, weil wir die Wäsche von Hand wuschen, außerdem mussten Holzlatten an der Hütte getauscht werden. Zu dem Zweck stocherten wir mit dem Kahn oft stundenlang in den schwimmenden Wäldern herum und suchten in dem silbergrauen Nebel nach Treibholz, das sich dafür eignete. Mitunter fragte ich mich, ob das Versteck diesen ganzen Aufwand wert war, doch den Männern schien diese einfache Arbeit zu gefallen.

Nathan erwies sich außerdem als geschickter Handwerker, schälte einzig mit Säge, Hobel und Feile Stühle und kleinere Tische aus gigantischen Treibhölzern. Ich musste an das Herz aus Schwemmholz denken, das er mir in Rosewood Manor geschenkt und das Dad sofort an sich genommen hatte. Offenbar hatte er diese Kunst irgendwann perfektioniert, denn jedes seiner Stücke war ein Meisterwerk. Ikarus und Troja assistierten ihm oft – wobei Ikarus ständig Werkzeuge verschwinden ließ, was Nathan regelmäßig zur Weißglut brachte. Troja selbst machte sich nicht allzu viel aus Holz, und so zog er immer mal wieder alleine los, um auf der Insel noch weitere Schätze aus den Hütten zu bergen. Er war richtig versessen bei seiner Suche und kam irgendwann sogar mit einem silbernen Ring zurück, den er mir theatralisch an den Finger steckte, was ihm einen düsteren Blick von Nathan und Pan einbrachte. Pan selbst schaffte fast täglich neues Schwemmholz heran, das er hinter dem Motorboot herzog, oder er hackte Holz, eine seiner neuen Lieblingsbeschäftigungen. Sparta dagegen arbeitete, wenn er fit genug war, an einem neuen Floß.

Die Zeit verging schnell. Wir hätten über ein Jahr auf diese Art leben können. Manchmal, wenn ich in Nathans Nähe war, beobachtete ich ihn, wenn er an einem Stück Holz feilte; das Anspannen seiner Muskeln unter dem Shirt, die schlanken sehnigen Arme, die sich bei jeder Bewegung spannten, seine schmalen Hüften mit der tief sitzenden Jeans. Ich liebte die Art, wie er nachlässig seine Haare zusammenband, sodass immer ein paar Strähnen in sein Gesicht fielen. Nachts träumte ich in wilden Bildern von seinen Händen, die mich gegen die Hütte drückten, nur damit er mich anschließend solange küssen konnte, wie er wollte. Morgens wachte ich verstört auf, spürte aber dennoch das Ziehen der fremden Sehnsucht in meinem Blut pulsen. Ich wollte ihn.

Seit dem Tag, an dem er mich in den Schuppen gesperrt hatte, hatten wir nicht mehr miteinander geredet, aber es kam mir so vor, als sprächen wir doch. So wie vor acht Jahren am hinteren Tor von Rosewood Manor. Wie damals hatten wir uns in Tiere verwandelt, die sich gegenseitig umkreisten, beäugten, sich aber niemals zu nahe kamen. Wie damals rann ein seltsamer Schauer aus Glück durch meine Adern, wenn ich spürte, wie er mich beobachtete. Wie in diesem lang zurückliegenden Sommer wollte ich ihm gefallen und stand deswegen oft viel zu lange vor unserem Spiegel. Troja und Ikarus zogen mich damit auf, dass ich mich für Pan hübsch machte, der wiederum verließ dann schweigsam die Hütte. So wie ich Nathan beobachtete, beobachtete Pan mich. Immer noch. Und doch hatte ich niemandem von unserem Gespräch erzählt. Warum auch, das ging nur Pan und mich etwas an.

So wie die Tage verliefen auch die Abende immer nach einem bestimmten Rhythmus. Troja brachte mir Kochen bei. Wenn die Männer Glück hatten, kamen sie mit Knoblauch, Gemüse, scharfer Wurst, Hühnerfleisch und Schinken von einem Ausflug mit dem Motorboot zurück – jedes Mal kochten wir dann *Jambon Alay*, einen Eintopf nach altem louisianischem Rezept, das Nathan kannte. Danach spielte ich oft mit Sparta Backgammon auf einem selbstgebastelten Holzbrett, und die Männer tranken Moonshine, so nannten sie den schwarzgebrannten Schnaps, den sie von Mrs. Durand bekamen, einer Künstlerin, die aus Schwemmhölzern Möbelstücke und Holzschmuck herstellte, die aber auch einige von Nathans Kunstwerken kaufte. Womöglich war Mrs. Durand auch eine Erfindung, aber Nathan behauptete, sie wäre unsere unmittelbare Nachbarin und ihr Häuschen stünde ebenfalls im Atchafalaya Bassin, nur eine Dreiviertelstunde Kahnfahrt von uns entfernt. Von ihr hatte er auch die Kräutermedizin für Sparta bekommen, den schmerzstillenden Sud, von dem er mir bereits erzählt hatte. Er bewahrte ihn unter einer Bodendiele auf, in einem Geheimversteck, das die anderen nicht kannten. Ich hatte ihn jedoch einmal dabei beobachtet, wie er den Sud dort verstaute. Er hatte mich nicht gesehen, und so hoffte ich, eines Tages auch sein Handy dort zu finden, das er ebenso hütete wie den Sud.

Ich musste Dad anrufen. Wenigstens einmal. Vielleicht hatte man hier keinen guten Internetempfang, konnte aber telefonieren. Die Gegend war nicht so einsam, wie Nathan mir anfangs weismachen wollte. Das weite Becken, das aussah wie ein See, war früher einmal voller Sumpfzypressen gewesen, die man wegen der guten Holzqualität gefällt hatte. Vor den großen Küstenstädten hatten längst Ölfirmen Stellung bezogen, um im Golf von Mexiko ihren Gewinn zu mehren. Aber hier, an dem Ort, an den er mich gebracht hatte, spürte man weder etwas von Konsum noch von Amerika. Es war ein verlassener, verlorener Ort, friedlich und voller Magie.

Das sagte selbst Sparta, dem es zusehends schlechter ging. Seit ein paar Tagen stand er nicht mehr auf, sondern lag den ganzen Tag in der Hütte auf unserer bequemsten Matratze. Seine Haut glühte in der Südstaatenhitze, und ich fächerte ihm oft stundenlang Luft zu, mit einem Fächer, den Nathan von Mrs. Durand bekommen hatte. Ich gab ihm die Menge des Sudes, die Nathan mir wortkarg abfüllte, dazu noch Moonshine in so hoher Dosis, wie er verlangte. Wenn er nicht schlief, erzählte er mir von Coldville und seinem Leben. Von Nadelbäumen so schwarz und kühl, als wären sie nur Silhouetten aus frostigen Schatten, von Schneeflocken so groß wie meine Handfläche und einem Himmel, der am Morgen so rauchblau war wie meine Augen. Ich spürte die Sehnsucht nach seinem Zuhause in den Bildern, die er mir malte, die Sehnsucht nach seiner Frau und seinem Sohn, die er zurückgelassen hatte. »Ein Abschied für immer«, sagte er mit brüchiger Stimme. »Sie haben es gewusst.« Er blickte mich aus seinen glasigen Augen an, die in dem bleichen Gesicht unheimlich wirkten. Wie Irrlichter in einem blassen Nebel. »Samuel heißt der Kleine, Sammy … ist drei Jahre alt, ein guter Junge … sieht aus wie sein Daddy.« Er klang stolz. Ich musste den Kopf wegdrehen, damit er nicht meine Augen voller Tränen sah. »Er soll es besser …« Ein Hustenanfall unterbrach ihn, und er spuckte Blut in den Stofffetzen, den ich ihm reichte. »Besser haben. Medizin bekommen. Die Wahrheit erfahren, weswegen sein Daddy gestorben ist.«

»Das wird er«, sagte ich mit zwiegespaltenem Herzen und sah ihn wieder an. Das Leben wich mit jedem Tag mehr aus seinem Körper, man konnte dabei zusehen wie bei einem zugeknoteten Ballon mit einem Loch, der von Tag zu Tag schlaffer wurde. Sparta hatte zu viel Gewicht verloren, und seine Arme und Beine waren dünn wie Ästchen, die ein Windstoß zerbrechen könnte. Sein Anblick tat weh.

*Hast du schon mal jemanden sterben sehen, Willa Nevaeh Rae?*

»Willa«, sagte Sparta jetzt leise.

»Stanton?«

»Ich brauche mehr Sud. Gibst du mir noch mehr?«

Ich schüttelte den Kopf. »Nathan sagt, du darfst nicht zu viel bekommen. Er muss …«, *reichen,* dachte ich, aber zu Sparta sagte ich: »Er muss erst neuen besorgen, bevor wir dir mehr geben können.«

Sparta grinste, und es wirkte in dem ausgezehrten todgeweihten Gesicht grotesk. »Lügnerin. Ich weiß Bescheid. Ich habe nur noch Tage, wenn überhaupt. Gib mir mehr.«

Ich schielte zu der Bodendiele, unter der das Geheimversteck lag, und wusste nicht, was ich tun sollte. Ich wusste nicht, wie teuer er war und ob Nathan generell die Möglichkeit hatte, mehr zu beschaffen.

»Ich gebe dir noch Moonshine, okay? Und in drei Stunden bekommst du wieder Sud.«

Sparta nickte. Ich kniete mich hin, hob seinen Kopf an und flößte ihm ein paar Schlucke Schnaps ein, aber ein Teil davon lief ihm aus dem Mund über das Kinn. Wir brauchten eine Weile, bis er so viel getrunken hatte, wie er wollte. Danach wusch ich sein Gesicht und schüttelte das Laken aus, mit dem er zugedeckt war.

»Soll ich dir nochmal Luft zufächeln?«, fragte ich und griff nach dem Fächer, obwohl meine Arme bereits schmerzten. Es war drückend heiß, eine Armee Mücken umkreiste uns. Ein bisschen Luft würde Sparta guttun.

Er schüttelte jedoch den Kopf. »Will … so nennt dich Nathan doch, oder?«

»Ja.« Ich schluckte. Tatsache war, dass er mich schon lange nicht mehr so genannt hatte, weil wir uns anschwiegen, seit er mich eingesperrt hatte.

»Ich war es nicht. Ich schwöre es auf den Tod meiner Familie, auf Samuel und Grace. Ich bin in dieser Nacht auf die Brücke gegangen und wollte heimlich das SOS absetzen … so wie wir es besprochen hatten. Ich wollte den Ring … daher bin ich … bin ich wohl doch ein Verräter. Ich dachte, der Plan würde scheitern und wir mit leeren

Händen ohne Ersatzzahlungen dastehen … dein Ring war besser, als nichts zu bekommen … ich hätte das Geld auch geteilt … mit den Menschen aus Coldville … ich wollt's nicht nur für mich allein …« Er sah so elend und kummervoll aus, als schämte er sich dafür, dabei konnte ich ihn so gut verstehen.

Ich legte den Fächer beiseite. »Ich glaube dir.«

»Ich habe dich nicht über Bord geworfen. Das hätte ich gar nicht gekonnt, auch wenn ich dich damals verachtet habe.«

»Ich weiß.« Vermutlich würde ich nie erfahren, wer es gewesen war, aber vielleicht war das auch gut so. Hier auf der Insel, auf Lost Memories, hatte ich das Ganze zwar nicht vergessen, aber es war, so wie die ganze Welt, in weite Ferne gerückt.

»Er hat die Kampfersalbe benutzt … aber die hätte mir jeder stehlen können.«

»Das stimmt.« Ich befühlte seine Stirn und erschrak über die Intensität der siedenden Hitze. Vielleicht sollte ich Nathan rufen. Die Männer arbeiteten unter dem Vorbau der Hütte, da sie die tragenden Pfähle verstärken wollten. Womöglich brauchte Sparta doch noch mehr von dem Sud. Ich verfluchte mich und uns alle dafür, dass wir hier in den Sümpfen festsaßen, ohne Fachärzte und Medikamente. Aber Sparta hatte gewusst, dass es in den letzten Tagen und Wochen keine Medizin für ihn gab, zumindest nicht die, die er brauchte. Doch die hätte er auch in Kanada nicht erhalten.

Ich tupfte mit einem Stück Stoff über sein aschfahles Gesicht, doch der Lappen war viel zu warm. Wir hatten zwar im Tausch gegen ein gigantisches Schwemmholz einen Minikühlschrank von Mrs. Durand bekommen, aber selbst wenn der Lappen aus dem Kühlfach kam, blieb er nicht lange genug kalt.

Seufzend stand ich auf und legte den Stoff wieder in die Kühlung.

Als ich mich umdrehte, stand Sparta plötzlich hinter mir und starrte mich an. Seine Augen waren glasig, der Alkohol wirkte, und er schwankte leicht. »Ich brauche mehr Kräutersud. Jetzt sofort.« Sein Körper bebte unter dem dünnen weißen Stoffhemd, seine nackten Beine waren wie Stecken.

»Ich muss Nathan fragen.« Ich hatte mich erschreckt und wollte es ihm nicht zeigen. Vorsichtig führte ich ihn zu der Matratze und half ihm, sich hinzulegen, doch als ich Nathan draußen fand, verneinte dieser vehement, als ich ihn um mehr Kräutermedizin bat. »Der Sud ist ein Kleinod, rar und teuer. Wir müssen sparsam damit sein, Stan zuliebe.«

Ich gab es an Sparta weiter, der mich daraufhin intensiver betrachtete als je zuvor.

»Ich hätte noch eine andere Idee«, flüsterte er.

»Welche?« Sein Blick gefiel mir nicht.

»Du ...« Ein feines Grinsen erhellte seine Züge und plötzlich wirkte er sehr lebendig, viel lebendiger, als ich ihm zugetraut hätte. »Du könntest dich für mich ausziehen, dann könnte ich mich auf etwas anderes konzentrieren.«

»Wie bitte?«

Er nickte. »Schon richtig gehört.«

»Du bist ein ziemliches Schlitzohr«, sagte ich, aber ich meinte es nicht böse. »Das könnte dir so passen.«

»Bitte.« Jetzt sah er mich ernst an. »Ich ... ich liebe meine Grace ... aber Grace ist nicht hier. Und ich sterbe sowieso. Du würdest einen todgeweihten Mann von seinen Schmerzen ablenken.«

»Indem du mich nackt siehst?«, fragte ich schockiert.

»Ich bin auch nur ein Mann.« Sparta grinste noch breiter, doch dann schüttelte ihn eine Hustenattacke, die so heftig war, dass ich befürchtete, er würde ersticken. Danach lag er erschöpft in seinen Kissen, still, aber immer noch mit bittenden Augen. Die roten Pusteln leuchteten wie frische Windpocken in seinem Gesicht.

Ich schüttelte den Kopf, war aber unsicher. Er würde sterben, und er vermisste seine Familie. Er lag hier, und er verlor alles. Vermutlich durch die Schuld meines Vaters. Und im Grunde gab es überall auf der Welt Tausende von Frauen, die so etwas taten, allerdings meistens für Geld.

*Aber du bist keine von den tausend,* flüsterte eine Stimme in meinem Kopf. *Und Dad würde sich für dich in Grund und Boden schämen!*

*Aber Dad ist nicht hier! Das entscheidest du allein.*

Ich betrachtete Sparta. Alles war jetzt anders. Ich war anders. Ich wäre beinahe ertrunken, ich war gefesselt und verprügelt worden. Nathan hatte mich in einen Schuppen gesperrt, und sein Bruder wollte mich töten. Mich auszuziehen, um einem Sterbenden einen Gefallen zu tun, schreckte mich nicht so sehr, wie es das noch vor Monaten getan hätte. Da wäre es mir absolut undenkbar erschienen.

Trotzdem konnte ich das nicht machen. Noch nie zuvor hatte mich ein Mann nackt gesehen, außer Dad, und der Einzige, vor dem ich mich wirklich ausziehen wollte, war Nathan.

*Oh Gott!* Allein bei dem Gedanken daran begannen meine Wangen zu brennen.

»Nein … nein, das geht nicht«, hörte ich mich stammeln. Sicher war ich jetzt tomatenrot.

Sparta machte ein enttäuschtes Gesicht. »Ach, komm schon, Willa!«, sagte er mit den bittenden Augen eines kleinen Jungen, der unbedingt ein neues Auto für seine Rennbahn wollte.

Schnell wandte ich mich ab. »Nein! Definitiv nein.«

»Du könntest dich auch in einer Ecke umziehen, und ich schaue nur aus der Ferne zu … wie wäre das?«

Ich biss mir auf die Lippen. Im Grunde war nichts dabei, und doch sträubte sich alles in mir. Ich wollte mich nicht vor ihm ausziehen. Das wäre nicht richtig. Aber was war schon richtig an diesem Ort oder in dieser Welt? Gar nichts!

Und Sparta würde sterben. Er hatte höchstens noch Tage, und es würde ihn ein bisschen von seinem Elend ablenken.

*Aber du bist nicht schuld an diesem Elend,* predigte die mahnende Stimme in mir. *Du musst es nicht wiedergutmachen.*

*Und wenn doch?*

Ich drehte mich wieder zu ihm um und fühlte mich schuldig: wegen Dad und weil ich eines Tages wieder ein normales Leben führen könnte, er aber nicht. Und ich fühlte mich auch schuldig, weil ich ihn zu Unrecht verdächtigt hatte.

»O-okay«, sagte ich verlegen. »Ich … ich ziehe mich um. Das … das wollte ich sowieso gerade machen …« Auf diese Weise hatte es nicht den billigen Beigeschmack von Striptease.

Sparta grinste, nein, er strahlte bis über beide Ohren.

»Aber ich gehe dahinten in eine Ecke, da liegt auch mein Kleid …« *Seltsam, zerstreut, leicht zu lenken.* Dads Worte kamen mir in den Sinn, aber ein trotziger Teil in mir drängte sie zurück. *Ich bin nicht leicht zu lenken, ich tue, was ich will!*

»Hey, das ist viel zu weit weg«, hörte ich Sparta protestieren, aber ich ging trotzdem bis zu der Kommode im mittleren Bereich gegenüber der Tür.

Dort blickte ich mich um und verschränkte die Arme. »Hier oder gar nicht.« Sparta war sicher zehn Schritte entfernt. Zehn große Männerschritte weit entfernt. Er würde nicht allzu viele Details zu Gesicht bekommen.

»Okay«, gab er sich geschlagen und blickte mich auffordernd an.

Ich zögerte. Löste die Arme. Wartete auf nichts und alles.

*Er stirbt wegen Dad! Und selbst wenn Dad nicht schuld ist, ist es sein*

*Unternehmen!* Mit heißen Wangen stieg ich aus der kurzen Shorts, bevor ich es mir anders überlegen konnte.

»Männerunterwäsche. Sexy«, kommentierte Sparta, als ich zu ihm sah. Er zwinkerte mir zu und verschränkte zufrieden die spindeldürren Finger über dem Laken.

Sicher war ich jetzt purpurrot. Ich fühlte mich schrecklich, irgendwie billig, käuflich, aber ich würde Sparta zuliebe keinen Rückzieher machen, daher streifte ich mir schnell das schwarze T-Shirt über den Kopf. Darunter trug ich nichts. Ich spürte die feuchte Hitze auf meiner Haut. Schweißtropfen rannen zwischen meinen Brüsten hinab.

»Wow … Schöne Möpse. Fest, und groß genug, um meine Hände zu füllen«, sagte Sparta leise. »Wie bei meiner Grace …«

Allein das Wort Möpse stieß mir sauer auf, auch wenn ich mich an ihre Sprache gewöhnt hatte. Ich wollte wegrennen, aber ich zwang mich hierzubleiben. Dabei kam mir in den Sinn, dass ich hier nicht das tat, was ich wollte, sondern das, was Sparta wollte.

*Leicht zu lenken.*

»Hey, Will, ich erzähl es schon keinem«, flüsterte er rau. »Mach weiter.«

Ich wollte nicht. Ich trug nur noch die Unterhose. Plötzlich fühlte ich mich total befangen. Was tat ich hier eigentlich?

*Du tust einem schwerkranken Mann einen Gefallen. Mehr nicht! Reiß dich zusammen!*

Kurz zögerte ich, dann schlüpfte ich aus der Männerunterhose.

»Nackt, wie Gott sie schuf«, seufzte Sparta und blickte mich mit übergroßen, verschlingenden Augen an. »Verflucht, ist deine Haut glatt … sag bloß, du rasierst dich hier auch mit dieser stumpfen Rasierklinge …«

Ich brachte keinen Ton mehr hervor, schnappte mein Kleid und wollte es gerade überstreifen, da flog die Tür auf.

Erschrocken fuhr ich herum. Hinter mir hörte ich Sparta einen Laut von sich geben, der Seufzen und Aufstöhnen in einem war. »Süßer Hintern, echt.« Doch das bekam ich nur mit einem halben Ohr mit. Splitterfasernackt und mit dem Sommerkleid in der Hand blickte ich zu Pan.

Er starrte erst mich an, dann meine Brüste. Das Flackern in seinen Augen sprach Bände, aber er sagte nichts. Für einen Schockmoment standen sowohl er als auch ich reglos, bevor ich es schaffte, das Kleid vor meinen Körper zu pressen. »Pan«, stammelte ich.

Er sagte immer noch kein Wort, doch nach ein paar Sekunden drehte er sich um und ging.

»Da hat der grobe Klotz auch endlich mal was Nettes gesehen«, feixte Sparta aus dem Hintergrund.

»Ach, sei doch still«, schimpfte ich mit einem unguten Gefühl in der Magengegend und streifte mir das schlichte Kleid über den Kopf. Anschließend schlüpfte ich in eine frische Unterhose und atmete tief durch, als ich die alten Sachen auf den Wäschehaufen warf.

Pan verlor kein Wort über den Vorfall, etwas, das ich ihm hoch anrechnete. Wahrscheinlich hatte Sparta ihm verraten, warum ich es getan hatte. Am nächsten Tag ging es ihm noch schlechter, und er konnte weder die Suppe noch den Moonshine bei sich behalten. Sein Fieber stieg, aber wir hatten kein Thermometer, um es zu messen, doch man fühlte es auf der Haut und sah es an dem Glanz seiner Augen. Sie waren eine einzige spiegelnde Fläche, als würde er bereits nach innen blicken und die Welt nur noch reflektieren. Ich ging nicht mehr aus dem Haus, auch die anderen lungerten stets in der Nähe herum, wohl wissend, dass jede Stunde seine letzte sein könnte. Selbst Troja, der nie aufgehört hatte, ihn zu verdächtigen, verzichtete auf böse Blicke und bittere Worte.

Ich fächerte Sparta Luft zu, und Nathan erzählte ihm von Coldville, von Grace und Samuel. »Dein Junge wird zu einem starken Mann heranwachsen. Er wird nicht krank werden, da er keinen Fisch essen muss und weil wir dafür sorgen, dass er nicht das Wasser aus Flüssen und Bächen trinkt.«

»Schule …«, murmelte Sparta und streckte seine Hand aus, um Nathan zu berühren. »Ausbildung. Versprich mir das …«

Nathan zögerte, und ich wusste, er würde dieses Versprechen nicht leichtfertig geben.

Ein Lebenshauch schien in Sparta zurückzufließen. »Versprich es. Er soll eine Chance haben. Raus aus Coldville, an einen besseren Ort.«

»Ich weiß nicht, ob ich …«

»Versprich es … schau nach Grace … und nach Sammy …« Vielleicht waren es jetzt Tränen in seinen Augen, aber vielleicht kam das Schimmern darin auch nur von dem Fieber. Lange schon wirkten die fiebersenkenden Tabletten, die Nathan besorgt hatte, nicht mehr. Ich hörte auf, mit dem Fächer zu wedeln, und schluckte. Es wäre so einfach gewesen, Ja zu sagen, damit er in

Ruhe gehen konnte, aber für Nathan war ein Versprechen etwas Heiliges.

Für mich dauerte die Stille zu lange.

»Ich verspreche es«, sagte ich an Nathans Stelle, auch wenn ich nicht wusste, ob ich es halten konnte. »Ich kümmere mich darum, dass die beiden genug Geld bekommen. Genug Geld, um Coldville verlassen zu können, wenn sie es möchten.«

Sparta drehte den Kopf in meine Richtung, und es schien ihn all seine Kraft zu kosten. »Danke dir, Willa.« Er atmete schwer, aber er brachte ein Lächeln zustande. »Sie ist großartig, Nathan«, flüsterte er. »Du solltest sie dir nicht entgehen lassen.«

»Ich weiß.« Nathans Stimme klang fest, aber hinter der Ruhe, die er Sparta zuliebe ausstrahlte, tobte ganz sicher ein Orkan voller schwarzer, schwerer Gefühle. All seine Muskeln waren angespannt. Er war dem Tod zu oft begegnet. Ganz sicher dachte er jetzt an seine Eltern, an Lea, an Jacob und Isaac. Daran, dass er zu viele Gräber geschaufelt hatte und diese Welt hasste.

Über Sparta hinweg blickte er mich an. »Würdest du mich und Stan kurz allein lassen?«

»Sicher.« Ich ging hinaus und lehnte die Tür an, doch ich lief nicht die Stufen hinunter, sondern blieb auf dem Plateau stehen. Es war schändlich, aber ich lauschte.

»Stanton«, hörte ich Nathan leise sagen. »Ich habe den Sud aufgespart für einen Moment wie diesen. Du weißt, dass dir nur noch Stunden bleiben. Du weißt, wie das Ende aussieht, du hast es mehrfach selbst gesehen. Wenn du willst«, er stockte kurz, »wenn du willst, lasse ich dich alles auf einmal nehmen, dann wirst du nicht leiden, sondern still und friedlich einschlafen.«

Mein Herz wurde so schwer bei diesen Worten. Nathan hatte wirklich an alles gedacht. Er scherte sich nicht um richtig oder falsch, sondern ließ Sparta selbst wählen. Unwillkürlich trat ich näher an die Tür.

»Du bist ein elender Mistkerl«, hörte ich Sparta sagen, aber sein Ton strafte seine Worte Lügen. »Deshalb hast du so damit gegeizt.«

»Ja.« Ich hörte ein Lächeln in Nathans Stimme.

Sparta hustete schwerfällig, und der Schleim schien ihn ersticken zu wollen. Für einen Augenblick hielt ich die Luft an, dann hörte ich ihn reden. »Keinen Sud … ich will nicht, dass es … es wäre nicht richtig … schon verrückt … wie sehr man sich ans Leben klammert.« Ein rasselndes Lachen drang aus seiner Brust, und ich ballte die

Fäuste. Ich hatte Sparta gefürchtet und gehasst, jetzt empfand ich nur noch eine tiefe Traurigkeit.

»Okay.« Nathan machte eine kurze Pause, in der das dunkle Quaken der Abermillionen Frösche an mein Ohr drang. »Was soll ich in den letzten Stunden für dich tun? Ich werde versuchen, alles zu erfüllen, was du dir wünschst.« Mein Herz brannte wegen seiner Ehrlichkeit. Ich bewunderte ihn. Er verleugnete den Tod nicht, er machte Sparta keine Hoffnung auf mehr Tage, auf mehr Zeit.

Sparta antwortete länger nicht. Dann sagte er: »Tageslicht. Vielleicht noch den Sonnenuntergang. Ein bisschen Moonshine und eine Geschichte über Sammy. Du weißt schon …«

Ich hörte Nathan tief durchatmen. »Das ist gut, Stan, das machen wir. Wir bereiten dir ein Lager am Steg, und wir schauen uns den Sonnenuntergang an. Das ist eine schöne Idee.«

Tränen schossen mir in die Augen, ich fühlte mich hilflos wie nie zuvor. Aus der Hütte kamen Schritte näher, und ehe ich mich's versah, stand Nathan vor mir. Er schien nicht böse, weil ich noch da war, er nickte nur mit zusammengepressten Lippen, ein Schatten von Trauer auf den kämpferischen Zügen.

»Nathan?«, hörte ich Sparta in diesem Moment rufen, und er klang bereits so fern, als würde er zwischen den Welten schweben.

»Was ist, Stan? Gibt es noch etwas?« Nathan drehte sich herum.

»Dein Mädchen. Meinst du, sie könnte sich nochmal für mich ausziehen?«

Zu meiner Überraschung lachte Nathan erheitert. »Du bist ein alter Playboy, Stan. Und zu deiner Bitte: Frag Willa selbst. Meine Erlaubnis braucht sie nicht.« Als er sich mir zuwandte, zog er fragend die Augenbrauen hoch. »Nochmal?«

Ich biss mir auf die Lippen, nickte, aber konnte nur noch an eines denken: *Dein Mädchen,* hatte Sparta gesagt. Und Nathan hatte nicht widersprochen.

»Ich habe eine viel bessere Idee«, sagte ich jetzt leise und schob mich an ihm vorbei in die Hütte. Aus der Kommode holte ich den Block, auf dem wir Dinge notierten, die gekauft werden mussten, danach griff ich mir den Bleistift vom Küchentisch. Wieso hatte ich nicht viel früher daran gedacht?

Es gab etwas, das ich wirklich für Sparta tun konnte. Etwas, das ich zuhause ständig getan hatte. Etwas, das ihn auf eine ganz andere Art glücklich machen würde. Und beinahe hätte ich es vergessen.

• • •

Nathan trug Sparta mühelos zum Steg, während Troja und ich die Matratze holten. Wir betteten ihn so, dass er in Richtung Westen schauen konnte, und weil er wegen des Fiebers Schüttelfrost hatte, deckten wir ihn mit mehreren Decken zu. Ich sah seine Beine, die bläulich marmoriert waren. Ein Vorbote des Todes, wie Nathan mir erklärte, als wir in der Hütte den Moonshine und den Sud holten. Beides stand noch am alten Krankenlager.

»Was genau ist die Geheimzutat?«, hakte ich nach und deutete auf die grünbraune Flüssigkeit in der Glasflasche.

Die ganzen letzten Wochen hatte Nathan immer nur gesagt, er bestünde aus Birkenblättern, Schlangenwurz, Lavendel und Weidenrinde, aber diese Dinge konnten nicht diese extreme Wirkung erzielen. Außerdem waren sie nicht so teuer.

Zu meiner Überraschung zuckte Nathan jetzt nur mit den Schultern, als spielte es keine Rolle mehr. »Es sind drei. Coca, Tollkirsche … und Mohn. Ein starker Trank.«

»Allerdings.« Coca, Tollkirsche und Mohn, kein Wunder, dass er ihn so gut versteckt hatte.

»Das Zeug wird seine letzten Stunden erträglicher machen.«

Für ein paar Sekunden sahen wir uns an, und Nathans graue Augen waren so klar und offen, als wäre er bereit, all die Geheimnisse seiner Seele vor mir offenzulegen. Selbst sein Mund war weich. »Die nächsten Stunden werden hart. Wenn du es nicht schaffst, ohne zu weinen, solltest du Stanton zuliebe fernbleiben. Er braucht jetzt unsere Stärke, keine sentimentalen Tränen.«

»Ich komme mit. Ich weine nicht.«

Er betrachtete mich einen Moment, und es war, als flackerte eine Erinnerung zwischen uns auf. *Du weinst ziemlich oft, finde ich,* doch er nickte. »Gut«, sagte er nur.

Später saßen wir alle bei Sparta und beobachteten, wie die Sonne sank und die fernen schwarzen Baumkronen der anderen Insel in glutrotes Licht tauchte. Spartas Bewusstseinszustände wechselten von klar bis abwesend, als erkundete er bereits auf leisen Sohlen die Dimension, in die er reisen würde. Vielleicht waren wir alle nur Reisende, hier auf Zwischenstation zwischen den Welten. Ich wusste es nicht. Ich wusste nur, dass meine eigene Reise mich hierhergeführt hatte, weil mein Dad oder seine Firma etwas mit all dem zu tun hatte. Mit dem Tod und mit dem Sterben. Mit Sparta persönlich. Aber auch mit jedem einzelnen Mann, der hier saß.

Sparta hielt das, was ich ihm vorhin geschenkt hatte, wie einen

Schatz in den Händen und erzählte von Coldville, von seinem Sohn Sammy, der im Stehen geboren worden war, was laut den Natives großes Glück bedeutete. Er erzählte, wie er auf einer Tanzveranstaltung Grace kennengelernt hatte, die Tochter von einem Freund seines Vaters, der ein Dorf weiter lebte, und wie er sie in der Waldkapelle von Coldville heiratete. Wie sie beide ihre Eltern viel zu früh zu Grabe tragen mussten und wie sie sich schworen, Coldville zu verlassen, sobald sie genug Geld gespart hatten.

Nathan benetzte ihm hin und wieder die Lippen mit Moonshine, ab und zu flößten er und Pan ihm löffelweise den Sud ein. Danach lächelte er selig, und als es dunkel wurde und der Mond aufging, redete er nicht mehr, sondern atmete schwer und unregelmäßig.

Es wurde Zeit für Nathan, Sparta eine Geschichte über die Zukunft seines Sohnes zu erzählen, so wie er es sich gewünscht hatte.

Und das tat er. Ich wusste nicht, woher er all die Worte nahm, er, der sonst kaum ein Wort sprach. Ich konnte den kleinen Sam fast vor mir sehen, wie er heranwuchs und sich mit den Gleichaltrigen um das hübscheste Mädchen auf dem Schulhof prügelte. Wie er später, als er Coldville lange schon verlassen hatte, dieses Mädchen durch einen Zufall in Montreal wiedertraf – und wie er sie bei einem kurzen Ausflug in derselben Waldkapelle in Coldville heiratete, um seinen Vater zu ehren, den er viel zu früh verloren hatte. Stanton Foster. Und Samuel sah natürlich aus wie sein Vater, besaß dessen markantes Kinn und dessen Grübchen, wenn er lachte. Lange wilde Dreadlocks. Und manchmal, in den wenigen dunklen Stunden seines Lebens, meinte Samuel, seinen Vater bei ihm zu wissen und seine Liebe zu spüren, durch alle Zeiten und Dimensionen hindurch.

Nathan schenkte Samuel in seiner Geschichte fünf Kinder, zwei Söhne und drei Töchter. Die jüngste und mutigste, Grace, benannt nach ihrer liebevollen Großmutter, kehrte Jahrzehnte später nach Coldville zurück. Sie fand Coldville so vor, wie es ihre Urgroßmutter einst in ihrem Tagebuch verewigt hatte. Ein einsamer Ort voller rauer Schönheit. Mit singendem, klirrendem Eis in den kalten Wintern, mit bunten Nachthimmeln über den finsteren Nadelwäldern und Sommertagen in gestochen scharfen Farben. Kristallgrüne Seen, kobaltblaue Flüsse, ebenholzschwarze Tannen. Die Bäche und Seen waren klar, die Fische gesund. Es war ein neues Zuhause.

Nathans Stimme wurde leiser und leiser, so wie der Atem von Sparta schwächer und schwächer wurde. Entgegen meiner Zusage liefen meine Tränen, aber Sparta schien weit fort. Er konnte sie nicht sehen, und Nathan akzeptierte sie schweigend. Ich blickte in den Himmel, der ein Gewand aus nachtblauem Organza mit silbernen Diamanten war. Mom hatte mal so ein Kleid besessen. Mond-und-Sterne-Kleid hatte ich es getauft. Sie hatte gesagt, das sei ein schöner Name, da er nach Freiheit klänge. Bald wäre auch Spartas Seele von seinem kranken Körper erlöst, dann wäre auch er frei.

Der Gedanke sollte mich trösten, aber ich weinte nur noch mehr. Ich weinte, weil er seinen Sohn und seine Frau loslassen musste. Ich weinte, weil ich ihn verdächtigt hatte und weil ich viel zu spät erkannt hatte, wer er wirklich war. Ich weinte, weil das hier vielleicht Dads Schuld war und ich in den letzten Tagen immer seltener an Dad gedacht hatte. Ich weinte, weil ich wusste, dass es in mir eine Erinnerung gab, die mir wehtun würde, wenn ich sie erst fand.

Irgendwann legte mir Nathan eine Decke über die Schultern. »Es ist bald vorbei. Geh, wenn du es nicht durchstehst.« Er sagte es sanft und ohne Vorwurf, aber ein Teil von mir hätte das als feige empfunden. Als Davonlaufen vor der Realität und der Wahrheit, also blieb ich.

Die letzten Minuten waren schwer zu ertragen. Sparta bekam Erstickungsanfälle und konnte kaum atmen. Er spuckte Blut. Nathan hob seinen Oberkörper an, um ihm das Atmen zu erleichtern, und als Sparta Krämpfe bekam, legte er hinter ihm sitzend die Arme um ihn und hielt ihn ganz fest. Er schaukelte ihn sanft wie ein Baby und sprach Worte, weihevoll und beruhigend wie ein Gebet. Mein Herz stach vor Schmerz und vor Achtung. *Gott hjarta, Nathan.* Pan hatte recht gehabt. Nathan McCormack mochte hitzköpfig, zornig und wild sein. Er mochte Grausamkeit vortäuschen, um seine Furcht zu verstecken, doch er besaß ein reines, gutes Herz, so rein und so gut, wie es mit seiner Vergangenheit eben möglich war.

Als es vorbei war, schloss Nathan Spartas blicklose Augen und wir schwiegen. Wir schwiegen auch den nächsten Tag bis zum Abend, als es Zeit wurde, Sparta zu bestatten. Nathan hatte das mit ihm geklärt, und jetzt erfuhr ich auch, wofür Sparta das Floß gebaut hatte. Wofür er auch dieses gebaut hatte. Er hatte nie erwartet, noch lange zu leben. Als er mit auf die Agamemnon ging, hatte er sich selbst nicht mehr als zwei Wochen gegeben. Er hatte Nathan gesagt, er wolle auf dem Atlantik verbrannt werden, sodass seine Asche in alle Himmelsrichtungen fliegen konnte.

»Wenn er damals gewusst hätte, wie viele Wochen ihm noch bleiben würden, wie viele wertvolle Tage, wäre er wahrscheinlich doch in Coldville geblieben«, sagte Nathan traurig. »Obwohl er Sam und Grace seine letzten Stunden nie aufbürden wollte; da war er knallhart.« Nathan sammelte die Äste ein, die sie in einer Hütte über einem Feuer getrocknet hatten, und ich half ihm beim Tragen. »Stan wollte weder ein weißes Kreuz noch ein Grab im Sumpf, wo ihn vielleicht eine Geierschildkröte auffressen würde.« Er lächelte dünn, und Ikarus wuschelte durch meine Haare, als wäre ich diejenige, die hier den meisten Trost brauchte. Dabei hatten sie alle Sparta viel länger gekannt.

Noch bevor die Totenstarre eingesetzt hatte, hatten sie Spartas ausgemergelten Körper an das Floß gebunden, jetzt verteilten sie nach einem bestimmten System das getrocknete Holz und dazu noch Spanisches Moos. Kurz vor Sonnenuntergang fuhren wir mit dem Kahn auf das weite Becken des Atchafalaya und zogen Sparta auf seiner letzten Reise hinter uns her. Er hatte nichts besessen, was wir ihm hätten mitgeben können. Seine wenigen Habseligkeiten waren zuhause oder auf der Agamemnon geblieben, daher hatten wir ihm nur die Bleistiftzeichnung, die ich ihm angefertigt hatte, in seine gefalteten Hände gelegt. Ein Bild von Sam und Grace, so wie er sie mir beschrieben hatte.

Jetzt waren wir weit draußen, und ein leichter Wind blies wie der Atemhauch eines Geistes über das gekräuselte Wasser. Eine Schar Pelikane tummelte sich zwischen den vereinzelten Baumstümpfen und Sumpfzypressen, die Sonne stand tief am Horizont. Ein goldener Lichtschimmer fiel auf Spartas mageres Gesicht und machte es weich und friedlich.

»Es wird Zeit, bevor der Wind zu stark wird«, sagte Nathan und ließ die Ruder los. Ikarus, der hinten saß, löste das Floß von unserem Kahn, sodass es frei auf den feinen Wellen wogte. Schluckend sah ich zu, wie Nathan den langen Ast entzündete, um den ich an Land noch einen Hemdsärmel gewickelt und den ich anschließend in Spiritus getunkt hatte. Geschickt beugte er sich über den Bootsrand und warf die brennende Fackel auf das Floß, bevor Pan das Ruder übernahm und den Kahn mit einigen kräftigen Paddelschlägen aus der Gefahrenzone brachte.

Spartas Dreadlocks fingen zuerst Feuer. Es gab zischende, knisternde Laute, dann stieg eine kohlrabenschwarze Rauchsäule zwischen den lodernden Flammen in den Himmel. Die Pelikane stoben kreischend aus dem Wasser und flogen davon, ein ganzes Heer, das die Luft füllte. Es war, als würden sie dem Himmel zurufen, dass eine Seele auf dem Weg war.

»Wir etwas sagen sollten?«, fragte Pan plötzlich. Seine Augen glänzten verdächtig feucht.

Nathan schaute über das Wasser, als suchte er nach einem Zeichen von Spartas Seele. »Die Toten brauchen unsere Worte nicht mehr, Kjertan. Asche ist Asche, Staub ist Staub.« Seine Stimme klang dunkel und rau. Er schwieg einen Moment, und das Auflohen der orangeroten Feuersäule auf dem dunklen Becken jagte einen Schauder über meinen Rücken. »Aber wenn du etwas sagen willst, sag es. Stan hätte sicher nichts dagegen, es ist eine Tradition in Coldville.« Feuerfunken regneten herab und landeten wie schwarzes Papier auf dem See.

Pan wirkte verunsichert, aber er holte tief Luft und sagte mehrere Sätze auf Isländisch, bevor er übersetzte: »Alles, was kommen, wieder gehen zurück. Alles Gute geschützt wird. So auch deine Seele.«

Als das Floß lichterloh brannte, ruderte Pan Richtung Land, weil der Geruch nach verbranntem Fleisch kaum auszuhalten war. Aus großer Entfernung sahen wir zu, wie die Rauchsäule nach und nach weiß wurde, sich die Flammen senkten und das Floß nur noch ein schwaches Glimmen in der Dunkelheit war. Es würde nahezu vollständig verbrennen, denn Nathan und Pan hatten das Holz irgendwie behandelt.

»Der Fluss des Lebens mündet in das Meer der Ewigkeit«, sagte Ikarus irgendwann.

Zurück an Land setzten wir uns auf die Terrasse hinter dem Haus, tranken Moonshine, und bald erzählten Ikarus und Pan von Sparta. Nur Nathan und Troja schwiegen. Nach einer Weile ging Nathan zurück auf den Steg, und ich sah ihn in die Schwärze zwischen Himmel und Wasser starren, ins Nirgendwo oder zu einem Nirgend-Ort. Ohne zu überlegen, stand ich auf und lief zu ihm. Ich hörte noch, wie Ikarus »Lasst sie!« zu den anderen sagte.

Das alte Holz des Bootsstegs knarzte unter meinen Füßen in den zu großen Boots. Gestern Abend hatte Sparta hier seinen letzten Atemzug getan, und es kam mir vor, als wäre ein Teil seines Geistes noch hier. Ich trug mein Sommerkleid und fröstelte, allerdings nicht wegen der Temperatur, denn es waren sicher noch zwanzig Grad. Nathan stand am Ende des Stegs und wirkte in seiner finsteren Kluft wie eine Statue aus schwarzem Marmor.

Vorsichtig berührte ich ihn an der Schulter. »Nathan?«

Er sagte kein Wort, aber seine Muskeln spannten sich an, als müsste er vor mir fliehen, also zog ich die Hand zurück.

»Ich habe Lea hier beerdigt.« Unablässig starrte er auf das Becken des Atchafalaya. Mein Herz krampfte sich zusammen, und am liebsten hätte ich meine Arme um ihn geschlungen, um ihn zu trösten, aber das schien er nicht zu wollen. »Ich kam an diesen Ort, und er war so verlassen, wie ich mich fühlte. Isaac und ich hatten gestritten, weil er Lea nicht in die Bayous bringen wollte. Er wollte sie einfach zurücklassen. Er hatte immer so furchtbare Angst, wir würden aufgegriffen, nach Kanada zurückgeschickt und vom Jugendamt in verschiedene Heime gesteckt.« Wie fassungslos schüttelte er den Kopf. »Aber ich, ich hatte es Lea versprochen. Sie war doch noch ein Kind, Will.«

*So wie du damals auch,* dachte ich nur.

»Letzte Kinderwünsche sind wie Versprechen. Sie sind heilig. Man muss sie erfüllen …« Er schluckte. »Ich habe ein Motorboot gestohlen und sie mitgenommen. Dann bin ich über die Seitenarme des Mississippi runter zu den Bayous und so lange weitergefahren, bis ich sie in meinem Inneren flüstern hörte. *Hier ist es gut. Hier will ich bleiben, Nathaniel …«*

Mein Hals wurde eng. Ich stellte mir vor, wie er als Kind diese schwere Reise hinter sich gebracht hatte, ganz allein und das Herz voller dunklem Kummer.

»Ich habe sie nicht verbrannt. Das habe ich nicht über mich gebracht.« Er drehte sich zu mir um, und seine Augen schimmerten nebelgrau in der Nacht. »Ich habe sie der Erde und dem Sumpf überlassen. Auf der anderen Seite unserer Insel. So konnte ich mir einreden, dass sie über die Jahre hinweg ein Teil dieses silbergrünen Sumpflandes wird.« Für einen Moment betrachtete er mein Gesicht, dann nahm er eine Haarsträhne von mir und zupfte so zärtlich daran, dass es wehtat. »Das Spanische Moos ist laut einer Sage das Haar einer Prinzessin, die an ihrem Hochzeitstag von Feinden ihres Vaters getötet wurde. Der trauernde Bräutigam soll ihr silberblondes Haar abgeschnitten und in einen Baum gehängt haben – und so trug der Wind es über das ganze Land.« Seine Finger schwebten in der Luft, als wollte er mir über die Wange streichen.

»Das ist eine traurige Geschichte. Traurig, aber schön.«

»Ich habe Lea auch ein Büschel Haar abgeschnitten und an einen Baum gehängt. Verrückt, oder?«

»Nichts, was man aus Liebe tut, kann wirklich verrückt sein.« Ich lächelte, obwohl ich noch randvoll mit Tränen über Spartas Leid war, über das Unrecht der Welt und all die Dinge, die mein Leben zu einem Chaos gemacht hatten.

Nathan musterte mich, und sein Arm sank herab. Mit den Fingerkuppen berührte er das Armband, das er mir zweimal geschenkt hatte. »Wenn du möchtest, zeige ich dir die Stelle, wo ich Lea hingebracht habe.«

Er war mir so nahe, dass ich seine zerbrochene Aura auf der Haut fühlte. All seine widersprüchlichen Gefühle tanzten durch meine Sinne. Trauer, Zorn und Furcht, aber auch Liebe. Ich wusste, wie viel Überwindung ihn das, was er tun wollte, kostete. Er hütete seine Trauer wie einen Schatz. Er hatte sie so fest in sich eingeschlossen, dass sie in jeder Faser seines Körpers saß, in seinem Blut und seiner Seele.

»Das wäre schön«, sagte ich leise.

Alles Weitere bedurfte keiner Worte mehr. Nach ihm kletterte ich in den Kahn, und er ruderte los. Als Pan fragte, wohin wir fuhren, sagte Nathan nur, dass wir bald wiederkämen.

Mit gemischten Gefühlen betrachtete ich die Umgebung. Nathan hatte eine Stirnlampe aufgezogen, die schon von Beginn an in der stabilen Box im Kahn gelegen hatte. Der Lichtschein warf ein helles Dreieck vor uns und brach sich auf einer feinen Nebelschicht. Es sah aus, als schwebten Myriaden Wassertröpfchen über dem Sumpf, die schwarzen Bäume waren behangen mit den gespenstischen Haaren einer lang entschwundenen Prinzessin.

Ab und zu rief ein Käuzchen aus der Dunkelheit, dann wieder flatterten Vögel, aufgescheucht durch das Licht und das Plätschern der Ruder. Nathan selbst war mit der Lampe ein blendender Punkt in der Nacht. Irgendwann hielt er an und drapierte die Stirnlampe auf einer Sitzbank, sodass ein kleiner Fleck auf dem Wasser leuchtete wie ein mondbeschienenes Rechteck, nein, wie ein mondbeschienenes Grab. Mein Herz klopfte.

»Hier«, sagte er nur. Er klang mechanisch, ohne Gefühl.

»Und nur du kennst den Ort?«, fragte ich vorsichtig.

»Ja. Ich habe Isaac nur gesagt, dass ich Leas letzten Wunsch erfüllt habe.«

Ich saß hinter ihm auf der Bank, aber jetzt kletterte ich neben ihn, was den Kahn schwanken ließ. Zusammen sahen wir aufs Wasser, und ich wusste erst nicht, ob ich reden oder schweigen sollte, doch schließlich fragte ich: »Die Geschichte, die du Sparta über Sam erzählt hast … woher wusstest du, was du sagen sollst?«

Nathan betrachtete den lichthellen Wasserstreifen vor uns. »Ich habe schon vielen Sterbenden Geschichten erzählt. Es ist nicht schwer, Will. Du musst nur das einbinden, was sie im Leben geliebt haben, und für alles ein gutes Ende finden. Stan hat seinen Sohn abgöttisch geliebt. Sam musste ein glückliches Leben bekommen, aber ich musste auch den Kreis noch weiterführen bis zu seinen Enkelkindern. Das Weiterleben in unseren Nachkommen oder einer Erinnerung gibt dem Leben einen Sinn. Nicht vergessen zu werden, ist das, was sich die meisten wünschen. Etwas hinterlassen in seinen Kindern oder in der Welt. Und letztendlich liebte Stanton Coldville, das Coldville, das es früher einmal gewesen ist, also bevor …« Er stockte, sah mich an, und ich erkannte, wie sehr ich ihn unterschätzt hatte. Er war viel mehr als das, was ich immer in ihm gesehen hatte. Neben seiner Trauer barg er so viele wunderbare Geheimnisse und Schätze.

»Hast du … hast du auch Lea eine Geschichte erzählt?«, fragte ich stockend.

Ein wehmütiges Lächeln stahl sich auf sein Gesicht. »Ja. Sicher.« Er betrachtete das leere Grab seiner Schwester. »Lea liebte diese Welt. Sie liebte das Leben, trotz allem, was wir hinter uns hatten. Also musste ich ihr die Angst vor dem Tod nehmen und eine Welt im Jenseits für sie erfinden. Eine Welt, in der sie meine Stimme hören würde, in der sie Mom und Dad wiedertraf und den kleinen Jacob. Ich sagte, die Zeit würde dort keine Rolle spielen, und ich und Isaac wären schneller an ihrer Seite, als sie bis drei zählen könnte. ›Wenn du dort ankommst‹, habe ich gesagt, ›sind wir eigentlich schon dort.‹ Das hat sie zum Lächeln gebracht. Natürlich musste ich es ihr mit den Händen erzählen.« Er musterte mich lange, so lange, bis mein Herz klopfte, aber dann sah er wieder weg, als erinnerte er sich an die Furcht vor mir, als läge sie wie eine Klinge an seiner Kehle. Er schluckte geräuschvoll.

»Du hast immer mit Lea geredet«, sagte ich in die kurze Stille. »Auch im Scherbenpalast. Vorhin hast du gesagt, die Toten bräuchten unsere Worte nicht.«

»Worte sind nur für die Lebenden. Das glaube ich wirklich. Wir reden mit den Toten, aber das tun wir für uns. Weil wir das brauchen.«

»Da könntest du …«

»Sht!« Nathan legte unvermittelt den Finger auf die Lippen. »Da ist etwas.«

Ich dachte, er meinte Rehe oder Wildschweine, die in den Sümpfen von Land zu Land zogen, aber ich hörte etwas anderes. Das röhrende Knattern eines Motorbootes, das in der Ferne beinahe wie ein wildes Grunzen klang. Und aus dem blinden Gemisch aus Nebel und Dunkelheit drang mit einem Mal eine Stimme. »Willa? Nathaniel?«

»Ian«, flüsterte Nathan. In seinen Augen lag plötzlich ein Glitzern, und er schnappte sich die Stirnlampe und streifte sie über. »Ich will noch nicht zurück zu den anderen. Du?«

Ich schüttelte mit einem kribbeligen Gefühl in den Adern den Kopf. *Er will nicht zurück. Er will mit mir allein sein.*

Leise justierte er die Ruder und tauchte sie sanft in das dunkle Wasser. Es gab kaum ein Geräusch, als der Kahn durch den Sumpf glitt, doch das Motorboot kam näher. Für Sekunden dachte ich an Isaac, daran, dass er uns gefunden haben könnte und Ikarus uns warnen wollte. Aber dann erinnerte ich mich an Nathans Worte. Isaac kannte diesen Ort nicht, und ohne exakte Koordinaten würde man niemals hierher finden.

Nathan umrundete einen weiteren schmalen Streifen Land und fuhr in einen neuen schwimmenden Wald, in dem die silbernen Moose durch das Stirnlampenlicht wie Laternen leuchteten. Er musste uns mit einem Ruder hindurchstochern, aber irgendwann hielt er an einem Ufer an und bedeutete mir, aus dem Kahn zu klettern. Als er selbst auch ausgestiegen war, zogen wir das kleine Boot in ein dichtes Gestrüpp am Wasser.

»Hier kommt er mit dem Motorboot nicht so schnell durch«, sagte Nathan leise, und ich meinte, ein Lächeln in seiner Stimme zu hören. »Komm!« Während er die Stirnlampe dimmte, lief er voran, als würde er das Ziel kennen. Nur noch ein schmaler Lichtstreifen fiel vor seine Füße und beleuchtete einen Pfad. Ich blieb für einen Augenblick stehen und lauschte, ob ich das Motorboot noch hören konnte, doch da war etwas anderes. Etwas jagte über Äste und Bäume, es klang wie ein wilder Galopp, als würden Reiter auf ihren Pferden durchs Unterholz preschen, aber dann durchdrang ein unheimliches Grunzen die Nacht.

»Wildschweine. Eine ganze Rotte!«, stieß Nathan hervor. »Schnell!«

Unsere Hände fanden sich ganz von allein, als wir den Pfad

entlangrannten, nicht wissend, ob die Horde vor oder hinter uns war. Nathan drehte einhändig an der Stirnlampe herum, und mit einem Schlag umhüllte uns Dunkelheit. Schatten flogen vorbei, Bäume, Stümpfe, Gespinste wie Netze von Riesenspinnen, das fahle Schimmern des Mondes. Ich folgte Nathan wie blind. Der Boden war uneben, Totholz ließ uns straucheln, aber wir fielen nicht, sondern fassten uns nur fester. Ich konnte nicht mehr unterscheiden, ob das Getrampel von den Wildschweinen herrührte oder ob wir es selbst waren. Ich wusste nicht einmal, wie gefährlich sie sein konnten.

»Schneller!«, rief Nathan, in dem Moment hörte ich sie in meinem Rücken und blickte über die Schulter. Mein Herz setzte für einen Schlag aus. Mit glimmenden Augen preschten sie voran, keine zehn Meter hinter uns, ein wildes Durcheinander aus Grunzen, Schnauben und Ästeknacken. Nathan zog mich weiter, und als ich glaubte, schon den Atem der Schweine in meinem Nacken zu spüren, brüllte er: »Nach rechts!« Es gab einen kurzen Ruck, als er meine Hand losließ und mich stattdessen am Oberarm packte, dann fielen wir beide auf die Veranda einer Holzhütte. Ich lag halb auf Nathan, als ich die Horde an der Hütte vorbeirennen sah. Sie nahmen nicht die geringste Notiz von uns, es war, als folgten sie einem stummen Befehl. Womöglich hatten sie uns gar nicht gejagt, sondern waren nur aufgescheucht worden. Verdattert sah ich ihnen nach, und Nathan fing laut an zu lachen. Er lachte so sehr, sein ganzer Körper bebte. Ich rutschte von ihm herunter. Mir wurde bewusst, dass ich ihn noch nie lachen gehört oder gesehen hatte. Es machte ihn jung. Und so normal, so wenig gefährlich oder zornig, dass das Sehnen in mir so groß wurde, als könnte es in der Schwärze Feuer fangen. Ich lachte mit, und zugleich wollte ich, dass er mich küsste und mir das Sommerkleid vom Leib riss.

»Oh, Will! Du hättest dein Gesicht sehen sollen.« Er war außer Atem von unserer Flucht und vom Lachen. In der Ahnung des Mondlichts glänzten die Schweißtröpfchen auf seiner Stirn wie Silber, das schwarze Haar, das sich aus dem Zopf gelöst hatte, fiel wild und verwegen in sein Gesicht. Ein düsterer Pirat.

Ich starrte ihn an, und das Herz klopfte so verlangend in meiner Brust, dass ich dachte, den Verstand zu verlieren, wenn er mich nicht endlich berührte. Ich musste seine Hände auf mir spüren, um dieses Brennen in meinem Inneren zu löschen. Das Brennen, das sich in den letzten Wochen wie Fieber in meinen Körper gestohlen hatte.

Ohne nachzudenken, erhob ich mich und fasste den Saum meines Kleids.

Schlagartig wurde Nathan ganz ernst. »Was tust du da?«, flüsterte er rau. Er lag immer noch auf den Dielen der Veranda, das Gewicht auf seine Unterarme gestützt.

In einer einzigen Bewegung streifte ich mir das Sommerkleid über den Kopf. Dann stand ich vor ihm, nur noch bekleidet mit derben Stiefeln, einer Unterhose und mit verschwitzter, nackter Haut.

## Kapitel 6

NATHAN SCHLUCKTE, WÄHREND SEIN BLICK AN MIR HERABGLITT.

Das fahle, grüne Licht des Sumpfwaldes tanzte wie ein Funkeln in seinen Augen, die jetzt kohlrabenschwarz waren. Ich spürte die feuchte Nachtluft auf mir wie einen kühlen Mantel, aber es war Nathans Blick, der mich zum Zittern brachte. Noch nie hatte mich ein Mann so angesehen.

Er erhob sich und stand ganz still, als wäre er nicht mehr fähig, etwas anderes zu tun, als mich anzublicken. Der Kampf um Beherrschung zeichnete seine Züge, ließ seine Augen flimmern, aber machte die Lippen hart und schmal, als dürfte er seinem Begehren nicht nachgeben, als wäre es etwas Verbotenes, das er sich versagte.

Einladend streckte ich meine Hände nach ihm aus, auch weil ich das Gefühl hatte, mich an ihm festhalten zu müssen. Das zwischen uns war wie ein blaues Feuer, das in der Dunkelheit brannte, neu und aufregend.

Er kam näher, so nahe, dass er mich fast berührte. »Willa.« Ich spürte seinen Atem auf meinen Lippen, und ein süßer Schauer lief durch meinen Körper. Für einen Moment zögerte er, dann strich er mit dem Zeigefinger über mein Gesicht, vorsichtig, als würde ihn etwas Dunkles bedrohen, in der Finsternis auf ihn lauern und er sich jede Sekunde verstecken müssen.

Plötzlich hatte ich Angst, er würde sich erneut zurückziehen. »Ich will dich«, hörte ich mich flüstern und wusste nicht, woher ich den Mut nahm. Vielleicht daher, weil wir heute Sparta verbrannt hatten, vielleicht, weil das Leben zu kurz und zu kostbar war, um Gefühle aufzuschieben. Ich nahm seine Hand, mit der er mich berührt hatte, und legte sie auf meine Brust. Seine Finger waren kühl und rau, ein heißkaltes Glühen auf meiner erhitzten Haut. Ganz zart drückte er zu, und ein verlangender Laut drang aus meiner Kehle. Mein Herz pochte immer schneller. Ich war wie benommen von dem Wunsch, ihn zu spüren. Reflexhaft, ohne anders zu können, schlang ich die Arme um seinen Hals. Diesmal küsste ich ihn. Erstickte seinen Widerstand mit der Zunge, und als meine Zähne über seine Lippen strichen, keuchte er auf.

Vielleicht war es der eigene Laut, der ihn erschreckte.

Ruckartig löste er sich von mir und trat einen Schritt zurück. »Ich schlafe nur mit Huren, das weißt du«, sagte er leise, aber mit fester Stimme.

Es war wie ein Schlag ins Gesicht. Für ein paar Sekunden stand ich völlig entgeistert da.

»Dann bezahl mich doch«, flüsterte ich halb spöttisch, halb verletzt zurück, als ich meine Worte wiedergefunden hatte.

»Und, wie viel nimmst du pro Nacht? Vielleicht kann ich's mir nicht leisten?« Es war reine Provokation, er machte mich damit wahnsinnig.

»Du hast mich hierhergebracht und gesagt, du wolltest noch nicht zu den anderen zurück«, sagte ich. Seine Ablehnung machte meine Kehle eng, aber bei Gott, ich würde nicht anfangen zu weinen. Stattdessen beugte ich mich hinab und schnürte wortlos meine Boots auf. Ich zog sie aus, ebenso die Socken, die ich in die Schuhe stopfte. Danach packte ich die Boots mit zittrigen Händen. »Wenn du schon mit mir fertig bist, laufe ich eben zurück. Keine Sorge, du musst dich nicht um mich kümmern. Ich finde meinen Weg durch Wasser, Sumpf und Land.«

Natürlich pokerte ich. Natürlich war es gelogen. Barfuß und mit hoch erhobenem Haupt schritt ich davon, während sich eine Gänsehaut auf meinen Armen und Beinen ausbreitete und ich betete, es möge jetzt keine Korallenotter in den Büschen lauern.

In meinem Rücken spürte ich Nathans bohrenden Blick. »Will! Komm sofort zurück!«, schrie er mir dann hinterher. »Und zieh die verfluchten Schuhe an!«

Ich antwortete nicht und lief störrisch weiter.

»Verdammt noch mal, Willa! Wenn du nicht sofort zurückkommst …«

Ich hörte seine stürmischen Schritte in der Nacht, und die Dunkelheit schien plötzlich voller Gefahr und Verlockung.

Er hatte mich schnell eingeholt, packte mich um die Oberschenkel und warf mich über seine Schulter. »Ich bin noch nicht fertig mit dir«, sagte er mit einer Hitzigkeit in der Stimme, die unheilvoll klang und trotzdem ein Kribbeln in mir auslöste. Er marschierte zur Hütte zurück, trug mich ins Innere und setzte mich mitten auf dem Holzboden ab. »Noch lange nicht.« Von oben sah er mich an, aber ich konnte nicht viel erkennen. Das schwache Mondlicht fiel durch die offene Hüttentür und brach sich auf seiner Kehrseite. Sein Gesicht lag im Dunkeln, und als er sich mit einer einzigen Bewegung das Shirt auszog, spürte ich meinen Puls an der Kehlgrube klopfen.

Sein Körper war ein Kunstwerk. Breite Schultern, feste Muskeln und glatte Haut. Er war schön. Anders konnte ich es nicht sagen. Düster, stark und schön auf eine schwermütige Weise. Seine Schultern schimmerten in der Schwärze, mondlichtbeschienen, ebenso seine gesamte Silhouette. Als hätte er eine strahlende Aura.

Er stieg aus Boots und Jeans, dann sank er über mich, sodass mich sein Körper auf den Rücken zwang und ich das kühle Holz auf der Haut fühlte. Ich erschrak über seine Heftigkeit, gleichzeitig spürte ich ein Kichern in meiner Brust. Immer noch schien er wütend, vielleicht auf sich selbst, vielleicht auch auf mich. Er nahm meine Handgelenke, presste sie neben meinem Kopf auf den Boden und küsste mich so leidenschaftlich und wild, dass alle Gedanken schwiegen. Sein Geschmack benebelte mich, die Küsse raubten mir den Verstand. Er sollte niemals aufhören, doch genau, als ich das dachte, wich er zurück und betrachtete mich, ohne meine Handgelenke loszulassen.

»Ich wollte dich von dem Moment an, als du zum ersten Mal auf der Agamemnon vor mir gestanden hast«, sagte er rau. »Und es wurde mit jedem Tag schlimmer. Je mehr ich gespürt habe, dass du nicht die verzogene Prinzessin bist … dass du nur ein Mädchen bist, das unbedingt alles richtig machen will, das es jedem recht machen will, das geliebt werden will …«

Es war die Zärtlichkeit in seinen Worten und vielleicht auch die Wahrheit darin, die mich in die Knie gezwungen hätte, wäre ich ihm nicht sowieso schon ergeben. Ich schluckte, sah ihn an. Ein tiefes Verlangen flackerte in seinen Augen, so tief, dass mir die Intensität den Atem raubte.

»Ich wollte dich seit dem Tag in Rosewood Manor«, flüsterte ich. »Und daran hat sich nie etwas geändert.«

Er lächelte auf seine flüchtige Weise, und als er den Kopf senkte und ich seine Zunge an meiner Kehle fühlte, erschauerte ich am ganzen Körper. Es war, als tanzten hundert Feuerfunken über meine Haut. Ich keuchte auf, und er packte mich fester. Küsste meinen Hals, die Schlüsselbeine; umschloss meine Brustwarze mit dem Mund, saugte daran, und plötzlich war ein heftiges Pochen in meinem Unterleib, das Gefühl von Hitze und Schmelzen. Ich wollte ihn spüren, überall auf meiner nackten Haut und tief in mir drin.

Im nächsten Moment waren meine Hände frei, und er streifte mir die Unterhose von den Beinen. Instinktiv fasste ich in seine Haare, löste den Zopf und packte zu, während er auch sich selbst die Shorts auszog. Er keuchte auf, vielleicht hatte ich zu fest zugegriffen, doch dann lag er auf mir. Nackt und verschwitzt. Ich konnte ihn spüren, alles an ihm, auch seine Erregung.

Ich wusste nicht, wie lange wir einander berührten, uns küssten, unsere Körper verbogen und wie berauscht voneinander waren. Es war, als würde unser Begehren die Luft zum Funkeln und Knistern bringen. Irgendwann aber schienen selbst die Berührungen nicht mehr auszureichen, schien nichts mehr auszureichen; es war unmöglich, länger voneinander getrennt zu sein.

»Will«, flüsterte er heiser, und ich spürte seinen heißen Atem auf meinem Gesicht. »Das ist Wahnsinn. Völlig verrückt. Du und ich – das wird niemals gutgehen.«

»Und wieso nicht?«, flüsterte ich zurück.

»Weil wir sind, wer wir sind.«

»Und genau das ist mir egal.«

Er küsste meine Stirn. »Dein erstes Mal?«

Ich nickte.

»Hast du Angst?«

Ich öffnete meine Beine für ihn. »Nein.« Das war nicht gelogen. Ich hatte keine Angst. An Rücken und Po spürte ich das kühle glatte Holz, über mir Nathans Hitze. Ich war wie trunken von ihm und meinem Verlangen, und zum ersten Mal war ich wirklich ich selbst, ungeschützt und nackt, weit weg von den Milliarden meines Vaters in einer fremden Welt. Es war, als könnte ich mich und das, was ich wollte, zum ersten Mal wirklich spüren.

Als er in mich eindrang, fühlte ich zuerst nur Schmerz, unglaublichen allumfassenden Schmerz, der mich innerlich zerriss. Ich rang nach Luft, und meine Muskeln spannten sich an.

Nathan hielt inne. »Entspann dich, Will. Dann tut es nicht so weh. Oder soll ich aufhören?«

»Nein.« Ich unterdrückte ein armseliges Aufkeuchen. »Mach weiter!« Langsam atmete ich ein, dann legte ich die Hände auf Nathans Schultern. Er drang tiefer, bis er mich schließlich ganz und gar ausfüllte und ich ihn vollkommen spürte. Ich grub meine Nägel in seine Haut. Es war Schmerz und Glück zur selben Zeit. Ich hätte wegen beidem weinen können.

»Willa?« Nathan wartete und bewegte sich nicht, aber seine Pupillen waren nie größer und schwärzer gewesen als jetzt. Seine Hände waren neben meinem Kopf, er stützte sich ab, damit ich nicht sein ganzes Gewicht tragen musste »Sag mir, wenn du so weit bist.«

Zu meiner Überraschung ließ das Brennen tatsächlich nach, nicht ganz, aber es wurde erträglich. Ich zog Nathan zu mir herunter, um ihn zu küssen, und er verstand. Er bewegte sich vorsichtig, und neben dem Schmerz ergriff mich ein tiefes Gefühl von Vertrauen. Trotz seines Zorns auf die Welt, auf meinen Vater und vielleicht auch auf mich, würde er mir hierbei nie absichtlich wehtun. Ich schloss die Augen, spürte seine langsamen Stöße, die nach und nach fester und tiefer wurden. Ich fasste in sein weiches Haar, ließ es durch meine Finger gleiten. Plötzlich war da nicht nur Schmerz zwischen meinen Beinen, sondern auch eine sanfte, ziehende Hitze. Eine süße Vorahnung auf etwas Wunderbares, das ich noch nie mit jemandem geteilt hatte. Gleichzeitig war ich einfach nur glücklich, Nathan so nahe zu sein. Sein Begehren nach mir überall auf meiner brennenden Haut fühlen.

Als er einen Moment innehielt, öffnete ich die Augen und sah das Lächeln auf seinem Gesicht. Seine Meeresaugen glänzten in der Dunkelheit, aber er sagte nichts. Langsam schob er seine Hand zwischen meine Beine und berührte mich an einer Stelle, die orangerote Lichter vor mir flackern ließ. Durch diese Lichter sah ich ihn an. Sein Blick hielt mich fest, durchdrang mich wie dieses neue, heiße Gefühl. Es kitzelte und jagte rotglühende Schauer durch meine Adern. Vor Überraschung lag ich ganz still, während die pulsierende Hitze in mir anschwoll, das Verlangen nach Erlösung und noch mehr Hitze weckte. Ein helles Keuchen kam aus meinem Mund, als ich dem nicht auszuhaltenden Brennen nachgab und für Sekunden wie über einem Abgrund schwebte. Mein Körper begann zu zittern, meine Füße bogen sich durch, gleichzeitig jagte die erste Hitzewelle durch mich hindurch, gefolgt von der zweiten, dritten und vierten.

Jetzt war das rote Licht überall, und ich nahm kaum wahr, wie Nathan die Hand wegzog und wieder tiefer in mich eindrang.

Er schob zwei Finger unter das Armband an meinem Handgelenk und hielt so meinen Arm neben dem Kopf, ein untrügliches Zeichen dafür, dass wir zusammengehörten. Seine Bewegungen wurden schneller. Instinktiv hielt ich mich mit einer Hand an seinem Nacken fest, presste meinen Unterleib gegen seinen, während die letzten Hitzewellen durch meine Adern flossen. Mein Rücken rieb über den Boden, und unerträgliche Gefühle breiteten sich in mir aus. Liebe, Hitze und Sehnsucht. Nathan. Ich war wie berauscht, und als er in mir kam, hallte die Hitze immer noch in mir nach. Ganz fest klammerte ich mich an seine Schultern, ohne zu wissen, ob wir leise oder laut gewesen waren, geflüstert oder geschrien hatten.

Aufeinanderliegend blickten wir uns an – alles war anders als zuvor.

Ganz zart berührte er meine Wange. »Als ich dich gesehen habe, damals am Tor, es war seltsam … nach all der Trauer war es, als hätte ich etwas wiedergefunden, von dem ich lange glaubte, es unwiderruflich verloren zu haben. Und dann, an Bord der Agamemnon, war das Gefühl sofort wieder da. Es war wie Magie.«

Ich konnte ihm gar nicht antworten, denn meine Augen tränten wegen seiner Worte und dem Glücksgefühl, das sie in mir auslösten.

»Du weinst«, sagte er sanft tadelnd. »Du weinst ziemlich oft, finde ich.«

Ich musste lachen, doch als ich seinen Blick sah, wurde ich ernst.

Nathan küsste meine Stirn. »Ich liebe dich«, flüsterte er und strich mir eine Haarsträhne aus der Stirn. »Egal was passiert, egal was ich je im Zorn zu dir sagen werde und was immer ich tue: Ich liebe dich, und ich werde nie wieder damit aufhören.«

Wir übernachteten in der Hütte, auf dem Boden aneinandergeschmiegt wie zwei Teile eines Ganzen, das zuvor jahrelang zerbrochen gewesen war. Vielleicht wie zwei bunte Glassplitter aus dem Scherbenpalast, die man wieder aneinandergesetzt und geklebt hatte.

Als ich aufwachte, stand Nathan allerdings schon auf der lichtüberfluteten Veranda und checkte sein Handy. Womöglich hatte er hier Empfang. Für einen Moment dachte ich an Dad und fragte mich, was er jetzt wohl gerade machte, aber dann verdrängte ich den Gedanken schnell.

Leise stand ich auf und fand mein Sommerkleid auf einer staubigen Kommode. Eilig schlupfte ich hinein und wollte gerade ins Freie treten, als Nathan sich zu mir umdrehte. Er trug nur seine Jeans.

»Hey.« Er lächelte.

»Selbst hey!« Immer noch schwebte die Magie der Nacht zwischen uns, sie war wie eine elektrische Ladung, die meine Arme und Beine durchfloss. Ich ging auf ihn zu. Als ich vor ihm stand, legte ich meine Hände auf seine Brust, spürte die festen Muskeln und seinen Herzschlag, der unter meinen Handflächen pochte und mich einfach nur glücklich machte.

»Will«, flüsterte er nach einer Weile und hob meinen Kopf. »Wir müssen zurück.«

»Ich weiß.« Wehmütig blickte ich mich um. Die Luft war mit dem üblichen Sommerregen durchsetzt, und die alte Hütte besaß genau die richtige Größe für zwei Liebende. Direkt hinter der Veranda, nur getrennt durch den Pfad und eine schmale Wiese, lag das sumpfige Gewässer, auf dem ein Spiegel aus Seerosen schwamm. Das hatte ich gestern in der Dunkelheit nicht bemerkt. Ich seufzte tief. Ich wollte nicht weg. Ohne die Hände von ihm zu lösen, umrundete ich ihn und ließ meine Handflächen über seinen sonnenwarmen Rücken gleiten. Jetzt tat ich das, was ich lange schon hatte tun wollen: Mir die vielen Namen anschauen, die er sich hatte tätowieren lassen.

Die seiner Familie waren größer geschrieben.

Lea McCormack. Jacob McCormack. Coralie McCormack. John McCormack. In Schreibschrift zogen sie sich über die Schulterblätter, und bald würde Nathan noch einen weiteren hinzufügen müssen. Isaac McCormack.

Ich verdrängte die Furcht, die diese zwei Worte in mir auslösten, und ließ meinen Blick tiefer wandern. Es waren so viele. So viele Namen, so viele erloschene Leben und so viele begrabene Träume.

»Sparta fehlt noch«, sagte ich leise.

»Stanton Foster. Ja. Wenn das hier vorbei ist, bekommt er seinen Platz.«

»Er war es nicht, oder? Ich meine, ich glaube nicht, dass er mich umbringen wollte, das habe ich schon nicht mehr gedacht, seit ich wusste, wie krank er war. Aber ich glaube auch nicht, dass er die Koordinaten verraten hat.« Mit einem eigenartigen Gefühl von Scham strich ich mit den Fingerspitzen über das verspielte *Lea*. Darunter fielen mir wieder die Ziffern auf, weil es der einzige Name mit Zahlen war.

292119.2N 911638.2W

Ich hätte sie sogar noch auswendig gewusst. Und plötzlich, womöglich weil wir gerade über Sparta gesprochen hatten, ahnte ich, was sie bedeuteten. Das N und das W wiesen mich darauf hin, ich hätte früher darauf kommen können. »Die Ziffern unter dem Namen deiner Schwester – das sind auch Koordinaten, oder?«

»Es sind die Koordinaten von dem Ort, an dem ich sie dem Sumpf übergeben habe. Eine Erinnerung.«

Obwohl wir uns heute Nacht so nahegekommen waren, wusste ich jetzt nicht, was ich sagen sollte. Aber Nathan schien es nicht zu stören. Er drehte sich zu mir um, rahmte mein Gesicht mit den Händen und küsste mich. Dieses Mal so zärtlich und leicht, dass ich am liebsten schon wieder geweint hätte. Meine Sehnsucht nach ihm entbrannte sofort, sie war so stark, dass ich nicht mehr richtig denken konnte. Ich wollte mich fallen lassen, gleichzeitig erfasste mich eine neue Befangenheit, denn ich verdiente ihn nicht, wenn mein Vater schuldig war. Wie konnten wir uns hemmungslos lieben, wenn er auf dem Rücken ein Mahnmal trug, an dem das Blut meiner Familie klebte?

Wie lange würde es dauern, bis er sich dasselbe fragte?

Nathan wich zurück und sah mich forschend an. »Was ist denn?«

»Dein Rücken«, sagte ich ehrlich. »Das Blut deiner Familie klebt an meinen Händen. Dein Rücken ist ein Abbild davon.«

Energisch schüttelte er den Kopf. »Das ist nur eine Erinnerung, damit wir die Toten nicht vergessen. Kein Mahnmal.«

Ich schluckte.

»Wie oft soll ich es dir noch sagen: Du kannst nichts dafür.«

»Aber ich habe mich nie für Dads Geschäfte interessiert. Vielleicht wäre mir etwas aufgefallen, wenn ich nachgefragt hätte.«

»Und du meinst, dein Vater hätte dir das verraten? Niemals, Will. Er wollte doch sicher immer der Gute für dich sein.«

Das stimmte. Und er war es auch immer gewesen.

Wäre ich bei Dad geblieben, wenn ich das alles gewusst hätte? Was hätte ich zu ihm gesagt, und vor allem, wie hätte er es mir erklärt? Wäre ich vielleicht sogar zu Grandma Anna gezogen? War meine Liebe zu ihm denn an die Bedingung geknüpft, dass er ein guter Mensch war? Aber was war das dann überhaupt für eine Liebe?

Ich wusste es nicht, allerdings kam ich auch nicht mehr dazu, weiter darüber nachzudenken, denn Nathan küsste mich erneut. Verlangender und tiefer als zuvor.

Wir liebten uns noch einmal auf der Veranda, und ich befand mich immer noch in einem rauschartigen Zustand, als wir Lost Memories erreichten.

Troja wartete bereits am Steg. Ruhig fasste er das Tau, das Nathan ihm reichte, und setzte einen Achterknoten an der Klampe. Er sagte nichts, was ein bisschen unheimlich war, dafür beobachtete er sehr genau, wie Nathan und ich aus dem Boot kletterten.

Kaum waren wir ein paar Meter gelaufen, schoss Ikarus aus der Hütte. »Das ist ja wohl das Allerletzte!« Zornig polterte er die Stufen herunter und blieb breitbeinig am Fuß der Treppe stehen. Mit hochrotem Gesicht funkelte er Nathan an. »Die ganze Zeit über redest du von der Gruppe und großen Plänen, aber kaum haben wir Stanton bestattet, verdünnisierst du dich mit ihr. Alleingänge sind scheiße, Mann! Gerade jetzt! Was, wenn Isaac hier aufgetaucht wäre? Oder euch erwischt hätte? Ich habe mir Sorgen gemacht, verdammt!«

»Du hast recht«, entgegnete Nathan ruhig. Er war stehen geblieben. »Das war ein Fehler. Wir hätten nicht gehen sollen. Allerdings wird Isaac dieses Stück Land niemals finden.«

»Das sagst du! Und woher sollten wir überhaupt wissen, dass ihr wiederkommt und du Willa nicht woanders versteckst? Du hast keine Ahnung, was ich mir alles zusammengereimt habe!«

»Es tut mir leid, Ian. Ehrlich.«

Ikarus schüttelte nur fassungslos den Kopf, bevor er wieder in der Hütte verschwand und die Tür zuknallte.

Danach entdeckte ich Pan. Er stand mit einer Axt über einem Hackklotz, doch er hatte innegehalten und starrte Nathan an.

Etwas Dunkles flatterte in meiner Kehle, denn zum ersten Mal lag glühende Eifersucht in seinen Augen. Eifersucht, Zorn und Kränkung. Ich wollte ihm zuwinken, hob schon die Hand, aber er mied meinen Blick. Es wirkte, als würde er Nathan am liebsten die stumpfe Seite der Axt über den Schädel ziehen, doch auf einmal wandte er sich wieder seiner Arbeit zu, als hätte er gespürt, dass ich ihn anschaute.

Das ungute Gefühl in mir verdichtete sich. Ich fragte mich, ob man mir die Liebe ansah. Ob meine Lippen gerötet waren und meine Augen strahlten. Vielleicht war mein Haar verwuschelt, aber vermutlich war das Naheliegendste einfach, dass sie eins und eins zusammenzählten. Wieso sonst hätten wir so lange wegbleiben sollen? Und sie mussten die Spannung zwischen Nathan und mir bemerkt haben. Pan sowieso, aber Troja und Ikarus ebenfalls. Es war so etwas wie ein offenes Geheimnis gewesen, der Elefant im Raum, den jeder sah, aber niemand erwähnte.

Langsam lief ich Nathan hinterher, der Richtung Hütte ging, als ich Trojas Stimme hinter mir hörte.

»Wie soll das weitergehen?«

Nathan blieb stehen, ohne sich umzudrehen, sodass ich fast in ihn hineingestolpert wäre. »Was meinst du?«, fragte er.

»Das alles hier!« Doch Troja meinte hauptsächlich Nathan und mich, da war ich mir sicher.

Nathan wandte sich zu ihm um. »Das weißt du doch. Wir warten noch die nächsten eineinhalb Wochen ab. Dann sehen wir weiter.«

»Was ist, wenn Hampton blufft? Oder wenn er eine Spezialeinheit beauftragt hat und sein Sondereinsatzkommando nur mehr Zeit benötigt, um uns hier aufzuspüren?«

Ich drehte mich halb zu ihm um. Er wirkte nicht wütend wie Ikarus, aber er schien besorgt, stützte die Hände in die Hüften.

»Den Ort hier findet niemand. Auch keine Spezialeinheit«, hörte ich Nathan hinter mir sagen.

»Wer sagt das?«

»Ich.«

»Und was ist mit ihr und dir?«

»Nichts«, sagte Nathan kühl.

*Nichts? Hallo?*

»Nichts, was einen Unterschied macht«, fügte er noch hinzu.

*Aha!*

Troja kniff die Augen zusammen. »Für dich vielleicht nicht«, sagte er düster und sah zu Pan. Dann kam er näher. »Ihr solltet aufpassen. Mehr sage ich dazu nicht.«

Den ganzen Tag über fragte ich mich, ob Troja mit seinen Befürchtungen recht haben könnte. Nicht auf Pan bezogen, ihm vertraute ich. Aber konnte es sein, dass Dad log? Was, wenn tatsächlich ein Sondereinsatzkommando auf die Männer angesetzt war und durch irgendetwas, das ich mir selbst nicht vorstellen konnte, hier aufkreuzte? Ich hatte die dunkle Mannschaft des SWAT-Teams vor Augen, wie sie aus dem Hinterhalt Nathan und die anderen erschoss, ohne vorher Fragen zu stellen. Und wenn es nicht das SWAT-Team war, dann vielleicht angeheuerte Spezialisten oder Söldner. Dad konnte jeden bezahlen. Ich war mir sicher, er würde den Tod der Geiselnehmer in

Kauf nehmen oder sogar befürworten. Dad war ein Mann, den man besser auf seiner Seite hatte, wenn es Probleme gab, das war mir immer bewusst gewesen.

Tage vergingen. Nathan und ich trafen uns heimlich in den Hütten der kleinen Insel, fuhren aber nie wieder zu der einsamen Bretterbude am Seerosentümpel zurück. Unsere Treffen hatten etwas Verbotenes, weil es die anderen nicht guthießen, und das machte es umso reizvoller. Und seltsamerweise war ich glücklich. Jedes Mal, wenn ich mit Nathan allein war, tauchten wir in eine andere Welt. Es fühlte sich schon bald so an, als wären wir seit Rosewood Manor keinen einzigen Tag getrennt gewesen. Trotzdem war alles so neu und aufregend, als wären wir uns gerade gestern zum ersten Mal begegnet.

Auch heute blieben wir wie berauscht voneinander liegen. Wir waren in einer abgelegenen Hütte, einer mit Eingangstür und unnützem Gerümpel, die nahe bei der Hütte mit der Truhe lag. Wie immer war ich vorausgegangen, angeblich, um in den Hütten nach verwertbaren Kleinigkeiten zu suchen, und Nathan war nachgekommen, mit der Ausrede, nach mir sehen zu müssen. Jetzt lagen wir splitterfasernackt auf dem verwitterten Holzboden und ich trieb noch in dem süßen Gefühl unserer Liebe, roch den Geruch von Regen, nahendem Herbst und von Nathan. Im schwachen Dämmerungslicht, das durch das einzige Fenster fiel, schimmerte seine Haut golden. Er lag mittlerweile auf dem Bauch. Nach einiger Zeit setzte ich mich auf und fuhr mit dem Zeigefinger über seinen kunstvoll beschriebenen Rücken. Es war eine Art Spiel, das wir spielten. Ich suchte einen Namen aus, und er erzählt mir von demjenigen. Oder derjenigen. Damit keiner von ihnen vergessen wurde, und damit sich Nathans Geschichte mit meiner verband.

Diesmal landete ich auf Hazel Lynn Porter. »Wer war sie?«, fragte ich, nachdem ich den Namen laut vorgelesen hatte.

Nathan hatte das Kinn auf die verschränkten Hände gelegt und betrachtete die Wand vor sich. »Hazel Lynn. Sie war die Tochter von einer Freundin meiner Mutter. Knapp einundzwanzig. Ein bildschönes Mädchen mit fast schwarzen Augen. Ihre Großmutter war eine Chipewyan.«

Seine Worte hinterließen einen Stich der Eifersucht in mir, was völlig dämlich war. »Was mochte sie? Wer war sie?«

Nathan lächelte. »Sie mochte Haselnuss-Cookies und sie war

unheimlich clever. Mit guter Schulbildung hätte sie es sicher weit gebracht. Sie hat es nicht lange in Coldville ausgehalten. Mit siebzehn hat sie sich nach Portland aufgemacht, wo sie als Kellnerin gejobbt hat … Sie war Noahs Verlobte.«

Verwundert nahm ich den Finger von dem Namen. »Troja war verlobt?«

»Ja. Er trägt sogar noch den Ring.«

»Sein Silberring ist ein Verlobungsring?«

Nathan nickte. »Er ist aus Platin, war ziemlich teuer … Ich glaube, Noah ist nie über ihren Verlust hinweggekommen. Er hat Hazel Lynn aus tiefster Seele geliebt. Er hing an ihr, wie ein Mensch nur an jemandem hängen kann.«

Das hatte Troja auch über Nathan und Lea gesagt. Vielleicht hatte er es auch auf sich selbst bezogen. Er tat mir leid. »Wann ist sie gestorben?«

»Vor eineinhalb Jahren. Sie haben sich in Portland kennengelernt. Noah ist der Einzige von uns, der nicht aus Coldville stammt, wenn man von Kjertan und Rayk absieht. Die beiden sind ja erst später zugezogen.«

»Dann macht er das alles wegen Hazel Lynn?« Ich hatte die ganze Zeit über schon gedacht, dass er nicht so recht zu den anderen passte, genauso wie auch Isaac.

Nathan sah mich über die Schulter an. »Noah kommt aus einer superreichen Familie aus Portland. Alteingesessener niederländischer Adel. Van Veenstra. Das sagt doch alles.« Er grinste. »Musste sich anfangs erst mal an die wüsten Umgangsformen von uns gewöhnen.«

»Wie ist sie gestorben? Wo habt ihr sie beerdigt? Was weißt du noch über sie?« Wissen bedeutete, mehr über ihn und sein Leben zu erfahren, und das wollte ich um jeden Preis.

Nathan rollte sich herum und setzte sich auf. Für einen Augenblick sah er durch das Fenster nach draußen, aber es wirkte, als wäre er in einer Erinnerung abgetaucht. »Noah brachte sie zur Bestattung nach Coldville, nachdem die Ärzte ihr auch in der Klinik nicht hatten helfen können. Sie bekam ein weißes Kreuz in der Reihe, so wie sie es sich gewünscht hatte. Ihr Tod war … sie hat gelitten … es hat Noah das Herz gebrochen … ihn zerstört …« Er schwieg, aber er sah mich nicht an. »Vielleicht suchst du dir jemand anderen aus.« Offenbar wollte er nicht mehr dazu sagen, aber ich suchte keinen weiteren Namen, ich fragte etwas anderes.

»Wie waren deine Eltern? Willst du über sie reden?« Diese Frage hatte ich ihm noch nie gestellt, da ich mich immer noch an seine heftige Reaktion auf der Agamemnon erinnerte. *Meine Familie geht dich nichts an.* Andererseits hatte er später gesagt, er wolle mir Dinge erzählen, die er sich nicht einmal selbst eingestand.

Diesmal blieb er ruhig. Ein Lächeln, schwer und leicht wie tausend bittersüße Erinnerungen, huschte über sein Gesicht. »Meine Ma und mein Dad waren großartige Menschen, Will. Du hättest sie geliebt, und sie hätten dich geliebt. Sie waren sehr gläubig, erzkatholisch, ein Grund, wieso wir alle biblische Namen bekommen haben.«

»Das finde ich schön.« Ich trug den Namen, den Dad ausgesucht hatte, als Erstnamen. Willa bedeutete: Die Willensstarke, ein Name, der nie zu mir gepasst hatte.

Nathan blickte mich an. »Meine Familie war bettelarm, sie gehörte zu den ärmsten in Coldville, aber wir brauchten nicht viel. Wir wohnten in einem winzigen Haus mit nur zwei Zimmern. Nur etwas größer als die Hütten hier und nicht viel stabiler. Das Essen war oft knapp, die Winter hart und eiskalt, die Arbeit, die getan werden musste, schwer und kräftezehrend. Meine Ma und mein Dad bekamen uns öfter nicht satt. Ich weiß noch, dass meine Mutter deswegen oft geweint hat … trotzdem habe ich nie etwas vermisst.« Er holte tief Luft, sah mich an. »Mein ganzes Glück lag in Coldville. Es war mein Paradies … also, bevor alle krank wurden.«

Seine Worte machten mich traurig, aber sie zeigten mir auch, was er für ein Mensch war. Jemand, der das Wichtigste im Leben zu schätzen wusste. Familie und Liebe. Doch beides hatte er verloren. Ich war froh, dass er so offen war. »Du, Isaac und Lea – ihr habt Coldville verlassen, weil Isaac Angst hatte, ihr würdet in getrennte Heime gesteckt?«

Nathan nickte. »Coldville mag abgeschieden liegen, aber irgendwann tauchen die Leute vom Amt immer auf. Mal früher, mal später. Deshalb hat Isaac uns gedrängt, Coldville zu verlassen. Ein Irrsinn. Wir sind als blinde Passagiere den Mississippi runter, weil Isaac sagte, alle französischen Siedler wären nach Louisiana gegangen, als sie aus Kanada vertrieben wurden. In den Bayous gäbe es Arbeit für uns, niemand würde nach unserem Alter oder unserer Herkunft fragen. Aber unsere Reise in die Bayous dauerte über zwei Jahre. Wir zogen von Baracke zu Baracke. Wir stahlen unser Essen und wurden mehrfach von Bauern erwischt, während wir ihre Hühnerställe geplündert haben. Zweimal haben sie Isaac und mich halb totgeschlagen, anstatt die Bullen zu rufen … Südstaatenmanier eben … Wir führten ein unehrliches Leben, Will. Ein Leben am Rande der Gesellschaft.« Er stand auf und streifte seine Shorts über, danach seine dunkle Jeans. Viel Zeit hatten wir nie, außerdem gingen wir immer nacheinander zurück, so wie wir auch nacheinander hierherkamen.

Ich erhob mich ebenfalls und schlupfte in eine zu große Boxershorts und die schwarze Rüschenhose. »Und später hast du in den Bayous als Krabbenfischer gearbeitet, trotz deiner Allergie?«

Er nickte. »Isaac und ich sind erst wieder viel später nach Coldville zurückgekehrt, hauptsächlich, um unsere Heimat und alte Freunde wiederzusehen. Als wir damals gingen, wussten wir noch nichts von den vergifteten Gewässern. Wir dachten erst, die Todesfälle wären Zufall, Pech, eine Tragödie. Die Alten haben oft auf die Raffinerien geschimpft, aber offiziell hieß es damals, die Flüsse und Seen seien in Ordnung. Daher blieben viele dort. Ein Trugschluss. Das wahre Ausmaß der Katastrophe zeigte sich erst in den nächsten Jahren.«

Ich griff mein weißes Shirt und zog es über den Kopf. Wie immer machte mir das Thema die Kehle eng. »Nach eurer Rückkehr seid ihr aber nicht lange in Coldville geblieben, oder?«

»Isaac wollte nach New York. Er hatte Geld gespart und …« Ein Ruf aus der Ferne ließ Nathan innehalten. »Das war Ian!«, stellte er fest, da rief dieser wieder. »Nathan … Willa … verdammt noch mal, wo steckt ihr? Jemand kommt zur Insel!«

Alarmiert blickten Nathan und ich uns an. Mein Puls stieg auf hundertachtzig. »Isaac?«, flüsterte ich.

»Oder Leute von deinem Vater!« Nathan war schon fast aus der Hütte, als er sich umdrehte. »Los, komm mit!«

Ich griff sein Hemd, das er auf dem Boden liegengelassen hatte, und fasste seine Hand, die er nach mir ausstreckte.

Zusammen rannten wir zurück, doch auf halbem Weg kam uns Ikarus völlig außer Atem entgegen. Sein Kopf war hochrot. »Vorne im Becken sind zwei Motorboote, die unsere Insel ansteuern.« Wir liefen ihm hinterher, und mir wurde schlecht vor Angst.

»Will, du gehst in die Hütte.« Es war ein Befehl, den Nathan mir gab, aber ich befolgte ihn gern.

In Windeseile sprang ich die Stufen hinauf, während die anderen unten am Steg blieben.

In der Hütte lief ich in den Vorbau, wo ich die Boote gut erkennen konnte, zwei dunkle Schatten auf dem Wasser. Noch waren sie weit weg, aber ich erinnerte mich an die Nacht, als Isaac die Agamemnon geentert hatte. Wie schnell sie uns damals erreicht hatten! Und auch diesmal besaßen wir keinerlei Waffen, die es mit Gewehren oder Pistolen aufnehmen konnten. Nathan hatte von Pan verlangt, dass er die Glock von Maury im Sumpf versenkte. Eine Vorsichtsmaßnahme, falls der Verräter doch einer der Männer von Lost Memories war.

Trotz der Hitze fröstelte ich plötzlich und streifte mir Nathans Hemd über. Für einen Moment stutzte ich, dann griff ich in die Brusttasche. Mein Herz klopfte schneller. Nathans Handy. In der Eile hatte er es vergessen!

## Kapitel 7

Ich könnte die 911 wählen, falls das in den Booten tatsächlich Isaac und seine Söldner waren. Wieder blickte ich aus dem Fenster. Die Boote hatten abgedreht und fuhren nun parallel zu Lost Memories in Richtung Osten. Wenn es nicht Isaac mit seiner Gang war, könnte ich mit dem Handy jedoch auch etwas ganz anderes machen …

Schnell streifte ich das Hemd ab, steckte das Handy in die Hosentasche und lief die Stufen hinunter.

»Es scheinen nur Fotografen zu sein!«, rief Nathan mir zu, der ein Fernglas in der Hand hielt. »Oder Touristen.«

Ich überlegte keine Sekunde länger. »Okay. Ich muss noch mal schnell zur Hütte. Hab was vergessen!«

Ohne seine Antwort abzuwarten, hastete ich los. Vielleicht hatte ich im südlichen Teil von Lost Memories Empfang. Immerhin zogen sich die anderen hin und wieder dorthin zurück, um Dinge abzuklären. Sie fuhren längst nicht mehr mit dem Boot raus wie am Anfang.

Meine Hände zitterten vor Aufregung. Ich könnte Dad anrufen und seine Stimme hören. Ihn einmal sagen hören: *Nicholas Garrett Hampton. Mit wem habe ich die Ehre?* Und vielleicht würde ich ihm antworten, vielleicht aber auch nicht. Vielleicht würde ich ihn fragen, ob er schuldig war.

Ich glaubte nicht, dass es eine Fangschaltung geben würde, denn an die Vorschrift, die Polizei außen vor zu lassen, hatte er sich bestimmt gehalten. Wobei das egal war. Auch eine private Einheit könnte den Anschluss überwachen, aber die Zeit würde wahrscheinlich nicht ausreichen, um mich zu lokalisieren.

Völlig außer Atem erreichte ich den Bretterverschlag mit der Truhe, stellte mich auf die Veranda und tippte auf den Bildschirm. Das Handy zeigte mir eine Ziffertafel zum Eingeben des Codes. *Mist! Mist! Mist!* Es war zwar eingeschaltet und brauchte keine PIN für die SIM-Karte, aber Nathan hatte mir ja selbst gesagt, es wäre mit einem Code gesichert. In meiner Aufregung hatte ich das komplett vergessen. Ich starrte auf das Display. Oben links prangte ein Balken. Himmel, ich hätte hier sogar Empfang! Zwar nur ganz schwach, aber immerhin!

Nervös rieb ich mir über die schweißfeuchte Stirn. Womöglich war das ein Zeichen, dass ich mein Vorhaben aufgeben sollte. Ich würde meinen Vater eines Tages wiedersehen, ich musste nicht mit ihm sprechen. Aber plötzlich war da dieses Pochen in meiner Brust, der unbändige Wunsch, endlich die Wahrheit zu erfahren. Vielleicht musste ich nur ein einziges Mal seine Stimme hören, um zu wissen, ob er schuldig war oder nicht. Ich konnte Gefühle anderer immer noch spüren, auch wenn es mich hier viel weniger beschäftigte als früher.

Geistesabwesend sah ich auf die Ziffertafel des Displays und betrat die Hütte, da ich mich dort sicherer fühlte. Ich erinnerte mich nur an zwei oder drei Mal, wo Nathan den Code eingegeben hatte, da er etwas sofort hatte nachschauen wollen. Er hatte sich weggedreht, und ich hatte es auch nur am Rande mitbekommen. War mir dabei irgendetwas unbewusst im Gedächtnis geblieben?

Unvermittelt tauchten die Koordinaten von Leas Begräbnisstätte vor mir auf. Zahlen, die Nathan alles bedeuteten.

292119.2N 911638.2W

Sieben Ziffern, Buchstabe, sieben Ziffern, Buchstabe.

Der Code zeigte sechs Punkte an, es waren also nur sechs Zahlen nötig. Wenn ich bei den Koordinaten die Zahlen mit dem Buchstaben wegließ, waren es nur sechs Ziffern je Abfolge.

Zittrig tippte ich die ersten sechs Zahlen ein. 292119. Das Handy summte, als wäre es beleidigt. *Verdammt!* Ich war mir so sicher gewesen. Dann schüttelte ich den Kopf. Aber nein, Nathan würde doch niemals die ersten Ziffern benutzen! Eher die zweite Abfolge; ich tippe sie ein – wieder summte das Handy. *Mist!*

Ich hatte keine Ahnung, ob ich mehr als drei Versuche hatte, doch ich würde es jetzt nochmal mit der zweiten Zahlenfolge, nur diesmal rückwärts, probieren. Ich gab sie ein, und das Handy entsperrte sich stumm.

»Volltreffer«, flüsterte ich. Doch auf einmal hatte ich ein schlechtes Gewissen. Nathan liebte mich, er vertraute mir! Und ich nutzte mal wieder seinen wundesten Punkt, seine verletzlichste Stelle, um etwas zu unternehmen, was seinen Plan gefährden konnte. Seinen Plan, der ihm alles bedeutete und für den er lebte. Andererseits: Ich würde ihn ja nicht wirklich gefährden, oder?

Mit gemischten Gefühlen blickte ich auf den Bildschirm. Er zeigte immer noch einen Balken an.

Keine Ahnung, wie lange ich mit dem Handy in der Hand in der Hütte stand und zögerte.

Womöglich hatte Dad ja doch jemanden beauftragt, alle Anrufe zurückzuverfolgen? Dann würden sie vielleicht doch herausfinden, dass sich das Telefon in einen Funkmast von Louisiana eingeloggt hatte, selbst wenn ich nur ganz kurz anrief. Ich kannte mich nicht gut genug mit der ganzen Technik aus, um sicher sagen zu können, ob wir dadurch gefunden werden konnten und wie genau die Polizei oder andere Spezialisten den Ort bestimmen könnten.

Sollte ich es riskieren? Es gab tausend Gründe, die dafür sprachen. Zum Beispiel Isaac. Ich wollte immer noch, dass er gefasst wurde, selbst jetzt noch. Oder vor allem jetzt, da ich wusste, wie krank er war. Menschen waren wie Raubtiere. Todgeweiht oder verletzt waren sie noch gefährlicher, denn sie hatten nichts mehr zu verlieren. Aber ein Teil von mir wollte hierbleiben und mit Nathan in den Tag hineinleben, ohne an morgen zu denken. Dieser Teil wollte einfach warten und hoffen, dass sich alles zum Guten wenden würde. Ich wollte, dass Dad in den Wochen Bedenkzeit einen Schuldigen präsentierte, an den alle Männer aus Coldville ebenfalls glauben konnten. Ich wollte, dass er Belege seiner Unschuld lieferte, nicht seiner Schuld.

Zögernd wählte ich die Vorwahl von New York.

»Was genau machst du da?«

Die scharfe Stimme ließ mich aufsehen. Es war Troja, er stand direkt im Eingang der Hütte.

»Nichts«, schwindelte ich, auch wenn es völlig unsinnig war, weil ich das Beweisstück in der Hand hielt.

»Gib mir das Handy, sofort!«

»Okay, beruhig dich!« Noch nie hatte ich ihn so wütend erlebt, wenn ich von seinem Ausbruch Sparta gegenüber absah – und plötzlich musste ich an Hazel Lynn denken. Er musste gerannt sein, sonst hätte er mich nicht so schnell finden können, aber er war weder außer Atem noch verschwitzt.

»Ich habe … ich habe nur die Vorwahl gewählt, sonst nichts«, verteidigte ich mich. »Ich weiß gar nicht, ob ich den Rest gewählt hätte.« Das stimmte sogar. Vielleicht hätte ich in letzter Sekunde einen Rückzieher gemacht, und es ärgerte mich selbst, dass ich das jetzt nie herausfinden würde. Ich streckte ihm das Handy entgegen, das er sofort an sich nahm.

»Ich habe dich durch das Fenster des Vorbaus damit gesehen.«

»Und bist mir gefolgt?«

Er nickte.

»Du hast es nicht Nathan gesagt?«, fragte ich überrascht.

»Doch, kurz nachdem du weggegangen bist, weil ja klar war, was du vorhattest. Er sucht dich aber auf der anderen Seite. Bei dem schwimmenden Wald.«

»Oh!« Ein flaues Gefühl flirrte in meinem Magen. Nathan würde wahrscheinlich tagelang nicht mehr mit mir sprechen, doch das flaue Gefühl rührte nicht daher. Ich wusste, dass Nathan mir nach einem ersten Wutanfall verzeihen würde. *Er dir verzeihen in drei Sekunden …*

Ich blickte zu Troja, der seinen alten Cowboyhut zurechtrückte und einen Schritt zurücktrat, um mir den Hütteneingang freizugeben. »Ich suche Nathan und sage ihm Bescheid«, sagte er. »Du gehst besser zurück, bevor es stockdunkel ist.«

Plötzlich hatte ich Angst. Die ganze Szenerie erinnerte mich an einen Gruselfilm. Das orangerote Abendlicht war grauer Dämmerung gewichen, die jetzt über dem Sumpf waberte wie Nebel über den Gräbern eines Friedhofs. Troja sah unheimlich darin aus, fast wie ein Leichenbestatter. Durch den Hut, der etwas schief saß, wirkte er größer als sonst.

Ich nickte ihm zu, und er verschwand ebenso leise, wie er gekommen war. Zaghaft umrundete ich die Hütte, sprang von der Veranda an Land, woraufhin eine Schar Enten schnatternd aus dem hohen Gras am Ufer aufflatterte. Am Himmel kreisten ein paar Pelikane. Fröstelnd lief ich los und rieb mir über die Oberarme. Keine Ahnung, warum ich ausgerechnet jetzt an Pan denken musste, daran wie feindselig er Nathan angeschaut hatte. Aber Pan war eine ehrliche, gutmütige Haut. Ja, er war eifersüchtig, aber nicht heimtückisch. Er würde nirgendwo herumschleichen, um Nathan aufzulauern.

Hoffte ich.

Ich lief weiter, sah immer wieder nach rechts und links. Spanisches Moos strich über mein Gesicht wie ein Spinnennetz, und unter meinen Boots knackten tote Zweige. Ich dachte an Nathan. Ich konnte schon die harte Linie seiner Lippen vor mir sehen, wie er mich anschaute. Düster und enttäuscht. *Ach verflucht!* Nochmals sah ich mich um. Nebel kroch von der Seite des schwimmenden Waldes über das flache Land wie der schemenhafte Körper eines Geistes. Kurz dachte ich an Mom. Fragte mich, warum ich sie jetzt nicht mehr sah wie damals auf der Agamemnon; dann sprangen meine Gedanken urplötzlich zu Trojas Warnung bezüglich Pan.

*Ihr solltet aufpassen. Mehr sage ich dazu nicht.*

Ich hatte das nie hinterfragt, wieso tat ich es jetzt? Weil Troja mir geraten hatte, zur Hütte zurückzugehen, bevor es stockfinster war? Was befürchtete er?

Ich war so in Gedanken versunken und gleichzeitig so angespannt, dass ich das Rascheln in meiner Nähe erst zeitverzögert wahrnahm.

Ruckartig blieb ich stehen, spähte angstvoll durch die Sträucher, konnte aber wegen der Dämmerung und des Nebels kaum etwas erkennen. Mir kam in den Sinn, dass Menschen in Horrorfilmen auch immer stehenblieben, und zwar stets in Augenblicken, wo sie besser gerannt wären. Mit diesem Gedanken jagte ich abrupt los.

Ich kam keine zehn Meter weit, da stürzte etwas Dunkles, Gewaltiges aus den Büschen und stolperte in mich hinein. Es ging zu schnell, ich konnte nicht reagieren. Ich schrie und fiel zusammen mit Pan, der mich umgerannt hatte, auf den matschigen Boden. Der Aufprall war durch das Gras und den feuchten Boden nicht hart, aber Pans Gewicht presste meine Rippen gegen die Lungen. Wir waren wie ineinander verkeilt, er hing halb auf mir. Für mehrere Herzschläge lag ich still da, umnebelt von Schreck.

»P-Prinsessa!«, stotterte er vollkommen verdattert und richtete sich ein Stück auf, sodass sein Oberkörper nicht mehr auf meinem lag. »Tut … tut mir leid!«

»Schon gut«, ächzte ich und stützte mich auf die Unterarme. Ich fühlte mich unwohl und auf diffuse Weise bedroht. »Was machst du hier?« Mit aller Macht versuchte ich, dieses seltsame Gefühl kleinzuhalten. Das hier war Pan. Pan, der mich mehrfach gerettet hatte!

Er stand auf und wischte sich seine Pranken an der Hose ab. »Ich dich suchen. Ich mir Sorgen machen. Nathan und Noah weg. Du weg.«

»Ach so«, sagte ich. Das klang nach Pan, trotzdem krallte sich die

Furcht vor etwas Unbestimmten in mir fest. Womöglich hatte er auch Nathan gesucht, um ihm die Kehle zuzudrücken. Ich konnte mir vorstellen, dass Pan das schaffte, und zwar einhändig mit zwei Fingern. Aber: Er liebte Nathan auf seine Art, so wie er in mich verliebt war. Er würde ihm nie etwas antun. *Wie kannst du nur so etwas denken,* schimpfte ich mit mir selbst, als ich mich zum Sitzen aufrichtete und meine Handfläche dabei auf etwas Hartes stemmte. »Autsch!« Es war eine weiße Dose, so groß, dass sie sich genau in meine Handfläche gebohrt hatte.

»Was das?«, fragte Pan von oben.

Etwas flatterte in meiner Kehle wie eine schwarze Motte. Eine Ahnung, die dort feststeckte und mich weder ein- noch ausatmen ließ. Ich hielt die Dose in das spärliche Dämmerungslicht, das vom Nebel trüb war.

*Camphora/Hypericum* stand auf dem vergilbten Etikett.

*Spartas Kampfersalbe!*

Meine Finger krallten sich eisenhart um den Behälter. Sparta hatte gesagt, die Dose wäre ihm gestohlen worden – und sie war nie wieder aufgetaucht. Wie kam sie nach Lost Memories? Hatte Sparta gelogen oder … ich blickte zu Pan, unfähig aufzustehen.

»Hast du das verloren?«, fragte ich mit dünner Stimme und rutschte ein Stück zurück. War ihm die Salbe bei seinem Sturz gerade aus der Tasche gefallen?

»Ich nix sehe … was das sein?« Er öffnete meine Hand, dann nahm er mir die Dose ab. Ich ließ es zu, weil ich immer noch komplett durcheinander war.

»Salbe von Sparta?« Pan runzelte die Stirn. »Wieso sie hier liegen?«

Ein dunkles Zittern lief durch meine Glieder. Pan musste die Dose bei sich getragen und verloren haben, eine andere Erklärung gab es nicht. Aber wenn Pan sie in seinem Besitz gehabt hatte, dann hieß das ja …

Als ich aufstand, fühlten sich meine Beine an wie ausgeleiertes Gummi.

»Willa …« In Pans Gesicht stand Bestürzung, aber vielleicht auch Schuld. Rote Panik flackerte vor meinen Augen, ich bekam kaum mit, dass ich mich umdrehte und wie eine Irre davonhetzte.

»Nathan!« Ich schrie, so laut ich konnte, stolperte über eine Wurzel, fing mich und preschte zwischen zwei Sträuchern ins Unterholz, weil Pan mich auf dem Pfad viel zu rasch einholen würde.

»Troja! Nathan! Hilfe!« Sie mussten in der Nähe sein, trotzdem wusste ich, dass ein Schrei in dieser Umgebung je nach Wetterlage ruck, zuck vom Sumpf geschluckt werden konnte. Und unsere Hütte war fast fünf Minuten entfernt, ich würde Pan nicht so lange davonrennen können.

*Oh nein!*

Aus der Ferne hörte ich ihn rufen, doch in meiner Furcht verzerrte sich seine Stimme, als würde sich die Zeit verlangsamen. »Prin-ses-sa! Prin-ses-sa! Du warten!« Ich wusste nicht, ob er böse, verzweifelt oder ohnmächtig klang, womöglich lag alles darin, und er kam näher, viel schneller, als ich fliehen konnte. Irgendwann blieb ich atemlos stehen, sah über meine Schulter zurück und entdeckte ihn kaum zwanzig Meter hinter mir zwischen den Sumpfzypressen. Er war ein Koloss, aber seine Umrisse erkannte ich durch Nebel und herabsinkende Dunkelheit nur in Schemen – was bedeutete, er konnte mich ebenfalls nicht gut erkennen. Leise rang ich nach Luft und lief geduckt im Schutz mehrerer Sträucher zu dem Trampelpfad zurück. Vor Angst hätte ich am liebsten geweint, aber ich war viel zu aufgeregt.

Als ich den Pfad erreichte, lag er wie ein schwaches, grünes Rinnsal in einem Schleier, der mich nahezu unsichtbar machte. Wieder hörte ich Pan rufen, doch jetzt fühlte ich mich durch den dichten Nebel sicherer. Ich rannte weiter, spürte weder mein hämmerndes Herz noch die Zweige, die mir über die Wangen kratzten, sondern einen ganz anderen tiefen Schmerz. Pan hatte mich belogen! Er hatte uns allen etwas vorgespielt. Er hatte mich über Bord geworfen! Und ganz sicher war er es auch gewesen, der die Koordinaten weitergegeben hatte.

Irgendwann erblickte ich hinter den dunklen Stämmen unsere Hütte, die wegen des Bodennebels aussah, als würde sie frei in der Luft schweben. Nathan tauchte gerade aus den Schwaden des schwimmenden Waldes auf, an seiner Seite waren Troja und Ikarus. *Oh Gott! Oh Gott sei Dank!*

»Nathan!«, brüllte ich, so laut ich konnte, und zum Glück drehte er sich in die Richtung, aus der ich gerufen hatte, auch wenn er mich vielleicht noch nicht sah. »Nathan! Hilfe!«

Selbst auf die Entfernung konnte ich sehen, wie sich sein Körper bei meinem Schrei verkrampfte. »Willa?« Wie blind blickte er in den Nebelschleier, während ich die letzten Meter förmlich flog. Bei der Werkstätte der Männer fiel ich auf die Knie, unfähig, ruhig zu atmen.

Sofort war Nathan bei mir und zog mich an den Oberarmen in

den Stand, doch er musste mich festhalten, damit ich nicht umkippte. »Will, was ist los?« Seine Sorge überwog seinen Zorn über das gestohlene Telefon.

»Pan«, stieß ich hervor. »Er hatte die Kampfersalbe.«

Ich wollte wiedergeben, was passiert war, da tauchte Pan ein paar Meter weiter direkt aus dem Wald auf. Dunkel schlängelten sich die Medusa-Locken um sein Gesicht, und in seinen Augen brach sich Entsetzen wie schwarzes Licht. Sein Anblick machte mein Herz schwer.

»Ich nix hatte Salbe!«, keuchte er. »Ihr glauben müsst.«

Nathan tauschte einen Blick mit Troja und Ikarus. »Aber die Dose war verschwunden, wir haben sie überall auf der Agamemnon gesucht!«, sagte er konfus. Er verstand es nicht sofort.

»Weil Pan sie die ganze Zeit hatte.« Bitterkeit lag auf meiner Zunge.

»Das glaube ich nicht! Das kann nicht sein!« Nathan starrte Pan an, und sein Gesichtsausdruck wechselte von Unverständnis hin zu Verstörung. »Kjertan hatte sie? *Du?*«

»Sie lag im Gras, nachdem ich mit ihm zusammengestoßen bin.« Jetzt brannten doch Tränen in meinen Augen. Ausgerechnet Pan, der immer so fürsorglich getan hatte. Hatte er mich in letzter Zeit nur beobachtet, um mich eines Tages völlig überraschend im Sumpf zu ertränken? Hatte er sich bildhaft vorgestellt, wie er mich umbringen würde, während er vorgab, in mich verliebt zu sein?

»Oh mein Gott …«, hörte ich Troja hinter mir sagen. »Und ich habe immer Stanton verdächtigt. Wenn ich daran denke, was ich alles zu ihm gesagt habe …«

In der Stille, die entstand, hörte man nur Pans und meinen schweren Atem. Und Pan stand einfach nur mit hängenden Schultern da und sagte kein Wort. Er blickte mich bloß mit dieser Bestürzung in den Augen an, die mich trotz allem an seiner Schuld zweifeln ließ.

»Hattest du die Salbe, Kjertan?« Nathan versuchte, ruhig zu sprechen, aber in seiner Stimme schwang ein bedrohliches Zittern mit. Er hatte sich kerzengerade aufgerichtet, trotzdem war er kleiner als Pan. Um einiges.

Dieser schüttelte den Kopf. »Ich nix wissen von Salbe. Ich heute sehen zum ersten Mal.« Er hielt die Dose hoch, damit die anderen sie betrachten konnten, doch dann warf er sie fort, als enthielte sie eine giftige Essenz.

»Er … er muss sie auf der Agamemnon eingesteckt und sogar

dabeigehabt haben, als wir über Bord gesprungen sind«, stammelte ich.

»Und wieso trägt er sie mit sich herum und wirft sie nicht weg?« Nathan wischte sich über das Gesicht und sah komplett ratlos aus. »Kjertan war außerdem derjenige, der gesagt hat, er hätte dich schreien hören. Er *kann* es nicht gewesen sein.«

»Vielleicht war die Salbe so etwas wie eine Trophäe«, warf Troja nachdenklich ein. »Das hört man doch oft. Mörder behalten etwas von ihren Opfern oder etwas von ihrem Plan. Findet ihr es nicht auch komisch, dass nur er Willa gehört hat?«

Nathan blickte von mir zu Pan, dann zu Ikarus und schließlich zu Troja. Sein Gesicht war aschfahl, er wirkte um Jahre gealtert.

»Was würde den Verdacht wohl besser von einem ablenken, als zu sagen, man hätte Schreie gehört. Gib es zu, Nathan … Du hattest uns alle mal in Verdacht, nur ihn nicht!«

Nathan presste die Lippen zusammen, ein Nicken ersparte er sich, aber ich sah, dass Troja ins Schwarze getroffen hatte.

»Ich nix haben damit zu tun. Ich nur suchen Willa. Ich mir Sorgen machen, weil alleine weg und es schon dunkel.«

Troja sah aus, als wäre ihm gerade ein riesengroßes Licht aufgegangen. »Damals auf der Agamemnon: Du hast nicht erwartet, dass Nathan Willa schnell genug aus dem Netz befreien kann … du hast gedacht, sie würde in jedem Fall ertrinken.«

Pan starrte Troja ungläubig an. »Ich nix sein Verräter, Noah. Ich nix Killer. Ich lieber sterben, als Willa antun Böses.«

»Wer sagt denn, dass nicht Stanton die Salbe verloren hat, als wir hier alles durchkämmt haben«, warf nun Ikarus ein, der die ganze Zeit geschwiegen hatte. »Womöglich war er es ja doch.« Er stand etwas abseits neben einem behelfsmäßigen Gerüst, auf dem die Männer Treibholz bearbeiteten. Wieder schwiegen alle, und es schien, als würde der Nebel mit jeder Sekunde dichter. Ich musste zugeben, dass sich das plausibel anhörte, auch wenn ich es nicht wirklich glaubte. Sparta war einfach zu schwach gewesen. *Und zum Schluss auch zu nett,* fügte eine Stimme in mir hinzu.

Nathan musterte mich kurz, bevor er sich wieder an Ikarus wandte. »Vielleicht«, sagte er dann. »Auch wenn ich es hasse, schlecht über die Toten zu sprechen. Fest steht für mich jetzt allerdings eins: Wer immer Willa damals über Bord geworfen hat, hat sicher auch die Koordinaten an Isaac weitergegeben. Erst wollte er sie selbst erledigen, weil er dachte, der Plan wäre gescheitert, und als das nicht funktioniert hat, wollte er sie Isaac überlassen, damit er sie erledigt.«

»Das muss nicht sein«, gab Ikarus zu bedenken, und sein schmales Gesicht bekam einen grüblerischen Zug. »Es könnte auch sein, dass sie jemand aus purem Hass töten wollte und jemand wie Alvin oder Owen die Koordinaten verraten hat.«

»Alvin und Owen?«, hakte ich verständnislos nach.

»Alvin White, der Brave, und Owen Williams, der andere Kranke. Apollon und Mykonos«, erklärte Nathan, doch er schüttelte unwillig den Kopf. »Es ist egal. Wenn die Salbe hier im Sumpf ist, war entweder Stanton derjenige, der Willa loswerden wollte, oder einer von euch.« Schützend stellte er sich vor mich, als könnte jeder von ihnen unversehens ein Messer ziehen.

Mein Blick fiel auf die Feile am Boden, direkt neben Ikarus' Füßen, daneben lagen eine Säge, ein Beil und viele andere Werkzeuge für ihre Tischlerarbeiten.

»Derjenige hatte ziemlich viel Kraft, und er war groß«, wiederholte ich die Fakten zum x-ten Mal und starrte auf die Feile. Ich musste mir eingestehen, dass es nur Pan gewesen sein konnte. Doch genau das wollte ich nicht glauben. Außerdem hatte ich schon mal jemanden zu Unrecht verdächtigt.

»Wenn Ian die Salbe nicht weggezaubert hat und es selbst gewesen ist, muss es Kjertan gewesen sein«, sagte Troja jetzt, klang aber unsicher. Ikarus protestierte, doch Troja redete bereits weiter. »Aber Kjertan hat Willa gern ... Möglicherweise übersehen wir ja auch etwas. Vielleicht ist das hier ja gar nicht Kjertan. Vielleicht ist es Rayk.«

Pan starrte ihn entgeistert an. »Du Unsinn reden wie Trottel von Dorf.« Er sagte noch etwas, aber das bekam ich nicht mit, da meine Gedanken versuchten, die Puzzleteile zusammenzusetzen. Ilias hatte mich zu Anfang genauso verachtet wie Pan, aber ob er dieses Gefühl je losgeworden war, hatte ich nie erfahren, auch wenn es nach dem Trinkgelage den Anschein gemacht hatte. Was, wenn Troja recht hatte und das hier Rayk war? Wenn er nur so getan hatte, als wäre er in mich verliebt, um mich und die anderen in Sicherheit zu wiegen? Was, wenn er die ganze Zeit nur auf eine Möglichkeit sann, uns ein zweites Mal an Isaac zu verraten? Dann wäre es aber auf der Agamemnon auch Ilias gewesen, der mich hatte über Bord werfen wollen, nicht Pan. Und in dem Durcheinander auf dem Schiff, nach Isaacs Ankunft, musste er als Pan über Bord gesprungen sein. Das klang logisch. Viel zu einleuchtend, da ich Ilias alias Rayk ja schon mal in Verdacht gehabt hatte.

Ich schluckte und sah zu den anderen. Nathan hatte sich blitzschnell gebückt und einen Zimmermannshammer gegriffen, den er vor sich hielt wie ein Schwert. »Ich weiß nicht, was hier vor sich geht, aber eins weiß ich sicherlich.« Seine Stimme klang gepresst. »Du, wer immer du auch bist, verlässt sofort diese Insel und setzt nie wieder einen Fuß darauf. Sollte ich dich in den nächsten Wochen dabei erwischen, dann gnade dir Gott, das schwöre ich dir.«

»Nathan«, flüsterte Pan, Erschütterung in jeder Silbe. »Ich Kjertan, bitte. Ich nie würde tun Willa etwas Böses. Ich Gelegenheit haben, aber nix machen.«

»Hau-ab!« Nathans Stimme fiel in die Finsternis.

»Du mich fragen, was nur ich kann wissen! Du …«

»Geh! Es ist mir egal, wer du bist. Verschwinde! Sofort!«

Pan blieb reglos stehen, aber es schien, als würde er in hundert Teile zerbrechen. Seine Augen füllten sich mit Tränen, und er streckte die Arme aus, als wollte er mich oder Nathan damit umfangen wie ein zurückgestoßenes Kind. »Ich nix Böses vor mit Willa«, sagte er erstickt. »Ich Willa lieben. Ihr Verräter unter euch. Ich dich warnen, Nathan. Du niemandem vertrauen.«

Nathan griff den Hammer so fest, als wollte er den Stiel durchbrechen. »Geh! Geh, bevor ich etwas tue, das ich bereue!«

Ich hielt den Atem an. Einen Wimpernschlag lang fürchtete ich, Nathan würde auf Pan zustürzen, doch dieser drehte sich um und ging mit gesenktem Kopf Richtung Steg.

»Nimm den Kahn«, schrie Nathan ihm hinterher. »Benutz den Kompass und rudere nach Norden. Aber komm bloß nicht zurück! Niemals! Hörst du? Hörst du das, Johannsson?«

Mein Magen krampfte sich vor Elend zusammen. Pans Kummer, oder Ilias', schien echt und nicht gespielt. Doch die Salbe war hier auf der Insel, und irgendjemand musste sie schließlich hierhergebracht haben.

Wir sahen zu, wie Pan davonruderte, doch der Nebel und die Dunkelheit verschluckten ihn schnell, sodass wir nur noch die Paddel hörten, die ins Wasser tauchten. Ich hatte ein ungutes Gefühl, das unentwegt in meinen Adern summte. Vorsichtig blickte ich zu

Nathan, der immer noch den Hammer umklammerte, als würde ihm gleich ein Kampf bevorstehen.

»Gut, dass du ihn weggeschickt hast!«, sagte Troja irgendwann und wuschelte sich durch den fransigen Schopf, einen Ausdruck von Erleichterung im Gesicht.

»Dumm, dass wir jetzt nur noch ein Boot haben«, bemerkte Ikarus trocken.

Nathan starrte mit zusammengepressten Lippen in die Nebelwand über dem Wasser. Sein Inneres war undurchsichtig wie der Sumpf.

»Wird Pan denn zurückfinden?«, hakte ich nach und konnte nicht aufhören, an seinen unglücklichen Gesichtsausdruck zu denken.

Troja schnaubte. »Erstens, war das vermutlich Rayk und nicht Kjertan, zweitens, kann er den alten Kompass benutzen, der miese Arsch, und drittens, sollte gerade dir das völlig egal sein!«

Eine Weile standen wir alle wie versteinert da, als wären wir in einem bösen Traum gefangen. Wir schienen dasselbe zu denken. Ausgerechnet Pan – oder sein Zwilling! Ich fühlte mich plötzlich zutiefst verunsichert. Zu sechst hatten wir diese Insel vor Wochen betreten, jetzt waren wir nur noch vier. Ich hatte Angst. Immer, wenn ich mich gerade sicher fühlte, passierte etwas, das mich komplett in einen Zustand der Ohnmacht zurückschleuderte. »Könnte Pan Isaac denn hierherführen?«, wollte ich von Nathan wissen, da ich die Stille und das Schweigen irgendwann nicht mehr aushielt.

Nathan atmete tief durch. »Das schafft er nicht. Er wird zurückfinden, weil er sich nach Norden orientiert und dort irgendwo das Festland beginnt, aber er wird Lost Memories nicht wiederfinden. Das hier ist ein Labyrinth, dafür bräuchte er die exakten Koordinaten.« Energisch schob er den Hammer unter den Gürtel und zückte sein Handy. Mehrmals tippte er aufs Display, runzelte dann die Stirn und blickte mich an. »Ich muss mit dir reden! Allein.« Er deutete auf Troja und Ikarus. »Und ihr zwei geht zurück in die Hütte und behaltet das Ufer im Auge.« Sein Blick fiel auf die Werkzeuge am Boden, und er hob die Feile auf. »Bewaffnet euch! Nur für den Fall, dass er doch zurückkommt.«

Nathan steckte die Feile zu dem Hammer, nahm meine Hand und zog mich den Trampelpfad entlang. Mir war klar, worüber er mit mir reden wollte. Hätte ich doch nur nicht sein Handy gefunden, dann wäre ich auch nie diesen Weg zurückgerannt und mit Pan zusammengestoßen. Alles wäre wie vorher. Es ist seltsam, wie drängend man sich manchmal wünscht, die Uhren zurückdrehen zu können, obwohl das, was man erfahren hat, notwendig, ja überlebenswichtig ist. Die Wahrheit schmerzte. Aber wenn Pans Verrat schon so schlimm für mich war, wie mochte er erst für Nathan sein?

»Es tut mir leid«, sagte ich, nachdem wir einige Minuten schweigend nebeneinander hergelaufen waren. Die Nacht war frisch, aber nicht kalt, auch wenn der Nebel die Luft feucht und meine Kleider klamm machte.

Nathan warf mir einen schrägen Seitenblick zu. »Was tut dir leid: Dass Kjertan der Verräter ist oder dass du auch eine Verräterin bist?«

»Beides«, sagte ich leise.

»Es fühlt sich nicht gut an, an einem Tag gleich zweimal verraten zu werden, das kann ich dir sagen.« Nathan musterte mich von oben, aber er wirkte nicht annähernd so wütend, wie ich erwartet hatte. Die Sache mit Pan setzte ihm offenbar so sehr zu, dass alles andere nebensächlich wurde.

»Ich wollte nicht …« Ein Ast knackte in der Ferne.

Nathan schüttelte den Kopf und blickte sich wachsam um, was das ungute Gefühl in meinem Inneren verstärkte. »Wir reden gleich.« Er beschleunigte seine Schritte, bis wir fast rannten, und erst, als die Hütte im Nebel vor uns auftauchte, drosselte er das Tempo. Es war die Hütte, in der wir uns heute vor weniger als zwei Stunden geliebt hatten, aber es fühlte sich an, als wäre das Jahre her.

Von innen verschloss Nathan die Tür mit dem Haken, der noch aus Anno-dazumal-Zeiten stammte und sicher keinem Faustschlag von Pan standhalten konnte.

Ich ging in die Mitte des Raums. »Wieso schließt du uns ein?« Automatisch flüsterte ich, weil er das noch nie getan hatte, sogar dann nicht, als wir miteinander geschlafen hatten.

Nathan blickte konzentriert aus dem Fenster, als suchte er jemanden, danach wendete er sich vollkommen zu mir um. »Du musst mir jetzt die Wahrheit sagen, okay?«

Er klang so angespannt, dass ich automatisch nickte.

Ernst kam er auf mich zu und legte die Hände auf meine Schultern. Sie waren stark und warm, ich fühlte mich plötzlich beschützt. »Mein Handy. Du hast es benutzt.«

»Ja«, gab ich zu. »Aber ich habe nur die Vorwahl von New York gewählt. Sonst nichts …«

Er zog die Augenbrauen hoch, das sah ich selbst im Dunkel der winzigen Holzhütte. »Sonst hast du nichts gemacht?«

»Nein. Ich weiß nicht mal, ob ich unsere Nummer gewählt hätte, denn Troja hat mich erwischt …«

»Noah hat dich also beim Wählen ertappt?«

»Ja.«

Seine grauen Augen wurden groß. »Du hast keine Anrufliste gelöscht?«

»Nein … wieso denn?«

Nathan ließ mich los und blickte erneut aus dem Fenster. »Oh verflucht!«

»Was ist denn?« Sein Verhalten machte mich noch unruhiger.

Für einige Sekunden schien er seine Gedanken ordnen zu müssen. »Kjertan … Pan … er ist nicht der Verräter.«

»Wie bitte?« Jetzt verstand ich überhaupt nichts mehr.

»Die Salbe könnte jeder der vier hier verloren haben. Zu jeder Zeit, oder etwa nicht?«

»Grundsätzlich ja.«

»Sie könnte längere Zeit im Gras gelegen haben, ohne dass sie dir oder mir aufgefallen wäre.«

»Ja, aber …«

»Erinnerst du dich, dass Noah eine Zeitlang immer allein zu den Hütten gelaufen ist, weil er nach verwertbarem Kram suchen wollte?«

»Er hat nach Werkzeug gesucht und so, ja. Er hat mir den Ring geschenkt, den er mal gefunden hat.« Und den ich irgendwann abgelegt hatte, auch wenn er hübsch war. Eine dunkle Ahnung stieg in mir auf.

»Es könnte doch sein, dass er die Salbe gleich zu Beginn hier verloren hat. Als wir alles nach Klamotten und Konserven durchsucht haben? Und danach ist er nur immer wieder losgezogen, weil er diese Salbe finden wollte. Er kam ja selten mit was Brauchbarem zurück.«

»Troja?« Mir war plötzlich eiskalt. »Das kann nicht sein.« Das durfte ebenso wenig wahr sein wie die Sache mit Pan.

Nathan zog sein Handy aus der Hosentasche, drückte eine Taste und hielt es mir vor die Nase. Eindringlich taxierte er mich. »Wenn du die Anrufliste nicht gelöscht hast, muss er es getan haben; sie ist vollkommen leer. So, als hätte ich nicht ein einziges Mal telefoniert.«

## Kapitel 8

»Was?« Wie vor den Kopf gestoßen betrachtete ich das leere Display. »Das hab ich nicht gemacht, Nathan. Ich schwör's dir. Troja hat mich erwischt, da hatte ich gerade mal drei Ziffern eingetippt. Ich habe ihm das Handy gegeben, weil er es dir zurückbringen wollte.«

»Und genau da muss er mit jemandem gesprochen haben«, sagte Nathan finster. »Aber weil er nicht wollte, dass ich es merke, hat er die Liste gelöscht. Ich wette, wenn ich ihn danach fragen würde, würde er es garantiert auf dich schieben.«

Übelkeit stieg mir die Kehle hoch. »Er hat mit Isaac gesprochen.«

Nathan schob grimmig den Unterkiefer vor. »Das würde auch erklären, warum er sich immer so vehement gegen Stanton gestellt hat: um von sich abzulenken. Und eben hatte er für alles eine Erklärung parat.« Er steckte das Handy wieder ein. »Außerdem hat er mich ganz bestimmt absichtlich in der falschen Richtung nach dir suchen lassen.«

»Damit er mich vor dir findet.«

»Ganz genau.«

Fragend sah ich ihn an. »Aber wieso hat er behauptet, Kjertan wäre Rayk?«

»Vielleicht weil er Angst bekommen hat, dass ich es Kjertan einfach nicht zutraue.« Fassungslos rieb sich Nathan über die Stirn. »Und ich Idiot habe ihn weggeschickt.«

»Warum Troja?«, wollte ich wissen und konnte es immer noch nicht glauben. »Er war derjenige, der von Anfang an nett zu mir gewesen ist. Er war der Einzige, der mir immer ein paar Infos zugespielt hat.«

»Warum wohl? Weil er wusste, dass du es nicht überlebst, also konnte er dir im Grunde fast alles erzählen. Deswegen. Er hat sich dein Vertrauen sozusagen mit Infos erkauft. Und er war nur nett, damit du ihn niemals verdächtigst, falls etwas schiefgehen …« Nathan hielt plötzlich inne.

Aus der Ferne drang ein Knattern und Brummen, wie von einem uralten Generator. »Was ist das?«

»Ein Motorboot.«

Mir blieb fast das Herz stehen. »Isaac?«

»Nein, warte …«Er legte den Finger auf die Lippen, lauschte, während ich wie schockgefrostet dastand. »Es entfernt sich … Womöglich ist Noah mit unserem Boot weggefahren, damit ich dich nicht von der Insel schaffen kann.«

»Was?«

»Er ist clever. Er wird sich denken, dass ich dich nach der Anrufliste gefragt habe …« Er zog die Feile unter dem Gürtel hervor und drückte sie mir in die Hand. »Komm mit!«

»Wohin?« Ich starrte auf das Werkzeug und hoffte, er würde nicht von mir verlangen, zu kämpfen.

»Wir müssen sofort hier weg«, sagte Nathan mit dunkler Entschlossenheit. »Wenn Noah tatsächlich mit Isaac gesprochen hat, hat er ihm ganz sicher unsere Koordinaten gegeben. Und dann ist es nur eine Frage von Stunden, bis er hier aufkreuzt.«

»Isaac ist in der Nähe?« Im Geist blitzte sein fein geschnittenes Gesicht vor mir auf, das kalte Lächeln. *Ich will dich. Ich will dich mit Haut und Haaren: besitzen, zerstören und töten.*

Nathan löste den Haken der Tür und fasste meine Hand. »Isaac weiß, dass es nur einen Ort auf der Welt gibt, an dem ich mich wirklich sicher fühle und an den ich mich immer zurückziehe.« Er sah mich an. »Ganz bestimmt ist er in der Nähe der Bayous und wartet täglich auf eine Nachricht von Noah … aber er könnte hundert Jahre hier suchen, ohne uns zu finden. Nur wenn Noah ihm wirklich die Koordinaten durchgegeben hat …«

Ich hatte das Gefühl, gleich durchzudrehen. »Wie soll er denn an die Koordinaten gekommen …« Ich unterbrach mich, da mir einfiel, wo sie standen, aber Nathan schüttelte den Kopf, als hätte er meine Gedanken gelesen.

»Die Koordinaten auf meinem Rücken hat Noah nie gesehen, ich habe mich nie vor den anderen umgezogen, darauf habe ich immer geachtet. Und Isaac kennt sie nicht auswendig. Es sind immerhin vierzehn Ziffern, außerdem würde er nie ein Versteck dahinter vermuten, noch dazu liegt die Stelle auch nicht direkt an der Insel. Nein, es war viel einfacher. Noah musste nur kurz das GPS-Signal des Handys einschalten und den Kompass benutzen. Zeit genug hatte er.«

Voller Furcht trat ich hinter Nathan aus der Hütte. Der Sumpf kam mir plötzlich feindselig vor, wie ein Ort des Schreckens, an dem bösartige Verbrechen geschahen. Vielleicht würde ich ebenso hier begraben werden wie Lea. Ich zwinkerte mehrmals, stand wie unter Schock.

»Wir schauen erst mal nach, ob das Boot noch da ist«, sagte Nathan leise und drückte meine Finger. »Wenn es tatsächlich weg ist, müssen wir zu Fuß gehen.«

Hätte er mir erklärt, ich müsse mich in eine Schlangengrube legen, hätte ich fast weniger Angst gehabt. Ich dachte an die Korallenottern, die Geierschildkröten und die Alligatoren, an die Riesenspinnen und das kalte, trübe Wasser.

Es schüttelte mich. Mittlerweile lag die Dunkelheit über dem Sumpf wie ein düsterer Baldachin, und als wir am Ufer zurückgingen, im Schutz der Stauden und der Nacht, sprachen wir kein Wort, sondern tauschten nur Blicke. Ich betete, dass das Boot noch da war, doch meine flehenden Worte wurden nicht erhört.

Der Steg lag verlassen da, einsam, als wäre schon seit Jahren kein Mensch mehr hier gewesen. In der Hütte brannte kein Licht, aber ich entdeckte einen Schatten.

»Ikarus«, flüsterte ich. »Er ist noch hier.«

Nathans Lippen wurden schmal. »Wir gehen allein.«

»Aber wir haben nichts zu essen und zu trinken. Wir haben keine frischen Klamotten. Wir haben gar nichts.« Wie betäubt starrte ich auf unseren Pfahlbau, der uns so lange Schutz geboten hatte. Irgendwie wirkte selbst er jetzt bedrohlich.

»Hey.« Nathan lächelte mir aufmunternd zu. »Heute versuchen wir, zu unserer Wildschwein-Hütte zu kommen, morgen schauen wir, ob wir auf dem Landstrich noch andere Hütten und Vorräte finden, okay?«

Ich nickte nur und versuchte, mich zusammenzureißen. Immerhin war das alles meine Schuld. Hätte ich nicht Nathans Handy genommen, hätte Troja nie die Möglichkeit gehabt, Isaac zu kontaktieren – denn dass er es getan hatte, war für mich fast schon Gewissheit.

Wir liefen zurück und packten in den Hütten am Südende noch Klamotten ein, die so alt und löchrig waren, dass wir sie zuvor verschmäht hatten. Nathan band aus einem alten Tuch eine Art Beutel, und ich fand sogar noch eine Flasche Wasser in unserem Geheimversteck, in einer Hütte, in der Nathan und ich uns häufig getroffen hatten. Als wir am Ufer standen, war ich wie gelähmt. Vor uns lag der schwimmende Wald, der tagsüber so verwunschen und friedlich wirkte. Jetzt lagen die Bäume in stockdunkler Nacht. Auch wenn der Nebel über das Becken des Atchafalaya fortgekrochen war und sich das Halbmondlicht durch die Baumkronen drängte, konnte man nicht mehr als zehn Meter weit sehen. Und zehn Meter waren nicht viel in einem Sumpf, in dem überall im Wasser Gefahren lauerten.

»Los, kletter auf meinen Rücken!«, befahl Nathan und ging in die Knie.

Ich tat, was er sagte, und war ihm unglaublich dankbar. In seiner Linken hielt er einen langen Stock, mit dem er jetzt den Grund des Sumpfs vor sich abtastete. »Wegen der Geierschildkröten.« Schritt für Schritt kämpfte er sich voran und steckte irgendwann bis zur Hüfte in dem schwarzen Morast, sodass meine Hose am Hintern von Wasser durchtränkt wurde. Verängstigt klammerte ich mich fester an Nathan, die Arme eng um seinen Hals geschlungen. Ich roch sein Haar, seinen Geruch nach Salz und Louisiana, und versuchte, mich zu beruhigen, doch meine Zähne schlugen aufeinander. Immer wieder leuchtete ich mit der Handytaschenlampe über das undurchsichtige Wasser, ob ich eine Schlange oder etwas anderes in unserer unmittelbaren Nähe entdeckte. Die Wildschwein-Hütte, wie Nathan sie nannte, lag unweit von der Grabstätte seiner Schwester. Ich war mir sicher, dass er sie finden würde, wenn wir erst Leas Ruhestätte erreicht hatten. Zu Lea könne er blind und taub gehen, sagte er.

Wir sprachen nicht viel, dafür presste ich meine Wange an seinen Kopf. So irrten wir still mal rechts und mal links an den finsteren Bäumen vorbei, streiften Spanisches Moos und sahen einmal sogar das orange-schwarze Winden einer Korallenotter unter der Wasseroberfläche, keinen Meter von uns entfernt. Wie erstarrt blieb Nathan stehen, und wir hörten auf zu atmen. Ich hätte ein Staubkorn ins

Wasser sinken hören. Nathan fasste meine Hand und drückte sie so fest zusammen, dass ich nur mit Mühe einen Schrei unterdrücken konnte, doch die Schlange glitt davon, als wären wir nicht da.

»Das war knapp«, sagte Nathan nur und holte tief Luft.

»Hast du nicht mal gesagt, sie seien nicht aggressiv?«, neckte ich ihn, weil ich so erleichtert war, dass sie fort war.

»Sind sie auch nicht. Für gewöhnlich zumindest.«

Er lief weiter, das Handy zeigte bereits dreiundzwanzig Uhr zehn an. Irgendwann nötigte ich Nathan zu einer Pause, und wir kletterten auf einen der gewaltigen Baumstümpfe, die aus dem Wasser ragten. Im Mondlicht küssten wir uns, und in dem Moment wusste ich, dass ich Nathan nie mehr aus meinem Leben gehen lassen würde, egal was geschah. Wir waren verbunden, seit dem Sommer in Rosewood Manor, und würden es immer sein.

»Was passiert eigentlich danach mit uns?«, fragte ich und betrachtete ihn von der Seite. Das dunkle Haar fiel auf seine Schultern und das Mondlicht zeichnete sein Profil hell und gestochen scharf nach, doch seine Lippen waren weich.

»Wonach? Nach dem hier?« Er drehte den Kopf zu mir.

»Ja. Was machst du danach? Wirst du hierbleiben oder nach Coldville zurückgehen?«

Nathan blickte einen Moment durch mich hindurch, als würde er nachdenken. »Ich weiß es nicht«, sagte er dann. »Ich habe mir noch keine Gedanken darüber gemacht. In Coldville sind meine Eltern und Jacob begraben, in den Bayous meine Schwester. Mein Herz gehört beiden Orten. Nirgendwo sonst könnte ich lange sein, ohne etwas zu vermissen, doch Coldville ist leider keine Option, der Ort ist so krank wie die Menschen dort.« Er machte eine kurze Pause. »Und du? Wo wirst du sein?«

»Da, wo du bist natürlich.«

Nathan lachte zärtlich. »Lügnerin.«

»Ich lüge nicht.«

»Du wirst mich vergessen, sobald du zurück bist. Und wie es aussieht, wird das sehr bald sein. Der Plan ist gescheitert. Endgültig.«

»Ist das dein Ernst?« Das war ein Schock, wieso wusste ich nicht.

Nathan wandte den Blick ab. »Es ist zu gefährlich, Will.«

»Aber«, meine Stimme fiel und eine bleierne Schwere zog mir ins Herz. »Du lebst für diesen Plan. Du hast gesagt, ihr seid es den Männern und Frauen in Coldville schuldig. Du hast gesagt, ihr wärt es den Toten schuldig!« Ich wusste nicht, warum es mich wütend machte, dass er jetzt aufgeben wollte. Vielleicht weil ich mich verraten fühlte, weil alles umsonst gewesen sein sollte. Vielleicht weil ich nicht wollte, dass der Mann, den ich liebte, sein einziges Ziel aufgab. Für meine Sicherheit. Dabei hatte ich mir doch genau das gewünscht.

Nathan griff meine Hand. »Willa. Als wir unseren Plan geschmiedet haben, hatten wir keine Ahnung. Von gar nichts. Wir waren ein Haufen zorniger junger Männer, von denen zwei oder drei einen kleinen Kutter steuern konnten. Ein paar andere konnten gut schießen, weil sie erfahrene Jäger waren, ein anderer war ein Technikfreak. Der Rest wollte die Toten rächen und die, die ihnen noch folgen würden. Wir waren nie Profis, wir sind ja nicht hauptberuflich Geiselnehmer; und wir haben die Macht deines Vaters vollkommen unterschätzt. Wir dachten, mit dir hätten wir ihn völlig in der Hand und der Rest wäre ein Kinderspiel, aber das stimmte nicht. Wir als Gruppe funktionieren auch nicht … du siehst selbst, was passiert ist. Viele Männer kenne ich von klein auf, auch wenn ich sie zwischendurch Jahre nicht gesehen habe …« Er stockte. »Wir haben zusammen Gräber ausgehoben, Kreuze gezimmert und um die Toten getrauert. Unsere Freunde begraben. Unsere Familien. Einer hat dem anderen geholfen, wenn er nicht mehr weiterwusste. Ich dachte, es würde reichen, wenn man so etwas wieder und wieder zusammen erlebt. Ich dachte wirklich, dass das etwas zählt.« Er klang resigniert, voller Zweifel. »Aber jetzt schau sie dir an: Sie verraten sich gegenseitig für Geld und Rache.«

»Du meinst Sparta und Troja … also Stanton und Noah?« Ich hatte mich unbewusst korrigiert, doch als ich es jetzt reflektierte, wusste ich, warum. Es war endgültig vorbei. Die Prinsessa und die Agamemnon. Die Männer, die falschen Namen, ihr geheimer Plan. Dieser Ort. Alles war im Begriff, sich zu drehen. Ich spürte den Sog des Strudels in mir wie einen Wirbelsturm, der mich mitreißen und am Ende vielleicht tatsächlich nach Hause bringen würde. Zurück zu Dad. Zurück zu Delilah und Penelope. Ein Gefühl von Heimweh flatterte durch mein Innerstes, so stark, wie ich es nur zu Beginn empfunden hatte, und es überraschte mich.

Mit einem seltsamen Gefühl betrachtete ich Nathan, der den Kopf schüttelte. »Nein, ich meine sie alle, Will. Nicht nur Stanton und Noah. Es hat uns alle verändert. Mich auch.« Gedrücktheit spiegelte sich in seinen Augen. »Ich habe Kjertan weggeschickt. Den Einzigen, dem ich immer vertraut habe. Den Einzigen, der wirklich ehrlich war.«

*Gott hjarta.* Ich drückte seine Finger. »Aber du hast ihn weggeschickt, um mich zu schützen.«

»Ja«, sagte er leise. Als er mich ansah, schimmerten seine Augen so verletzlich wie die eines kleinen Jungen. »Weil ich dich liebe.«

Seine Worte ließen mich lächeln. Es hatte ihn durchaus verändert, aber auch positiv.

Für einen Moment schwiegen wir und lauschten in die Nacht, doch bis auf den Ruf eines Käuzchens war alles still.

»Ich hätte bei Pan auf mein Gefühl hören sollen. Es hat mir gesagt, dass er es nicht war, niemals gewesen sein könnte«, sagte Nathan nach einer Weile gedämpft.

»Vielleicht finden wir ihn wieder. Womöglich ist er noch nicht so weit gekommen.«

Nathan versuchte ein Lächeln, aber es misslang. »Ja vielleicht.«

Wir liefen weiter, und in dieser Nacht gab ich mir selbst ein Versprechen. Wenn ich wieder in New York wäre, würde ich alles über Coldville in Erfahrung bringen. Ich würde die Unterlagen meines Dads durcharbeiten, zur Not auch heimlich, um den Schuldigen zu finden, wer immer das auch war. Vielleicht könnte ich den Menschen in Kanada die Gerechtigkeit zurückbringen und danach zu Nathan zurückkehren. Zum ersten Mal in meinem Leben würde ich etwas tun, versuchen, etwas zu tun, worauf ich wirklich stolz sein könnte, etwas, das zählte und Dinge in Bewegung setzte, anstatt die Zeit anzuhalten und meine Gefühle auf Leinwände zu bannen.

Nathan behielt am Ende recht, er fand Leas Begräbnisstätte. Als der Mond einmal quer über den Himmelsbogen gewandert war, erreichten wir schließlich die Wildschwein-Hütte. Mit dem Kahn hätten wir dafür nur ein oder zwei Stunden gebraucht, so hatte es die halbe Nacht gedauert. Wir schlüpften aus unseren nassen Klamotten und liebten uns auf dem Holzboden der Hütte. Wir liebten uns mit all unserer Zerrissenheit, unserer Leidenschaft und dem Wissen um das Ende dieser Zeit in Louisiana. Und selbst bei dieser Liebe war Nathan ehrlich, ganz er selbst, mal traurig, mal zornig, und ich gab ihm alles, was ich hatte. Mich ganz allein und mein Versprechen, seinen Plan zu Ende zu bringen. Später lagen wir mit pochenden Herzen nebeneinander und sahen einer von dem anderen berauscht an die Decke, als tanzten dort die wilden, geheimnisvollen Muster des Scherbenpalastes. Ich musste an Nathans Worte von damals denken: *Kannst du eigentlich aus deinem Käfig raus?*

Nathan war der Erste gewesen, der mir gesagt hatte, dass ich nicht frei war. Doch jetzt, in diesem Augenblick, kam es mir zum ersten Mal so vor, als hätte ich die Stäbe durchbrochen, als wäre mein Leben nicht mehr an das Opfer gekettet, das Dad für mich erbracht hatte. Ich konnte selbst entscheiden, was ich tun wollte und zu wem ich gehörte.

Manchmal verändern sich Dinge schnell und manchmal brauchen sie Zeit. Als Nathan mich am nächsten Morgen weckte, war er schon abmarschbereit, aber das Licht des Morgens nur ein matter Schimmer hinter einer Decke aus Wolken. »Beeil dich, Will«, sagte er bloß und sah sich wachsam um. Er stand auf der Veranda und trug eine abgewetzte Jeans, dazu ein zerfleddertes blassblaues Shirt, unter dem sich seine sehnigen Muskeln abzeichneten. Verwirrt blinzelte ich, weil er so anders aussah. Da fiel es mir auf: Zum ersten Mal, seit ich ihn kannte, trug er kein Schwarz. Er wirkte so jung, so schön und so lebendig, als wäre er über Nacht ein anderer geworden. Ich ging auf ihn zu und schlang die Arme um seinen Nacken, küsste ihn auf den Mund, ein Kuss, den er leidenschaftlich erwiderte. Doch er wich viel zu schnell zurück.

»Wir müssen diese Gegend verlassen. Je eher, desto besser. Mit etwas Glück kommen wir heute bei ein paar Cajuns vorbei. Von ihnen bekommen wir sicher etwas zu essen, vielleicht können wir uns auch ein Boot leihen. Oder stehlen.« Er nickte auf einen Stapel Klamotten auf dem Boden. »Zieh das an! Mach schnell!«

Ich tat, was er sagte, und verbot es mir, ihn wegen eines möglichen Diebstahls zu rügen. Das würde ich ihm eines Tages schon noch abgewöhnen. Während ich mich anzog, sah ich mich um, doch alles wirkte friedlich. Zu friedlich womöglich. Rasch schlupfte ich in die Jeans, die bei einem Destroyed-Contest sicher den ersten Preis gewonnen hätte, und streifte anschließend ein helles, viel zu großes T-Shirt über, das halb mottenzerfressen war.

»Schick, Prinzessin.« Nathan zwinkerte mir zu.

»Nicht schicker als Sie, Sir«, sagte ich und verbeugte mich spöttisch.

Diesmal konnten wir ein Stück am Wasser entlanglaufen, bevor wir erneut durch den Sumpf waten mussten. Die ganze Zeit über hielt ich angespannt nach Alligatoren am Ufer Ausschau, doch wir entdeckten nur zwei kleine Exemplare, die träge durchs Wasser glitten. Wieder sprachen wir nur das Nötigste, stattdessen lauschten wir fortwährend nach Motorengeräuschen oder Stimmen. Es war kälter als sonst, vielleicht fünfzehn Grad. Als wir kurze Zeit später zu einem schwimmenden Wald kamen, bemerkte ich, dass die Sumpfzypressen goldene, braune und orangerote Blätter trugen. Teilweise trieb das bunte Laub auf dem dunkelgrünen Wasser oder hing in den Geflechten des Spanischen Mooses. Noch etwas, das sich verändert hatte. Still und heimlich war es Herbst geworden, und die Vögel hatten sich wie über Nacht zu Hunderttausenden vermehrt, sodass ein ohrenbetäubendes Gezwitscher über unseren Köpfen umherschwirrte. Zugvögel. Das hatte ich komplett vergessen. Sie kamen immer nach Louisiana. Ich wollte es gerade Nathan sagen, als wir Rufe hinter uns hörten. »Nathan? Willa? Wo seid ihr?«

Für einen Moment hielten wir inne, erschrocken durch die Unvorhersehbarkeit, bis wir begriffen, wer uns rief. »Oh mein Gott, das ist Kjertan …« Nathan stieß einen Laut zwischen Aufatmen und Lachen aus.

»Und er hat das Boot!«, fügte ich freudig hinzu. Ich war unendlich erleichtert. Ich wollte gerade zu einem Ruf ansetzen, als Nathan mich zurückhielt.

»Nein, nicht! Wir wissen nicht, wo Noah ist, selbst wenn wir das Motorboot nicht gehört haben, kann er in der Nähe sein … und Isaac auch.«

Wir lauschten, bis Kjertan erneut rief. Nathan drehte sich um. »Kam aus der Nähe der Wildschwein-Hütte.«

Mit mir auf dem Rücken watete er zu dem Land, auf dem wir übernachtet hatten, zurück. Wir mussten Kjertan knapp verpasst haben, denn wir waren höchstens eine Viertelstunde unterwegs. Er rief uns abermals, ein lautes »Willa? Nathan? Wo-seid-ihr?«, und Nathan lief schneller. Er sagte es nicht, aber ich wusste, wie sehr sein Herz darauf brannte, seine falschen Beschuldigungen zurücknehmen zu können. Mit dem Kahn wären wir außerdem bald aus der Gefahrenzone heraus und hätten auch einen sicheren Platz zum Schlafen. Spätestens morgen oder übermorgen wären wir in einer größeren Stadt, vielleicht sogar in Baton Rouge. Ich dachte an meine Grandma, an Rosewood Manor, an den Scherbenpalast und meinen Dad. Alles würde sich klären. Alles würde gut, das wollte ich in diesem Moment ganz fest glauben.

Als wir das Land erreichten, rannten wir Hand in Hand los. Es dauerte nicht lange, bis die Hütte in Sichtweite kam. Kjertan stand auf der Veranda, aber etwas machte mich stutzig. Womöglich, weil er dort verharrte und nicht herumlief, wie man es sonst tat, wenn man jemanden suchte. Aber es war nicht nur das.

Nathan griff meine Hand fester, er fühlte es offenbar auch. Das Herz flatterte in meiner Brust und plötzlich schien mir alles unwirklich.

»Kjertan?«, sprach Nathan ihn an, kaum dass wir ihn erreicht hatten, und in dem Augenblick begriff ich es. Das hier war diesmal wirklich nicht Kjertan, sondern Rayk. Und er hatte uns nur im Auftrag eines Mannes gerufen, der ihm die Worte, womöglich unter Zwang, in den Mund gelegt haben musste. Kjertan oder Rayk hätten nie: *»Wo seid ihr?«* gerufen, sondern *»Wo ihr sein?«*

Aber in unserer Aufregung war uns das nicht aufgefallen.

## Kapitel 9

Der Schock lähmte mir die Beine. Als die halb geöffnete Hüttentür aufschwang, trat Nathan vor mich. Über seine Schulter hinweg entdeckte ich Isaacs ersten Söldner, den Mann, den alle nur *Biller-Miller-The-Killer* nannten. Mein Herz begann zu rasen. Immer noch erschien mir sein breites Gesicht eisern wie eine Maske aus Stahl, fast emotionslos. Mit einer Glock in der Hand kam er über die Veranda auf uns zu und zielte dabei abwechselnd auf Rayk und Nathan.

Für einen Augenblick sah ich nur noch die mattschwarze Mündung, aber dann drangen Geräusche in mein Bewusstsein. Schritte, ein Rascheln. Panisch blickte ich mich um und entdeckte Maury, den Typen mit der Narbe über Wange und Nase, der mich auf der Agamemnon geschlagen und festgehalten hatte. Er stand links neben der Hütte. Rechts war plötzlich ein Dunkelhaariger mit Zopf, dessen Namen ich nicht kannte.

*Sie sind hier. Sie sind alle hier.* Mein Gesichtsfeld schrumpfte, als würde ich durch ein umgedrehtes Fernglas sehen. Etwas knarrte, und ich schaute instinktiv in diese Richtung.

Für viele Sekunden vergaß ich, wie man atmete.

Isaac lehnte im Türrahmen, bevor er langsam, wie um seinen Auftritt auszukosten, über die Veranda schlenderte. »Es ist mir eine Freude, dich wiederzusehen, kleine Lady.« Sein Lächeln war Triumph und Sieg, die hellen Augen ein begehrliches, besitzergreifendes Flackern. Nie war ich mir ihrer Farbe bewusst gewesen. Hätte mich jemand danach gefragt, hätte ich es nicht sagen können – aber jetzt nahm ich sie wahr. Ein glänzendes Topas, so wie Herbstblätter; so wie die Augen meines Großvaters. Bernsteinaugen. »Das nächste Mal solltest du vielleicht besser aufpassen, wo du dich ausziehst«, sagte er jetzt und hob meine schwarze Rüschenhose, die er in der Hand hielt, auf Augenhöhe. »Oder wo du deine Sachen herumliegen lässt. Noah hat sie sofort erkannt, so wussten wir, dass ihr vor Kurzem noch hier gewesen seid.«

Abwehrend schüttelte ich den Kopf. Er hatte uns fast erreicht, und Nathan streckte seine Arme zur Seite, um mehr Angriffsfläche zu bieten, auch wenn wir beide wussten, wie vergeblich das war. »Lass sie in Ruhe! Wir haben die Bullen gerufen, sie werden gleich hier sein.«

»Lügner.« Isaacs Lächeln verblasste und sein aristokratisches Gesicht zeigte einen dämonischen Schatten, als drängte sein Innerstes nach außen. An seine Männer gewandt sagte er: »Schlagt ihn bewusstlos. Er darf uns auf gar keinen Fall folgen.«

Das Entsetzen über diese Worte machte etwas in meinem Kopf still, die Geräusche schienen mir gedämpft wie durch Pulverschnee.

Isaac ließ Nathan nicht einmal die Möglichkeit, sich zu verteidigen. Keine Ahnung, wo die vielen Männer plötzlich herkamen, ob sie sich alle hinter der Hütte versteckt oder in den Büschen gelauert hatten. In meinem stillen, erstarrten Zustand erkannte ich Taurus, Mykonos und Apollon. Und natürlich Isaacs restliche Soldaten, die er schon mit auf den Kutter gebracht hatte. Drei davon packten Nathan, rissen ihn von mir weg zu dem schmalen Grün zwischen Veranda und Sumpf, doch als er einen davon hart mit dem Ellbogen erwischte und den anderen mit der Faust, kam ein vierter dazu.

Immer noch war ich unfähig, meine Beine zu bewegen. Meine Gedanken liefen in eine weiße Leere, zerrannen zu nichts. Ich konnte nur zusehen, wie vier Männer ihn festhielten und die anderen einen lockeren Kreis um ihn bildeten. Abwechselnd prügelten sie auf ihn ein, boxten ihm in den Magen, spuckten ihm ins Gesicht. Und egal wie heftig er sich auch wehrte, wie sehr er auch kämpfte und tobte, er war nicht Superman. Sie nannten ihn Verräter, Judas und Schlimmeres, schlugen zu, während Nathan Isaac verfluchte, ihn anschrie und anflehte, mir nicht wehzutun.

»Tu ihr nichts, Isaac! Ich bitte dich … lass sie gehen! Bitte, lass sie gehen …«

Am Ende waren es diese Worte, die mich endlich, endlich aus dem Schockzustand holten.

Wie auf Knopfdruck stürmte ich auf die Gruppe zu, wollte zu Nathan, meine Arme um ihn schlingen, aber sie ließen mich nicht durch. Lachend stießen mich Maury und Mykonos zurück, immer wieder, immer wieder, immer wieder, als würde ich gegen eine Mauer rennen.

»Hört auf! Hört auf, ihr bringt ihn um!« So fest ich konnte, trommelte ich mit den Fäusten auf Maurys Rücken, bis er sich ganz zu mir umdrehte und mich mit zwei Händen so heftig zurückschubste, dass ich rücklings ins Gras fiel.

Als ich mich wieder aufrichtete, liefen mir Tränen aus den Augen.

Hilflos stand ich da und musste mit ansehen, wie Billy Miller Nathan einen solchen Schlag gegen den Kiefer verpasste, dass er auf die Knie sank. Blut strömte ihm aus Mund und Nase, seine Augen flimmerten vor Schmerz.

»Nathan.« Sein Name war nicht mehr als ein Flüstern auf meinen Lippen. Für ihn wünschte ich mir, er würde jetzt sofort das Bewusstsein verlieren, doch das Schicksal war nicht gnädig. Er blieb wach, versuchte, mit letzter Kraft aufzustehen, aber schaffte es nur in eine gebückte Haltung. Er schwankte bedrohlich, und als er den Kopf hob, lag sein dunkler Blick auf mir. Als nähme er nichts mehr anderes wahr, nicht seine Schmerzen, nicht die Männer um ihn, nicht das Blut in seinem Gesicht. Nur mich.

Sein Blick war so vieles. Reue, Entsetzen, Bestürzung.

Der Schatten seines Fluchs. *Alle, die er liebt, sterben.*

Der Wunsch, mich zu beschützen. Das Leid darüber, es nicht zu können.

»Will«, flüsterte er, und seine Stimme brach. »Das … das habe ich nicht gewollt … ich hab das nicht gewollt …«

Seine Worte schnürten mir die Kehle zu. Er schien überzeugt, dass Isaac mich nicht am Leben ließ. Aber noch schlimmer war, ihm zuzusehen, wie er gegen die Bewusstlosigkeit kämpfte, um mich nicht im Stich zu lassen.

Als er vorwärtsstolperte, um zu mir zu kommen, schlug Billy nochmal zu. Dann nochmal, und nochmal. Jedes Mal richtete sich Nathan keuchend wieder auf, aber irgendwann verlor er die Orientierung und stürzte auf die Knie.

»Will?« Suchend drehte er den Kopf, als könnte er mich nicht mehr sehen, und da brach ein einzelner tiefer Schluchzer aus mir hervor.

»Hört auf, bitte, bitte, hört auf!«

Jemand stieß mich zur Seite, und ich hörte Isaacs Stimme, bevor ich ihn vorbeigehen sah. »Das reicht jetzt, Miller. Du solltest ihn bewusstlos schlagen und nicht totprügeln. Er ist mein Bruder, verdammt! Tremblay, bring es zu Ende. Aber pass auf, klar?«

Ich umklammerte das Armband und sah Taurus an. Thomas Tremblay. Für Sekunden trafen sich unsere Blicke. Mitgefühl lag in seinen Augen unter dem bösartigen Stiertattoo. Er war gnädig. Er schob sich an den Soldaten von Isaac vorbei und schlug zu. Unerwartet schnell und fest.

Neben dem Wasser sank Nathan zu Boden. Für Sekunden war es still. Viel zu still. Ein paar Herbstblätter wirbelten über ihn hinweg. Ich wollte zu ihm laufen, schauen, ob er lebte, aber zwei dunkelhaarige Söldner packten mich unter den Armen.

Durch meinen Tränenschleier sah ich, wie Isaac zu Nathan ging, seinen Puls fühlte und dann Taurus zunickte. »Gut gemacht!«

Das Wort echote in meinem Kopf. *Gut gemacht!* Nathan lebte, bedeutete es. *Gut gemacht!* Ich konnte nicht aufhören, ihn anzuschauen, wie er da lag, doch plötzlich wurde ich weggerissen und das Letzte, das ich von ihm sah, war sein mitternachtsschwarzes Haar, von dem eine Strähne im Wind wehte.

Die Männer zogen mich zur Hütte. Isaac kam auf uns zu, aber er beachtete mich nicht, sondern drückte Apollon und Mykonos zwei schwarze Stofftücher in die Hände. Der Stoff sah aus wie der meiner Rüschenhose, und als ich genauer hinsah, erkannte ich den Saum mit dem breiten Gummi.

Übelkeit stieg mir die Kehle hoch, aber ich blieb still. Auch als sie mir damit die Augen verbanden und meine Hände auf dem Rücken fesselten.

Sie zerrten mich weg und setzten mich in ein Boot, das durch die Bewegung unruhig auf dem Wasser schaukelte. Zwei von ihnen zwängten mich mit ihren Körpern ein, dann wurde der Motor angelassen, und das Boot fuhr los.

Ich war wie betäubt, von allem abgeschnitten, in einer Blase aus Furcht und einer endlosen Bildfolge im Kopf. Wie Nathan Isaac anflehte, mir nichts anzutun. Wie er auf die Knie sank und mich anblickte, als wäre ich dem Tod geweiht. Ich dachte daran, dass ich immer in Lebensgefahr ein Stück meiner Vergangenheit wiedergefunden hatte und dass ich jetzt womöglich die letzte Chance bekam, das herauszufinden, was mein Bewusstsein mir so lange verweigert hatte. Es sollte mir ein Trost sein, aber es machte mich nur noch verzweifelter. Es würde mir nicht mehr helfen.

Die Fahrt schien ewig zu dauern, und ich fragte mich, wohin sie mich brachten, in welches Versteck, an welchen Ort. Immer wieder versuchte ich, Abstand zu den beiden Körpern zu bekommen, die mich in ihrer Mitte zusammenpressten, aber jedes Mal schienen sie noch dichter an mich heranzurutschen. Irgendwann spielte eine Hand an meinem Haar, zupfte an den Spitzen.

*Oh Gott, nein!* Krampfhaft hielt ich den Atem an. Machte mich stocksteif, was die Männer um mich herum lachen ließ.

»Piratenschlampe«, flüsterte ein Mann, der mir gegenübersitzen musste, düster. »Bald bekommst du, was du verdienst.«

Es kam mir vor, als hätte er gerne noch etwas hinzugefügt, doch er blieb still. Auch die Hand an meinem Haar war auf einmal verschwunden. Als hätten die Männer auf etwas reagiert. Oder auf jemanden.

*Vielleicht auf Isaac.*

So leise wie möglich atmete ich ein. Ich spürte, dass sie mich betrachteten. Und ich spürte Isaacs Nähe, auch wenn er vielleicht weiter weg saß. Er war da. Er musste da sein, aber er war still – fast so, als würde er mich bewusst ignorieren. Als wollte er mich für einen Moment der Ruhe aufsparen und seinen Triumph nicht voreilig auskosten. Es kam mir so vor, wie wenn mein Vater sich eine exquisite Cubana für den Espresso aufhob.

Irgendwann hielten wir. Zwei Männer hoben mich aus dem Boot und stellten mich auf weichem Boden auf die Füße.

Blindlings taumelte ich los, aber ich kam keine drei Meter weit, da traf mich ein brachialer Schlag in die Rippen. Mir blieb sekundenlang die Luft weg. Ich ging in die Knie, vor Schmerz und Schock wie benommen.

Wie durch Watte hörte ich ihren Spott und bekam kaum mit, dass mich zwei von ihnen unter den Armen packten, hochrissen und mitschleppten, als würden sie einen altersschwachen Karren ziehen. Meine Boots schleiften über den weichen Boden, doch nach wenigen Schritten wurde der matschige Untergrund härter.

Benommen von dem scharfen Stechen in meinen Rippen hörte ich eine Tür quietschen, ich wurde weitergezerrt und meine Umgebung verdunkelte sich, das nahm ich trotz meiner Blindheit wahr.

Nach ein paar Metern ging es Stufen hinauf, über die meine Füße mehr rutschten, da ich halb lief und halb mitgerissen wurde.

Irgendwann lösten sie die Fessel meiner Hände, stießen mich vorwärts, dann fiel eine Tür zu. Mein Herz klopfte so sehr, dass ich glaubte, mich gleich zu übergeben. Ich hatte Angst, dass sie noch da waren, fürchtete einen weiteren Schlag, aber als länger nichts geschah, zog ich mir selbst das Tuch ab.

Mehrmals blinzelte ich, als hätte mein Unterbewusstsein Helligkeit erwartet, doch der Raum war düster, allerdings nicht komplett dunkel. Es war ein kleines Zimmer, die beiden Fenster waren von außen mit Brettern vernagelt, so dicht, dass das Sonnenlicht nur an einer einzigen Stelle hindurchfiel. Der Lichtstreifen fiel genau vor meine Füße. Ansonsten gab es noch einen alten Holztisch und zwei Stühle, mehr nicht.

Sekundenlang blieb ich stehen, eine Hand auf der pochenden Stelle, wo mich der Schlag in die Rippen getroffen hatte. Von unten hörte ich das Gepolter schwerer Stiefel. Männer redeten miteinander, aber ich verstand sie nicht, ein paar lachten, einer hustete bellend. Mein Mut sank, meine Furcht lähmte mich. Egal, wo ich hier war, Isaac würde dafür gesorgt haben, dass mich niemand fand. Vielleicht würde ich hier wirklich sterben. Allein. In irgendeinem Haus, an irgendeinem Ort.

Ich wusste nicht, wie viel Zeit vergangen war. Vielleicht zwei Stunden. Unruhig tigerte ich von einer Ecke zur anderen. Mehrmals hatte ich mich auf die Zehenspitzen gestellt und durch die Ritze in den Brettern nach draußen gespäht, doch außer einer schmalen Veranda sah ich nur die Äste von Sumpfzypressen, einen Fetzen grauen Himmels und grünes Wasser. Vielleicht wäre dieser Streifen Natur das Letzte, das ich von der Welt sehen würde. Ich wusste nicht, wo sie mich hingebracht hatten, und die Angst hatte mein Zeitempfinden verzerrt. Wir hätten zwölf Stunden oder auch nur sechs unterwegs gewesen sein können, vielleicht hatten wir sogar die Bayous verlassen, doch der Ausblick sagte mir etwas anderes.

Wieder stellte ich mich auf die Zehenspitzen, sah hinaus und presste dabei eine Hand gegen die Rippen. Ich war mir sicher, dass Isaac mich töten würde, nur wusste ich nicht wann. Oder wie. An beides durfte ich nicht denken, wenn ich nicht den Verstand verlieren wollte. Vielleicht würde mich Nathan ja auch vorher finden. Er kannte die Bayous.

Aber hatte er nicht selbst gesagt, sie wären ein Irrgarten, wenn man jemanden hier auf gut Glück suchte?

Es könnte Monate dauern … und vielleicht hatten sie ihm ja auch ernsthaften Schaden zugefügt.

Mit einem eiskalten Gefühl in den Knochen starrte ich auf das winzige Stückchen Himmel und versuchte krampfhaft, nicht daran zu denken, wie blass und leblos er am Rand des Sumpfes gelegen hatte.

*Bitte, lass ihn okay sein! Er muss okay sein! Es muss ihm gut gehen!*

Ich zwinkerte gegen meine Tränen an. Ich musste an etwas Schönes denken. Zum Beispiel an unsere erste Nacht in der Hütte, als wir vor den Wildschweinen geflüchtet waren und uns geliebt hatten. Im Geist beschwor ich den sumpfigen Geruch der feuchten Erde herauf, die laue Kühle der Nacht und Nathans verschwitzte Haut auf meiner. Unsere tiefen, endlos tiefen Küsse.

Ich dachte an die wenigen Male, wo ich Nathan wirklich lachend gesehen hatte. Wie jung er dabei aussah und wie es seine meergrauen Augen zum Leuchten brachte. Ich dachte an die bunte Licht- und Schattenmagie des Scherbenpalastes, an meinen Dad. An seine tröstenden Umarmungen und seine Worte. *Wir schaffen das schon, Willa-Maus. Sei tapfer, mein Kind!*

Die letzten Worte hatte ich beinahe vergessen, aber es war sicherlich kein gutes Zeichen, dass sie mir ausgerechnet jetzt einfielen. Ich sank wieder auf die Fußsohlen und versuchte, flach zu atmen, damit meine Rippen weniger stachen. Leise ging ich zur Tür, lauschte nach Schritten auf der knarrenden Treppe, doch es blieb still. Ich wünschte mir, es wäre bereits vorbei, und ich wünschte mir, die Zeit würde stehen bleiben und auf ewig einfrieren.

Als die Tür dann tatsächlich geöffnet wurde, hatte ich vorher keinen Laut gehört. Es traf mich unvorbereitet, und das sollte es wohl.

»Es ist bereits Abend, kleine Lady. Wir sollten besser beginnen.« Isaac stand auf der Schwelle, hinter ihm verharrten Billy und Maury, breitbeinig und mit verschränkten Armen, seine eigene Privatarmee. Diesmal trugen sie keine Waffen, zumindest keine, die ich sehen konnte, aber mein Blick flog sowieso wieder zu Isaac zurück.

Er war in Schwarz und Dunkelgrün gekleidet, was seine gelben

Topasaugen leuchten ließ, als würde ein Feuer im Wald glimmen. Er war blass, vielleicht war das das erste Anzeichen seiner Krankheit. Einladend deutete er auf einen Stuhl. »Setz dich!«, sagte er beinahe freundlich.

Ich zögerte, doch kam diesem Befehl nach, denn ein Befehl war es, ganz gleich wie harmlos er die Worte aussprach. Im Sitzen hakte ich meine Füße umeinander und ballte die Hände auf dem Schoß zusammen, damit meine Furcht nicht ganz so offensichtlich war.

Isaac setzte sich mir gegenüber. Die Atmosphäre hatte den Charakter eines Verhörs; das Licht, das durch die geöffnete Tür fiel, tauchte mich in Helligkeit, während Isaacs Gesicht im Schatten blieb. Allerdings forderten die Ankläger bei Verhören Informationen, und Informationen besaß ich nicht. Es gab nichts, das ich ihm verraten konnte.

»Du weißt, dass du hier sterben wirst, nicht wahr?«

Der einfache Satz, so beiläufig ausgesprochen, katapultierte mich meilenweit weg, obwohl ich stocksteif auf dem Stuhl saß. Obwohl ich es geahnt hatte, obwohl ich es in Nathans Blick gelesen hatte, machte es meine Brust noch enger und mein Herz kleiner, als würde es schrumpfen.

Isaac lächelte nachsichtig. »Keine Angst, kleine Lady, ein bisschen Zeit bleibt dir noch. Und vorher brauchen wir fraglos noch etwas von Daddy.«

»Du … du hast gesagt, er würde sich niemals stellen.« Ich wusste nicht, wie ich es überhaupt schaffte, einen vernünftigen Satz hervorzubringen, nachdem er mir meinen Tod verkündet hatte. Mein Verstand steckte wie in einem Sumpf, aber natürlich klammerte sich ein Teil von mir immer noch an die Hoffnung, dass er mir nur Angst einjagen wollte oder Nathan mich rechtzeitig hier herausholte.

Isaac lehnte sich entspannt zurück. Das dunkle Haar fiel so wie damals auf der Agamemnon wild und zerzaust in seine Stirn und verdeckte beinahe die auffälligen Augen. Wieso war mir die Farbe nie aufgefallen? »Das stimmt«, antwortete er jetzt kühl. »Dafür ist er zu stolz. Er will uns nur hinhalten. Ganz sicher sucht er nach dir.«

Das, was er sagte, hinterließ eine weitere Hoffnung in mir. Dad suchte mich. Vielleicht war es seiner Einheit ja doch möglich, mich hier aufzuspüren.

Isaac starrte mich an, aber ich konnte seinen Blick nicht deuten. »Wir fordern mittlerweile längst etwas anderes. Etwas, das Nathan nie wollte.«

»Geld.« Ich klang bitter.

»Was könnte er uns sonst wohl anbieten?«

Angstvoll sah ich an Isaac vorbei zu seinen Soldaten hinter der offenen Tür. Ihre Gesichter waren reglos, was meine Furcht steigerte. Ich würde hier niemals rauskommen. »Ich könnte euch auch Geld beschaffen, wenn es nur noch darum geht«, hörte ich mich sagen. »Und zwar schnell. Die Banker in New York kennen mich; ich könnte mir so viel Geld auszahlen lassen, wie ihr wollt. Eure Kranken könnten sich jede Behandlung leisten, jedes Medikament, alles, was sie brauchen.«

»Kein Banker der Welt würde dir ohne Papiere auch nur einen Cent aushändigen. Und deine Papiere hast du nicht bei dir; außerdem würdest du mir sicher alles versprechen, um dein Leben zu retten, doch es ändert nichts.«

Ich schluckte. »Warum nicht?« Isaac schwieg, musterte mich. Mein Gesicht, meine Arme, meinen Oberkörper. Sogar meine Kehle. Sein Blick brannte auf mir wie glühende Lava, und ich spürte Tränen, die mir in die Augen stiegen, aber ich zwinkerte dagegen an. »Wieso nicht?«

Jetzt sah er mich wieder an. »Das hat dir Nathan nicht verraten, was?«

Das Verhör war verkehrt herum. Ich würde Antworten bekommen, doch ich fürchtete, ich wollte sie nicht hören.

»Du willst mich nicht am Leben lassen, weil du auch stirbst. Weil du krank bist«, sagte ich erstickt. »Nathan hat es mir erzählt.«

Er lachte amüsiert auf. »Und das hast du geglaubt?«

Seine Worte waren wie der rohe Schlag in meine Rippen einige Stunden zuvor. Sie nahmen mir erneut die Luft. »Es stimmt nicht?«

»Nathan hätte sonst niemals mitgemacht. Und wir brauchten ihn für die Navigation auf See. Er war lange bei der Hochseefischerei, und er hat auf den Seitenarmen des Mississippis gelebt, mehr zu Wasser als zu Land. Außerdem war er der Einzige, der die Agamemnon wirklich steuern konnte. Ich musste ihm nur einen Grund liefern, der seine Wut neu anheizte – das habe ich getan.« Ein fahler Triumph glitzerte in seinen Augen.

Gefühle stiegen aus dem Teil meiner Seele, der immer noch wie betäubt in diesem stillen, weißen Koma lag. Verzweiflung. Wut. Vielleicht Trauer.

*Oh Nathan!* Wie würde er reagieren, wenn er das erfuhr? Wie er reagiert hatte, als er nur für Sekunden dachte, ich würde sterben, damals bei meinen Worten über die Korallenotter. Und Isaac kannte Nathan noch viel besser als ich. Er wusste um seine Ängste, und er hatte sie benutzt. Monatelang! Vielleicht sogar über ein Jahr!

Ich schluckte erneut. »Du bist widerlich«, flüsterte ich heiser, trotz all meiner Furcht.

Diesmal war der Schlag real. Er traf mich so unvorbereitet und rückhaltlos, dass ich mitsamt dem Stuhl umkippte und hart auf den Boden schlug. Sekundenlang war ich benommen, schmeckte Blut auf der Zunge und sah nichts als flimmernde Sternchen. Meine Wange brannte.

Als ich wieder etwas erkennen konnte, richtete ich mich mühsam zum Sitzen auf. Isaac stand über mir und hielt mir etwas hin, das ich aber nicht erkennen konnte, weil mein Blick verschwommen war. Ich blinzelte mehrmals, dann klopfte mein Herz noch tausendmal schneller.

Eine Packung Erdnüsse.

Selbstgefällig schob er sich eine Handvoll in den Mund. »Möchtest du auch welche?« Jetzt war seine Stimme wieder beinahe sanft.

Hektisch schüttelte ich den Kopf und presste reflexhaft die Lippen zusammen. Ein Fehler.

Isaac zog die Hand mit der Packung zurück. »Dachte ich mir. Noah hat gut beobachtet, aber es war Nathans Notiz und deine Reaktion, die es mir bestätigt hat.« Er griff in seine Hosentasche und faltete etwas auseinander. »Hab's auf der Agamemnon gefunden.«

*Für Will.*
*Alles ohne Nüsse und Ei. Versprochen.*
*Ach ja, wenn du frische Klamotten brauchst, bedien dich ruhig noch mal an meinen Sachen.*
*N.*

Erinnerungen an diese Zeit tanzten über Nathans saubere Handschrift, und ich fühlte mich auf einmal vollkommen verloren. *Möchtest du es zurück, Will?*

Würde er je erfahren, wo sie mich verscharrt hatten? Oder würden sie mich dem Sumpf überlassen, sodass ich dort zusammen mit Lea begraben war?

Nathans Fluch. Er war wahr. *Tous ceux qu'il aime meurent.* Wohin würde er gehen, und würde er eines Tages noch einmal lieben können, wenn er auch mich loslassen musste?

Betäubt blickte ich auf den Boden, merkte jedoch, wie Isaac sich von mir abwandte. »Bereitet sie vor!«, hörte ich ihn noch sagen, aber ich verstand es nicht. *Vorbereiten wofür?* Etwas Gutes war es nicht. So schnell ich konnte, kam ich auf die Füße, doch da entdeckte ich schon Maury und Billy, die ins Zimmer traten, und …

»Troja«, kam es mir ungewollt über die Lippen. Unter all der Angst spürte ich meine zornige Empörung. Am liebsten hätte ich ihm meine Fäuste ins Gesicht gehämmert.

»Prinzessin.« Spöttisch zog er einen Mundwinkel herab.

»Du bist das Allerletzte, du Scheißkerl«, sagte ich gepresst. »Du hast Stanton bis in den Tod glauben lassen, dass du ihn für den Verräter hältst, und du hast Kjertan zutiefst verletzt.« *Und mich wolltest du umbringen!* Mir fiel ein, wie viel Kraft er haben musste, obwohl er höchstens zehn Zentimeter größer war als ich. Und jetzt, erst jetzt, als ich ihn wieder mit dem Cowboyhut sah, wurde mir klar, warum ich meinen Angreifer als so groß eingeschätzt hatte. Die Haube. Die feinen Netze. Sie hatten mich getäuscht, vermutlich waren dahinter nie wirklich die Augen gewesen! Vielleicht hatte er durch winzige Schlitze viel weiter unten gesehen. »Ich hasse dich«, hörte ich mich sagen, weil ich das, was kam, sowieso nicht abwenden konnte.

Für einen Moment entstand Stille. So wie diese schneeweiße komatöse Stille in meinem Kopf, nur in echt. Und in diesem schrecklichen Vakuum gefangen starrte ich auf Noahs Hände, die er jetzt zu Fäusten ballte, während er auf mich zukam. Ich sah seinen Verlobungsring im hereinfallenden Licht funkeln, da schaltete jemand im Untergeschoss Musik ein. Brüllend laut. Irgendeinen Song von Pink.

Ich wich zurück, aber Billy und Maury hielten mich plötzlich fest. Krampfhaft versuchte ich, an etwas Schönes zu denken, so wie Dad es mir immer gepredigt hatte, wenn ich mich vor Gewittern fürchtete. Ich dachte an Nathan und sein Lachen, an den Scherbenpalast, doch der Schmerz, der mich traf, war zu allumfassend. Schon Noahs erster Schlag in meinen Magen ließ meine Beine wegknicken, aber sie hielten mich aufrecht, und er schlug nochmal zu, während ich noch keuchend nach Atem rang. Rote Panik flirrte vor meinen Augen, und das Gefühl, keine Luft zu bekommen, machte mich wehrlos. Sie stießen mich mit dem Kopf gegen die Wand, fest, aber nicht zu fest; sie schleuderten mich quer durch den Raum, sodass ich die Orientierung verlor und über den klapprigen Tisch stürzte. Immer wieder schlugen sie mir mit der flachen Hand ins Gesicht, spotteten über meine Versuche, mich zu wehren; als ich am Boden lag, wimmernd vor Angst, äfften sie mich nach, bevor sie mir mit ihren Boots gegen Arme und Beine traten.

Eine Zeitlang wusste ich nicht mehr, ob ich wach oder ohnmächtig war, alles lag wie hinter einem schwarzroten Schleier aus Schmerz. Irgendwann versuchte ich mit letzter Kraft, aus ihrer Reichweite zu kommen, hievte mich auf alle viere, aber Noah packte mich am Arm, zerrte mich hoch und drückte mich am Hals gegen die Wand.

»Sie hat gelitten«, brüllte er mich an. Ich sah nur noch seine riesengroßen Pupillen, die sprudelten wie Öl. »Wie ein verdammtes Tier in einem verdammten Versuchslabor.« Sein heißer Speichel sprühte mir ins Gesicht. »Sie hat aus Augen und Ohren geblutet, und ich konnte nichts tun, um ihr zu helfen! Niemand konnte das! Nicht einmal die Scheißärzte in der Scheißklinik in Portland. Sie hatten so etwas noch nie gesehen. Ich konnte sie nur noch in meinen Armen wiegen, bis sie endlich tot war. Dieses Fischernetz wäre ein gnädiger Tod für dich gewesen.« Am Hals gepackt riss er mich von der Wand weg und stieß mich von sich, doch ich konnte mich nicht mehr abfangen, stürzte und prallte mit Rücken und Hinterkopf auf den Boden. Ich schrie, und mein Sichtfeld explodierte in sprühende Farben.

Reglos blieb ich liegen, blinzelte schwach, aber meine Sinne funktionierten nicht mehr, wie sie sollten. Ich konnte nichts mehr klar erkennen. Pink sang etwas von *90 Days* und Noah brüllte weiter.

»Das reicht erstmal!«, hörte ich dann jemanden in meiner unmittelbaren Nähe sagen.

*Isaac.*

Eine nie gekannte Furcht kroch in mich hinein. Ich lag nahezu bewegungsunfähig da, mein Körper war ein einziger Schmerz. In meinem Mund sammelte sich Blut, das ich wieder und wieder schluckte. Irgendwann blitzte es schnell hintereinander, aber womöglich waren das auch meine durchgebrannten Synapsen, danach drehte eine grobe Hand meinen Kopf. Ich konnte nichts dagegen tun. Das nächste Blitzlicht war so grell, stach so tief in meinen Schädel, dass ich fast anfing zu weinen. Aber ich durfte nicht weinen, denn es würde mich zu viel Kraft kosten, selbst das Atmen strengte mich an, sprengte beinahe meine Lungen. Wie durch einen Tunnel hörte ich, dass Isaac die Männer rausschickte. Die Tür wurde geschlossen, trotzdem brannte plötzlich ein schwaches Licht, das in meinen Augen biss wie Feuer.

Es wurde still, und ich nahm Schritte wahr. Ein Schatten bedeckte mich. Ich erkannte Isaac. Er setzte sich neben mich auf den Boden und hob die Hand.

»Nein!« Ich hasste mich dafür, dass ich flehte, aber er schlug mich nicht. Er strich mir eine kinnlange Haarsträhne aus dem Gesicht, zart, doch in seinen Augen lag noch immer dieses schreckliche Verlangen, das mich mit Haut und Haaren zerstören wollte. *Ich will dich,* flüsterte sein topasfarbener Blick, das Einzige, das ich wirklich scharf sah, und ich wusste, was er tun würde. Das Entsetzen, das in mir aufstieg, wand sich wie eine Schlange. Ohne dass ich es richtig mitbekam, rollte er mich kurz auf die Seite und fesselte meine Hände auf dem Rücken, obwohl ich sowieso schon so wehrlos war.

*Nein. Nein. Nein.* Ich bäumte mich auf, aber er kletterte über mich und riss mir das alte T-Shirt vom Leib, das sofort nachgab, weil es ohnehin kaum aus Stoff bestand. Danach zog er mir Boots und Hose aus. Eine Unterhose trug ich nicht, da wir in der Hütte keine passende gefunden hatten. Mein Herz hämmerte, vor Angst, vor Schmerz, vor Scham. Wegen des Gefühls der absoluten Hilflosigkeit. Ich lag vollkommen nackt unter ihm, unfähig, mich zu bewegen, jeder Atemzug war eine Qual. Ich konnte nichts tun, also drehte ich den Kopf zur Seite, während mir Tränen aus den Augen liefen.

Er kniete zwischen meinen Beinen und streifte sich das dunkelgrüne Shirt über den Kopf. Aus den Augenwinkeln sah ich ein gigantisches Tattoo, das auf seinem Oberkörper prangte, ein grünschwarzes Krokodil oder ein anderes Untier, das sein Maul so weit aufriss, als wollte es mich verschlingen.

»Darauf warte ich schon so lange.« Seine Stimme klang dunkel, ungeduldig und kehlig, beinahe begehrlich wie die eines Liebhabers. »Weißt du, was passiert, wenn so jemand wie ich in den Bau wandert? Jung. Weiß. Nicht unbedingt hässlich.«

Ich konnte nicht mal den Kopf schütteln.

»Keine Idee, was die Mithäftlinge mit so jemandem machen?«

Ich bekam kaum mit, was er sagte. Ich roch seinen Schweiß. Er ertränkte mich, als wäre er schon in mir, und mir wurde schlecht.

Isaac beugte sich vor, packte meinen Kiefer und drehte meinen Kopf, sodass ich ihn ansehen musste. »Hübscher, haben sich mich genannt. Manchmal auch Gelbauge oder Prinz.« Seine Konturen waren unscharf, ich sah wie durch eine schlecht eingestellte Linse. Unnachgiebig fixierte er mich, schob sich eine Handvoll Nüsse in den Mund und kaute ausgiebig, bevor er schluckte. »Vielleicht küsse ich dich heute, vielleicht aber auch nicht.« Er beugte sich noch tiefer herab, strich mit seinen schmalen Lippen beinahe über meine, während er meine Brüste zusammenquetschte. »Meinst du, dieser Kuss würde dich töten, kleine Lady?« Seine Zunge zog nasse Kreise auf meiner Wange, hinterließ eine brennende Spur von Feuer. »Würdest du daran ersticken?«

Selbst ich merkte, wie sich meine Augen weiteten.

»Das heißt also: ja?«

Ich wollte ihn wegstoßen, ruckte an der Fessel, aber natürlich gab sie nicht nach. Immer wieder schüttelte ich den Kopf, kurz und schnell, benebelt vor Angst, Ohnmacht und dem Schmerz der Schläge. »Nein … bitte …«

Er lachte, richtete sich auf und rieb mit den Daumen über meine Brustwarzen, bis sie von dem rein körperlichen Reiz hart wurden. »Siebenhundertzwölf Mal hatten die Männer im Knast ihren Spaß mit mir. Manchmal mehrmals am Tag. Manchmal warfen sie auch eine Münze, wem ich für eine Woche gehörte. Ich will, dass du weißt, wie sich das anfühlt … nicht zuletzt, weil es dein lieber Daddy war, der dafür gesorgt hat, dass sie mich eingebuchtet haben. Unschuldig. Und völlig naiv.«

Mein Kopf war ein einziges Pochen, meine Ohren dröhnten. Ich hörte das Klirren eines Gürtels und bekam am Rande mit, dass er sich die Hose auszog.

Ein letztes Mal bäumte ich mich auf, verzweifelt und in der gestörten Hoffnung, er würde im letzten Moment aufhören, aber er schlug mir nur brutal ins Gesicht. Danach zwängte er sich in mich. Roh und mit all seinem Hass, den er über die Jahre gesammelt hatte.

Blut und Tränen benetzten meine Wangen. Der Schmerz war mit nichts zu vergleichen, das ich kannte. Er brannte, zerriss mich innerlich, doch als ich schrie, hielt er mir den Mund zu.

Verzweifelt versuchte ich, meine Sinne abzuschalten, aber ich schaffte es nicht. Ich war wie eingefroren, unfähig, mich zu rühren, aber ich bekam alles mit, aufgesplittet und verfremdet, doch es sickerte in mein Gedächtnis wie Säure in weiche Haut. Sein feuchter, heißer Atem, der mir schwer über das Gesicht strich, seine Hände, die meinen Po packten und die Brüste quetschten, an meinen Haaren rissen; mein Körper, der durch die Stöße über das Holz scheuerte, dieses feine Schaben und die Geräusche von Sex. Ich konnte ihn riechen, ich hörte, wie mein Atem stoßweise aus mir herausgepresst wurde, und ich spürte, wie sehr meine Furcht und meine Hilflosigkeit ihn erregten. Immer wieder streifte er mit seinen Lippen beinahe über meine, keuchte mir absichtlich in den Mund und stieß härter und tiefer zu, je größer meine Angst wurde.

Ich wollte nicht sterben, nicht heute, und wünschte gleichzeitig, ich wäre schon tot. Immer wieder schloss ich die Augen, um ihm so zu entkommen, aber dann schlug er mich und verlangte, dass ich ihn anschaute. Als er sich ein Stück aufrichtete, sah ich genau auf sein Krokodilstattoo, das sich über seinen Oberkörper spannte. Der grünschwarze Kopf endete über dem Bauchnabel, der Körper samt Schwanz zog sich bis über den Oberarm. Meine Benommenheit erweckte es zum Leben. Jedes Mal, wenn er zustieß, flackerten die gelben Augen wie Flammen, das dunkle Maul weitete sich und schwarze Feuersalven schossen heraus wie bei einem Drachen. Brannten vor Hitze. Brannten in mir. Die harten Schuppen spreizten sich auf und stachen in meiner Haut, und als Isaac mit einem rauen, triumphierenden Laut in mir kam, pulsierte und zuckte das Krokodil im Rhythmus seines Körpers.

Es war vorbei. Seine Muskeln entspannten sich, und er zog sich aus mir zurück. Für eine kurze, sehr kurze Zeit trank er Moonshine, den man ihm brachte, rauchte und ließ mich wie eine leere Hülle am Boden liegen, allerdings nur, um mich anschließend noch weitere Male zu vergewaltigen. Es dauerte die ganze Nacht, und er hörte erst auf, als der Lichtstreifen wieder durch das Fenster fiel. Er war nicht viel mehr als eine Ahnung, so wie die Ahnung, dass ich die nächste Nacht nicht überleben würde, wenn Isaac das wiederholte. Ich lag rücklings auf dem Boden, während er seine Hose anzog, und starrte an die Decke, ohne etwas anderes zu fühlen als Schmerz. In jeder Faser meines Körpers Schmerz.

Als Isaac auf mich zutrat, zuckte ich zusammen. »Ich lass jetzt die anderen zu dir«, sagte er. Ich weinte. Ich konnte es nicht mehr steuern, nur hören, wie tiefe Schluchzer aus mir herauskamen wie Brecher. »Das glaubst du tatsächlich«, sagte Isaac irgendwann, bevor er meine Fessel löste. »Da, zieh das an!« Er warf mir ein T-Shirt zu, das dunkelgrüne, das er vor Stunden getragen hatte. Ich wagte nicht, mich zu widersetzen, aber ich schaffte es auch nicht, mich aufzurichten, weil es sich anfühlte, als würden meine Rippen die Lungen durchbohren.

Er kniete sich wieder über mich und zog es mir selbst an. Es stank widerlich, war durchtränkt von seinem Geruch und Schweiß. Plötzlich spürte ich auch das Klebrige, Feuchte zwischen meinen Beinen. Mein Magen krampfte, und Isaac tätschelte meine Wange.

»Danke für die Nacht, kleine Lady«, sagte er noch, bevor er ging.

# Kapitel 10

DER TAG WAR LAUT. UNTEN RUMORTEN DIE MÄNNER, LACHTEN, tranken und ließen Musik laufen wie auf einer Party, doch ich bekam alles nur wie durch einen Zerrfilter mit. Manchmal schien meine Umgebung krisselig wie ein Testbild, dann war alles wieder so kristallin scharf, dass es wehtat. Jedes Mal, wenn ich Isaac reden hörte, wurde mein Körper bretthart, und ich tauchte sekunden- oder minutenlang in eine Welt aus betäubender, eiskalter Finsternis. Immer noch lag ich auf dem Rücken, unfähig, mich zu bewegen, vielleicht weil meine Rippen gebrochen waren oder meine Beine, aber vielleicht auch aus purem Schock. Ab und zu schaute jemand herein, wahrscheinlich um sich zu vergewissern, ob ich noch atmete, doch ich fing schon an zu zittern, sobald ich nur das Knarren der Holztreppe vernahm.

Ich konnte nicht mal mehr an die Nacht mit Nathan denken, nicht mehr an unsere Liebe und die wilden, süßen Küsse, ohne dass ich dabei an das dachte, was Isaac mit mir gemacht hatte. Was er mir ins Ohr geflüstert hatte. Die Zeit kroch und verging trotzdem zu schnell. Ich versuchte, sie an dem Lichtstrahl abzuschätzen, der mal matter und mal heller schimmerte, aber das lag vermutlich nur an dem Wechsel zwischen Wolken- und Sonnenlicht.

Weil ich so große Angst vor der kommenden Nacht hatte, rief ich mir Rosewood Manor in Erinnerung. Still am Boden liegend lief ich in Gedanken jeden Quadratmeter ab, rannte in der Frühlingsluft durch die blühenden Gärten, durch die weiten viktorianischen Hallen und zu den hohen geheimnisvollen Eichen der Westseite, doch ich weinte dabei. Im Geist umarmte ich Moms Statue und strich über den glatten Marmor, bis ich merkte, dass ich mit den Handflächen über den Boden rieb.

Irgendwann, als der Lichtstrahl trüb wurde und kaum noch Staub zeigte, kam Isaac zurück. Ich hätte nicht erwartet, dass ich es schaffen würde, mich zu bewegen, aber bei seinem Anblick kroch ich wie ein geprügeltes Tier in die Ecke. Er quittierte es mit einem selbstgefälligen Lächeln. Jeder meiner Knochen fühlte sich an, als würde er gleich zerbrechen, meine Muskeln waren steinhart, und im Unterleib spürte ich immer noch das Brennen, als hätte er mir ein Messer hineingerammt.

Isaac erlaubte mir, auf die Toilette zu gehen, aber nur Gott weiß, wie ich dorthin kam. Ich erinnere mich nicht. Ich erinnere mich nur daran, dass ich plötzlich wieder in dem dunklen Raum saß, auf einem Stuhl, gegenüber von Isaac. In seinem T-Shirt und ohne Unterhose. Die Tür stand offen, ließ Licht herein, seine Soldaten wachten davor.

Ich konnte kaum sitzen und starrte auf die Tischplatte, als Noah hereinkam.

»Prinzessin.« Sein Blick war Genugtuung pur und spülte eine Welle von Scham durch meine Adern. Wie von Geisterhand stand ein Teller mit einem Eintopf und ein 7Up vor mir. »Chicken-Jambalay, garantiert ohne Nüsse.« Noah zwinkerte mir zu, bevor er wieder verschwand. Gott, wie ich ihn hasste! Wie ich sie alle hasste! Ich wollte eine Pistole nehmen und ihnen mitten ins Herz schießen, aber mein Hass währte nur kurz, so unmöglich war es, ihn zwischen Erniedrigung und Qual aufrechtzuerhalten.

»Iss was!«, sagte Isaac, als ich nur stocksteif dasaß. Auch das war keine Bitte, aber es gab weder Gabel noch Löffel, und der Geruch des Jambalay widerte mich an. »Iss! Ich wiederhole es nicht nochmal.«

Aus Angst vor neuen Schlägen aß ich mit den Fingern und angelte mir einen Fleischbrocken heraus. Das Kauen tat weh, weil mein Kiefer geprellt war, und schließlich schluckte ich mit enger Kehle, betend, dass nicht doch Nüsse oder Hühnereiweiß in dem Eintopf waren. Ich schmeckte nur mein eigenes Blut. Meine Hände zitterten. Obwohl ich Isaac nicht ansah, wusste ich, dass er mich die ganze Zeit über beobachtete. Und kaum hatte ich die Hälfte des Jambalay heruntergewürgt und das 7Up getrunken, stand er auf und schlug mir ein paarmal ins Gesicht. Fest genug, um mich benommen zu machen, bevor er mich bäuchlings auf den Tisch warf und meine Hände auf den Rücken band.

Dann machte er bei offen stehender Tür dort weiter, wo er letzte Nacht aufgehört hatte. Er machte sich nicht einmal die Mühe, mir das T-Shirt herunterzureißen, und als ich in einem Moment zwischen Wimmern und Weinen aufsah, entdeckte ich Troja, der am Türrahmen lehnte und zusah. Daneben wachten Maury und Billy, hinter denen sich weitere Typen drängten, sich gegenseitig schubsten, um besser sehen zu können. Ich schloss die Augen. Meine Haut brannte unter den Blicken so vieler Männer, während mein Körper hilflos über den Tisch ruckte. Als gehörte er nicht mehr mir. Als wäre er nur ein Ding, das man benutzen konnte. Und sie alle konnten es sehen. Ich hielt die Luft an, als könnte das bewirken, dass es schneller vorbei wäre, aber die Zeit verging nicht. Es hörte nicht auf. Es ging weiter und weiter. Und das war auch nicht ich. Nicht die Tochter von Amerikas Gott und Gönner. Ich hörte ihre widerlichen Rufe. Handys blitzten. Der Tisch knarzte in einem monotonen Rhythmus, doch dann sagte Isaac, sie sollten verschwinden. Das wäre genug. Ich presste die Lippen zusammen und dachte nur, genug für wen? Für sie? Für mich? Um mir zu zeigen, wie sich das anfühlte, wenn andere zusahen? So wie bei ihm in Rikers Island?

*Sei tapfer, mein Kind,* hörte ich Dad sagen. Aber ich wollte nicht tapfer sein. Ich wollte sterben.

Die Tür fiel zu.

Ich war mit Isaac allein.

Und ihm war es nicht genug. Es war ihm nie genug.

Ich kann auch heute nicht über den weiteren Verlauf dieser Nacht sprechen, und auch nicht über all die Nächte, die auf diese folgten. Isaac ließ sich Stricke und Tücher bringen, mit denen er mich immer wieder auf neue schmerzhafte Weisen fesselte und dann überall dort in mich eindrang, wo es nur möglich war. Er führte an der Wand eine Strichliste, wie häufig er mich vergewaltigte, und ließ mich von Noah, Maury oder Billy grün und blau schlagen. Zeitweilig übernahm er es auch selbst. All diese unzähligen langen Nächte liegen in einem dunklen Gewölbe meiner Seele, sie sind ein Zusammenspiel aus kaum ertragbaren Schmerzen, Ohnmacht, Demütigung und tiefster, allertiefster Furcht, die noch heute in mir wacht. Sie sind ein grauenvoller Cocktail aus hartem Über-den-Holzboden-Rucken, gnadenlosem Stoßen, Spott, Männerschweiß und aufeinanderklatschenden Hüften. Aus Zigarettenqualm, Brennen und Orientierungslosigkeit.

Aus Moonshine, den er selbst trank und mir aus Spaß gelegentlich einflößte.

Das Meiste davon liegt an einer schmalen, unscharfen Grenze zur Bewusstlosigkeit, denn zeitweise erlösten mich meine Sinne und ließen mich sekunden- oder minutenlang in die Schwärze triften. Tagsüber konnte ich nichts weiter tun, als auf dem Boden zu liegen und den Lichtstrahl zu beobachten, und wenn er dunkler wurde, fing ich an zu weinen. Ab und zu dachte ich daran, dass Nathan immer geglaubt hatte, Lea würde ihm zuhören, wenn die Sonne einen Lichtstreifen in den Scherbenpalast geworfen hatte, doch irgendwann hörte ich auf, an Nathan zu denken, oder an Dad. Ich lief auch nicht mehr im Geiste durch die Gärten und Hallen von Rosewood Manor.

Manchmal versuchte ich nachzurechnen, wie lange ich schon in Isaacs Gewalt war, aber die Einsamkeit, die Furcht und der Schmerz verstörten mein Zeitgefühl. Mitunter dachte ich, ich würde den Verstand verlieren. Der Raum, in dem ich lag, verwandelte sich in einen Sumpf, in dem nachts das Krokodil aus einer finsteren Ecke hervorbrach. Das Krokodil, das mich eines Tages verschlingen würde.

Ich weiß nicht, zu Beginn der wievielten Nacht es war, als ich auf Isaacs Schoß saß, natürlich nur mit seinem T-Shirt bekleidet, und er mir höchstpersönlich Kartoffelbrei à la Noah verabreichte. Ich war zu schwach, um meine Hände zu heben, und Isaac musste mich mit einem Arm umfassen, damit ich aufrecht sitzen blieb. Ich war zu gebrochen, um Widerstand zu leisten, zu schwach für Ekel, auch wenn ich seine nackten Oberschenkel unter mir spürte, da er nur eine Boxershorts und ein Shirt trug.

»Du weißt, warum ich das alles hier mit dir mache, oder?« Er führte den Löffel zu meinem Mund, und ich schluckte, so wie ich immer alles von ihm schlucken musste. Ich antwortete nicht. »Dein Vater hat meine Mutter vergewaltigt, da war sie noch ein halbes Kind. Gerade mal sechzehn Jahre, jünger als du jetzt.«

Ich versuchte, auch diese Worte einfach zu schlucken, aber sie verursachten mir noch größere Übelkeit als das, was er sonst von mir verlangte. »Du lügst«, sagte ich, heiser von all dem Weinen in den Nächten und der Enge in meiner Kehle. Ich verkrampfte mich, aber er schlug mich nicht.

Er hob noch einen Löffel Kartoffelbrei an meinen Mund. »Ich dachte mir, dass du das nicht glaubst. Leider ist Nathan nicht da, um es dir zu bestätigen. Dein Vater war beruflich in Kanada, in Fort McMurray; er war vielleicht dreiundzwanzig, sein Ölgeschäft boomte. Er hatte eine Büroeinheit dort und suchte eine Putzfrau für die Räumlichkeiten. Meine Mutter gefiel ihm offenbar gut genug.« Er lachte hart auf. »Sie war aus Coldville fortgegangen, um in der Stadt Geld für ihre Familie zu verdienen. Man nannte Fort McMurray damals auch Fort McMoney. Iss!«

Ich presste die Lippen zusammen, aber flüsterte dann: »Mein Dad ist kein Vergewaltiger, er ist nicht wie du.« Ein bisschen Widerstand war doch noch übrig.

Isaac rammte mir den Löffel gewaltsam in den Mund, meine Lippen platzten wieder auf, und ich schluckte Blut und Kartoffelbrei. »Meine Mutter hat nicht gelogen. Sie hat es mir auf dem Sterbebett erzählt.« In seiner Stimme lag jetzt eine unüberhörbare Warnung. Ein Widerwort, und er würde sich irgendetwas neues Furchtbares für mich ausdenken. Aber das würde er ja sowieso.

Ich schwieg und dachte an das Päckchen mit Erdnüssen, das er immer mitbrachte. Mein Kopf pochte und meine Gedanken spielten verrückt. Dad war in Fort McMurray gewesen, das stimmte. Dort hatte er etwa mit dreiundzwanzig Florentine und Nicholas verloren, bei dem Brand im Forb-Hotel. Es hatte ihn schwer traumatisiert, aber das hatte er mir nur ein einziges Mal gesagt und dann nie wieder darüber gesprochen. Das konnte er nicht. Diese Qual, zum zweiten Mal seine Familie zu verlieren, hätte ihn beinahe umgebracht. Und egal, ob er nun schuldig war oder nicht, sein Leid brachte mich jetzt zum Weinen, obwohl ich keine Tränen mehr übrig hatte. Und das, was Isaac behauptete, stimmte ganz sicher nicht. Nathan hätte mir das doch erzählt. Er sagte es nur, damit ich mich noch elender fühlte, noch wertloser, noch schmutziger. Die Tochter eines Vergewaltigers, die das alles hier verdient hatte.

Isaac zwang mich, alles aufzuessen, bevor er im Anschluss tat, was er immer mit mir tat, und gegen Morgen weitere Striche an die Wand zeichnete. Danach zog er sich in aller Ruhe an. »Es wird noch etwas dauern, bis wir die siebenhundertzwölf voll haben«, sagte er spöttelnd, schüttelte sein Haar aus der feuchten Stirn und trank Moonshine direkt aus der Flasche.

Danach setzte er sich neben mich, aß Erdnüsse, trank noch mehr Moonshine und rauchte, aber ich bekam nur wenig davon mit, ich war an einem anderen Ort. Er hatte mich mehrfach ins Gesicht geschlagen, so fest, dass ich wie weggetreten war. Ich lag flach auf dem Bauch, aber meine Handgelenke waren je mit einem Strick an einen Fußknöchel gebunden, doch das Reißen in den Gelenken erreichte mich kaum. Ich hatte meine Sinne und meine Gefühle umgestellt auf taub, um weiterexistieren zu können, um den Teil in mir zu schützen, der noch Willa Nevaeh Rae war. Er erschien mir noch brüchiger als das Glas des Scherbenpalastes, und wenn ich nur etwas durch meinen Schutz schlüpfen ließ, würde auch der letzte Teil in mir völlig zerbrechen.

»Hat Nathan dir je erzählt, warum wir vor Jahren in Baton Rouge gewesen sind?«, fragte Isaac mich irgendwann und blies mir den Rauch seiner Zigarette ins Gesicht.

Ich blinzelte nur. Es war so schwer, an Nathan zu denken, weil ich ihn jenseits dieses Raumes halten wollte, jenseits jeglicher Erinnerung an dieses Grauen. Rein und sauber. *Gott hjarta.* Ich hatte ihn mal gefragt, ob sie damals schon daran gedacht hatten, mich zu entführen, er und sein Begleiter, aber er hatte geantwortet, er hätte damals nicht einmal gewusst, wie man das Wort buchstabierte. Ich hatte angenommen, sie seien zufällig an unserem Anwesen vorbeigekommen, da sie in der Gegend gehaust hatten, zumindest für eine Weile.

Isaac beobachtete mich, aber ich ertrug seinen Blick nicht und drehte unter Anstrengung den Kopf auf die andere Seite. »Soll ich deine Fesseln lösen, kleine Lady?«, fragte er fast zärtlich.

Ich hasste es, wenn er so tat, als würde er sich um mein Wohlergehen sorgen. Ich hasste es, dass er meinen Körper mittlerweile besser kannte als Nathan. Und ich hasste es, dass ich jetzt wegen seiner sanften Worte anfing zu weinen, aber ich nickte.

Natürlich band er mich dennoch nicht los. »Schau mich an!«, befahl er nur, und ich tat, was er sagte. Ein starres, kaltes Leuchten lag in seinen Augen; sie sahen aus wie die eines Krokodils auf der Lauer. So, als würde er mich gleich an der Kehle packen und unter Wasser ziehen. »Ich war dort, weil ich meinen Vater sehen wollte.«

»Was?«, fragte ich tonlos. Ich dachte an einen der Angestellten, aber wusste instinktiv, dass ich damit falsch lag.

»Ich hatte gehofft, er würde uns bei sich aufnehmen. Uns Asyl geben, und wenn nicht, mir wenigstens Geld zum Überleben zustecken.«

Für Sekunden stand die Zeit der ganzen Welt still, und ich war gefangen in einer Blase, die leer und ohne Luft zum Atmen war. »Nein«, hörte ich mich irgendwann flüstern, aber es war zu spät, mein Verstand setzte alle Teile eines Bildes zusammen, für das ich blind gewesen war.

»Oh ja, ich sehe, du verstehst, was ich meine. Es hat mich etwas Zeit gekostet, ihn in Louisiana zu finden, an einem Ort, wo es möglich war, nahe an ihn heranzukommen.« Er streckte die Hand nach mir aus und fuhr mit dem Zeigefinger über meine Wange.

»Nein … nein, nein, nein …« Der Schock hätte kaum größer sein können. Seit er auf die Agamemnon gekommen war, hatte er mich immer an jemanden erinnert. Und jetzt, nachdem er mir indirekt gesagt hatte, wer er war, der Sohn meines Vaters, gleich ob freiwillig oder unfreiwillig gezeugt, wusste ich auf einmal, wem er ähnlich sah: meinem Großvater, Richard Hampton, von dem meinem Vater nur ein einziges Porträt geblieben war – nämlich das, was in der viktorianischen Empfangshalle in Baton Rouge hing. Jeden Tag in den Louisiana-Sommern war ich daran vorbeigegangen. Isaac hatte Richards adlige Gesichtszüge geerbt, und deswegen war er mir auch immer anders erschienen als alle Männer aus Coldville. Gerissener, intelligenter und auf Sieg und seinen Willen aus. Auf Macht. Wie mein Vater musste er immer bekommen, was er wollte, so kam es mir zumindest vor. Und er hatte es mir sogar schon indirekt gesagt. *Und vorher brauchen wir aber fraglos noch etwas von Daddy.*

Ich hatte es für Spott gehalten.

»Ich nehme an, du weißt, was unser Vater damals getan hat?«

Reglos starrte ich ihn an. *Nein!*, schrie mein Verstand immer noch. Immer wieder: *Nein!*

»Als ich nach Wochen endlich den Mut fand, ihn herausrufen zu lassen, hat er mich von seinen Bodyguards wegjagen lassen. Aber ich kam zurück, und er ließ mich von ihnen verprügeln. Er schrie, ich wäre ein Betrüger, ein Schwindler, wie sie jeden Tag vor seiner Tür lauerten, und das nächste Mal würde er mich von seinen Wachmännern erschießen lassen. Ich glaubte ihm, denn in Louisiana wird keiner dafür belangt, wenn er seinen Grund und Boden mit Waffengewalt verteidigt, unser Vater sowieso nicht.«

Der Lärm am Tor. Ich erinnerte mich. Danach hatte Dad mit mir geredet. Sicher hatte er Isaac kein Wort geglaubt, ihn vielleicht nicht wirklich angesehen, um die Ähnlichkeit zu erkennen. Und bestimmt wusste mein Dad nicht mal mehr, wer Coralie McCormack gewesen war.

Wahrscheinlich hatte Dad damals gedacht, dass mich der Fremde entführen wollte, wenn er kein Geld bekam, und deswegen sind wir auch nie wieder nach Baton Rouge gefahren.

*Oh Dad!*

Ich schloss die Augen, ich konnte Isaac keine Sekunde länger ansehen. Isaac, der mein Halbbruder war, ebenso wie der kleine, längst begrabene Nicholas.

Trotz der Wahrheit, die ich nun kannte und die ich wegen der Ähnlichkeit von Isaac und meinem Großvater unweigerlich glaubte, hörte Isaac nicht auf, mich zu quälen. Jede Nacht erdachte er sich neue Grausamkeiten für mich. Ich lernte in dieser Zeit, dass ein Mensch sehr viel mehr Leid erträgt, sehr viel mehr, als er zunächst glaubt. Dass er sich tauber und blinder machen kann, als er denkt, aber dennoch dabei bricht, nicht auf einmal, sondern Stück für Stück. Ich lernte, dass man sich selbst vergessen kann oder vergessen muss. Während sich tagsüber Mücken auf meine blutverkrusteten Wunden setzten, lag ich nur noch da und atmete weiter. Und weiter, und weiter. Hangelte mich vom Einatmen zum Ausatmen. Ich hörte auf zu weinen, und ich hoffte nicht mehr auf Rettung.

Damals wollte ich auch nicht mehr gerettet werden, weil ich nicht wusste, wie ich mit diesen Erinnerungen je würde weiterleben können. Mit diesem Körper, der nicht mehr zu mir gehörte, der mir fremd war, mich ekelte, weil er so viele Dinge aushalten musste, die ich hasste und verabscheute. Die ich nicht verhindern konnte. Der nur noch dazu da war, meinen Halbbruder zu befriedigen. Seine Rache abzuarbeiten, als wäre es seine Pflicht.

Isaac verriet mir seine weitere Geschichte nur dosiert. So hatte er immer wieder etwas Neues, mit dem er mich hin und wieder doch noch aus der Apathie reißen konnte. Manchmal erzählte er mir auch von Nathan – es war das Einzige, womit er mich noch zum Weinen bringen konnte, und das wusste er. Er erzählte von Tagen und Wochen ohne Nahrung, von den Gürtelschlägen und Viehpeitschen der Bauern, von endlosen zermürbenden Stunden des Wartens am Ufer des Mississippi, wo sie auf eine Mitfahrgelegenheit hofften. Er erzählte mir, wie er auf seine jüngeren Geschwister aufgepasst und ihnen immer ein besseres Leben versprochen hatte. Dabei klang seine Stimme so fürsorglich, dass ich sie nicht mit seiner wahren Persönlichkeit in Verbindung bringen konnte, und das verstörte mich nur noch mehr.

In einer Nacht, in der er wieder einmal neben mir auf dem Boden saß, sich an meinem Anblick weidete, Moonshine trank und rauchte, erzählte er mir davon, wie er meinem Vater ein zweites Mal begegnet war. *Unserem Vater.*

Er strich dabei sanft über die Wunden meines Gesichts, etwas, das schrecklicher war als jede Gewalt, die er mir antun konnte. Ich fand ihn so widerlich, so ekelhaft, dass ich mich fast wieder übergeben hätte, etwas, das mir häufiger passierte. Blinzelnd starrte ich auf den Lichtstreifen, der trotz der Nacht durchs Fenster fiel. Vor ein paar Tagen hatte ich es tagsüber noch mal auf die Beine geschafft und durch die Ritze nach draußen gespäht. Ich hatte Männer gesehen, die patrouillierten, und die kahlen Sumpfzypressen. Ob es schon Winter war? Dezember … Weihnachten? In New York lag bestimmt Schnee, und womöglich stand schon der Christbaum am Rockefeller Center. Hier und heute musste der Himmel jedoch klar und sternenübersät sein, vielleicht war Vollmond. Staub tanzte im Mond- und Sternenlicht des Strahls, und für ein paar Sekunden dachte ich an Lea und danach an Mom. Ob sie mich hören konnte? Ich wollte nach dem Licht greifen, darin verschwinden und mich vor Isaac verstecken. Ich wollte sterben, mein Leben eigenhändig beenden, aber ich sah keine Möglichkeit. Die Fenster waren vernagelt, ich konnte mich nicht hinausstürzen, und es gab auch sonst nichts, mit dem ich mich hätte umbringen können. Selbst die Stricke nahm Isaac jeden Morgen wieder mit.

Er schlug mir unvermittelt ins Gesicht, um mich aus meinen Gedanken zu holen. »Hör mir zu!«, verlangte er grob.

Ich sah ihn an, aber ich sah durch ihn hindurch. Die Tatsache, dass er mein Halbbruder war, war schrecklicher als alles andere.

»Ich hatte Geld gespart. Drei, vier Jahre hatte ich geschuftet, als Hilfsarbeiter in der Krabbenfischerei und bei billigen Reinigungsfirmen. Alles illegal natürlich. Hab stinkende Toiletten geputzt, was anderes kriegt jemand wie ich nämlich nicht, zumindest nicht ohne eine Arbeitserlaubnis und einen ordentlichen Lebenslauf. Jemand wie ich bekommt nur die Scheißjobs, die kein anderer machen will. Und selbst dafür kriegt man nur ein paar Cent. Ich wette, du hast noch nicht mal deinen süßen Arsch selbst abwischen müssen, da oben in deinem schicken Penthouse, was, kleine Schwester?«

Die letzten zwei Worte ließen Galle in mir aufsteigen. *Ich hasse dich. Ich hasse dich. Ich hasse dich.* Doch ich blieb reglos. Er zündete sich eine Zigarette an. »Weißt du, warum ich nie krank geworden bin, auch wenn ich keine Allergie gegen Fisch habe wie Nath?« Er rauchte eine Weile, bevor er mir die Antwort selbst gab. »Andere Gene. Die Gene unseres Vaters. Gewinner-Gene. Dort oben in Coldville werden auch nicht alle krank. Manche sind wie immun gegen den Dreck und das Gift. – Aber das wollte ich dir gar nicht erzählen.« Er grinste anzüglich, und mein Magen zog sich zusammen. »Ich hatte Geld gespart, jahrelang jeden Cent umgedreht, um mir einen Anwalt leisten zu können. Er besaß eine winzige Kanzlei – Thornton oder so, der Anwalt selbst war ein notorischer Säufer, aber dennoch fähig, so eine simple Klage durchzuboxen; hoffte ich jedenfalls, denn einen anderen konnte ich mir nicht leisten. Damals dachte ich noch, das amerikanische Rechtssystem würde funktionieren. Ich habe wirklich geglaubt, ich bekäme ein ehrliches Verfahren.«

Die Worte schwirrten in meinem hämmernden Schädel herum. Hatte er meinen Vater auf Vaterschaft verklagt?

»Natürlich hat sich unser Vater zunächst geweigert, einen Test zu machen … und man kann niemanden mit Gewalt dazu zwingen, aber bei einer mehrfachen Weigerung wird die Vaterschaft automatisch anerkannt, zumindest habe ich das so in Erinnerung. Also stimmte dein Vater irgendwann doch einem Test zu. Aber er ließ das Ergebnis verfälschen, so wie er viele, viele Ergebnisse immer hat manipulieren lassen. Das kann er ja gut … unser lieber Daddy … kennt ja die richtigen Leute, und alle schulden ihm irgendeinen Gefallen … da ist er ein bisschen wie *Der Pate.*« Isaac lachte rau und wuschelte durch meine Haare. Abscheu krampfte alles in mir zusammen. Ich wollte aufspringen, mich aus den vernagelten Fenstern stürzen oder ihm die Kehle zudrücken, aber ich schaffte es ohne Hilfe noch nicht mal auf alle viere.

»Danach war mein Erspartes weg, aber ich wollte meinem Vater einmal direkt Auge in Auge gegenüberstehen und ihm die Wahrheit ins Gesicht schleudern. Während des Schriftverkehrs unserer Anwälte waren wir uns nie begegnet. Er hatte sich fein rausgehalten. Also habe ich ihn abgepasst. Mittlerweile wusste ich, wo er arbeitete.« Er nahm die Flasche mit dem durchsichtigen Moonshine und ließ die Flüssigkeit kreisen. »Es war ein einschneidendes, prägendes Erlebnis, das mein Leben und meine gesamte Existenz für immer verändern sollte, Willa Nevaeh Rae.«

*Geld ist geprägte Freiheit,* dachte ich die Worte von Dostojewski, die mein Dad gerne und häufig rezitierte. Aber kein Geld der Welt würde mich vor Isaac retten. Sein Hass auf Dad, und auf mich, war zu stark, sein Rachedurst erst gestillt, wenn er das genommen und zerstört hatte, was Dad am meisten liebte. Mich.

Isaac unterbrach seine Rede, vergewaltigte mich, ohne sich ganz auszuziehen, malte einen Strich an die Wand, und erst dann redete er weiter, als wäre er nur kurz zwischendurch aufs Klo gegangen.

»Dein Vater, unser Vater, kam aus dem Hinterausgang seines Büros und war auf dem Weg zu seiner Limousine, natürlich in Begleitung seiner Bodyguards. Bei seinem geschniegelten Anblick brannten mir die Sicherungen durch. Ich habe ihn angeschrien: Er wäre ein Heuchler und ein Lügner, ich wäre sein Sohn, und das wüsste er auch ganz genau.« Isaac trank noch mehr und wischte sich mit dem Handrücken über die Lippen. »Das war der Moment, in dem er mich wahrnahm. Richtig wahrnahm – zum allerersten Mal. Er kam mehrere Schritte in meine Richtung und sah mich an. Dann fragte er: ›Wie heißt du, Junge?‹ Und ich dachte: Jetzt! Jetzt endlich wird er mich anerkennen und seine Schuld eingestehen. Den verlorenen Sohn annehmen … ich war so naiv. – Ich hob mein Kinn und sagte stolz: ›Isaac McCormack. Ich habe dich auf Vaterschaft verklagt. Meine Mutter war Coralie Chevalier, aus Coldville. Sie hat in Fort McMurray gearbeitet. Du müsstest sie kennen.‹ Ich habe nicht mal erwähnt, was er ihr angetan hatte.« Isaac lachte hart auf. »Seinen Blick werde ich niemals vergessen. Keine Ahnung warum, aber er *wusste* plötzlich, dass ich die Wahrheit sagte. Er wusste es, als erkenne er jemanden in mir wieder.« *Richard Hampton,* dachte ich nur, zu viel mehr war ich nicht fähig. Isaac schüttelte den Kopf. »Er hat ganz sicher Schiss bekommen, ich könnte mit meiner Geschichte an die Öffentlichkeit gehen, auch wenn er die Medien in der Hand hatte. Es brauchte nur einen aufstrebenden, ehrgeizigen Reporter, der unbestechlich blieb, und ich könnte seinen Ruf für immer beschmutzen. Amerika ist gnadenlos, was so etwas angeht, sollte es erst einmal durchsickern. Man wird nie wieder ganz rehabilitiert.« Er sah mich mit sengenden Augen an. »Unser Vater ist clever, und er hatte Angst. Er wollte deine Aufmerksamkeit und Liebe nicht mit einem dahergelaufenen Halbbruder teilen müssen. Außerdem wollte er keinesfalls, dass du etwas darüber erfuhrst, was er meiner Mutter angetan hatte, selbst wenn er nicht wusste, ob es Beweise gab … Arztberichte von früher, die er sicher hätte verschwinden lassen können. Aber darum ging es nicht.« Abermals lag ein gefährliches Schwelen in seinem

Blick, das mich trotz meiner Abkapselung vor ihm und der Welt zum Zittern brachte. »Du warst der Grund; deinetwegen musste er mich loswerden. Er hatte Angst, du würdest es irgendwann von mir erfahren, und manchmal genügen Zweifel, um einer Beziehung einen unwiderruflichen Knacks zuzufügen. Er wollte für dich Mr. Saubermann bleiben.« Für Sekunden schwieg er, bevor er weiterredete. »Er handelte vorschnell, und das war sein Fehler, deswegen bist du heute hier. Ich für meinen Teil war fertig mit ihm und habe New York verlassen. Nathan war zu dieser Zeit in Coldville. Ich wollte ebenfalls zurück nach Kanada, wenigstens für ein paar Wochen, um den Menschen da oben zu helfen. Holz hacken für den Winter, Gräber ausheben … Ich hätte unseren Vater wahrscheinlich nie wieder belästigt, doch anscheinend traute er mir nicht. Er hat mich überwachen lassen. Noch auf meiner Fahrt hoch in den Norden wurde ich verhaftet, kurz nachdem ich aus einem Diner kam. Die Polizei hatte angeblich eine nicht unwesentliche Menge Kokain in meinem Motelzimmer gefunden, genug, um mich für mehrere Jahre hinter Gitter zu bringen. Ein anonymer Tipp, von wem, kannst du dir sicher denken. Dein Vater trat später als Gönner auf und sorgte dafür, dass ich nach zweieinhalb Jahren Haft rauskam. Ich habe nie erfahren, wen er dafür alles bestochen hat, aber es funktionierte. Er demonstrierte mir auf diese Art und Weise seine Macht. Es war eine klare Ansage: ›Ich kann Himmel und Hölle für dich sein, mein Junge. Komm mir und meiner Tochter ja nicht zu nahe! Beschmutze mich nicht, selbst nicht mit der Wahrheit.‹ Ich unterstelle ihm nicht, dass er wusste, was mir im Knast passiert ist, wahrscheinlich wäre es ihm aber egal gewesen. Vielleicht hätte er es gutgeheißen – damit ich eingeschüchtert genug wäre, um für immer zu schweigen.« Er taxierte mich abschätzig, und sein Blick war hart und verbarg alles, was er selbst hatte erdulden müssen. »Das, was ich mit dir mache, ist nichts dagegen.« Er schnipste mit den Fingern und pustete etwas Unsichtbares fort. »Gar nichts. Sei mir dankbar, dass ich nicht alles wiederhole, was mit mir gemacht wurde.«

Ich war ihm nicht dankbar. Ich hasste und fürchtete ihn. Wollte mich vor ihm verstecken und ihm gleichzeitig selbst schreckliche Dinge antun.

In dieser Nacht war er noch grausamer als sonst. Zum ersten Mal spannte er die rauen Seile auch um meinen Hals, verband sie mit meinen Fuß- und Handgelenken, wechselte von ungehemmter Gewalt zu unerträglicher Sanftheit, die mich wie unter einer Schuhsohle zermalmte. Ich wollte tot sein, ohne sterben zu müssen. Ich weinte, ich bettelte, es nutzte nichts. In seinem blinden Wahn nach Vergeltung, nach Erlösung seines eigenen Schmerzes, schlug er mich wie besinnungslos mit seinem Gürtel und erwischte mich so hart, dass ich in eine schwarze Sphäre fiel, einen Zustand am Scheideweg zwischen Bewusstlosigkeit und völliger Selbstaufgabe.

Als er gegangen war, lag ich da und wusste nicht, ob ich noch lebte. Die Striemen der Gürtelschläge waren wie Risse von Klauen auf meiner Haut. Der Lichtstrahl glänzte neben mir, und ich wollte die Hand heben und danach greifen, aber ich schaffte es nicht mehr. Erinnerungen flackerten durch mich hindurch, mein ganzes Leben wehte vorbei. Ich sah mich als Kind mit Mom Plätzchen ausstechen, lauter Monde und Sterne, ihr wirbelndes, nachtblaues Organza-Kleid. Dad, der mich nach Moms Tod in den Armen hielt und so fest an sich drückte, dass ich kaum atmen konnte, mein erstes Ölgemälde, ich mit dem Pinsel, bunt von Kopf bis Fuß; am Zaun von Baton Rouge, Nathans flüchtiger erster Kuss und unsere wilde Liebe in der Wildschwein-Hütte … Ich glaubte, ich würde sterben, und dann sah ich Mom. Wie Rauch glitt sie aus dem Lichtstrahl, und sie trug ihr weißes Sommerkleid von Fendi, das so herrlich kühl und weich war. Fast meinte ich, es auf der Haut zu spüren, auf meinen unzähligen brennenden und blutverkrusteten Wunden.

*Mom!* Ich wollte sie rufen, aber ich schaffte es nicht. Ich wollte sie berühren, doch sie war transparent wie ein Geist. Ich wollte ihr dafür danken, dass sie endlich da war, um mich zur anderen Seite zu geleiten, doch sie schüttelte nur den Kopf.

*Ich bin nicht gekommen, um dich mitzunehmen, Nevaeh, mein Herz.*

Selbst ihre Stimme war nur ein Hauch zwischen den Schleiern, die uns voneinander trennten. Ich wollte weinen, aber meine Seele war leer. Hätte man mich geschnitten, hätte ich nicht mehr geblutet. Ich zwinkerte, und Moms Erscheinung wurde stofflicher, dichter. »Nevaeh – wo ist Mr. Sparkles?«, fragte sie leise, aber eindringlich.

# Kapitel 11

*Oh nein, Mr. Sparkles!* Wie hatte ich ihn nur so lange vergessen können. Ich sah mein kleines Häschen vor mir, und dann verlor ich mich erneut in dem zeitlosen Gedächtnis, in Erinnerungen, die in mir schwebten, als geschähen sie jetzt.

*Ich stehe wieder vor der riesigen Vogelvoliere von Balou und Banana und entdecke mein Plüschhäschen auf der Marmorsäule im Garten. Ich tadele es spielerisch und klemme es mir unter den Arm, als ich ein Geräusch höre. Es ist eine Tür, die zufällt, eine Tür am Hintereingang, und unvermittelt steht Dad vor mir.*

*Ich erschrecke mich zutiefst und bohre dabei meinen Finger in die brüchige Stelle von Mr. Sparkles. »Dad!« Er sollte doch noch gar nicht hier sein! Er sollte noch bei der Arbeit sein und nichts mitbekommen! Mom hat gesagt, ich dürfe ihm nichts verraten.*

*Maßlos erstaunt sieht er mich an. »Was ist denn, Willa-Maus? Du siehst aus, als hättest du einen Geist gesehen?« Er streicht mir zärtlich über den Kopf, lacht, und ich muss daran denken, dass ich Dad vielleicht niemals wiedersehe, wenn wir einfach so verschwinden. So wie Banana und Balou – aber das sind nur Vögel. Dad ist Dad! Ich will ihn nicht zurücklassen, nur weil er Mom zu sehr liebt. Das ist doch etwas Gutes! Immer fester bohre ich meinen Finger in Mr. Sparkles, und mit einem Mal gibt der Stoff nach. Blaue Perlen kullern vor meine Füße. Wie Hasenköttel oder Moms Vitaminpillen, die ihr unser Hausarzt verschrieben hat.*

*Jetzt wird Dads Miene streng. »Was ist denn das, Willa Rae?« Das Nevaeh lässt er weg. »Stiehlst du heimlich Moms Vitamintabletten?« Er hebt eine davon auf und betrachtet sie im späten Sonnenlicht, nickt dann, sodass ich weiß, dass es wirklich diese Pillen sind. »Willa Rae?«*

*Ich bekomme aus irgendeinem Grund furchtbare Angst und schüttele den Kopf. »Nein«, piepse ich. »Keine Ahnung … ich weiß nicht, warum sie in Mr. Sparkles Bauch waren, Dad. Ich hab die da nicht reingetan …« Ich starre auf mein Häschen, und meine Augen füllen sich mit Tränen. Ich verstehe das nicht. Ich verstehe nicht, warum diese Tabletten im Inneren von Mr. Sparkles sind.*

*»Hey!« Dad hebt mein Kinn mit den Fingern und sieht mich liebevoll an. »Du musst keine Angst haben. Ich glaube dir. Wenn du sagst, du warst das nicht, dann warst du es auch nicht, okay?«*

*»Ja, Daddy.« Ich nicke erleichtert, habe aber einen Kloß in der Kehle.*

*Dad seufzt laut und tief. »Wenn dein Häschen diese Pillen gefressen hat, geht es deiner Mom jetzt bestimmt sehr schlecht.«*

*Natürlich wissen wir beide, dass Mr. Sparkles die Tabletten nicht gefressen haben kann, er ist ein Stoffhase! Was Dad mir damit auf nette Weise sagen will, ist, dass es nur Mom gewesen sein kann, aber er möchte sie offenbar nicht bei mir anschwärzen. Das finde ich unheimlich lieb von ihm. Er würde nie ein böses Wort über Mom verlieren.*

*Weil er sie so liebt!*

*»Willa-Maus, deine Mom braucht diese Pillen ganz dringend. Soll ich dir ein Geheimnis verraten, eins für Erwachsene? Etwas, das nicht einmal Mom weiß?«*

*Meine Augen werden groß. »Ja«, flüstere ich mit klopfendem Herzen, verunsichert, weil man Kindern normalerweise keine Erwachsenengeheimnisse anvertraut.*

*»Wenn deine Mom diese Pillen nicht regelmäßig einnimmt, bekommt sie eigenartige Vorstellungen. Sie hat dann zum Beispiel Angst, sie würde von jemandem bedroht werden, zum Beispiel von deiner Nanny Claire. Oder sie glaubt, ich wollte sie mit den Pillen vergiften. Verstehst du, was ich meine?« Dad schaut mich prüfend an.*

*»Ja«, sage ich und umklammere Mr. Sparkles.*

*»Hat sie in letzter Zeit so etwas Seltsames behauptet?«*

*Ich schweige und starre auf das Drahtgitter der Vogelvoliere. »Dad, sind Vögel in Freiheit glücklicher als in einem Käfig, auch wenn der Käfig riesengroß ist?«*

*Erst will er ungeduldig etwas entgegnen, das sehe ich an seinen zusammengepressten Lippen, aber dann scheint er darüber nachzudenken und lächelt, auch wenn es angestrengt aussieht. »In freier Natur würden Balou und Banana sehr schnell von Raubvögeln oder Katzen gefressen. Oder verhungern. Sie kennen das Leben in Freiheit überhaupt nicht. Das wäre ihr Tod, selbst wenn sie unter freiem Himmel sicher für eine kurze Zeit glücklicher wären, ja. Bei Menschen ist es hin und wieder auch so. Einige von ihnen finden sich im wirklichen Leben nur schlecht zurecht – manchmal deswegen, weil sie krank sind. Solche Menschen müssen wir beschützen, wenn sie uns am Herzen liegen. Auch wenn Schutz schon mal bedeutet, dass wir sie überwachen müssen.«*

*»Mom ist so ein Mensch, den wir beschützen müssen?«, frage ich leise.*

*Er nickt. »Deine Mom ist krank. Sie muss diese Pillen nehmen, damit sie nicht denkt, andere Menschen wollten ihr etwas Böses.«*

*Tränen schießen mir in die Augen. Ich weiß nicht, was ich tun soll. Wenn ich Dad sage, was Mom vorhat, verrate ich sie. Wenn ich aber schweige, werde ich Dad vielleicht nie wiedersehen. Und warum? Weil Mom womöglich wirklich krank ist. »Ich bin das Vögelchen«, hat sie gesagt. Aber das kommt mir jetzt komisch vor. Mom ist kein Vogel, und sie kann doch gehen, wohin sie will. Sie ist hier doch nicht eingesperrt, oder?*

*»Dad.« Tränen kullern über meine Wangen.*

*»Willa, Liebes, was ist denn? Du brauchst keine Geheimnisse vor mir zu haben, du kannst mir alles sagen. Ich bin dir nicht böse.«*

*»Mom …« Ich schluchze und fühle mich elend und leer. Für einen Moment schaue ich zu Balou und Banana, die munter in ihrem Käfig herumflattern und denen es bei uns so gut geht. »Mom will mit mir weggehen, aber sie hat gesagt, ich darf's dir nicht verraten«, wispere ich unter Tränen.*

*Dad wird ganz blass. So blass habe ich ihn noch nie zuvor gesehen. »Was?« Er vergisst sogar das höfliche »Wie bitte«, das er mir immer eintrichtert. Jetzt weine ich noch mehr, und er begreift offensichtlich, wie verstört und durcheinander ich bin.*

*»Das hast du gut gemacht«, sagt er sanft und streicht mir liebevoll durch die Haare. »Danke, dass du mir das erzählt hast. Ich bringe das mit Mom wieder in Ordnung, keine Sorge. Sie muss einfach nur ihre Tabletten nehmen, dann geht es ihr bald besser. Ich rede mit ihr, einverstanden?«*

*Ich nicke und wische mir mit einer Hand über die Wangen, mit der anderen umklammere ich Mr. Sparkles. Dad hebt die Pillen auf und sammelt sie in einer Hand.*

*»Wir stecken sie wieder in seinen Bauch. Ich will nicht, dass deine Mom sich schlecht fühlt.« Er stopft die Tabletten nacheinander zurück und verknotet zwei Fädchen miteinander, die mir nie aufgefallen sind. »Siehst du? So merkt sie nicht, dass du mit mir gesprochen hast.«*

*Ich bin ihm so dankbar, und das Gefühl, Mom verraten zu haben, wird schwächer. Wenn sie krank ist, müssen wir sie beschützen, das ist ja klar. Ich will gerade zurücklaufen, als Dad sagt: »Vielleicht sollten wir morgen einen Ausflug mit der Voyageur II machen. Nur du, ich und deine Mom, was meinst du?«*

*Mein Herz macht einen Hüpfer. Ich liebe die Ausflüge hinaus auf den Atlantik. Ich darf Orangensaft aus einer Champagnerflöte trinken, außerdem fühle ich mich auf dem Meer immer so leicht, als hätte ich statt Blut Wind in den Adern. Wir waren schon ewig nicht mehr auf dem Ozean, weil Dad ständig so viel arbeiten muss.*

*Ich sehe ihn an, und ganz bestimmt glänzen meine Augen. »Das wäre toll, Dad.«*

*Er nickt. »Dann geh jetzt rein zu Claire und überlasse es mir, mit deiner Mom zu reden … keine Sorge, ich verrate dich nicht.«*

*Mir purzelt ein Stein von der Größe eines Felsbrockens vom Herz. Wir werden Dad nicht verlassen. Dad ist nicht der Böse. Mom ist krank. Sie muss einfach nur ihre Pillen nehmen, und alles wird wieder gut.*

*Alles wird wieder gut … alles wird wieder gut. Der Satz echot in meinem Kopf, aber je öfter er sich wiederholt, desto unwirklicher kommt er mir vor und desto mehr spüre ich, wie groß die Lüge dahinter ist, desto mehr kommen die Schmerzen zurück. Ich weiß, dass ich aufwachen und in einer brutalen Realität landen werde, weit weg von Mom und Dad, weit weg von allen, die ich liebe.*

»Mom?« Ich schaffte es tatsächlich, dieses Wort zu flüstern, auch wenn das Sprechen unendlich anstrengend war. Ich zwinkerte, doch Mom war verschwunden. Sie hatte mich einfach verlassen, nur noch der Lichtstreifen fiel durch die schmale Ritze der Bretter, die dieses Zimmer von allem Leben dort draußen abschotteten.

Vielleicht hatte ich das hier verdient.

Hätte ich Mom an jenem Tag nicht verraten, hätten wir nie diesen Ausflug mit der Voyageur II gemacht. Mom wäre nicht ertrunken. Sie würde noch leben, und vielleicht wären wir fortgegangen. Dad hätte uns verloren, Mom und mich. Womöglich hätte er dann Isaac als seinen Sohn akzeptiert und wäre froh gewesen, seine Liebe einem anderen Kind schenken zu können. Isaac wäre nicht im Gefängnis gelandet, wo er selbst zum Opfer geworden war, und er hätte seine Qual nicht an mir abreagieren müssen. Es war meinem Halbbruder nie wirklich um Coldville, um Kranke, Tote oder gefälschte Gutachten gegangen, sondern nur um Rache an meinem Vater. An seinem Vater. Und vielleicht auch an mir, weil ich in seinen Augen der Grund war, weswegen mein Vater ihn verleugnet hatte; ob das nun stimmte oder nicht.

Ich blinzelte mehrmals und versuchte, mich trotz des Nebels in meinem Kopf an mehr zu erinnern, aber ich konnte den darauffolgenden Tag auf der Yacht nicht abrufen. Er lag immer noch im Dunkeln.

Hatte ich Mom doch noch verraten, dass Dad alles wusste? Hatten sich Mom und Dad vertragen oder hatte Dad Mom verloren, ohne dass sie sich richtig ausgesprochen hatten?

Ich wusste es nicht. Ich wusste nur, dass ich schuldig war.

Apathisch starrte ich auf den Lichtstrahl und glaubte Nathans Stimme zu hören, doch das war sicher nur Einbildung. Er konnte nicht hier sein. Selbst wenn er die Bayous und das Atchafalaya-Becken in- und auswendig kannte, würde er Jahre brauchen, um mich zu finden.

Etwas veränderte sich an diesem Tag. Die Männer im unteren Stockwerk waren stiller als sonst, und ich hörte keine Musik mehr, nur vereinzelt ein paar Befehle. Sie schienen auch nicht zu trinken, denn ich hörte keine Gläser oder Flaschen, die aneinandergestoßen wurden. Vielleicht war auch alles wie sonst, aber ich bekam es einfach nicht mehr mit. Trotzdem machten mich Veränderungen, wie fein sie auch waren, panisch. Mit übermenschlicher Kraft versuchte ich aufzustehen, um durch die Holzbretter zu spähen, aber ich konnte mich nicht mal drei Sekunden auf den Knien halten, bevor ich umkippte.

Irgendwann rief unten jemand nach Isaac, und kurz danach knarrten die Stufen. Ich erkannte Isaacs Schritte, denn sie klangen anders als die der anderen. Entschlossener vielleicht. Mein Körper reagierte automatisch mit Zitterkrämpfen, ich rollte mich zusammen, so gut es ging, und als er die Tür aufstieß, musterte er mich eine Weile; vielleicht weil ihm meine Reaktion auf sein Erscheinen so gut gefiel. Ich werde es nie herausfinden.

»Dad hat bezahlt«, hörte ich ihn sagen, und ich sah seine Lippenbewegung eher, als dass ich die Worte vernahm. »Aber leider ist Nathan in dieser Gegend. Wir glauben, er ist mit Rayk, Kjertan und Ian unterwegs, zumindest meinten Alvin und Maury, eine Gruppe Männer gesehen zu haben, weit ab von hier, aber nicht unerreichbar weit weg.« Er schwieg, während ich versuchte, mein schnell klopfendes Herz zu beruhigen. Nathan war hier? Irgendwo hier? Und Ian? Kjertan und Rayk? Hatte Rayk die Seiten gewechselt? Ich hatte nicht erwartet, noch weinen zu können, aber das hatte ich ja schon öfter in dieser Hölle gedacht.

*Du weinst ziemlich oft, finde ich.*

Nathan. Für einen Moment sah ich seine geschwungenen Lippen vor mir, die er immer so zornig zusammenpresste, ich hörte ihn sanft die Geschichte für Sparta erzählen und fühlte seine Finger zart auf meiner wunden Haut. Die ganze Zeit über hatte ich jeden Gedanken an ihn verbannt, da mich die Erinnerung an das Schöne noch mehr gemartert hätte; dafür strömten jetzt all die wunderbaren Dinge dieser kostbaren ersten Liebe umso stärker in mich hinein. Sekundenlang glaubte ich sogar, im Scherbenpalast zu sein und ein Teil der Licht- und Schattenmagie zu werden. Ein ewig huschendes, zitterndes Licht im Wind.

»Es wird Zeit, auch wenn wir die siebenhundertzwölf nicht voll haben. Wir werden diesen Ort verlassen, aber du wirst hierbleiben.« Isaac ließ mich nicht aus den Augen, und mein Herz pumpte plötzlich doppelt so viel Blut durch meine Adern. »Du wirst hier sterben, und ich werde dich persönlich im Atchafalaya versenken. Unser Vater wird nie erfahren, wo er nach dir suchen muss, aber eines Tages werde ich es ihm vielleicht verraten. Wahrscheinlich werde ich ihm ein paar Bilder oder Videos schicken, die ich in mancher Nacht von dir gemacht habe … damit ich immer eine süße Erinnerung an diese Zeit mit mir trage. Wie du in den Stricken zappelst wie in einem Netz. Ich werde sie mir ansehen, wenn ich an einem Herbstabend etwas Besseres als Moonshine trinke und mit dem Geld unseres Vaters hundert Huren bezahle. Vielleicht in einem sauberen Dorf in Kanada, aber vielleicht auch hier in den Südstaaten, in der baufälligen Villa, in der du mal mit Nathan gespielt hast. Vielleicht kaufe ich sie ja und lasse sie auf Vordermann bringen.«

Empörung, Verzweiflung, Hoffnungslosigkeit. Etwas davon musste sich in meinen Augen spiegeln, denn Isaac lachte und stellte die Flasche mit dem billigen Fusel, die er so oft mit sich herumtrug, auf den Tisch.

*Flasche, gute Waffe,* hörte ich Kjertan sagen, konnte die Erinnerung aber nicht mehr zuordnen. Außerdem war der Moonshine viel zu weit weg.

Aus den Augenwinkeln sah ich, wie Isaac sich ein letztes Mal auszog. Ein letztes Mal, bevor er mich töten würde. Er ließ sich viel Zeit. Erst das Shirt, dann den klirrenden Gürtel und die Hosen.

Danach nahm er eine Handvoll Nüsse aus der Packung, die immer auf dem Tisch lag, aß sie genüsslich und nahm noch eine zweite.

Diesmal weinte ich die ganze Zeit. Diesmal dachte ich dabei an alle, die ich liebte und geliebt hatte. An Mom, Dad, aber vor allem an Nathan. Ich rief sie mir krampfhaft in Erinnerung, während mein Körper willenlos über den Boden scheuerte und die Striemen der Gürtelschläge aufrissen und brannten. *Ein wenig seltsam, leicht zu lenken,* hörte ich Dad sagen. *Aber immer artig. Wir schaffen das schon, Willa-Maus. Sei tapfer, mein Kind. Mein Ein und Alles, mein Tag und meine Nacht, mein Himmelsstern und meine Erde. Ich liebe dich, und ich werde nie wieder damit aufhören.*

Kurz, bevor er so weit war, hielt Isaac inne und drückte seine Hand auf meine Stirn, um mich zu fixieren. Ich wusste, was folgen würde, und presste die Lippen ganz fest zusammen. Ich wollte den Kopf hin und her werfen, aber sein stählerner Griff machte es unmöglich. In blinder Panik bäumte sich mein Körper auf, und ich trat und schlug um mich, mit einer Kraft, die ich nicht mehr für möglich gehalten hätte.

Es nutzte nichts. Er hielt mir die Nase zu, und ich musste nach Luft schnappen. Ich wollte schreien und um mein Leben betteln, da schob er die Zunge zwischen meine Lippen.

Mein Herz stand still. Ich schmeckte Erdnüsse und seinen Geruch. Er küsste mich tief, so tief wie Nathan, auch wenn es kein wirklicher Kuss war. Mein Magen krampfte sich vor Ekel zusammen, vor Furcht. Viel bekam ich nicht mit. Es war zu spät, und ich ließ es über mich ergehen, während er ein letztes Mal in mir kam.

Als er fertig war, stand er auf, betrachtete mich und streifte dabei seine Hose über. »Es war mir ein Vergnügen, kleine Lady … süße Schwester.«

Ich musste husten. Fühlte, wie meine Schleimhäute anschwollen, meine Nase zuging und mir die Kehle eng wurde. Panik brach durch meine Sinne. Ich hatte vergessen, wie schlimm es damals gewesen war. Ich rang so krampfhaft nach Luft, dass Isaac für Sekunden erschrocken wirkte, dann aber auflachte, ein seltsamer Laut, als würde er es bedauern und als wäre er zugleich erleichtert. Bis heute hallt mir dieser Laut in mancher Nacht nach – wie so vieles.

*Hast du schon mal jemanden sterben sehen, Willa Nevaeh Rae?*

Voller Angst und geschwächt von den unzähligen Verletzungen lag ich da und wartete darauf, dass sich mein Bewusstsein trübte und mein Herz-Kreislauf-System versagte. Es war eine Frage von Gottes Gnade, ob ich sofort erstickte oder erst ohnmächtig wurde und es nicht mitbekam. Ich schloss die Augen, und das Leben flackerte aus mir heraus. Bilder. Vielleicht würde ich Bilder sehen. Die Voyageur II und den Tag nach meinem Verrat an Mom. Die letzte Wahrheit.

Aber mein Kopf blieb leer. Und irgendwie bekam ich auch wieder besser Luft. Für einen Moment blitzten die blauen Pillen vor meinem geistigen Auge auf. Ich dachte an das Vögelchen, das nicht mehr fliegen konnte, weil sein Besitzer es mit Goldperlen gefüttert hatte. Weil er es zu sehr liebte. Ich dachte daran, dass Dad mich auch zu sehr liebte, so sehr, dass er sein anderes Kind verleugnet und schrecklich verraten hatte; und ich dachte daran, dass meine Allergie mich furchtsam und abhängig gemacht und mich von der Welt isoliert hatte.

Ein paar Mal atmete ich ein und aus und wunderte mich, dass meine Kehle sich nicht weiter zuschnürte. Auch meine Nase war wieder frei. Waren diese ersten Reaktionen aus reiner Panik über mich hereingebrochen? Ich blinzelte und sah die klare Flasche Moonshine, während der Verdacht in mir zu einer immer schärferen Wahrheit wurde. Ich hatte überhaupt keine Allergie. Dad hatte gelogen.

Diese Erkenntnis schmerzte nicht mal. Nicht in diesem Augenblick. Isaac hatte seinen Gürtel geschlossen, und es musste das Wunder einer ganzen Schar Erzengel gewesen sein, dass ich es auf die Füße schaffte.

Isaac sah mich an, ich sah ihn an. Ich keuchte laut auf. Ganz sicher dachte er, ich würde sterben, aber es war der Schmerz hundertfacher Schläge, hundertfacher blauer Flecken und Prellungen. Ich wankte, taumelte zum Tisch … täuschte vor, mich abstützen zu müssen und keine Luft zu bekommen. Gespielt hektisch rang ich nach Atem.

Siegessicher verzog er den Mund und hob sein Shirt vom Boden auf, da griff ich blitzschnell nach der Flasche und schwang sie über den Kopf. Die Wochen hatten mir wenig Kraft gelassen, aber ich schlug mit dem Hass und dem Ekel zu, den er in mich gepflanzt hatte. Es gab ein hässliches, dumpfes Geräusch, dann fiel Isaac auf die Knie und kippte schließlich zur Seite. Blut floss aus seinen kunstvoll zerzausten Haaren auf das alte Holz.

Für einige Atemzüge blieb ich wie erstarrt stehen und spürte den Druck meiner Herzschläge in den Schläfen. Meine Trommelfelle klopften. Ich wusste nicht, was ich tun sollte. Ich wusste nicht, ob vor der Tür seine Soldaten standen oder nicht.

Isaac regte sich, wand sich wie eine Schlange und stöhnte, was meine Nackenhaare senkrecht stellte. Ohne zu überlegen, riss ich die Tür auf und fand den Flur leer vor. Isaacs Soldaten waren fort. *Oh Gott!* Neue Tränen liefen über mein Gesicht. Vor Erleichterung und neuer Furcht. Sie würden mich erschießen oder totprügeln, wenn sie mich erwischten. Die Flasche umklammert, wankte ich weiter, nur durch Adrenalin und dem letzten Lebenswillen in mir aufrechtgehalten. Wo waren sie? Es gab hier oben weitere Türen. Ich hätte mich in einem Zimmer verstecken können, aber womöglich saßen dort ein paar Männer zusammen. Und jede Sekunde könnte sich Isaac aufrappeln und mir hinterherstürmen, keine Ahnung, wie hart ich ihn getroffen hatte.

Ungeschickt taumelte ich zur Treppe, wollte die Flasche über den Kopf halten, aber ich schaffte es nicht mehr, den Arm anzuheben. Erst jetzt spürte ich dort einen grauenhaften Schmerz, als wären meine Knochen in tausend Teile gesplittert. Ich nahm die Stufen, stützte mich am Handlauf ab, konnte kaum atmen. Ein seltsamer Schwindel verwirrte mir die Sicht. Alles verschob sich ineinander, Stufen, Wände, Holz.

*Ich will hier raus!* Da war nur noch dieser Gedanke, als würde ich, sobald ich dieses Haus hinter mir ließ, auch alles andere zurücklassen.

Nur in dem stinkenden, vor Dreck stehenden dunkelgrünen T-Shirt, das Isaac mir auch dieses Mal nicht ausgezogen hatte, kam ich im Erdgeschoss an. Rote und schwarze Punkte pulsierten vor meinen Augen wie Leuchtsignale. Meine Beine zitterten unkontrolliert, als wäre ich wochenlang über Bergkämme geklettert, aber das Adrenalin jagte durch meine Adern, flüsterte und trieb mich: *Lauf, lauf, lauf!*

Es war so furchtbar still. Die Haustür stand offen, und ich spürte unvermittelt den Luftzug auf meiner brennenden Haut. Er war lau, ein Louisiana-Winterwind, aber er erschien mir erlösend wie Eis. In meinem verworrenen Zustand tanzte er wild wie eine Million Schneeflocken über meine Wunden.

Kurz bevor ich meine Füße über die Schwelle setzte, hörte ich über mir die Dielen knarzen. Schleppende, schwere Schritte. Fast hätten mich diese Geräusche in die Knie gezwungen.

Mit letzter Kraft stolperte ich vorwärts auf die so typische Veranda der Bayouhäuser. Vor mir flimmerte ein schmales Stück Wiese, dahinter der Sumpfwald mit kahlen Bäumen und grünem Wasser. Instinktiv sah ich nach rechts und links, und als ich Taurus, Mykonos und Maury auf der Veranda entdeckte, kippte ich doch beinahe um.

Ich sah Taurus an. Mein Blick musste ein entsetztes, stummes Flehen sein. *Lass mich laufen, bitte, bitte, lass mich laufen!*

Er tat nichts, blieb tatsächlich reglos, als würde er mich nicht sehen, aber er nickte kaum merklich. Dafür schrie Mykonos aus Leibeskräften. »Bleib stehen, du billige Hure! Einen Schritt weiter und ich jag dir eine Kugel in den Kopf!« Ich hörte das Entsichern einer Waffe, und es war wie ein finaler Genickschuss. »Lass die Flasche fallen, Dreckstück!«

Ich gehorchte. Das war's. *Jetzt bin ich tot.* Ich rührte mich nicht mehr, schloss die Augen und bereitete mich auf noch mehr Schmerzen vor. Hinter mir wurden die Schritte lauter, aber vor mir gab es plötzlich wildes Geschrei. Stimmen schrien durcheinander, etwas hetzte durch den Sumpfwald, und für Sekunden dachte ich an eine Treibjagd. Ich riss die Augen auf. Mein Blick flirrte wegen der stechenden Helligkeit, und erst dachte ich, die Schatten, die zwischen den Bäumen hervorpreschten, wären Tiere. Wildschweine oder Hirsche – doch es waren schwarz gekleidete, dunkelhaarige Männer.

Mein Herz stieg bis zum Himmel.

*Nathan!* Er jagte durch das sumpfgrüne Wasser, gefolgt von Kjertan, Rayk, Ian und zwei anderen Männern. Es war seine Mimik, als er mich entdeckte, die die letzten Kraftreserven in mir mobilisierte. Seine anfangs zu Tode erschrockenen Augen und danach seine grimmige Entschlossenheit. Ich vergaß die Waffe, die auf mich gerichtet war, sprang von der Veranda und lief über den schmalen Grasstreifen zum Ufer. Jemand schrie: »Vorsicht!«, ein Wutschrei folgte, dann knallte hinter mir ein Schuss, etwas polterte, Männer schrien. Ich roch Rauch und Nebel, wankte, dachte, ich wäre getroffen, in dem Augenblick erreichte mich Nathan. Er schlang seine Arme um mich, schützend, warm und stark.

»Will!« Wie lange hatte ich diesen Namen nicht mehr gehört? Nathan wollte so viel sagen, aber seine Stimme brach, und er riss mich plötzlich herum, sodass er vor mir stand.

»Aus dem Weg, Nathan!« Blanker Hass lag in Isaacs Worten, und er schien zu allem bereit.

Ich blinzelte und entdeckte ihn auf der Veranda, die Stirn blutüberströmt, aber immer noch furchteinflößend und übermächtig. Neben ihm lag Mykonos auf den Dielen, den Taurus offenbar wie ein zorniger Stier umgerannt hatte. Taurus hatte Mykonos' Schuss abgelenkt, doch jetzt hatte Isaac die Waffe. Er zielte auf mich, oder vielmehr auf Nathan, der vor mir stand. Plötzlich hörte ich neues Getöse aus dem Sumpfwald. Die Stimmen der Männer, die in den letzten Wochen Tag für Tag zu mir durchgedrungen waren, Männer, die mir nicht geholfen, sondern die sich über mein Leid amüsiert hatten. Die unten Musik gehört und getrunken hatten, als wäre das alles ein rauschendes Fest.

Die Stimmen ließen auch Isaac innehalten, der langsam mit erhobener Glock auf uns zugekommen war. Meine Beine zitterten so sehr, dass ich nur noch stand, weil Nathan mich hielt. Ich drehte den Kopf Richtung Wald.

Es waren so viele. Viel zu viele Männer. So erschien es mir zumindest. Umso überraschter war ich, als ich nur Billy und drei Dunkelhaarige entdeckte, alles Männer, die damals die Agamemnon geentert hatten.

»Es ist vorbei, Isaac!«, sagte Nathan jetzt mit fester, klarer Stimme. »Diesmal musst du mich töten, um an Willa heranzukommen!«

Riesenhafte Schatten wuchsen hinter mir auf. Kjertan und Rayk waren aus dem Wasser gestiegen und hatte sich hinter mir aufgebaut, sodass sie einen überlebensgroßen Schutzschild in meinem Rücken bildeten. Einer von beiden hielt mich fest, und reflexhaft schlug ich um mich, doch er wich nicht zurück. Stattdessen löste er sanft, aber nachdrücklich meine Hände von Nathans Arm, an den ich mich klammerte. Hilflos sah ich zu, wie Nathan auf Isaac zuging. Er hatte keine Waffe, aber Isaac hatte die Glock.

»Nein! Nicht!« Ich schrie mit einer Energie, die mir wie von Geisterhand zuflog, doch Nathan stoppte nicht, sondern lief weiter auf seinen Halbbruder zu.

»Bleib stehen, Nath!«, hörte ich Isaac knurren. »Keinen Schritt weiter!« Durch die massiven Arme des Zwillings, der mich hielt, sah ich, wie er den Schlitten der Glock zurückzog, die Waffe durchlud. Nathan war kaum noch zehn Schritte entfernt.

»Los, knall mich ab!« Nathan blieb nicht stehen. »Mach schon!« In seinen finsteren Klamotten hatte er auf einmal die Aura eines Todesengels. Nichts schien ihn aufhalten zu können. Er würde jetzt sterben oder töten.

Für den Bruchteil einer Sekunde verschwamm mir der Blick. Der Schuss tönte bereits in meinen Ohren, doch das Nächste, das ich sah, war Nathan, der sich trotz auf ihn gerichteter Waffe auf Isaac stürzte.

Seine geballte Faust flog in dessen Gesicht, Isaac rutschte die Glock aus der Hand, und er taumelte zu Boden. Nathan schlug zu, erbarmungslos, mit jedem Schlag härter. Er schrie und brüllte, Worte, die vor Raserei kein Mensch – oder nur ich nicht – verstand. Er zerrte Isaac auf die Beine, nur um ihn wieder mit neuen Fausthieben und Tritten umzuwerfen. *So, wie sie es mit mir gemacht haben! Und auch mit ihm!* Dann, in einem kurzen Augenblick, hielt er inne, als sähe er erst jetzt die Kopfverletzung, als wäre er zuvor vor lauter Zorn blind gewesen.

Für mehrere Herzschläge stand Nathan über Isaac, jeden Muskel angespannt und die blutigen Fäuste geballt. »Was hast du mit ihr gemacht?« Seine Worte überschlugen sich vor Erregung.

Isaac entwich ein seltsames Lachen. »Du hirnverbrannter Idiot hast dich tatsächlich in sie verliebt …«

»Was-hast-du-mit-ihr-gemacht?«

Isaac spuckte Blut auf den Boden. »Zu wenig, Bruder! Ich hätte sie totficken sollen.«

Nathan schlug noch einmal zu, und danach blieb Isaac reglos auf dem Boden liegen.

Für Sekunden flimmerte Stille über Gras und Wald wie Hitze. Alles um mich herum flackerte. »Ist er tot?«, hörte ich mich flüstern.

»Ich nicht wissen!« Der Zwilling, von dem ich glaubte, er wäre Kjertan, hielt mich noch immer fest, damit ich nicht umkippte. Seine vertraute, unbeholfene Sprache kam mir vor wie ein Anker der Sicherheit. *Ich nicht wissen.*

Ich wand mich aus seinen Armen, und er ließ mich. Bis heute weiß ich nicht, was danach in welcher Reihenfolge passiert ist. Ich weiß nur noch, dass ich über den schmalen Streifen Wiese auf Nathan zulief. Und dann, als ich mich genau zwischen ihm und dem Zwilling befand, erfasste mich der schonungslose Mahlstrom der letzten Wochen. Mir wurde bewusst, dass ich keine Unterhose trug, auch wenn das T-Shirt lang war. Ich blickte an mir hinab und sah Blut und Sperma zwischen meinen Oberschenkeln kleben. Der Schmerz, der in den letzten Minuten von Adrenalin überflutet gewesen war, kehrte mit voller Wucht zurück. Ebenso meine Schwäche. Ich sah Isaacs Männer, die hüfttief im Wasser standen, unschlüssig was sie tun sollten, unschlüssig, ihre Waffen zu gebrauchen, weil ihr Anführer niedergestreckt worden war. Ich sah Nathan an, der mit verstörtem Gesichtsausdruck auf mich zukam. Ich sah seine Tränen.

Und dann hörte ich einen Schrei. »Hast du gedacht, du bist gerettet? Dachtest du, ich würde dich lebend davonkommen lassen?«

Noah. Von der Veranda aus lief er mit vorgeschobenem Kinn auf mich zu. Seine Augen waren das Glühen puren Hasses. Seine Waffe zielte auf meine Brust. Ich konnte nicht mehr denken. Ich öffnete den Mund, ich sah dunkle Schemen, die sich vor mich warfen, hörte den Schuss, und die Welt explodierte in kleine schwarze Fetzen.

Was damals genau geschah, sollte ich erst Wochen später erfahren.

## Kapitel 12

Manchmal können Mütter, die bei einem Unfall schwer verletzt werden, trotzdem noch eine Tonne Gewicht stemmen, um ihr eingeklemmtes Kind aus den Trümmern zu befreien. So war es wohl auch damals bei mir, als ich es halbnackt nach draußen geschafft hatte. Mein Überlebenswillen hatte all meine Reserven aktiviert, aber danach brach ich zusammen.

Eine sehr lange Zeit stand ich nicht wieder auf, und manchmal erscheint es mir heute noch so, als hätte ich dieses Zimmer niemals verlassen, als läge ein Teil von mir noch immer dort und starrte den Lichtstrahl an.

Nathan und seine Männer brachten mich in ein leerstehendes Haus am südlichen Ufer des Atchafalaya. Dafür hatten sie die Sitzbretter des Kahns herausgerissen, um mich flach hinlegen und transportieren zu können; eine reine Vorsichtsmaßnahme, da sie nicht gewusst hatten, wie schwer ich tatsächlich verletzt war. Aber von dieser Fahrt weiß ich nichts mehr. Zuerst dachten sie, ich wäre überhaupt nicht transportfähig, und Ian schlug vor, eine Weile in dem Holzhaus zu bleiben, das Isaac und seinen Leuten als Unterkunft gedient hatte. Doch Nathan wies den Vorschlag entschieden zurück, weil er meinte, das wäre für mich nicht zumutbar. Er hatte recht. Ich wäre lieber gestorben, als in diese Wände zurückgebracht zu werden.

Also brachten sie mich in ein anderes Haus, ein Haus, das dem Bruder von Mrs. Durand gehörte, jener älteren Dame, von der Nathan in Lost Memories Kräutersud für Sparta und auch Moonshine bekommen hatte. Sie sagte, ihr Bruder wäre auf einer mehrwöchigen

Reise, aber später erfuhren wir, dass er wegen illegaler Schwarzbrennerei einige Monate im Gefängnis absitzen musste. Es stellte sich auch heraus, dass er ausreichende Mengen illegalen Moonshine gelagert hatte, Flaschen, die ich eines Tages in einem Ausbruch von Panik und Wut zerschlug, weil der Gestank des Schnapses mich so sehr anwiderte. Aber es gab da auch noch einen anderen schmerzhaften Grund.

Viel weiß ich nicht mehr aus dieser Zeit. Nur, dass der Winter dem Ende zuging, es war Februar oder schon März, um die fünfzehn Grad in Louisiana. Die Zugvögel zwitscherten durch die offenen Fenster, und die Luft hing voller Feuchtigkeit und Regen. Nathan verabreichte mir Kräutersud gegen die Schmerzen von den Gürtelschlägen, die sich wie Peitschenhiebe in meine Haut gefressen hatten. Er sagte, es würden Narben zurückbleiben, aber das war mir gleich. Mir war alles egal. Ich nahm alles, was er mir gab, da ich sonst nicht gewusst hätte, wie ich liegen sollte. Mrs. Durand kam täglich auf dem Wasserweg zu ihrem Laden vorbei, um nach mir zu sehen. Sie war eine von jenen Frauen, die keine Fragen stellen, weil sie selbst schon zu viel erlebt haben. Von einer alkoholsüchtigen Tante und einem gewalttätigen Onkel großgezogen, hatte sie mit vierzehn deren Haus verlassen, um zu überleben. Doch das Leben, sagte sie, sei hart mit ihr umgesprungen. Ihr Mann, ein Kreole, verschwand, ohne ihr einen Cent dazulassen, kaum dass sie das zweite Mal schwanger war; und ihre älteste Tochter wurde ihr von Katrina aus den Händen gerissen. Hurrikan, sagte sie mir immer wieder, sei ein Wort indigener Ureinwohner der Karibik. Gott des Windes, bedeutete es, aber Huracán selbst war ein Sturmgott der Maya. Er habe ihr Kind geraubt, dieser Sturmgott. Sie sprach viel über das Thema und kannte fast keine Familie, die nicht ein Mitglied in einem der Tropenstürme verloren hatte. Da dachte ich wieder an Coldville und meinen Dad.

Mrs. Durand war eine seltsame Erscheinung, wobei sie vermutlich genauso aussah wie wir zu der Zeit in Lost Memories. Ihre Kleider waren bunt zusammengewürfelt, mal ein geflickter Poncho, mal ein zerfranster Hut, was man so eben fand – aber ich vermute, es war ihr ureigener Stil. Sie behauptete steif und fest, ihre Eltern hätten es nicht mehr geschafft, ihr einen Vornamen zu geben, mich sprach sie stets mit Miss Willa an. Sie brachte neben dem Kräutersud, den sie nach einer haitianischen Abkürzung Remèdji nannte, zu Anfang auch einen Mediziner mit, der mich untersuchte, als ich von dem Sud benebelt im Delirium schwebte. Ich bekam nichts davon mit, ich hätte seine Hände auf mir auch nicht ertragen.

Der Arzt – es sollte sich hinterher herausstellen, dass er Tierarzt für Großtiere, hauptsächlich Pferde, war – stellte neben den Hunderten von Blutergüssen auf meinem Körper, den Prellungen und Quetschungen, auch mehrere gebrochene Rippen, eine Unterarmfraktur links und eine Fraktur des rechten Wadenbeins fest. Das sei das Offensichtliche, für das er keinen Röntgenapparat benötige, sagte er zu den Männern und zu Mrs. Durand, als er mein Zimmer wieder verließ. Er forderte sie auf, mich in eine Klinik zu bringen, aber ich weigerte mich. Das hatte ich Nathan gleich zu Beginn zugeflüstert. Ich wollte nicht durch Personaldaten in einem Krankenhaus erkannt werden, wo sich vermutlich sofort die Presse auf mich gestürzt hätte. Ich wollte nicht, dass die Welt erfuhr, was mit mir geschehen war. Und auch Dad sollte es nicht aus der Presse erfahren.

Also kam der Mediziner mit Antibiotika, Schienen, Gipsverbänden und anderen Medikamenten zurück. Ich musste an Sparta denken. Vielleicht hätte dieser Mann ihm helfen können, besser zu sterben, doch damals war es ja immer nur um den Plan gegangen. Ihnen allen. Wie verrückt das jetzt klang. *Der Plan.* Er erschien mir fast wie eine Fantasie aus einem anderen Leben und war doch so real, weil ich hier lag.

In den ersten Wochen erholte sich mein Körper, während meine Psyche wegen der Schmerzen und des Genesungsprozesses ein wenig Ablenkung hatte. Es ist einfacher, körperlichen Schmerz zu ertragen als psychischen. Im Nachhinein kann ich die Zeit als Rückkehr bezeichnen. Als kehrte ich von einem fernen Ort, der doch so tief in mir verwurzelt war, Stück für Stück wieder nach außen. Heute weiß ich, dass das Grauen manchmal eine Weile braucht, bis es sich aus seiner Tiefe zurückmeldet. So wie bei Kriegsveteranen, die erst nach Monaten ihrer Einsätze Albträume bekommen. So war es auch bei mir. Mein Körper war schneller im Hier und Jetzt als meine Seele.

Es fing an, als ich wieder aufstehen konnte. Erst da merkte ich, wie gebrochen ich wirklich war, welche Narben ich innerlich trug, Narben, die nicht mit Desinfektionsmitteln entkeimt und gesäubert werden konnten.

Ich ertrug keine geschlossenen Fenster, keine zugezogenen Vorhänge und keine Dunkelheit. Ich hatte meine Fingernägel bis aufs Fleisch abgekaut und ließ meine Haare tief ins Gesicht fallen. Wenn jemand aus Versehen die Tür des Zimmers schloss, in dem ich mich befand, bekam ich kaum noch Luft und fing an zu weinen. Ich konnte weder ein Glas noch Besteck zu meinem Mund führen, ohne unentwegt zu zittern. Ohne dass ich innerlich Isaacs unruhigen, getriebenen Blick auf meiner Haut fühlte, der mir Schmerz und Qual versprach.

Tagsüber lag ich oft wie aufgebahrt voll angezogen auf meinem Bett, dem einzigen, das es hier gab, nachts schlich ich schlaflos mit gesenktem Kopf durch die Flure, an den Wänden entlang wie ein Tiger im Käfig. Obwohl ich die Dunkelheit nicht aushielt, ertrug ich es nicht, den Männern im Hellen zu begegnen, daher löschte ich die Lichter, wenn ich einen Raum betrat, sorgte aber dafür, dass im Nebenraum die Lampen angeschaltet waren. Lange anschauen konnte ich sie dennoch nicht, Nathan war die einzige Ausnahme.

Mrs. Durand kam weiterhin. Sie half mir beim Duschen, wenn mir die Kraft fehlte, und sie brachte uns öfter etwas zu essen vorbei. Doch das Jambalay mit Hühnerfleisch riss ich ihr aus den Händen und leerte es kopflos in den Seitenarm des Atchafalaya. Hinterher schämte ich mich, aber sie verstand. Es tat gut, eine Frau in meiner Nähe zu haben, daher kam sie von diesem Tag an noch öfter in das Haus ihres Bruders.

Die Zeit versank in mir wie Nebel, und ich erfasste immer erst im Nachhinein, wie sie vorbeigestrichen war, ohne dass ich es bemerkt hatte. Nathan war mein unerschütterlicher Halt. Er hatte ein instinktives Gespür für das, was ich brauchte. Er redete mich in den Schlaf, wenn ich stumm vor Entsetzen nicht einschlafen konnte. Er hatte so viele Sterbende begleitet und ihnen Geschichten erzählt, auch oben im kalten Coldville. Das war einer der Gründe, weswegen sie ihn damals zum Anführer der Seefahrertruppe gemacht hatten; nicht nur, weil er einen Kutter steuern konnte, sondern weil er die Verwandten und Freunde so vieler Männer über die Grenze zwischen Leben und Tod geleitet hatte. Erst jetzt verstand ich, wie wertvoll seine Gabe war. Nachts, wenn ich durch die Gänge tigerte, blieb er in meiner Nähe; gegen drei oder vier Uhr in der Früh, wenn ich vor Erschöpfung kaum noch einen Fuß vor den anderen setzen konnte, sorgte er dafür, dass ich mich hinlegte, und führte mich über die Schwelle zum Schlaf.

Es war, als tauchte er in meinen Geist und als würde er die Schrecken mit eigenen Augen sehen. Und immer malte er mir Bilder, die stark genug waren, um gegen die des Grauens anzukämpfen. Durch ihn roch ich wieder die nahen Baumwollfelder von Rosewood Manor, durch ihn wandelte ich auf Traumpfaden durch ein Meer aus duftenden Rosen, indigoblauer Hyazinthen und schneeweißer Orchideen, die Reinheit und Unschuld ausstrahlten. Er ließ meine Mom wiederauferstehen, damit ich an ihrer und Dads Hand den Albtraum anschauen konnte, wenn er zu übermächtig wurde. Er schlief im Sitzen neben mir, war immer da, wenn ich ihn brauchte. Ich weiß heute, ich hätte es ohne ihn nicht geschafft. Ohne ihn hätte ich den letzten Teil meines alten Ichs verloren und wäre vollkommen zerbrochen.

Mittlerweile war es April. Heute war ein guter Tag, das spürte ich, direkt nachdem ich die Augen aufschlug. Ein guter Tag hieß in meiner Welt, dass ich es schaffte, frühmorgens aufzustehen. Als ich mich vor dem offenen Fenster streckte, schmerzten meine Rippen, aber das Stechen wurde täglich besser. Auch meine unzähligen Hämatome waren nur noch ein Hauch von Gelb und Grün auf meiner Haut, und ich hörte meinen Vater sagen: *Das ganze Kind war in Flussgrün, Morgenrot und Silber schattiert wie die Wände.*

Es war das erste Mal, dass mir wieder einer seiner Sätze in den Sinn kam, und das wertete ich als gutes Zeichen. Er wusste, dass ich lebte, dafür hatte Mrs. Durand bereits vor Wochen gesorgt. Sie hatte ihm einen anonymen Brief geschrieben, in dem sie Details preisgab, die nur ich wissen konnte und die ich ihr nur für diesen Zweck erzählt hatte. Zum Beispiel von dem Tag, als die Pillen aus Mr. Sparkles Bauch gepurzelt waren. Sie schrieb ihm, ich würde mich bei ihr nach einer schweren Zeit erholen und heimkommen, wenn ich stark genug wäre. Sie schrieb, er solle mich nicht suchen, denn das würde mich in Gefahr bringen. Danach hatte sie den Brief ihrem Freund, dem Tierarzt, mitgegeben, der ihn wiederum seiner Tochter mitgab, als diese eine Freundin in El Paso besuchte. So würde Dad die Spur des Briefs zumindest nicht verfolgen können. Was ihn anging, machte ich es wie Scarlett O'Hara und vertagte all meine Gefühle und Gedanken stets auf den nächsten Morgen.

So auch heute. Dad und ich – das war eine ganz andere Geschichte.

Ohne in den Spiegel zu schauen schlich ich aus dem Zimmer in die Küche, wo Nathan immer auf mich wartete, egal ob ich es schaffte, aufzustehen oder nicht. Auch jetzt saß er auf dem Stuhl an der Kopfseite des Tisches. Hinter ihm stand das Fenster weit offen und ließ den Geruch von Frühling herein, von aufblühendem Leben und reiner feuchter Frische, aber ich roch auch den Sumpf. Aus der Ferne drangen dumpfe Holzschläge, wahrscheinlich war es Kjertan oder Rayk, der Holz hackte. Einer von ihnen war stets um mich, doch ich hatte nie gewusst, wer, sie sahen sich einfach zu ähnlich, und lange angeschaut hatte ich sie nie.

Tief atmete ich ein paar Mal ein und aus.

»Hey, Will.« Nathan lächelte breit. »Ein guter Tag?«

Ich nickte und setzte mich auf die schmale Holzbank, sodass ich Tür und Fenster im Blick hatte. Ich sprach immer noch nicht viel.

»Ian ist mit Mrs. Durand in die Stadt gefahren, sie kaufen Zutaten für Cajun Rice.«

Ich spürte das kurze Lächeln, das über mein Gesicht flog, so wie das Lächeln früher bei Nathan. Cajun Rice war mein Lieblingsessen, weil ich keinerlei Verbindung daran knüpfen konnte. Reis mit Leber, Hackfleisch, Staudensellerie und Tabasco. Für mich mit wenig Tabasco, da eine Stelle in meinem Mund schlecht heilte und es sonst zu sehr brannte.

»Rayk oder Kjertan, keine Ahnung, hackt Holz.«

Wieder lächelte ich flüchtig. »Unüberhörbar, ja.«

Nathan stand auf. »Willst du frühstücken?«

»Tee.«

Er goss mir aus einer Thermoskanne eine Tasse voll und stellte sie vor mich. »Sonst noch etwas?«

Ich schüttelte den Kopf und legte meine Hände um den Becher, der durch den Minztee ganz warm war. Ich brauchte diese Wärme, da mir innerlich immer noch so entsetzlich kalt war. Ich trug auch ständig unendlich viele Schichten Klamotten übereinander. Aber das tat ich nicht nur wegen der Wärme, die sie mir spenden sollten, sondern auch, weil ich mich dann weniger schutzlos fühlte.

Eine Weile saß ich da und trank schlückchenweise, aber ich spürte die innere Unruhe in mir aufsteigen; das passierte mir hin und wieder noch in geschlossenen Räumen.

»Wollen wir raus?« Nathan erhob sich.

»Ja.« Er wusste immer, was ich brauchte. Ich stand auf und nahm die Teetasse mit ins Freie. Die erste Stunde des Tages war die schwerste. Es dauerte manchmal eine Zeit, bis ich mich im Hier und Jetzt zurechtfand.

Draußen lag der Morgen vor uns wie ein reines Gottesgeschenk. Das Holzhaus von Mrs. Durands Bruder lag an einem schmalen östlichen Seitenarm des Atchafalaya, am anderen sandigen Ufer begann ein Wald. Kein Sumpfwald, sondern ein Laubwald. Der Himmel war noch pfirsichfarben und trug zarte violette Schleier, die die kahlen Äste der Bäume in geheimnisvolles Licht tauchten. Einerseits fiel es mir schwer, noch immer in demselben Gebiet zu sein wie in den Wochen meiner Gefangenschaft, andererseits sah es in diesem Abschnitt komplett anders aus. Wir waren etwas abseits des Beckens, viel weiter östlich, wo genau wusste ich nicht. Jedenfalls war das Wasser hier nicht grün, sondern lavendelblau, ein Spiegelbild des Himmels, und es gab wesentlich mehr festes Land.

Ich setzte mich auf einen Baumstumpf unterhalb der Veranda, und Nathan lächelte. Es war so voller Geduld und Verständnis, dieses Lächeln, so vorsichtig, dass ich am liebsten geweint hätte. So vieles brachte mich derzeit zum Weinen, jedes wohlwollende Wort und jeder gütige Blick. Vielleicht verschloss ich mich deswegen so vor allen, selbst vor Nathan. Es waren diese liebevollen Gesten, die mich völlig aus dem instabilen Gleichgewicht brachten und mir zeigten, wie verwundbar ich wirklich war. Und wie schwach, auch wenn ich mich stets darum bemühte, aufrecht zu sitzen und mich nicht kleinzumachen.

»Erzähl mir, wie du mich gefunden hast«, bat ich jetzt, nur um irgendetwas zu sagen und die Stille um Nathan und mich nicht zu laut werden zu lassen. Es war keine komplett unangenehme Stille, aber er verdiente sie nicht.

Er zog die Augenbrauen hoch. »Nochmal?«, fragte er neckend.

Ich blickte ihn über den Rand meiner Teetasse hinweg an. »Ja, nochmal.«

»Okay. Wo soll ich anfangen?«

»Da, wo du wach wurdest.«

Er setzte sich einfach neben mich ins taufeuchte Gras, ganz egal ob er nass wurde oder nicht. Es machte ihm nichts aus. Nie war ihm irgendetwas zu viel. Er war immer da, als könnte ihn nichts aus der Fassung bringen, und mir war klar, warum das so war. Er war selbst durch so viele Höllen gegangen, nach jedem Verlust hatte er sich zurückkämpfen müssen. Diesen Weg, den ich ging, auf dem ich so mühsam voran stolperte, auch wenn der Grund ein anderer war und die Wege verschieden, war er oft genug gegangen. Jedes Mal war er aus der Dunkelheit ins Licht zurückgekehrt, und wenn er das geschafft hatte, konnte ich es auch. Eines Tages.

Ich hörte ihm zu, als er erzählte, wie er nahezu ohne Augenlicht aufgewacht war, die Lider zugeschwollen und verklebt. Wie er mit Grauen und Furcht in den Adern durch den Sumpf gestolpert war und Rayk ihn gefunden hatte. Isaac und die anderen hatten Kjertans Zwilling einfach irgendwo ausgesetzt – in dem sicheren Glauben, er würde sich verirren und ihnen nicht folgen können. »Er war nie auf Isaacs Seite. Zu keiner Zeit. Und ich hatte Glück, dass er bei mir war. Ich konnte kaum laufen, habe mich tagelang übergeben, ganz sicher hatte ich eine Gehirnerschütterung … ohne Rayk hätte ich es nicht zurück nach Lost Memories geschafft. Einmal musste er mich sogar tragen …«

Ich liebte Nathan dafür, dass er mir das nicht verheimlichte. Er hatte mir genug verschwiegen, aber auch das war ein Thema für einen anderen Tag.

Ich hörte weiter zu. Von ihrem Weg zurück nach Lost Memories, wo sie sich ein Floß bauen wollten, um mich zu suchen. Dort trafen sie auf Ikarus, der seinerseits an einem Floß arbeitete, und zwei Stunden später stieß Kjertan dazu. Er hatte über mehrere Tage hinweg das Gebiet umkreist, wissend, dass Ian oder Noah der wahre Verräter sein musste. Er hatte darauf gehofft, uns irgendwie zur Hilfe eilen zu können, doch plötzlich sei keiner mehr da gewesen, nur Ikarus. Aber ihn habe er erst einmal aus der Ferne beobachtet.

Von da an waren sie zu viert und besaßen den Kahn. Von Rayk erfuhren sie, was nach unserer Flucht auf der Agamemnon geschehen war. Da die Männer keinen Seekundigen mehr an Bord hatten, ruderten sie in Etappen auf dem Floß zur Küste von South Carolina. So wie wir, fuhren sie an Land Richtung Louisiana, Atchafalaya Bassin, dort teilten sie sich auf, um uns zu suchen. Isaac hatte Handys für seine engsten Vertrauten besorgt: Für Billy, Maury und Anthony, um sich verständigen zu können, aber natürlich fanden sie uns nicht. Sie hätten uns niemals gefunden, so wie Nathan es mir versprochen hatte. Nachdem sie uns nach dreiwöchiger Suche nicht entdeckt hatten, ließen sie sich in dem leeren, doppelstöckigen Haus nieder. Von da suchten sie weiter und waren oft tagelang unterwegs.

Trotzdem splittete sich die Gruppe, da Ben und Jerry heimlich ein Gespräch zwischen Isaac und Billy mit angehört hatten. Isaac hatte Billy in angetrunkenem Zustand angedeutet, was er tatsächlich mit mir vorhatte. »Sie waren entsetzt, Will. Niemals hätten sie gedacht, dass Isaac so ein Monster ist. Außerdem waren sie sowieso nicht freiwillig bei ihm. Sie haben die ganze Zeit gehofft, uns wiederzufinden.«

*Ben und Jerry, meine Hobbits,* dachte ich. Sie erzählten es dem Prediger-Typ namens Raphael und ebenso dem ewig brummigen Jack mit den smaragdgrünen Augen. Der wiederum vertraute es Rayk an. »Ben, Jerry, Raphael und Jack haben sich bei einer Expedition abgesetzt, um uns zu warnen, aber sie haben sich hoffnungslos verirrt. Rayk war bei Isaac geblieben, sozusagen als Spion. Aber Billy hat ihn erwischt, als er eines Nachts Isaacs Handy gestohlen hat, um Nathan anzurufen. Daraufhin sperrten sie ihn ein und benutzten ihn später als Lockvogel.« Nathan schüttelte wie ungläubig darüber den Kopf, das tat er jedes Mal an dieser Stelle. Vielleicht dachte er auch an Rayks »*Wo seid ihr?*«.

Wir mussten blind und taub gewesen sein!

Nathan erzählte weiter, wie Ben und Jerry die Bayous verließen, als sie durch Zufall in einem Küstenstädtchen landeten. Sie wollten nach Coldville, um Familien und Freunden Bericht zu erstatten. Aber Jack und Raphael blieben in den Bayous und suchten weiter. Mit Erfolg, denn sie stießen auf Nathan und seine Männer und waren auch heute noch bei uns.

»Ich habe mir von ihnen die Landschaft rund um dein Gefängnis beschreiben lassen. Die Pflanzen, die dort wachsen. Die Farbe des Gewässers. Welche Tiere dort leben. Als sie sagten, es gäbe dort fast gar keine Alligatoren, kamen nur wenige Zweige des Flusses infrage. Den Rest kennst du. Wir stießen beim Ausspionieren des Geländes auf eine Patrouille.«

An dieser Stelle endete er stets und ich wusste, dass es Wahrheiten gab, die er mir noch verschwieg, weil er nicht wusste, ob ich sie ertrug. Es war ein stilles Einverständnis zwischen uns, aber heute wollte ich mehr erfahren. Angespannt klammerte ich mich an die Teetasse und fing zunächst mit etwas anderem an. »Eins verstehe ich nicht«, sagte ich und blickte mich wachsam um, wie immer, egal ob ich drinnen war oder draußen. »Dein Bruder hat Sparta, also Stanton, ins Meer werfen lassen, weil er dachte, er hätte mich ertränken wollen. Aber Noah hat er es durchgehen lassen?«

Nathan war aufgestanden und bemühte sich, seinen düsteren Gesichtsausdruck zu verscheuchen, der sich noch hin und wieder auf seine Züge stahl. Ich las Kummer darin und konnte nur vermuten, dass er mit Isaacs Tod zu tun hatte. Gleich, was Isaac getan hatte, er war jahrelang an Nathans Seite gewesen, hatte ihn und Lea beschützt und die lange Reise über den Mississippi hinter sich gebracht. Auch Isaac hatte seine Mutter verloren, seinen jüngsten Bruder und seine Schwester. Seite an Seite hatten Nathan und er getrauert und Gräber geschaufelt. Nathan hatte darüber nie ein Wort verloren, aber ich wusste, dass er litt. Der Isaac, den er von früher kannte, war in Rikers Island gestorben; wiederauferstanden war ein rachsüchtiger, kaltherziger Mensch, mehr Monster als Mann.

Nur hatte Nathan das nicht gewusst. Das, was ihm im Gefängnis passiert war, hatte Isaac keinem und nur mir erzählt, zumindest glaubte ich das.

»Rayk hat gesagt, Noah hatte bei Isaac einen Stein im Brett, weil er ihm zweimal die Koordinaten verraten hat. Außerdem hat er das gesamte Vorhaben mit Kohle gesponsert. Ohne ihn hätte der Kutter nicht betankt werden können. Noah war nützlich.« Ich erinnerte mich, dass Noah Van Veenstra aus reichem Elternhaus stammte. »Als Noah dich über Bord geworfen hat, dachte er ja, der Plan sei gescheitert und wir würden dich vielleicht gehen lassen. Noah aber hatte immer vorgehabt, dich zu töten. Die Koordinaten von Lost Memories haben ihn bei Isaac dann vollkommen rehabilitiert.«

»Hm«, machte ich nur und sah Nathan an. Die Frage nach dem Warum brannte heute viel stärker in mir als an jedem vorherigen Tag.

Zögernd stand ich auf, stellte die Tasse auf den Baumstumpf und ging ans Flussufer, von wo aus ich Rayk oder Kjertan sehen konnte. Mit seiner übermenschlichen Kraft spaltete er mit hochrotem Kopf Holz in grobe Scheite, wieder und wieder, als hätte ihn jemand aufgezogen wie ein Uhrwerk.

»Wer von beiden ist das?«, fragte ich.

Nathan kam hinterher. »Ich weiß es nicht, ganz ehrlich.«

Ich schluckte hart und umfasste das raue Band an meinem Handgelenk. »Warum, Nathan?«

Nathan sah mich einen Moment an, dann verstand er. »Oh Gott, Will!« Seine Stimme klang rau, und ich spürte, wie sehr er mich halten und schützen wollte, doch er blieb, wo er war, einen Schritt von mir entfernt, das Gesicht voller Kummer.

Es tat weh. Es tat weh, dass er auf Abstand blieb, und es hätte wehgetan, wäre er zu mir gekommen, weil ich Berührungen so schlecht ertrug.

»Anfangs wollte ich es dir nicht sagen, weil du sonst sofort gewusst hättest, wer Isaac ist – oder zumindest hätte es dein Vater herausgefunden, wenn wir dich freigelassen hätten. Wenn alles nach Plan verlaufen wäre.«

»Du hattest Angst, sie hätten euch anschließend gefunden … durch deinen Bruder.«

»Ich hatte vor allem Angst, dass Isaac nochmal in den Bau wandert. Er hatte zu Unrecht gesessen, er hatte nie etwas mit Drogen zu tun, Willa. Ich wusste auch, dass dein Vater Schuld daran trug. Wenn er herausgefunden hätte, dass Isaac, sein Sohn, hinter der Entführung steckt ... und Isaac war ja auch krank, das dachte ich zumindest. Ich wollte nicht, dass er seine letzten Tage im Knast verbringen muss.« Eine dunkle Haarsträhne fiel über sein Gesicht, und sein Blick blieb eine Mischung aus Dunkelheit und Reue. »Später, als wir auf Lost Memories waren, habe ich oft daran gedacht, dir mehr zu verraten. Ich fand, es sei dein gutes Recht zu erfahren, dass Isaac dein Halbbruder ist. Aber hättest du mir geglaubt, wenn ich dir erzählt hätte, dass dein Vater meine Mutter ... eine Sechzehnjährige ...« Er brach ab, und ich wollte schreien: *Sprich es ruhig aus, denn es macht nichts besser, sondern nur schlimmer!*, aber Nathan konnte nichts dafür, dass mir das passiert war. Es war meine eigene Schuld. Ich hatte sein Handy genommen, und Noah hatte es für seine Zwecke ausgenutzt. Ich selbst hatte mir die Schlinge, die um meinen Hals lag, zugezogen. So erschien es mir jedenfalls. Hätte ich auf Nathan gehört, sein Handy nicht gestohlen, wäre ich Isaac unter Umständen niemals in die Hände gefallen.

Hart presste ich die Lippen zusammen und errichtete Schutzmauern um mich so groß wie ein Wall. »Ich hätte es nicht geglaubt.« Die Wahrheit war, ich wollte es immer noch nicht glauben, aber mein Vater hatte sich durch sein Verhalten selbst disqualifiziert. Wenn Isaac ein Kind reiner Liebe oder beidseitigen Vergnügens gewesen wäre, hätte Dad sich nie vor mir schämen müssen. Isaac hatte keinen Grund gehabt, in diesem Punkt zu lügen.

Nathan räusperte sich. »Als wir beide, du und ich, dann von Lost Memories geflohen sind, nachdem Kjertan gegangen war ... da wollte ich es dir sagen ... bevor du heimgegangen wärst, um dein Leben in Ordnung zu bringen. Doch ich bin nicht mehr dazu gekommen.« Nathan sah an mir vorbei zu dem Zwilling, der wie ein Irrer auf das Holz einschlug. Delphi, also Raphael, stand daneben und sah aus wie ein Erzengel, der überlegte, ob er seinen Schützling zur Raison bringen sollte. Der brummige Jack stapelte die Scheite. Das Holzhacken war ein Dienst, den sie Mrs. Durand erwiesen – und ihrem Bruder, der das Holz, wenn er aus der Haft entlassen würde, an campende Touristen verkaufen konnte.

Der Morgen war kühl und die Luft immer noch lavendelblau. Es war Zeit. Zeit für die Wahrheit, die Nathan mir noch nicht vollkommen erzählt hatte. Seit ein paar Tagen schon flatterte mir dieser grausame Verdacht durch den Kopf und ließ mich nicht los, bestätigte sich eher, als dass er sich verflüchtigte. Langsam ging ich zu den Männern, den Blick gesenkt und die Schultern hochgezogen. Erst, als ich direkt vor ihnen stand, hob ich den Kopf und sah zu dem holzhackenden Zwilling.

Als meine Anwesenheit durch seine getriebene Arbeit drang, hielt er inne. Er war es nicht mehr gewohnt, dass ich von mir aus auf ihn zuging.

»Willa? Dir gehen besser?« Er lehnte die Axt gegen den Hackklotz und blickte mich ehrlich und bekümmert an, aber die schwarzen Augen waren nicht mehr dieselben.

»Wer bist du?«, fragte ich leise. »Kjertan oder Rayk?«

»Du dir aussuchen«, sagte er nur und wollte wieder zu seiner Axt greifen. Mein Verdacht brannte sich tiefer in meine Adern, und ich spürte, wie sich meine Augen mit Tränen füllten.

»Wo ist dein Bruder?«, flüsterte ich.

Alle schwiegen, und die Stille schwebte in der Luft wie ein langsam sinkendes Herbstblatt. Kjertan oder Rayk griff zu einer Flasche, die ebenfalls an dem Hackklotz lehnte, und trank sie mit kräftigen Zügen aus. Der Geruch des Moonshine ätzte sich in meine Nase wie Gift, sank in meinen Bauch und verursachte ein Gefühl von Übelkeit und Ohnmacht. Für Sekunden flackerte die Umgebung, Wände zogen sich um mich herum wie Mauern, und ich lag wieder in dem dunklen Raum, die Handgelenke an die Fußknöchel gefesselt, Isaacs Torturen vollkommen wehrlos ausgeliefert. Krampfhaft rang ich nach Atem, spürte mein rasendes Herz und war unfähig, mich zu bewegen.

»Will?« Ich hörte Nathans Stimme wie durch Wasser. »Will, komm zurück.« Aber ich wusste nicht mal, wo ich war. Alles stürzte über mir zusammen, und irgendwann war ich auf den Knien, auf dem feuchten Gras, und packte ganze Büschel davon, riss sie heraus, so wie ich Isaac jedes Haar ausreißen wollte, sein Herz und seine Seele. »Will, du bist in Sicherheit, alles ist gut.«

Aber nichts war gut. Nie wieder würde etwas gut sein. Und nach langer Zeit spürte ich zum ersten Mal ungefiltert meinen brennenden, heißen Zorn und dahinter die Sturmböen des Hasses. Beides holte mich zurück, auch wenn meine Arme und Beine noch unkontrolliert zitterten.

»Wo ist er?«, brüllte ich. Alle starrten mich an, und da riss ich

Rayk oder Kjertan die Flasche aus der Hand und zerschlug sie auf dem nächsten Stein am Boden. Ich konnte das Zeug nicht mehr riechen, und ich wusste, wo es seit Neustem gelagert war. Wie eine Geistesgestörte rannte ich in den nahen Schuppen mit der stillgelegten Schnapsbrennerei und schlug blind vor Wut, Ekel und Abscheu eine Flasche nach der anderen entzwei. Das Klirren war wie eine höhnische Musik, und der Geruch nach dem billigen Fusel ertränkte mich fast. Ich sah Isaac, wie er sich über mich beugte, spottete, mir mit belegter Stimme Dinge ins Ohr flüsterte, die er in der Nacht mit mir machen wollte, während er mich fesselte und mir gewaltsam Moonshine einflößte. Damit ich lockerer wurde!

In meiner rasenden Zerstörungswut schnitt ich mir unabsichtlich die Arme auf, ich blutete, aber ich konnte nicht aufhören. Als ich die letzte Flasche gegen den Schnapsbrennkessel hieb, stand ich zitternd und von Moonshine durchnässt in einem Meer aus Glas und weinte unaufhörlich viele Tränen. Ich weinte so heftig, wie ich noch nie zuvor in meinem Leben geweint hatte, so sehr, dass ich ein paar Mal dachte, ich würde daran ersticken. Ich weinte um mich, und ich weinte um Nathan und mich, darum, dass ich keine Berührungen mehr ertrug. Ich weinte um Stanton und um Rayk oder Kjertan.

Nathan stand die ganze Zeit still vor dem Eingang, und als ich irgendwann den Arm nach ihm ausstreckte, kam er herein und nahm meine Finger.

Ich drückte ganz fest seine Hand und weinte noch mehr. »Er hat immer Moonshine getrunken«, sagte ich heiser, denn Nathan konnte das ja nicht wissen. So vieles wusste er nicht, so vieles würde ich niemals aussprechen können, egal wie sehr ich ihm vertraute. Ich schüttelte den Kopf, als mir schmerzhaft bewusst wurde, wie groß diese Kluft für immer sein würde. Sie würde mich ein Leben lang von allen Menschen trennen, selbst von denen, die ich liebte. Nochmals schluchzte ich auf und wischte mir über die Augen. »In jeder Nacht hat er Moonshine getrunken.«

»Oh, Will!« Nathans Augen färbten sich dunkel, und dann legte er ganz zart die Arme um mich, so zart, als wäre meine Haut das Flügelkleid eines Schmetterlings, das er nicht zerdrücken wollte. Ich ließ es zu, auch wenn mein Körper sich gegen meinen Willen versteifte. Ich wollte diese Berührung so sehr. Ich brauchte sie so sehr. Und ich hasste meine Reaktion, aber die Wahrheit tat weh, so weh, dass ich sie nicht allein durchstehen konnte. Glas knirschte unter uns, und es kam mir vor wie meine eigene Zerbrechlichkeit, wie die Trümmer meiner

Seele. Mit pochendem Herzen lehnte ich den Kopf an Nathans Brust, lauschte seinen vertrauten Herzschlägen, aber es dauerte eine lange Zeit, bis ich die Arme heben, sie um seine Taille schlingen und noch viel mehr weinen konnte.

Kjertan oder Rayk, einer von beiden hatte meine Rettung nicht überlebt. Ich erinnerte mich daran, dass sich mehrere Männer zwischen Noah und mich geworfen hatten. Ein Zwilling war dabei gestorben und der andere so sehr erschüttert, dass er seinen Bruder nicht gehen lassen konnte.

»Weißt du, wer das da draußen ist?«, fragte ich Nathan, als er mich wieder losgelassen hatte, genau zum richtigen Zeitpunkt, bevor der vertraute Drang nach Abstand in mir aufstieg.

»Nein«, sagte er leise. »Es ging zu schnell. Wir trugen alle schwarze Klamotten, Kjertan und Rayk sogar dasselbe schwarze Bandana. Ich sah nur Noahs Waffe und habe mich zwischen ihn und dich geworfen. Ich nehme an, Kjertan wollte dasselbe für dich tun – er war ja in dich verliebt … Und Rayk wollte seinen Bruder beschützen. Das glaube ich, aber ich weiß es nicht. Vielleicht wollte derjenige auch mein Leben retten.«

Meine Lungen, mein Hals und mein Herz fühlten sich wund und taub an, allein bei der Vorstellung, es könnte Kjertan gewesen sein. Allein bei der Vorstellung, dass Nathan und er ihr Leben für mich gegeben hätten. »Wo ist er?«, fragte ich erstickt.

Nathan sah an mir vorbei. »Wir haben ihn dort beerdigt.«

»Dort?«, flüsterte ich entsetzt. »An diesem Ort?«

»Wir konnten ihn nicht mitnehmen. Wir brauchten einen Kahn für dich.«

Ich spürte, wie das Blut unter den zerschnittenen Pullovern und Hemden meine Arme hinunterlief. Noch mehr Narben. So viele Narben und Verluste. Mein Herz wollte zerbrechen, vor allem, wenn ich mir vorstellte, dass einer von ihnen für immer dort liegen würde. Niemand konnte seine letzte Ruhe an solch einem Platz finden, aber natürlich war das nur mein Gefühl, das mir das sagte.

Nathan sah mich mit Schatten in den Augen an. »Will … er ist so voller Kummer, dass ich ihm nicht helfen kann. Er schläft nicht und ist trotzdem nicht richtig wach. Er isst kaum und trinkt nur noch Moonshine und Whiskey. Ich weiß nicht, was ich tun soll.«

Etwas an diesen Worten berührte mich an einer Stelle, die ich in letzter Zeit wie einen unbenutzten Muskel hatte verkümmern lassen. Mitgefühl. Die ganzen letzten Wochen war ich nur auf mich fixiert gewesen, auf mein Leid, den Schmerz und auf das, was mir angetan worden war.

Der Gedanke, dass Kjertan – oder Rayk – auf eine ganz andere Art ebenso litt, machte mich schwindelig. Ich ging hinaus in den Morgen und blickte mich suchend um.

Jack, Raphael, Ian und der Zwilling standen noch wie festgefroren neben dem Hackklotz und starrten mich an, als ich auf sie zuging. Ich musste ein furchtbarer Anblick sein. Verheult, blutverschmiert, mit Rotz, der mir aus der Nase lief, und von Kopf bis Fuß durch drei Schichten Klamotten alkoholdurchtränkt. Ich hasste Moonshine.

Vor Rayk oder Kjertan blieb ich stehen und nahm ihn in den Arm, bevor ich es mir anders überlegen konnte. Ich hielt ihn ganz fest, unterdrückte mein Grauen vor Nähe, und ein paar Tränen durchnässten sein Hemd. »Es tut mir leid …«, stammelte ich unbeholfen. Dieser Mann, der hier stand, war mutig genug gewesen, sein eigenes Leben für einen anderen zu opfern. »Ich … ich danke dir. Ich meine … ich weiß nicht, was ich sagen soll … ich danke dir. Aber das reicht nicht. Niemals reicht das …« Eine grobe Hand wuschelte durch mein Haar, in diesem Moment vergaß er das Vergangene sicher, und ich erstarrte und wich dann zurück.

Kjertan – oder Rayk – murmelte eine Entschuldigung und blickte mich an. »Mir leidtun, Prinsessa. Nix besser schützen. Du tapferstes Mädchen von Welt.«

Ich erkannte ihn nicht mal an der Stimme, es hätte sowohl Rayk als auch Kjertan sein können, und es war eine Frage der Achtung, ihn in seiner Trauer nicht damit zu belästigen. »Wie soll ich dich nennen?«, wollte ich wissen.

»Mir egal ist«, brummte er.

»Dann nenne ich dich heute Kjertan und morgen Rayk. Und immer so weiter.« Das war ein Kompromiss, und er lächelte sogar für einen Wimpernschlag. Eins wusste ich immer noch nicht. »Wie habt ihr Noah überwältigt? Er hatte doch die Waffe.«

Nathan, der ein paar Meter abseits gestanden hatte, kam dazu. »Rayk oder Kjertan … er ist getroffen worden, aber er stürzte sich trotzdem noch auf Noah. Er hat ihm die Pistole aus der Hand gerissen, aber … aber er war zu schwer verletzt.« Er schluckte und blickte zu dem Johannsson-Zwilling, der heute für mich Kjertan war.

»Er Noah erschossen.«

Für einen Moment flackerte Noah Van Veenstra vor mir auf, so wie er mir am Anfang als Troja erschienen war. Wie ein lässiger, gutmütiger Skater-Boy. Wie hatte ich mich nur so täuschen können? Und ich hatte immer gedacht, ich könnte Gefühle anderer lesen. »Mein Bruder … er auch Isaac erschossen«, fügte Kjertan noch hinzu.

»Er hat ihn getötet?« Mein Herz klopfte, ich konnte nicht einmal seinen Namen aussprechen. Isaac. Es ging einfach nicht, so sehr ich diesen Namen auch loswerden wollte, weil es mir vorkam, als würde er mich innerlich verbrennen. »Ich habe immer gedacht, es wäre Nathan gewesen.«

Dieser schüttelte den Kopf.

»Isaac nix tot, Isaac an eine Waffe kommen, er dich wollen erschießen.«

Wieder quollen Tränen aus meinen Augen, und ich schlug die Hände davor. »Und die anderen? Wohin sind sie verschwunden?«

Nathan spuckte auf den Boden, und für den Hauch eines Augenblicks sah ich wieder sein kriegerisches Gesicht. »Abgehauen. Diese Feiglinge. Ich schwöre, ich hätte sie alle zur Rechenschaft gezogen.«

Das wusste ich, und ich war ihm dankbar.

Kjertan sah Nathan an. »Dieser Mann hier, Willa, er nix schlafen, er nix essen, er immer dich suchen. Wochenlang, jede Minute, jede Sekunde, immer dich suchen. Ohne Pause, nie ausruhen. Er fast zusammenbrechen. Ich denken, er sterben. Er innerlich wie tot war, bis dich gefunden.«

Ich blickte Nathan aus verweinten Augen an und hoffte so sehr, dass er wusste, wie sehr ich ihn liebte, auch wenn ich so unnahbar war. Er nickte mir mit einem Lächeln zu, und ich spürte eine winzige, warme Stelle in meinem kalten, betäubten Herzen.

Danach lief ich ins Haus zurück, riss mir die Kleider vom Leib und duschte mir zwei Stunden lang den Moonshine, das Blut und die Erinnerungen von der Haut.

Eins war mir durch die Wahrheit über Rayk oder Kjertan klar geworden. Ich musste aufhören, in meiner Betäubung zu versinken, denn das Leben ging weiter. Es würde nicht stehenbleiben, um auf mich zu warten. Der Tod von Kjertan, oder Rayk, erinnerte mich wieder an Stanton. Ich hatte ihm das Versprechen gegeben, dass es Grace und Sam an nichts fehlen sollte, und ich würde dieses Versprechen halten. Ich musste es halten, denn es war ein guter Grund, morgens aufzustehen, selbst wenn mich die ganze Nacht über Albträume quälten. Selbst wenn ich Geister sah, heute andere als früher. Es war Zeit, nach Hause zu gehen und mich meinem Vater zu stellen. Ich musste die Ursache dieses Hasses verstehen, die

Ursprünge dieser ganzen Geschichte. Ich musste Antworten bekommen.

Sehr viele. Unendlich viele.

Ich bat die anderen, eine Trauerzeremonie für Rayk abzuhalten, damit ich mich verabschieden konnte. Rayk nur deshalb, weil der Zwilling heute Kjertan war. Also versammelten wir uns am Abend um ein Lagerfeuer und schwiegen eine lange Zeit. Nathan hatte ein kleines, weißes Kreuz gezimmert und es in die Erde gesteckt. Normalerweise, sagte Nathan, erzählten sie in Coldville nach der Beerdigung Geschichten über den Verstorbenen, sie sangen seine Lieder, und die Familie kochte sein Lieblingsessen. Sie würden die ganze Nacht Wache halten, und das taten wir auch. Aber wir konnten nichts erzählen, weil wir nicht wussten, wem wir Lebewohl sagten. Also standen wir nur um das knisternde Feuer, das in einem lauen Nachtwind flackerte, über uns die Sternbilder des Frühlings und der runde, milchweiße Mond.

Insgeheim hoffte ich, dass Kjertan irgendwann etwas sagen würde, aber das tat er nicht. Also sagte ich gegen Morgen: »Dein Bruder war ein echter Held, ein einfacher, ehrlicher Mann mit einem guten Herzen. Er war ein Beschützer und Freund, und ich werde ihn nie, niemals, in meinem ganzen Leben vergessen.« Da fing er an zu weinen, aber er schwieg weiter, und am nächsten Tag nannte ich ihn Rayk.

## Kapitel 13

Ich kam Anfang Juni nach Hause. Die New Yorker Luft war diesiger, als ich sie in Erinnerung gehabt hatte; der Lärm und die vielen Autos, das ewige Hupen und die Präsenz so vieler Menschen an einem Ort machten mir das Atmen schwer.

Nathan und Ian hatten sich den klapprigen Dodge von Mr. Callahan geliehen, dem Pferde-Tierarzt. Er wusste immer noch nicht, wer ich war. Anfangs hatten die Männer ihm erzählt, ich sei Ians Schwester, und das hatte er geschluckt. Vor ein paar Tagen, als er wieder einmal da war, um nach mir zu sehen, hatten sie ihm erklärt, sie müssten mich nach Hause bringen. Er bot ihnen sofort sein Zweitauto an. Laut Nathan vermutete er, ich sei das Opfer eines Bandenkriegs. Die Schwester eines Mitglieds, die man auf üble Weise zugerichtet hatte, um ein Zeichen zu setzen, und die sich nun fern von allem erholen musste.

Sie hatten dieser Vermutung nicht widersprochen.

Zweiundzwanzig Stunden waren wir von Cocodrie, Louisiana, bis nach New York gefahren. Und als wir jetzt auf der lebhaften Straße direkt neben dem Gebäudekomplex mit dem Penthouse meines Vaters hielten, klopfte mein Herz so sehr, dass ich am liebsten wieder zurückgefahren wäre.

»Hast du das Handy?« Nathan, der neben mir auf der Rückbank saß, sah mich besorgt an.

Meine Finger tasteten nach dem Prepaid-Telefon in meiner Jackentasche. »Ja.«

»Ich bin immer noch dagegen, dass du allein gehst«, sagte er zweifelnd. »Dein Vater ist ein gefährlicher Mann. Was, wenn er dich nicht wieder gehen lässt?«

»Dann rufe ich dich an.«

Er nickte, aber sein skeptischer Gesichtsausdruck wollte nicht weichen, auch wenn er mir zuliebe versuchte, zuversichtlich auszusehen. Mein Pirat und mein Retter. Er hasste den Gedanken, mich bei meinem Vater abzusetzen, in der Höhle des Löwen, wie er sagte. Er und Ian würden hier in New York in einer Jugendherberge auf mich warten, bis ich meine Angelegenheiten geregelt hatte.

»Wiederhole meine Nummer bitte noch mal. Nur zur Sicherheit.« Er hatte sie vorsorglich nicht eingespeichert.

Ich ratterte sie mühelos herunter. Hinter uns hupte eine Kolonne Autos. »Ich muss gehen. Wir sehen uns.« Vor Nervosität vergaß ich, mich zu verabschieden, stieg aus und schlug die Tür zu.

Sofort schwappte der Geruch von Fritten, Abgasen und Kaffee über mich und löste einen Schwall Erinnerungen aus. Dad und ich auf dem Weg zum Ritz. Dad und ich auf dem Weg in die Oper. Dad und ich auf unserem Balkon, den Blick nach Long Island gerichtet.

Ich tastete nach den Strähnen meiner rothaarigen Perücke, mit der ich mich auf dem Weg hierher getarnt hatte. Wir wussten nicht, wer nach mir suchte – auch wenn die Zeitungen und das Netz aktuell keine Meldungen über mich und Dad enthielten –, daher war ich so gekommen, wie man mich der Stadt und Dad entrissen hatte. Verkleidet.

Nervös schaute ich zu dem palastartigen Eingang. Es kam mir vor, als wäre ein Jahrhundert vergangen, seit ich zum letzten Mal durch diese goldene Pforte gelaufen war. Dabei war es nur knapp ein Jahr her.

*Ein Jahr.* Wieder flatterten Erinnerungen in mir. Die Männer der Agamemnon, der Sturm, die Sumpfzypressen von Louisiana und …

Ich schüttelte den Kopf, wollte die bösen Bilder vertreiben, und als es mir nicht gelang, lief ich einfach los, um sie durch Aktion zu verdrängen.

Die vier Securitymänner sahen mich seltsam an und wollten mir schon den Eintritt verwehren, da nahm ich die Perücke ab.

»Ich bin Willa Hampton. *Seine* Tochter.«

Ihre Augen wurden weit, und für einen Moment tauschten sie ungläubige Blicke. Ich wusste, diesen Männern war es nicht erlaubt, persönliche Fragen zu stellen, und ich hatte keine Nerven für lange

Erklärungen. Dennoch hätte ich jetzt zu gerne erfahren, was Dad ihnen über meine Abwesenheit erzählt hatte.

»Mr. Baker, ich bin es wirklich«, wandte ich mich an den Einzigen von ihnen, den ich kannte, und ratterte noch mein Geburtsdatum, meinen Geburtsort sowie die Nummer meines Personalausweises herunter, den ich natürlich nicht bei mir trug.

Nachdem ich die letzte Ziffer wiedergegeben hatte, lächelte er verhalten. »Das wäre nicht nötig gewesen, ich habe Sie auch so erkannt. Willkommen zurück, Miss Hampton.« Er zog ein Funkgerät hervor. »Ich gebe drinnen Bescheid.«

Dankbar nickte ich ihm zu, und nachdem er weitere Angestellte informiert hatte, ging ich mit klopfendem Herzen durch die monumentale Empfangshalle. Ich hielt den Kopf hoch und straffte die Schultern, eine schauspielerische Leistung, die eine große Reserve meiner erst neugewonnenen Kraft anzapfte.

»Miss Hampton – Sie sind tatsächlich zurück?«

Die Stimme unseres Doorman Franklin ließ mich zusammenfahren und strafte alle Schauspielerei Lügen.

»Oh, ich bitte um Verzeihung. Ich wollte Sie nicht erschrecken, Miss Hampton. Ich bin nur so überrascht. Wir hatten Sie nicht vor August erwartet.«

*Was hast du ihnen nur erzählt, Dad?* Die Polizei hatte er ja offenbar tatsächlich nicht eingeschaltet. Ich drehte mich zu Franklin um und sah in sein altes, gütiges Gesicht, das mich in seiner Sanftheit sekundenlang an Pan, an Kjertan, erinnerte. Mein Herz krampfte sich zusammen. »Es ist ein Überraschungsbesuch«, erklärte ich ausweichend.

Franklin blickte über die blitzblanke Marmorplatte des Empfangs, hinter der sich ein Dutzend Kameras und die neuste Technik der Überwachung übertrumpften. »Da wird sich Ihr Vater bestimmt freuen.« Nichts in seinem Gesicht verriet mir etwas darüber, von woher er mich zurückwähnte. »Soll ich ihn für Sie anrufen? Er ist in seinem New Yorker Büro.«

Fast wäre ich in Tränen ausgebrochen, ohne zu wissen, warum. Vielleicht weil mir diese ganze moderne Technik nicht hatte helfen können, vielleicht aber auch, weil das Kind in mir geglaubt hatte, Dad würde hier seit über einem Jahr herumsitzen und auf meine Rückkehr warten. Ich hatte gehofft, sein Leben wäre an jenem Tag stehengeblieben, doch selbstverständlich war das eine idiotische Vorstellung. Mein Vater war Mr. Nicholas Hampton, Gott und Gönner, eine überlebensgroße Figur in der Wirtschaft und Weltpolitik. Vielleicht auch ein Umweltverbrecher, Vergewaltiger und Lügner.

Angestrengt zwang ich ein Lächeln auf mein Gesicht. »Ja, geben Sie ihm bitte Bescheid. Das wäre sehr nett, Franklin.« Danach hastete ich zu der Allee goldener Fahrstühle, vor der eine Reihe schwarz-weiß gekleideter Liftboys wartete. Ein paar davon kannte ich von früher.

»Schön, dass Sie zurück sind, Miss Hampton. Ins Penthouse?«, fragte mich der Erste, der mir unbekannt war. Er musterte mich interessiert, und eine vertraute Angst kroch in meinen Nacken, flüsterte ein warnendes *Achtung* in meinen Geist. Unwillkürlich schlang ich die Arme um mich, brachte aber ein Nicken zustande. Für einen Moment kam es mir vor, als wäre ich für ihn ein offenes Buch, als könnte er all das sehen, was mir passiert war.

Hitze stieg mir ins Gesicht, doch ich versicherte mir, während ich schweigend neben ihm wartete, dass das unmöglich war.

Als die Türen völlig geräuschlos aufglitten, wies mich der Liftboy hinein und folgte mir.

»Nein!«, sagte ich etwas zu heftig. »Ich fahre allein.«

Verwundert blickte er mich an. »Aber Miss Hampton … Wir haben strikte Anweisungen …«

»Ich fahre allein!« Vielleicht war mein Ton eine Spur zu scharf, denn sein Gesicht verdunkelte sich, als wäre ich eines dieser überheblichen It-Girls, die jeden Angestellten wie Dreck behandeln. Im Grunde waren meine Gefühle so aufgepeitscht, dass es mir egal war, aber einem Teil von mir tat es leid.

Während ich die mehr als dreißig Etagen hinauffuhr, verblassten die letzten Gedanken und ich war ganz bei mir selbst. Müde lehnte ich mich gegen die polierte Wand und mied den Blick in den Spiegel; wie immer seit meiner Gefangenschaft bei Isaac. Ich fühlte mich leer und hohl wie ein Gefäß. Allein die Fahrt von Louisiana hierher war anstrengend und aufwühlend gewesen; ich hatte nicht erwartet, dass es mir so sehr zusetzen würde, meinen geschützten Ort im Sumpf zu verlassen. Ein Teil von mir fragte sich, was ich hier machte, der andere wusste es. Ohne die Wahrheit würde ich nicht weiterleben können. Ich brauchte die Gewissheit, dass Isaac nicht gelogen hatte, und ich musste den Hass verstehen, um seine grausamen Taten in meine Lebenslinie einsortieren zu können. Denn noch kam es mir vor, als geisterten sie wie ein stummes Entsetzen in meinem Inneren herum, bereit, immer wieder ohne Ankündigung hervorzubrechen.

Es war, als hätte mein Leben eine nicht vorhergesehene Biegung genommen und als würde ich nicht auf den richtigen Weg zurückfinden, wenn ich es nicht verstand.

Die Fahrstuhltür glitt auf, und ich ging mit einem Nicken an zwei weiteren Männern der Security vorbei. Ich kannte sie gut. Vielleicht zu gut, als dass sie keine Fragen stellen würden.

Der bullige Typ mit der hohen Stirn lächelte auch prompt. »Miss Hampton. Schön Sie zu sehen.« Er wirkte ehrlich erfreut.

»Ja. Früher als geplant«, sagte ich vage. Dann fiel mir etwas ein. »Personal?« Es klang zusammenhangslos. »Wer ist da?«

»Ruth, Andrew, Ruby und Jane, Miss Hampton.«

»Schicken Sie sie nach Hause«, sagte ich und fühlte mich plötzlich schwach auf den Beinen.

»Aber Ihr Vater …«

Ich hob den Kopf, und in meinen Augen musste unverkennbar ein Flehen liegen. »Schicken Sie sie nach Hause, bitte … Es ist … es ist wichtig für mich, Mr. Cox.« Zum Glück erinnerte ich mich an seinen Namen.

Anschließend wartete ich, zurückgezogen in einem offenen Fahrstuhl, bis der zweite Wachmann mit meinem Vater telefoniert hatte und danach alle Angestellten nach unten begleitete.

Erst dann betrat ich mein Zuhause.

Alles, was ich mir in den letzten Tagen in meiner Vorstellung ausgemalt hatte, passierte jetzt so schnell, dass ich kaum hinterherkam. Als ich durch unser feudales Foyer Richtung Wohnhalle ging, kam ich mir unwirklich vor. Ich roch das alte Zitronenholz und das herbe Poliermittel, blickte auf die spiegelblankgeputzten Marmorböden und Dads Raritäten aus aller Welt. Wie im Traum wandelte ich durch das größte Wohnzimmer New Yorks. Vorbei an der Vitrine mit der antiken Brosche von Marie Antoinette, der Siegellackdose von dem namhaften Hofjuwelier des Zaren Alexander III., dem ersten Golfball seit Menschengedenken und der Imperial-Rotweinflasche eines Cabernet Sauvignon, die Dad für über vierhunderttausend Dollar ersteigert hatte. Und nicht zu vergessen: Das Herz des Meeres. Die perfekte Nachbildung von Kate Winslets Heart-of-the-Ocean-Kette aus *Titanic*, die Dad locker siebzehn Millionen Dollar gekostet hatte. Es war sein kostspieligstes Stück, und er hatte es anonym kurz nach Moms Tod ersteigert. Ein Andenken an sie. Weil ihr Herz, so wie die

Filmkette, für alle Zeiten auf dem Meeresgrund ruhte. An meinem zwölften Geburtstag hatte er gesagt, es gehöre nun mir, aber ich hatte es nie tragen wollen, nicht einmal zuhause.

Ich lief weiter durch die Partylounge, Dads Weinbar und mein Atelier. Meine unfertigen Gemälde standen dort noch auf den Staffeleien, fein säuberlich abgestaubt, natürlich. Wie auf Autopilot ging ich auf mein letztes Werk zu: eine verschwommene, chaotische Darstellung eines wilden Ozeans, in dem ein geisterhaftes Wesen herabsank.

Das Bild kam mir auf einmal lächerlich vor. Wie die absurde Malerei eines naiven Mädchens.

Ich war ein naives Mädchen gewesen.

*Naiv.*

*Und so unschuldig.*

Das Herz wurde mir plötzlich schwer. Als ich die getrockneten Farben mit den Fingerspitzen berührte, schossen mir Tränen in die Augen. Ich fragte mich, wer Willa Nevaeh Rae gewesen war, als man sie damals von ihrer Feier weggelockt hatte. Welchen Träumen war sie gefolgt und wohin, dachte sie, würde das Leben sie führen?

Die banale Antwort war, ich hatte nicht die geringste Ahnung. Ich hatte mein Leben auf Dad fixiert, er war mein Gott und Gönner gewesen. Mein Retter, der seine große Liebe für mich geopfert hatte. Ich selbst existierte damals nur als vage Ahnung, so unscharf wie meine Malerei. Heute sah ich mich klarer, auch wenn es wehtat. Ich sah mich nicht nur durch Dads Augen, sondern durch die Augen vieler anderer, die mir gesagt hatten, wie tapfer und mutig ich gewesen sei und dass ich ein gutes Herz hätte.

Für einen Augenblick brannten meine Finger unter dem Wunsch, die Gemälde zu zerstören, so wie den Moonshine, doch da wurde die Flügeltür in der Eingangshalle aufgerissen.

Eine Stimme hallte durch das Penthouse, fegte mich fast von den Beinen. »Willa? Willa Rae, Kind, Liebes, wo bist du?«

Für mehrere Herzschläge stand ich wie unter einem schweren, süßen und zugleich bitteren Schock da, dann fiel die Apathie von mir ab. Ich kam mir vor wie der Zuschauer eines Bühnenstücks, dessen Seele davon berührt wird, ganz gleich, wie sehr er sich dagegen sträubt.

Wie von selbst stürmte ich los. Ich rannte, und das Herz pochte unerträglich laut in meiner Brust. Für viele, unendlich viele Sekunden vergaß ich alles, was ich über Dad gehört hatte, und ich erinnerte es ebenfalls nicht, als ich ihn entdeckte.

Mit langen Schritten durchquerte er die Wohnhalle, aber als er mich sah, verharrte er still. Sein Gesicht war kalkweiß und er nur noch der Schatten des Mannes, den ich damals verlassen hatte. »Du lebst … Du bist tatsächlich hier …« Seine Worte kamen fast tonlos heraus, als könnte er es nicht glauben.

Mein Kinn zitterte. *Oh mein Gott, Dad!* Ich hatte in den letzten Wochen und Monaten so viel über ihn und mich nachgedacht, ich hatte zeitweilig geglaubt, er wäre ein Fremder, den ich nicht mehr erkennen würde. Aber in seinem maßgeschneiderten Anzug und seinen glänzenden Dior-Schuhen war er trotz des Elends in seinen Zügen so sehr mein Dad, so sehr jemand, den ich mein Leben lang geliebt hatte, dass meine Knie nachzugeben drohten.

»Dad!« Ich wisperte, trotzdem war das Wort wie ein Schrei, der verzweifelt aus meinem Inneren hervorbrach. In drei Sätzen war er bei mir und schloss mich in seine Arme. Er flüsterte mir all das ins Ohr, was ich mir in dem gesamten letzten Jahr so gewünscht hatte. Er drückte mich so fest, dass mir beinahe die Luft wegblieb, und er weinte. Er weinte nicht wie ein Gott und Gönner, sondern wie ein zutiefst erschüttertes Kind, so heftig, wie ich es noch bei keinem Mann, bei niemandem zuvor gehört hatte.

Mir wurde bewusst, dass wir uns Begegnungen so oft ausmalen können, wie wir wollen. Wir können uns vornehmen, wie wir reagieren, aber dann, am Ende, sind sie doch ganz anders. Und als ich endlich reflexhaft meine Arme um ihn schloss, erlaubte ich mir für wenige Atemzüge, wieder sein kleines Mädchen zu sein. Seine unschuldige Willa, von der er immer das Böse der Welt hatte fernhalten wollen, wenngleich er selbst stets ein Teil davon gewesen war.

Bis heute weiß ich nicht, wie lange wir so dastanden, nur Dad und Willa, ohne Vergangenheit und Zukunft, ehe ich mich von ihm löste. Dads Rasierwasser umgab uns beide wie eine Wolke und tauchte mich in viele glückselige Erinnerungen meiner Kindheit und Jugend: Dad und ich staunend am Rockefeller Center unter dem gigantischen Christbaum. Dad und ich Karten spielend in seiner Weinbar. Dad und ich lachend im Schnee in Vermont, Dad und ich auf unserem Balkon, Dad, über Krieg und Frieden philosophierend.

Unwillkürlich dachte ich an Isaacs Worte. *Sobald sie frei ist, wird sie singen wie ein Vögelchen. Daddy wird sie einlullen und ganz schnell dafür sorgen, dass sie vergisst, wer der Böse ist.*

Meine Muskeln verkrampften sich augenblicklich. Mir wurde übel, und Dads Blick, der so voller Liebe und Freude war, verschattete sich mit einem Anflug von Entsetzen. »Willa, was ist dir passiert?«, flüsterte er, und ich sah, wie sehr er sich bemühte, seine Beherrschung zu wahren.

Ich konnte nichts sagen. Meine Worte waren einfach weg, beschlagnahmt von den Wochen in der Gewalt meines Halbbruders. Ich sah Dad an, suchte Isaac in seinen Zügen und war erleichtert, als ich nichts von ihm in seinem Gesicht wiederfand. Dennoch konnte ich das Grauen nicht abschütteln.

»Willa, du kannst mir alles sagen.« Dad sprach leise, wie zu einem verletzten Tier. Er wollte mir die Arme auf die Schultern legen, aber der blinde Moment ohne all das, was passiert war, war vorüber. Ich wich zurück.

»Willa, Liebes, hast du Angst vor mir?« Fassungslos sah er mich an.

Ich schüttelte den Kopf und hatte nie stärker gehofft, dass die ganzen Geschichten, die mir die anderen über ihn erzählt hatten, nicht stimmten. Ich fühlte mich vollkommen zerrissen. Ich wollte ihn lieben, und ich wollte ihn hassen. Und irgendwie tat ich beides, doch das wollte ich nicht wahrhaben. Ohne ein weiteres Wort rannte ich zur Eingangshalle zurück, die Stufen hinauf und in meinen Flügel. Durch den Vorraum stolperte ich in mein Schlafzimmer, schloss die Tür und ließ mich daran angelehnt auf den Boden sinken. Wenige Sekunden später hörte ich Dads Schritte.

Er klopfte leise. »Wir müssen reden, Willa. Du musst mir alles erzählen, bitte, Liebes. Du ahnst nicht, welche Ängste ich um dich ausgestanden habe. Ich muss wissen, wie es dir ergangen ist. Ich sterbe vor Sorge.«

Hinter der Tür biss ich in meine Faust und starrte auf das gigantische Sumpfgemälde an meinen vier Wänden. Mein Südstaatenzimmer. Es war wie ein zweiter Schock, in jener Landschaft zu sitzen, aus der ich gerade gekommen war.

»Soll ich einen Arzt rufen?«

»Nein«, flüsterte ich erstickt.

»Oder Dr. Moore?«

»Nein.«

»Deine Freundin? Penelope?«

Ich entgegnete nichts mehr.

»Willa, bitte mach mir die Tür auf. Wir müssen die Polizei verständigen. Ich kann immer noch nicht fassen, dass du hier bist … und jetzt fliehst du vor mir … ich muss wissen, was passiert ist …«

»Heute Abend, Dad!«, würgte ich irgendwann hervor, als er sich nicht von meiner Tür wegbewegte. »Ich … ich brauche Ruhe.« Das war nicht einmal gelogen. Die lange Fahrt, das grelle Tageslicht und der Lärm hatten meine sowieso schon empfindliche Seele gestresst. Ebenso wie mein erstes Zusammentreffen mit Dad. Es hatte mich emotional erschüttert. Ich musste mich sammeln. Ich würde Kraft brauchen.

## Kapitel 14

Erst als New York in der Dunkelheit versank, kam ich aus meinem Zimmer. In der Nacht fühlte ich mich eher wie ich selbst, vielleicht weil ich nicht mehr so rein und makellos war wie früher. Außerdem verhüllte die Dunkelheit die Narben auf meinem Körper und meiner Seele besser als der Tag; schlafen konnte ich sowieso nur in den frühen Morgenstunden.

Ich hatte geduscht und trug zwei Lagen schlichter Nobelklamotten, kam mir jedoch verkleidet vor. Während ich die geschwungene Treppe hinunterging, fiel mir auf, dass in allen kostbaren Porzellanvasen bunte Blumensträuße steckten. Das gesamte Penthouse war getränkt von dem Duft samtig-süßer Rosen und salzweißer Lilien, ganz sicher ein *Willkommen zurück* von Dad. Er wollte, dass ich mich zuhause fühlte, vielleicht wollte er mir auch die Angst nehmen, die er in meinen Augen sah. Doch die Blumen beruhigten mich nicht mehr wie früher. Ich fürchtete mich, Dad gegenüberzutreten und ihm all die Fragen zu stellen, wegen derer ich gekommen war, aber ich wollte keine Zeit mehr vergeuden. Außerdem hatte ich ein Versprechen zu erfüllen.

Als ich das Speisezimmer betrat, wartete Dad bereits. Inmitten des barocken, rot-goldenen Mobiliars wirkte er beinahe wie ein König. Er trug immer noch seinen Anzug, nichts Bequemes wie seinen Jogginganzug von Armani, den er abends manchmal zum Arbeiten von Zuhause aus anhatte. Oder zum Fernsehen.

»Ich habe uns eine Kleinigkeit kommen lassen«, sagte er mit

einem offenen Lächeln, und zum ersten Mal sah ich wieder seinen Kranz gutmütiger Lachfältchen. »Alles, was du magst … setz dich doch.« Er sprach, als wäre ich ein seltener Gast und das hier ein hochoffizieller Anlass, und obwohl ich mich unwohl fühlte, kam ich seiner Aufforderung nach. Ich musste etwas essen, das wusste ich verstandesgemäß.

Mit einem flauen Gefühl im Magen betrachtete ich die kunstvoll arrangierten Speisen auf den silbernen Rechauds.

»Karamellisierte Kalamata-Oliven, Saibling, Nierenzapfen vom Rind, Rote Bete, geschmorte Kartoffeln, Champignons und Sauerrahm, da drüben Ragout und Bries vom Lamm und ein Sud grüner Tomaten mit gerösteten Pinienkernen. Mein lieber Freund Jacques war so freundlich, uns eine erlesene Auswahl seiner Speisekarte bringen zu lassen.«

Sein lieber Freund Jacques betrieb ein sündhaft teures Gourmetrestaurant in New York, Tribeca, doch ich fragte mich in diesem Moment nur, wie viele Portionen Kartoffelauflauf man für diesen Preis bekäme und wie viele Menschen in Coldville davon satt würden. Und wie lange.

Dad setzte sich zu mir, was merkwürdig war, da er sonst stets am Kopfende thronte; doch es war noch eigenartiger, ihn die beiden Teller füllen zu sehen, was normalerweise zu den Aufgaben des Personals zählte. Er stellte eine Wagenladung Lammragout mit geschmorten Kartoffeln und Sauerrahm vor mich. Das hatte ich bei Jacques früher oft bestellt, gleich ob es aktuell auf der Karte stand oder nicht.

»Iss, Liebes. Du siehst aus, als würdest du es brauchen.« Er legte sich die Serviette auf den Schoß, nahm Messer und Gabel und begann zu essen, aber ich konnte nur auf meinen dampfenden Teller starren. Das Würzfleisch duftete herrlich, aber ich war nicht imstande, etwas anzurühren.

»Dad«, flüsterte ich. Meine Eingeweide zogen sich schmerzhaft zusammen, sodass ich fürchtete, gleich Galle auf den Tisch zu spucken. Unwillkürlich schossen mir Tränen in die Augen. »Hast du mich nicht suchen lassen?« Das war die wichtigste, die allerwichtigste Frage, die seit Wochen und Monaten auf meiner Seele lag wie ein Mühlstein.

Dad sah mich für Sekunden erschrocken an und legte das Besteck beiseite. »Wie bitte?«

»Sie haben gesagt, du hättest dich geweigert, ihre Bedingungen zu erfüllen.« Der Kloß in meiner Kehle war hart wie Granit.

»Und das hast du geglaubt?« Er klang absolut entgeistert.

Ich schwieg und starrte auf das Lammragout auf meinem Teller.

»Natürlich habe ich dich suchen lassen. Wir haben die halbe Welt nach dir abgesucht, Kind.«

»Wer ist wir?«, fragte ich, und ein wenig Zorn schwang in meinen Worten mit. »Wer hat mich denn gesucht? Die Polizei hast du ja offensichtlich nicht eingeweiht … nicht mal Franklin … oder dein Sicherheitspersonal …«

»Ich hatte Angst um dein Leben.« Jetzt wurde Dads Stimme ebenfalls lauter, nicht vor Empörung, sondern weil er selbst furchtbar aufgewühlt zu sein schien. »Sie haben gedroht, sie würden dich auf grausame Weise umbringen, wenn ich nicht tue, was sie verlangen. Ich wollte dich nicht in Gefahr bringen. Herr im Himmel, Willa Rae! Glaubst du, ich lasse mein einziges Kind nicht suchen, wenn es in Gefahr ist?«

*Dein einziges Kind?*, dachte ich bitter, aber fragte: »Und wer hat mich gesucht?«

»Die Männer der Arrow Corporation natürlich. Das sind die besten.«

Jetzt verschlug es mir fast die Sprache. »Eine deiner privaten Militäreinheiten?« Soweit ich wusste, war die ArrowCorp in einer Pufferzone zwischen der Türkei und Nordsyrien postiert, um dort den Frieden zu sichern. Sie war Dads ganzer Stolz, eine Unterstützung der staatlich stationierten Truppen und ein Aushängeschild für seinen Patriotismus, der ihm im Weißen Haus so manchen Pluspunkt brachte. Und natürlich auch bei allen wichtigen Regierungsspitzen, bei Männern, die Entscheidungen trafen und Papiere unterzeichneten. Bei Richtern, Gefängnisdirektoren und Firmenbossen. Aber auch bei Leitern von Gremien und Laboratorien; denn insgeheim war, laut Dad, das US-Militär von solch privaten Armeen abhängig.

»Ich habe einen Teil von ihnen abkommandiert, etliche Söldner, darunter ein ehemaliges Mitglied der Navy SEALs, zwei Scharfschützen und einen ehemaligen Kampfpiloten.«

Mein Unterkiefer klappte herunter. »Und sie konnten mich nicht finden?«

»Sie suchten offensichtlich am falschen Ende der Welt … Wo haben sie dich gefangen gehalten? Wo bist du in den letzten Wochen gewesen? Der Brief von dieser Frau, die mir mitteilte, dass du lebst, kam aus El Paso; aber es stand dabei, dass du nicht dort bist.«

Sollte ich es ihm verraten? Ich wusste nicht, was er dann tun würde. Ganz sicher wollte ich nicht, dass kampferprobte, skrupellose Söldner den Sumpf nach Raphael, Jack, Mrs. Durand und einem der Zwillinge durchstreiften.

»Ich kann … ich weiß es nicht genau.« Ich dachte an das doppelstöckige Haus. »Ich … ich kann nicht darüber sprechen.«

Dad wurde blass. »Was haben sie dir angetan, Willa?«

Hatte er keine Fotos erhalten? Für einen Moment sah ich die Blitze der Kameras, spürte den harten Tisch unter mir und die brennenden Blicke der Männer. Meine Hilflosigkeit von damals stieg in mir auf, machte meinen Brustkorb eng.

Wieder starrte ich auf mein Lammragout. »Was ist mit Delilah?«, hörte ich mich fragen. »Sie hat es als Einzige gewusst, oder?«

»Ja.« Dad atmete geräuschvoll durch. »Ich habe sie angefleht, nicht zur Polizei zu gehen, aber es war schwer, sie davon zu überzeugen, nachdem diese Kriminellen vorgegeben hatten, ihre Nichte sei in Gefahr.«

Sie hatten es also nur vorgetäuscht. Für eine Schrecksekunde überlegte ich, ob auch der Schütze, der Dad im Visier gehabt haben soll, eine reine Erfindung gewesen war, aber im Grunde spielte es keine Rolle mehr. »Und wie konntest du Delilah überzeugen?«

»Ich habe ihrer Nichte eine neue Niere gekauft.«

»Du hast die Spendenliste umgangen.«

»Ich habe einem kleinen Mädchen ein neues Leben geschenkt.«

Mein Dad war ein guter Rhetoriker, so wie Isaac es gewesen war. Und natürlich hatte alles zwei Seiten, aber einem anderen Kind war dadurch vielleicht das Leben genommen worden. Bitterkeit stieg in mir auf.

»Willa, Liebes, was ist los … bist du böse auf mich? Hätte ich die Polizei hinzuziehen sollen? Hätten sie dich finden können?« Dad hörte sich so ratlos an, richtig hilflos, er tat mir sogar leid.

»Ich weiß es nicht.« Ich nahm meine Gabel und spielte mit ihr herum. »Wo hat mich die ArrowCorp denn gesucht?«

Dad sah ehrlich überrascht aus. »In Kanada natürlich.«

*In Kanada!* Das war ein Schock. Er wusste viel mehr, als er bisher preisgegeben hatte. Ich legte die Gabel wieder beiseite. »Sie haben mir gesagt, deine Ölsandindustrie hätte ein ganzes Dorf vergiftet. All ihre Seen und Zuflüsse, das Grundwasser. Sie haben gesagt, es hätte unzählige Menschenleben gekostet, aber die Hampton Oil Company hätte die Gutachten manipuliert. *Du* hättest die Gutachten manipulieren lassen …« Für einen Augenblick hielt ich inne. »Warum hast du nicht einfach zugegeben, dass du es warst, dann hätten sie mich nach drei Wochen gehen lassen! Sobald du alles offengelegt hättest, wäre ich frei gewesen. Warum hast du es nicht getan?« Die Augenbinde ließ ich außen vor, und ich klang viel heftiger, als ich wollte, denn die eigentliche Frage brannte mit einer ganz anderen Intensität: *Wieso liebst du mich nicht genug?*

Dad saß auf einmal so reglos an seinem Platz, wie er zuvor bei meinem Anblick in der Halle stillgestanden hatte. »Weil ich nichts davon gewusst habe«, sagte er nach einigen Sekunden sehr ruhig. »Ich hatte keine Ahnung.«

Der Puls zuckte an meiner Halsschlagader. »Du lügst!«, fuhr ich ihn an.

Er wies mich nicht mal zurecht, auch wenn ich noch nie so mit ihm gesprochen hatte. »Glaubst du das ernsthaft, Willa? Glaubst du, ich wäre dazu fähig? Kind, sieh in dich hinein und höre auf dein Herz.« Eindringlich blickte er mich an, bevor er die Stirn runzelte. »Was haben sie dir nur erzählt? Das ist doch verrückt! Vollkommen verrückt! Wieso sollte ich Gutachten manipulieren lassen, wenn das, wie du sagst, ein katastrophales Ausmaß an Zerstörung mit sich bringen würde? Meinst du nicht, ich habe genug Geld? Ich könnte die Tore der Ölsandindustrie schließen und hätte immer noch Milliarden. Nenn mir einen Grund, warum ich etwas Derartiges unterstützen sollte?«

Seine Worte brachten mich komplett aus der Fassung. »Es … es … es ist deine Firma. Irgendjemand muss es getan haben. Und es sterben Menschen dort oben. Viel zu viele Menschen … und du hast doch auch gesagt, du würdest dich stellen … das hast du zu den Geiselnehmern gesagt, nachdem sie dir die Fotos von mir geschickt haben … oder … sie haben doch Fotos geschickt …« Er musste jedenfalls die von der Agamemnon erhalten haben, kurz nachdem Isaac sie geentert hatte.

Dad schloss für einen Moment die Augen. »Ja. Und ja, ich habe ihnen gesagt, ich würde mich schuldig bekennen«, seufzte er und klang plötzlich furchtbar erschöpft, so erschöpft, wie ich mich seit Monaten fühlte. »Was hättest du denn gemacht, wenn du solche Bilder von mir bekommen hättest? Hättest du nicht auch etwas gestanden, das du nicht getan hast?«

Ich blinzelte irritiert. »Wieso hast du es dann anfangs geleugnet?«

»Weil ich es nicht gewesen bin. Ich hatte nicht einmal eine Ahnung von der Riesenschweinerei, die da im Norden bei Coldville passiert ist. Ich dachte, wenn ich ehrlich bin und den wahren Schuldigen finde, lassen sie dich gehen. Ich habe ihnen sogar Geld geboten.«

Ich spürte, wie ich erbleichte. Er hatte Isaac schon zu Beginn Geld geboten, aber Isaac hatte nichts dergleichen an die anderen weitergegeben.

»Nachdem sie mir noch einmal Fotos geschickt hatten, schreckliche Fotos, habe ich mich schuldig bekannt. Sie haben damit gedroht, dir schlimme Dinge anzutun. Noch schlimmere als die, die ich zu sehen bekam …« Er hatte den Mut und blickte mich direkt an. »Bill Luther von den ArrowCorp hat mir geraten, mich schuldig zu bekennen, aber erst nach einer Bedenkzeit. Die Männer der Einheit haben befürchtet, dass sie dich töten, sobald ich öffentlich gestehe … Sie hielten es für sehr wahrscheinlich, dass ich dich nie wiedersehe …« Er schluckte, und seine Augen füllten sich mit Tränen.

Jetzt sah er wieder aus wie mein Dad, nicht wie der Mann, der Politik machte. In diesem Augenblick wollte ich nichts sehnlicher, als ihm glauben und ihn umarmen, doch ich verbot es mir und ballte die Fäuste, um das Zittern meiner Hände unter Kontrolle zu bringen.

Er redete weiter. »Sie haben Coldville eine längere Zeit unauffällig überwacht. Da sich die Forderung um die Ölsandindustrie drehte, hatten sie erwartet, du würdest in der Nähe von Coldville gefangen gehalten. Die Männer dort oben haben nur wenige Möglichkeiten, und sie sind …« Er unterbrach sich, und ich hatte den Eindruck, ihm wäre beinahe das Wort primitiv herausgerutscht. »Es dauerte eine Zeit, bis wir herausbekamen, dass du nicht in Kanada festgehalten wurdest.«

»Wie denn?«

Dad schüttelte den Kopf und hatte sich wieder im Griff. »Das tut nichts zur Sache. Jedenfalls war das der Zeitpunkt, ab dem wir sie mit meinem angeblichen Geständnis hinhalten wollten, um an einem anderen Ort zu suchen.«

»Wo?«

»Auf dem Atlantik.«

*Dann hat es jemand aus Coldville verraten!* »Wie kamt ihr darauf?«

»Ich sagte doch: Das tut nichts zur Sache, Liebes. Eine komplizierte Geschichte, aber es fing mit den Fotos an. Bill Luther ließ den

Hintergrund vergrößern und erkannte einen Kran, wie er auf Fischkuttern benutzt wird.«

Mir schwirrte der Kopf, und in meinem Herzen tobte ein Sturm von Gefühlen. Ich wusste nicht mehr, was ich glauben sollte. Dad klang so ehrlich. Es hörte sich alles so plausibel an, und er hatte mich tatsächlich von Männern seiner besten Militäreinheit suchen lassen. Ich hatte nicht gedacht, dass man Söldner aus einem Krisengebiet abziehen konnte, aber prinzipiell gehörten die Männer meinem Vater, er bezahlte sie, also konnte er auch die Aufträge diktieren.

Dad sah mich an. »Jeden Tag habe ich auf ein Zeichen gehofft, Willa. Ich habe gebetet … und das habe ich seit du-weißt-schon-wann nicht mehr getan.«

Seit dem Tod von Florentine und seinem Sohn Nicholas. Unwillkürlich dachte ich an Isaac.

»Wusstest du, wer hinter all dem steckt?«, fragte ich mit enger Kehle.

Dad schüttelte den Kopf. »Nicht ganz. Ein paar Männer aus Coldville sicherlich. Und du kannst mir glauben, dass ich nicht eher ruhen werde, bis ich diejenigen ihrer gerechten Strafe zugeführt habe.« Er klang jetzt fast selbst wie ein Söldner. Und sein Gesichtsausdruck war härter als eine Brechstange.

Ich musste ihn fragen. Jetzt. Ich musste den Namen aussprechen und ihn fragen, auch wenn mich allein der Gedanke in eine irrationale Panik versetzte. »I-Isaac«, presste ich schließlich hervor und spürte den Nachklang wie einen kalten Schauder im Nacken. Meine Zunge blockierte, aber ich zwang mich. »I-Isaac McCormack.«

Für den Bruchteil einer Sekunde blitzten Dads Augen auf. Er kannte den Namen. »Wer ist das?«

Ich wurde stocksteif. Er log! Er log mich an! »Das solltest du wissen.«

Für eine lange Zeit schwieg er, schließlich ging ein tiefer Atemzug durch seinen Körper. »War er es? Hatte er dich in seiner Gewalt?«

Meine Lippen zitterten, weil die Bilder hervorbrachen, ohne dass ich etwas dagegen tun konnte. Isaac über mir, zwischen meinen Beinen kniend, Isaac hinter mir, der grauenhafte Schmerz, das Blut und der schwache Lichtstrahl, wie ein Finger der Hoffnung … Für mehrere Herzschläge schloss ich die Augen, dann fragte ich: »Warum hast du mir nie von ihm erzählt, Dad?«

Er nahm die Serviette von seinem Schoß und warf sie wütend auf den Tisch. »Von dem Spinner, der behauptet, mein Sohn zu sein?«

»Er *ist* dein Sohn.« Ich musste das jetzt durchstehen, egal wie hart es mich in die Vergangenheit und den Sumpf zurückschmetterte.

Dad sah mich an, seine blauen Augen waren schmal vor Zorn. »Das hat er dir gesagt, ja?«

»Er sah aus wie Richard Hampton, wie mein Großvater, dein Vater«, flüsterte ich.

Dad gab einen seltsamen Laut von sich, eine Mischung aus Unglauben und Spott. »Auf dieser Welt behaupten ständig irgendwelche Menschen, die Söhne oder Töchter reicher Männer zu sein. Manchmal sehen sie zufälligerweise jemandem aus der Familie ähnlich, aber Isaac McCormack hat nichts, aber auch überhaupt nichts mit deinem Großvater gemeinsam. Du hast ihn ja nicht einmal gekannt.« Selten hatte ich Dad so aufbrausend gesehen, den Mann, der stets die Contenance bewahrte.

Aber diesmal glaubte ich ihm nicht. »Er hat gesagt, du hättest ihm Drogen unterschieben lassen. Er hat gesagt, du hättest nach zweieinhalb Jahren seine Kaution bezahlt. Und das alles nur, damit ich nie erfahre, dass du seine Mutter vergewaltigt hast.«

Dad stand auf, sein Gesicht war nun aschfahl. »Willa, Kind, höre dich reden … Was ist mit dir da draußen passiert?« Er wirkte ehrlich entsetzt. So ehrlich entsetzt, dass ich an allem zweifelte. Und genau das machte mich wütend und auf eine schreckliche Weise hilflos. Doch er hatte vorhin bei der Frage nach Isaac gelogen. Vielleicht log er die ganze Zeit.

Mein Herz pochte hart gegen die Rippen. »Was mir passiert ist?«, hörte ich mich fragen und es klang weit weg. Instinktiv stand ich auf und riss mir den wollenen Poncho und das Langarmshirt über den Kopf, danach streifte ich die Hose ab.

Dads Augen wurden riesig wie Scheunentore und sein Gesicht, falls überhaupt möglich, noch bleicher.

»Das hat *er* getan!«, sagte ich heftig, aber mit einem Anflug von Tränen in der Stimme, die ich hasste. Ich hasste meine Schwäche. Ich hasste mich selbst. Ich hasste es, mich so verwundbar zu fühlen. »Er hat mich mit seinem Gürtel geprügelt und seine Zigaretten auf mir ausgedrückt, wenn er gerade Lust dazu hatte. Er hat mir die Knochen gebrochen und … er hat noch viel schlimmere Dinge getan …« *Dinge, die ich niemandem je erzählen kann! Dinge, die mich für immer von dem Rest der Menschheit trennen.* Mir versagte die Stimme, aber ich fasste mich wieder, ich musste weiterreden. »Und du behauptest, er wäre nicht dein Sohn! Warum sollte er so etwas denn sonst tun, wenn nicht aus Rache? Wer tut so etwas denn?« Jetzt bebten meine Schultern, und ich zitterte am ganzen Körper.

»Großer Gott, Willa Rae …« Dad kam auf mich zu, doch ich wich zurück.

»Nein! Fass mich nicht an!« Ohne es zu wollen, stand ich plötzlich mit dem Rücken an der Wand, und eine sturmhohe Angst peitschte durch meine Adern.

Dad war mit hängenden Armen stehengeblieben, und ich hob mein Shirt auf und presste es an meine Brust.

»Isaac McCormack hat mich mehrfach bedroht«, sagte er jetzt betrübt und geschockt. »Schon damals in Baton Rouge. Er ist paranoid und krank. Dass ich sein Vater bin, ist eine fixe Idee von ihm. Und ich habe ihm auch keine Drogen untergeschoben, sondern nur die Polizei darauf hingewiesen, dass dieser junge Mann ein ernsthaftes Drogenproblem haben könnte. Er hat mich mitten auf der Straße angepöbelt und beleidigt, völlig sinnwidrig. Deshalb habe ich ihn angezeigt und meinen Verdacht geäußert. Daraufhin wurde er beschattet und später sein Motelzimmer durchsucht. Man fand eine Menge Kokain. Und seine Kaution … die habe ich tatsächlich bezahlt, ja. Weil er mir leidtat. Ich hatte nicht gewollt, dass er meinetwegen Ärger bekommt.«

Dads Worte schwirrten in meinem Kopf herum und verursachten ein absolutes Gefühlschaos in mir. Ich wusste überhaupt nicht mehr, was ich denken sollte, aber in all dem Durcheinander fiel mir wieder ein, was ich komplett vergessen hatte. »Du hast auch behauptet, Mom wäre krank«, sagte ich mit brüchiger Stimme. »Du hast gesagt, sie bräuchte ihre Pillen, weil sie sich sonst Dinge einbildet, die nicht wahr sind. Aber ich wette, das war gelogen. Und du hast mir jahrelang vorgemacht, ich hätte eine Allergie.« Er starrte mich an. »Aber auch das stimmt nicht … du wolltest mich damit nur klein halten … bei dir behalten, damit ich nicht mehr zu meinen Freundinnen gehe … du wolltest, dass ich Angst habe … du hast meine Ängste bewusst geschürt … um mich an dich zu binden.«

»Ich wollte dich vor der Welt beschützen. Sie ist ein grausamer Ort.«

Benommen von seiner Ehrlichkeit schüttelte ich den Kopf. »So grausam wie du?«

»Ich bin nicht grausam. Ich schütze nur die, die ich liebe.«

»Und die anderen strafst du? Wer bist du? Gott?«

Er lächelte traurig. »Willa, das mit deiner Allergie stimmte tatsächlich nicht. Aber du warst ein so sensibles Kind; du hast Geister gesehen und verrückte Dinge getan. Mit dir selbst geredet und so. Ich wollte nicht, dass deine Freundinnen über dich spotten und du an der Wirklichkeit zerbrichst. Ich wollte dich schützen.«

Ich ließ das Shirt sinken, damit er einen freien Blick auf all meine Narben hatte. »Das hast du gut hinbekommen, Dad«, sagte ich bitter, und damit ließ ich ihn stehen und ging so aufrecht wie möglich zurück in meinen Flügel. Diesmal folgte er mir nicht. Nach einer Weile öffnete ich die Tür meines Trakts und lauschte durch den Spalt. Ich hörte seine Schritte in der Wohnhalle. Er sprach mit jemandem, offenbar telefonierte er. Anschließend klimperten Schlüssel, und er durchquerte die Eingangshalle.

»Ich muss noch einmal weg, Liebes. Dauert nicht lange«, rief er nach oben und löschte die Lichter in der unteren Etage. »Morgen reden wir weiter. In Ruhe und ohne falsche Anschuldigungen, hoffe ich.«

Ich wartete, bis er die Flügeltür zuzog, danach ertönte ein Sicherungssignal, die mechanische Verriegelung unseres Türschlosses folgte.

Schnell schlüpfte ich wieder in mein Shirt und zog einen dicken Pullover darüber. Ich musste unbedingt mit Nathan sprechen. Ich musste seine Stimme hören, um zu wissen, wer die Wahrheit sagte. Dad oder Isaac. Aber mein Handy war noch in meiner Hose, und meine Hose lag im Speisezimmer. *Mist! Erst steckst du es ein, weil du es immer bei dir tragen willst, und dann lässt du es einfach liegen!*

Da ich nicht wusste, ob Dad tatsächlich fort war, schlich ich auf Zehenspitzen die Treppe hinunter. Er schien jedoch wirklich gegangen zu sein, denn es war mucksmäuschenstill.

Schnell ging ich ins Speisezimmer zurück, um meine Hose zu holen. Dad hatte sie samt dem Poncho aufgehoben und beides ordentlich über meinen Stuhl gehängt. Ich griff erst in die eine Tasche, danach in die andere. Mein Herz schlug schneller. Mein Handy war weg. Dad musste es an sich genommen haben.

Aber wieso? Warum nahm Dad mir mein Handy ab?

Kurz stand ich da und starrte Löcher in die Luft, dann besann ich mich und lief in das Foyer zu unserem Haustelefon. Ich musste mit Nathan sprechen, mit dem einen Menschen, dem ich bedingungslos vertraute. Ich würde ihn einfach vorwarnen, falls Dad später die Wahlwiederholung drückte.

Ich nahm das Telefon, tippte die Nummer ein und wollte es mir gerade anders überlegen, weil ich fürchtete, es könnte Nathan doch irgendwie in Gefahr bringen, da merkte ich, dass die Leitung tot war.

Verdattert betrachtete ich den Apparat, dann rannte ich zu der Flügeltür, drückte die Klinke herunter, obwohl ich wusste, dass sie verriegelt war. Hastig gab ich den Code zum Entsichern des automatischen Türschlosses ein, aber es ertönte nur ein dumpfer Signalton – der langjährige Code war falsch.

*Dad hat mich eingeschlossen!*

Die Wahrheit setzte sich wie ein Mosaik vor mir zusammen. Dad hatte nicht nur dafür gesorgt, dass ich nicht herauskam, er hatte auch Maßnahmen ergriffen, damit ich niemanden erreichte. Schweiß sammelte sich in meinen Handflächen, und ich spürte die bekannte Welle der Angst auf mich zurollen.

Ich war eingesperrt.

*Eingesperrt. Allein. Hilflos.*

*Nein! Bitte nicht!*

Mein Verstand wusste, dass das Penthouse nicht das doppelstöckige Haus am Sumpf war, aber mein Gefühl unterschied es nicht. Die große Halle schrumpfte zusammen und verwandelte sich vor meinen Augen in ein Zimmer mit bretterverschlagenen Fenstern. Meine Arme und Beine wurden taub, und meine Zähne schlugen aufeinander, als hätte ich Schüttelfrost. Noch vor der Tür sank ich auf die Knie, unfähig, ruhig zu atmen oder meinen Körper zu kontrollieren. Irgendwann lag ich auf dem weißen Marmor, die Wange auf dem kalten Stein.

Ich hörte seine Schritte, die die Treppe hinaufstiegen.

*Spürst du das, kleine Lady? Ist dir das noch nicht genug? Du willst noch mehr?*

Isaacs Stimme flüsterte in meinem Kopf. Entsetzliche Worte, entsetzliche Drohungen. Mein ganzer Körper wurde geschüttelt, und in einer Art Phantomschmerz brannten meine Narben. Ich wollte aufstehen und mich aus dem Fenster stürzen, damit es aufhörte und seine Stimme in mir schwieg, aber ich wusste trotz all meiner Panik, dass es in dieser Höhe keine Fenster gab, die man weit genug öffnen konnte. Später dachte ich an die Galerie mit ihrem arabesken Geländer, doch die Vorstellung, dass Nathan dann wieder jemanden verlieren würde, den er liebte, hielt mich zurück. Also blieb ich liegen und wartete, bis es vorbei war, so wie ich es auch fast einen Winter lang hatte tun müssen. Irgendwann brach ich in Tränen aus, weil Isaac mich wieder einmal besiegt hatte, selbst aus seinem Grab heraus. Er war in mir drin, immer noch lebendig, ein unsterblicher, unbezwingbarer Dämon.

Ausgekühlt von dem kalten Boden taumelte ich auf die Füße und schleppte mich in mein Schlafzimmer, eine bleierne Müdigkeit in den Knochen. Das war immer so nach einer Panikattacke. Mein Körper war erschöpft, als wäre ich einen Marathonlauf gelaufen. Ich verbot mir, an die verschlossene Tür zu denken, und sank in die Kissen meines Himmelbetts. Die Erschöpfung tat ihr Übriges, und mein weiches Bett, mein herrlich weiches Bett, in dem ich ein Jahr nicht gelegen hatte, schwankte wie ein Kahn auf sanften Wellen des Vergessens, wie ein Kutter, wie eine Yacht.

Zum ersten Mal seit Monaten blieben meine Albträume fern, dafür erschien mir Mom. Bis heute weiß ich nicht, ob ich von ihr geträumt oder sie in ihrer geisterhaften Erscheinung gesehen habe, weil in dieser Nacht die Temperaturen fielen. In New York war es ohnehin um so viele Grade kälter als in Louisiana. Womöglich war sie tatsächlich aus der Zwischenwelt zurückgekommen, aber diesen Gedanken habe ich nie laut ausgesprochen, nicht einmal vor Nathan.

Als ich sie wahrnahm, saß sie in ihrem weißen Kleid von Fendi auf meiner Bettkante, die zimtbraunen welligen Haare umwogten ihr zartes Gesicht wie ein Brautschleier. *Wie schön sie ist,* dachte ich. *War.* Sie musste mich beim Schlafen beobachtet haben, und ihre Präsenz, ein kühler Lufthauch gleich einem Südstaaten-Ventilator, hatte mich geweckt. Sie lächelte mich an. »Nevaeh, mein Liebes.«

»Mom!« Ich flüsterte. Nie hatte ich sie in all den Jahren deutlicher gesehen, sie war fast von kristalliner Schärfe. »Mom, warum bist du hier?«

»Du suchst die Wahrheit, aber du siehst nur einen Ausschnitt. Du wagst nicht, das Unmögliche zu denken. Aber es ist alles da, alles in dir drin. Du musst es nur finden. Erinnere dich!«

»An was?« Jetzt saß ich kerzengerade auf meinem Bett. Ich weiß noch, dass der Mond auf den Fleck schien, wo Mom auf der Bettkante saß, und sie in überirdisches Licht tauchte. Ihre Haare flatterten, als wehte ein unsichtbarer Wind in meinem Zimmer.

»An irgendetwas. Ein Bild, ein Gefühl. Einen Duft. Es ist alles da.« Ganz zart strich sie mir über die Wange und summte eine leise Melodie, die sich in meinem Inneren in Verse übertrug. *Du bist mein Ein und Alles, mein Tag und meine Nacht, mein Himmelsstern und meine Erde. Du bist mein Gestern und Morgen. Mein Jetzt. Meine Ewigkeit.*

Ich schreckte durch einen Gedanken, der in mir aufstieg, zusammen, im selben Augenblick war er fort, wie ein Wort, das einem eben noch auf der Zunge gelegen hatte.

Plötzlich hellwach blickte ich mich in meinem Zimmer um, aber Mom war nicht mehr da.

»Was ist das Unmögliche?«, flüsterte ich in den leeren Raum. »Was wage ich nicht zu denken?«

## Kapitel 15

Am nächsten Morgen erwachte ich früh, aber Dad war schon vor mir aufgestanden und saß bereits in seinem Maßanzug in der Wohnhalle, die Beine übereinandergeschlagen und die New York Times in den Händen.

Ich trug noch immer das Shirt und den Pullover von gestern und hatte mir nur schnell eine Jogginghose übergestreift. »Wieso hast du mich eingesperrt? Und wo ist mein Handy?«

Dad ließ die Zeitung sinken und lächelte freundlich. »Guten Morgen, Darling. Geht es dir besser?«

Stumm sah ich ihn an und verschränkte die Arme vor der Brust.

Er seufzte. »Du erschienst mir gestern in einer elenden Verfassung. Beinahe unberechenbar. Ich wollte nicht, dass du Hals über Kopf das Haus verlässt oder vielleicht Telefonate tätigst, die zu keinem guten Ergebnis führen.«

»Zu keinem guten Ergebnis?«

»Ich habe befürchtet, du könntest Grandma Anna anrufen.«

Zum Glück hatte Nathan seine Nummer nicht eingespeichert, sonst hätte Dad vielleicht mit einem Trick herausbekommen, wo er war. »Wieso denn Grandma Anna?« Durch all das, was geschehen war, hatte ich in letzter Zeit überhaupt nicht mehr an sie oder den Brief gedacht. Dad offenbar schon.

»Grandma Anna hat sich viel zu oft in unsere Familienangelegenheiten eingemischt.« Er legte die New York Times auf den Tisch und stand auf. »Was ich dir gestern über Isaac McCormack gesagt habe, ist die Wahrheit. Er ist ein Verrückter, ein Psychopath.« *Das würde sogar ich unterschreiben.* »Und deine Mom war krank, Willa. Sie litt unter krankhaftem Verfolgungswahn, ein Grund, warum deine Grandma so schreckliche Thesen aufgestellt hat. Sie hat ihr geglaubt. Sie wollte nicht wahrhaben, dass deine Mom Psychosen hatte.«

Ich schwieg. *Du wagst nicht, das Unmögliche zu denken.*

Dad redete weiter und sagte, er hätte dem Personal eine Woche Urlaub gegeben, die wir nutzen sollten, um unsere Vater-Tochter-Beziehung ungestört wieder neu aufleben zu lassen. Wir hätten lange genug aufeinander verzichten müssen, allerdings würde er später noch mal ins Büro fahren und abends wieder Essen von Jacques bestellen, auch wenn ich gestern nichts angerührt hätte.

»Du bist schrecklich schmal geworden, Willa.« Er musterte mich prüfend. »Vielleicht solltest du wieder malen? Das hat dir doch früher gutgetan, oder? Deine Bilder haben dir immer geholfen. Und du solltest mit Dr. Moore sprechen, wenn du dich mir nicht anvertrauen möchtest. Du bist Opfer einer Gewalttat geworden und musstest offenbar Schreckliches durchmachen.« Er sah aus, als würde er sich an die Narben auf meinem Körper erinnern und wirkte für Sekunden hasserfüllt. »Wir müssen die Polizei einschalten oder aber …«

Ich blinzelte mehrmals hintereinander, dieser Tic war durch meine Erlebnisse stärker geworden. »Oder aber was?«

»Oder die ArrowCorp bringt es zu Ende.«

Ich hatte plötzlich einen schalen Geschmack im Mund. »Was meinst du damit?«

»Sie könnten die Schuldigen finden und ausschalten.«

»Du meinst, sie umbringen?«, fragte ich schockiert.

Dad schwieg.

»Du würdest sie töten lassen? Auf Befehl?«

»Nachdem ich gestern gesehen habe, was man dir angetan hat … jeder Vater würde das tun wollen. Ich habe die Möglichkeit.«

Heftig schüttelte ich den Kopf. »Sie sind tot, Dad. Die Männer, die mir das angetan haben, sind alle tot. Auch Isaac McCormack. Sie starben an den Folgen der Umweltbelastung von Coldville. Versagen des Immunsystems. Krebs. Ihre Tat war eine Verzweiflungstat, nur … nur Isaac«, ich stolperte kurz über den Namen, »er hat aus persönlicher Rache gehandelt.«

»Sie sind tot? Alle?« Dad sah mich irritiert an, als glaubte er mir nicht. »Wohin haben sie dich gebracht, nachdem sie den Kutter verlassen hatten?«

Also hatte die ArrowCorp ihn entdeckt. Sie hatten die

Agamemnon gefunden! Gott, wenn sie doch nur rechtzeitig gekommen wären, dann wäre mir so vieles erspart geblieben. Aber womöglich hätten Nathan und ich nie zueinandergefunden; doch … das war ein hoher Preis. Ich sah meinen Vater an. »Dad, das ist jetzt vollkommen egal.«

»Mir nicht!«

Natürlich nicht. Dad brauchte einen Schuldigen, aber ich durfte Nathan, Raphael, Jack, Ian und Kjertan, oder seinen Bruder, nicht verraten. Ich zweifelte nicht daran, dass Dad die ArrowCorp auf sie ansetzen würde. Die Frage war, ob ich wollte, dass er sie auf Billy, Maury und Anthony hetzte. Auf Dave und Peter. Auf Taurus und Mykonos, der sowieso sterben würde oder sogar bereits tot war. Darüber hatte ich vor meiner Ankunft in New York lange nachgedacht. Mir war klar gewesen, dass Dad mich nach den Tätern fragen würde und dass er Vergeltung wollte. Jetzt, nachdem er meine Narben gesehen hatte, sowieso. Selbst Nathan wollte die anderen nicht davonkommen lassen. In seinem Herzen brannte der Hass so heiß wie Lava. Wir hatten oft darüber gesprochen, da Nathan nicht wusste, wie er es anstellen sollte. Diese Männer stammten größtenteils aus Coldville, waren Freunde von Freunden, Verwandte von Freunden. »Ich schwöre dir, Will, wenn es etwas für dich besser macht, sorge ich dafür, dass sie ihre gerechte Strafe erhalten.« Doch dazu hatte ich geschwiegen, weil ich damals noch zu narkotisiert von meinen Qualen gewesen war. Hätte man mir eine Waffe in die Hand gedrückt, hätte ich eher mich selbst erschossen als einen der anderen.

Das Problem bei Dad war: Wenn seine Einheit diese Männer erwischte, würden diese unter Umständen auch Nathan und seine Freunde verraten. Außerdem war mir in all den Wochen etwas klar geworden: Meine Albträume würden durch eine Bestrafung dieser Männer nicht weniger, meine Narben und meine Furcht nicht kleiner. Doch all das musste Dad nicht wissen.

»Ich will nicht darüber reden«, sagte ich daher. »Mit niemandem. Niemals.« Und zum Teil war es nicht gelogen.

Dad folgte mir in die Küche, in der ich mir seit Jahren zum ersten Mal selbst Frühstück machte. Er setzte sich neben mich und hoffte ganz sicher auf ein Wort von mir, aber ich schwieg.

Wer war dieser Mann neben mir wirklich? Er wollte Männer, die er nicht kannte, deren Schuld er nur durch mich oder meinen Körper bemessen konnte, auf Befehl töten lassen. *Da ist er ein bisschen wie Der Pate,* flüsterte Isaac in meinem Kopf. Ich atmete tief durch und verdrängte seine Stimme in das finstere Gewölbe meiner Seele. Mein Vater würde also tatsächlich einen Mord in Auftrag geben. Und dennoch: Er hatte mich all die Monate über von seiner Spezialeinheit suchen lassen. Wenn ich an einem nicht zweifelte, dann an seiner Liebe.

War es möglich, dass er wegen meiner Allergie gelogen hatte, aber in vielen anderen Dingen die Wahrheit sagte? Ich wusste es nicht, und das war unerträglicher, als es die Wahrheit je sein könnte.

Als er sich später ins Büro fahren ließ, um wichtige Angelegenheiten wegen seiner Ölsandindustrie zu klären, änderte er nichts an meiner Lage. Ich blieb eingesperrt, mein Handy konfisziert und die Leitung tot, doch diesmal bekam ich keine Panikattacke, weil es mich nicht überraschend traf. Trotzdem spürte ich ein enges Gefühl in der Brust. Wie eine Schlafwandlerin lief ich durch das Penthouse, unfähig, zur Ruhe zu kommen. Es war, als suchte ich in den Sälen, Fluren und Dads Raritäten nach der Wahrheit. Irgendwann stieg ich die Treppe zum ersten Stock hinauf und blieb vor seinem Arbeitszimmer stehen. Ich fragte mich, warum ich nicht eher daran gedacht hatte. Sein Computer. Dad speicherte alle wichtigen Dinge zuhause und nicht in seinem New Yorker Büro, weil er dort niemandem vertraute. Nicht einmal seiner Security. Vielleicht würde ich etwas über Coldville und die Ölsandindustrie finden.

Ich stellte mich auf die Zehenspitzen, um den Schlüssel vom oberen Rahmen zu angeln. Seit wir hier eingezogen waren, versteckte er den Schlüssel dort, und offenbar hatte sich das auch in den letzten zwei Tagen nicht geändert. Im Grunde war dieses Versteck ein offenes Geheimnis, selbst Delilah, Jane und Ruby kannten es.

Ich schloss die Tür auf und glitt in Dads heiliges Reich. Wie früher roch es nach seinen Zigarren, ein bisschen nach Vanille, Tabak und Erde. Als Kind hatte ich diesen Geruch geliebt, er hatte etwas Heimeliges, Warmes, doch heute bekam ich davon einen dumpfen Druck in der Magengegend. Trotzdem kippte ich das Fenster nicht, aus Angst, ich könnte vergessen, es wieder zu schließen. Nachdenklich fuhr ich den PC hoch, ließ mich auf Dads Ledersessel fallen und entsperrte den Computer mit den Ziffern meines Geburtstags, die Zahlen in umgekehrter Reihenfolge. Dad hatte mir den Code verraten, als mein Laptop kaputt gegangen war und ich eine Zeitlang seinen PC mitbenutzt hatte. Als das Hintergrundbild des Desktops erschien, ein Schnappschuss von Dad und mir im Penthouse, atmete ich erleichtert auf. Er hatte das Passwort also nicht geändert.

Sofort öffnete ich den Browser und klickte Google an, dabei stellte ich fest, dass das Internet nicht funktionierte. Für meine Suche nach Dokumenten über Coldville war es unwichtig, denn Dad würde wichtige Unterlagen sicherlich nie in einer Cloud ablegen. Das Dumme war nur, dass ich Nathan so kein Lebenszeichen übermitteln konnte. Auf diese Idee war ich eben beim Hochfahren des PCs gekommen. Ich hätte eine Mail an die Jugendherberge schreiben können: *Sagen Sie bitte Ihrem Gast, Nathan McCormack, dass ich nicht mehr im Besitz meines Handys bin. Gruß W. H.* So hätte er wenigstens gewusst, wieso ich mich nicht meldete.

Um eine Fehlfunktion des LTE-Routers auszuschließen, stand ich auf, um nachzuschauen, ob es ein Problem gab. Das Gerät war angeschlossen, aber die Knöpfe leuchteten nicht. Ich drückte die On-Taste, doch nichts passierte. Dad musste den Funk-Router irgendwie manipuliert haben. Offenbar wollte er mich komplett isolieren.

*So weit gehst du also!* Fassungslos sah ich auf den Bildschirm, dann rief ich mich selbst zur Vernunft. Es sollte mich nicht wundern. Außerdem konnte ich auch ohne Internet nach Unterlagen suchen. Nach Gutachten von Gewässerproben zum Beispiel.

Eine Weile klickte ich mich durch mehrere Laufwerke und einen Haufen Folder. Leider kannte ich mich weder mit Informationstechnik noch mit Betriebssystemen sonderlich gut aus, trotzdem stieß ich irgendwann auf einen passwortgeschützten Ordner.

*Mist!* Selbst wenn dieser wichtige Unterlagen enthalten würde, bräuchte ich Jahre, um das Passwort zu knacken, denn diesen Code kannte ich nicht. Ich wusste auch nicht, wie viele Versuche ich frei hatte, bevor das Sicherheitssystem blockierte.

Auf gut Glück tippte ich nochmal mein Geburtsdatum ein, diesmal jedoch in korrekter Zahlenabfolge, aber das Passwort war falsch. Ich versuchte es verkehrt herum, aber auch das funktionierte nicht. Eine Weile überlegte ich und nahm dann das Geburtsdatum von Nicholas junior. Gespannt hielt ich den Atem an, aber nichts passierte. Zu meiner Erleichterung gab es auch keine Sperre. Ich konnte es weiter probieren.

In den nächsten zwei Stunden versuchte ich alles, was mir einfiel. Alle Daten und Namen vorwärts und rückwärts, Moms Namen und den von Dads erster Frau in Kombination: IvyRoseFlorentine. Mit Nachnamen. Ivy-Rose mit Bindestrich. Mit meinem Namen gemixt und auch mit dem meines Halbbruders Nicholas. Danach benutzte ich nur die ersten Silben: IvyFloWillNich. Ich wandelte sogar Buchstaben in Zahlen um – und umgekehrt. Ich gab ArrowCorp ein, selbst BillLuther, ohne Leerzeichen, Dads Lieblingsoper Aida, auch Aida-GiuseppeVerdi, seinen Lieblingskaviar und auch die Namen unserer Angestellten, vorwärts und rückwärts geschrieben und in Kombination. Später tippte ich einer genialen Idee folgend sämtliche Raritäten ein, die Dad im Laufe der letzten Jahre erworben hatte, sogar DasHerzDesMeeres und HeartOfTheOcean, aber jedes Mal erschien:

*Das Passwort ist falsch.*

Irgendwann fiel mir siedend heiß ein, dass Dad meine gescheiterten Versuche womöglich beim nächsten Mal angezeigt bekäme. *455 gescheiterte Login-Versuche.* Oder so. Für eine Weile hörte ich auf und suchte das Zimmer nach Geheimverstecken ab. Ich sah in Ming-Vasen, öffnete Schubladen und tastete darin nach doppelten Böden. Ich durchblätterte seine Krimis, doch außer dem Tresor gab es wohl keinen Ort, an dem er etwas versteckte. In dem Tresor selbst bewahrte Dad das echte Herz des Meeres auf, denn der Schmuck bei seinen Raritäten war eine billige Kopie – billig nur, wenn man in den Dimensionen meines Vaters dachte.

Nochmals setzte ich mich an seinen PC, aber da Dad schon so lange fort war, fuhr ich ihn herunter und nahm mir vor, es morgen weiter zu versuchen.

Ich schloss gerade sein Arbeitszimmer ab, als unten die Türverriegelung aufging. Erschrocken hielt ich inne.

»Willa? Ich bin wieder da. Ich habe vom Büro aus Essen bestellt und bin gerade mit dem Lieferboten kollidiert.«

Leise zog ich den Schlüssel aus dem Schloss und legte ihn zurück auf den Rahmen, bevor ich erleichtert durchatmete. *Gerade noch mal gut gegangen!*

»Ich komme.« Ich hatte keine Lust auf dieses sündhaft teure Essen, das mir seit meiner Rückkehr wie Verschwendung vorkam, doch ich durfte mir nichts anmerken lassen, wenn ich wirklich etwas herausfinden wollte.

Im Grunde musste ich es machen wie Troja. Vordergründig lächeln und hintergründig die Fallstricke auslegen.

• • •

Während wir aßen, schwieg ich und dachte an Nathan. Ich hatte gesagt, ich würde mich bei ihm melden und er solle mich nicht anrufen, damit Dad keinen Verdacht schöpfte. Doch jetzt waren zwei Tage um. Er wartete sicher ungeduldig auf ein Lebenszeichen von mir. Hoffentlich beging er keine Dummheit oder kam hierher. Wenn Dad herausfand, wer er war, der Halbbruder von Isaac, würde er ihm ganz sicher seine ArrowCorp auf den Hals hetzen oder ihn mit seiner eigenen Waffe erschießen.

Ich zwang mich, das Essen zu loben und Dad anzulächeln, aber sein freundlicher, prüfender Blick sagte mir, dass er sich nicht sicher war, was ich wirklich dachte und ob er mir trauen konnte.

Am nächsten Tag dauerte es Stunden, bis ich endlich in Dads Arbeitszimmer gehen konnte. Immer wieder fragte er mich, ob er Dr. Moore einbestellen sollte, doch ich verneinte jedes Mal, auch wenn mir klar war, irgendwann mit irgendjemandem reden zu müssen. Aber das würde ganz sicher nicht der alte Psychiater und Psychologe aus meinen Kindertagen sein, und ich würde das auch nicht innerhalb der nächsten Monate schaffen.

Als Dad schließlich von seinem Chauffeur abgeholt wurde, schlüpfte ich sofort wieder in sein Arbeitszimmer. Den ganzen Tag über war ich durch das Penthouse gelaufen und hatte alles genauestens inspiziert, um einen Hinweis auf das Kennwort zu bekommen. Passwörter besaßen in der Regel eine persönliche Note. Nathan zum Beispiel hatte für sein Handy die Koordinaten von Leas Begräbnisstätte gewählt, persönlicher ging es nicht.

Für einen Augenblick überlegte ich, wie mein Leben verlaufen wäre, hätte ich diesen Code nie geknackt. Denn genau das hatte Noah erst die Möglichkeit verschafft, mit Isaac in Kontakt zu treten. Ich konnte nicht sagen, ob Noah das Passwort mit irgendwelchem technischen Know-how hätte umgehen können, aber das glaubte ich nicht. Er war nie der Technikfreak gewesen.

Für eine Weile saß ich wie verloren in dem Ledersessel, während Bildfolgen des letzten Sommers durch meinen Geist schwebten. Der grüne, geheimnisvolle Sumpf, der immer den feinen Geruch von Erde und Moder trug. Die Gespinste von Spanischem Moos wie leuchtende Silberhaare zwischen den Ästen der Zypressen. Nathan und ich in der Hütte, nackt, lachend, liebend und neckend. Das leise Flüstern von zärtlichen Worten. Damals dachte ich, wir wären die Einzigen auf der Welt, die die Liebe wirklich kannten.

Meine Augen wurden feucht. Diese Bilder anzuschauen, war schwerer als alles andere; schwerer als die Stunden, in denen ich gelitten hatte. Der Verlust war kaum zu ertragen. Nie wieder würde es so sein. Niemals wieder wäre ich dieselbe wie damals. Isaac hatte mir so vieles genommen. Das Gefühl, begehrt werden zu wollen, und den Wunsch, mich hübsch zu machen. Die Unschuld der Liebe. So viele Dinge, die ich noch mit Nathan hätte entdecken können und die mir stattdessen auf so brutale Weise aufgezwungen worden waren. Eine raue Sehnsucht flackerte in meinem Herzen. Wie schön und aufregend war es in Lost Memories gewesen, Nathans brennende, begehrliche Blicke auf meiner Haut zu spüren. Sie waren mir wie das Streifen einer Sternschnuppe erschienen, eine Ahnung von Berührung, eine Vorfreude auf etwas, das sich wie Magie anfühlte.

Isaac hatte alles zu einem Haufen Asche verbrannt.

Hätte ich doch nur nicht dieses Passwort herausgefunden, dann wäre ich nie in diese Lage geraten.

Womöglich war die Erinnerung eine Warnung. Vielleicht wäre ich nicht bereit für das, was ich auf Dads Computer finden würde. Und schlimmstenfalls würde es eine weitere Katastrophe heraufbeschwören. Besser, ich gab mich geschlagen.

Mit dem Gefühl, meinen Verlust niemals zu überwinden, stützte ich den Kopf in die Hände und weinte. Ich fühlte mich irreparabel beschädigt und gebrandmarkt, gleich wie viel Zeit verging. Und jedes Mal, wenn ich weinte, dachte ich auch an all die, die wir verloren hatten. An Sparta, Pan oder Ilias. Sogar Troja hatte ich auf gewisse Weise verloren, denn ich hatte viel zu lange an seine Freundschaft geglaubt und ihn gerngehabt.

Ich dachte an den Tag, als ich die Kampfersalbe gefunden hatte und vor Pan davongerannt war. Selbst da hatte Troja Pans Handeln glaubhaft dargestellt.

Kurz presste ich meine Finger auf die geschlossenen Lider. Etwas an dieser Erinnerung rüttelte mich wach, sodass ich wieder im Hier und Jetzt ankam. Troja hatte etwas gesagt … etwas, das ich in diesem Moment brauchte. Etwas über die Salbe. Da fiel es mir plötzlich ein. Er hatte gesagt, Pan hätte die Salbe vielleicht behalten, weil sie für ihn eine Art Trophäe war. Troja hatte sein eigenes Verlangen nach der Trophäe Pan untergeschoben. Mein Vater dachte ebenso wie Troja. Viele erfolgreiche Männer behielten gerne eine Jagdtrophäe ihrer ehemaligen Konkurrenten, ihrer Opfer oder Besiegten. Dad besaß zum Beispiel immer noch die Rolex von Mr. Mancini. Die Uhr war ein Pfand, da Mr. Mancini damals seine privaten Schulden nicht hatte begleichen können. Dad hätte die diamantbesetzte Uhr längst umsetzen können, aber er brauchte das Geld nicht. Und selbst wenn … Er besaß lieber das Stück, das Mr. Mancini so viel bedeutet hatte. Das verschaffte ihm irgendeine Art von Triumph.

Ich tippte auf eine Taste, um den Bildschirmschoner zu unterbrechen. Vielleicht war der Name seines ungeliebten Sohnes ein Triumph für Dad. *IsaacMcCormack,* tippte ich ohne Leerzeichen ein.

*Das Passwort ist falsch.*

Ich versuchte es rückwärts, aber auch das war nicht korrekt.

*SeitapfermeinKind*

Das war natürlich auch falsch. Ich dachte nach. Vielleicht musste ich noch früher in die Zeit zurück. Was war für Dad eine Trophäe? Vielleicht etwas Verbotenes, das er niemandem erzählen konnte und das er deswegen hier als Passwort verewigt hatte? Und schlagartig wusste ich es. *CoralieMcCormack,* tippte ich hastig.

*Das Passwort ist falsch.*

Es kam mir vor, als hätte ich einen Stromschlag mit einem Elektroschocker verpasst bekommen, ich war mir so sicher gewesen. Ich versuchte es rückwärts und danach mit Zahlen anstatt Buchstaben, doch dann traf mich die Erkenntnis wie ein Blitz. Nathans und Isaacs Mutter war zu dieser Zeit noch nicht verheiratet gewesen. Ihr Mädchenname lautete Chevalier. Isaac hatte ihn mir verraten, als er mir zwischen Moonshine, Vergewaltigungen und Zigaretten seine Geschichte erzählt hatte. Ich hatte mir Chevalier gut merken können; es bedeutete *Ritter* und klang wie ein Adelstitel. In meiner Umnachtung damals hatte ich tatsächlich noch gedacht, dass der Name überhaupt nicht zu den ärmlichen Verhältnissen in Coldville passte und ich einen Ritter jetzt gut gebrauchen könnte.

Fahrig tippte ich:

*CoralieChevalier*

Der Ordner öffnete sich und einige Unterordner poppten auf, während ich erschüttert auf den Bildschirm starrte. Dass der Name von Nathans und Isaacs Mom das Passwort war, bestätigte mir sofort eines: Isaac hatte die Wahrheit gesagt. Er war definitiv mein Halbbruder, denn wieso sonst sollte Dad den Namen kennen und ihn sogar als Kennwort benutzen? Also musste Dad mit seiner Version der Geschichte gelogen haben.

Mein Herz pochte plötzlich doppelt so schnell. Er hatte Coralie Chevalier vergewaltigt, so wie Isaac mich vergewaltigt hatte. Dieses Passwort war beinahe so etwas wie ein Beweis. Denn wäre es nur eine flüchtige Liebschaft gewesen, hätte er diesen Namen gewiss nicht als Passwort gewählt. Etwas daran reizte ihn. Das Tabu vermutlich. Der Name und die Tat waren sein schmutziges Geheimnis, das er vor der Welt verbarg. Doch viel wichtiger war: Wenn er bei Isaacs Geschichte log, dann log er vielleicht auch bei der über Coldville. Und bei der über Mom.

*Ich bin das Vögelchen.*

Kurz lauschte ich, ob ich ihn zurückkommen hörte, aber alles war still. Hastig überflog ich die Ordner.

*Strickland*
*Berichte*
*Ermittlung*
*Privat*

Ich klickte auf *Berichte* und dann auf die rechte Maustaste: *Alle Dokumente öffnen.*

Mein Nacken kribbelte, als ich sie nacheinander auswählte und überflog. Es waren Gutachten. In den ersten ging es um Syrien und Dads Einheiten im Krisengebiet, doch ich fand auch Dokumente über die Ölsandindustrie, über Dads Hampton Oil Company in Kanada. Ich las von überschrittenen Parametern und deren unklare Auswirkung auf Mensch, Tier und Umwelt. Es gab chemische Formeln und eine Auflistung unzähliger Stoffe, deren Namen ich noch nie gehört hatte. Ich überflog Begriffe wie Gewässer-Monitoring, Fischbestandserhebung und Sedimentuntersuchung. Alles war so kompliziert, dass ich nicht wirklich verstand, was es bedeutete. Das hätte mir ein Sachverständiger erläutern müssen, aber definitiv waren diese Dokumente Beweise. Am liebsten hätte ich sie auf einem USB-Stick gespeichert oder an mein E-Mail-Postfach geschickt, aber ich hatte weder Internetzugang noch fand ich in Dads Arbeitszimmer einen USB-Stick. Ohne lange zu überlegen, druckte ich einfach alle Dokumente aus, bevor ich die anderen Ordner öffnete und von jedem Schriftstück ebenfalls eine gedruckte Kopie erstellte. Nur in dem Ordner *Privat* fand ich nichts, das heißt, nichts Verwertbares, ich fand nur ein einziges Dokument mit einer sehr langen Ziffer. Vielleicht ein Aktenzeichen. Vielleicht aber auch …

Automatisch blickte ich zu Dads Tresor. Hatte Dad nicht immer gescherzt, er könne sich im Gegensatz zu mir keine Zahlen merken und hätte sogar den Code für seinen Tresor auf dem PC abgespeichert?

War es möglich, dass Dad, mein erfolgreicher Dad, den Code tatsächlich nicht in- und auswendig kannte? Oder hatte er nur Angst, ihn zu vergessen?

Es war einen Versuch wert. Ich prägte mir die Zahlen ein und lief zu dem schwarzglänzenden Safe. Er war selbst ein Schmuckstück, eine Spezialanfertigung eines Sicherheitsunternehmens, ungefähr so groß wie ein kleiner Büroschrank und von milchigen Opalen gerahmt.

Da er in einen ebenholzschwarzen Schrank integriert war, brauchte ich mich nicht hinzuknien. Nervös gab ich die Ziffern ein und betete, dass Dad nicht ausgerechnet jetzt nach Hause kam. Und hoffentlich wurde er nicht per SMS benachrichtigt, wenn dieser Code nicht der richtige war. Wobei – er hatte das Internet und die Telefonleitung lahmgelegt, da funktionierte bestimmt auch ein solches Warnsystem nicht.

Nachdem ich die letzte Zahl eingetippt hatte, ertönte ein sanftes

*Klick*, so harmlos und unbedeutend, als öffnete sich lediglich ein normales Schloss. Die Tür glitt auf.

Als ich hineinsah, spürte ich meinen Adrenalinpegel steigen. Es gab mehrere Böden, aber ein größeres, zentrales Fach. Dort lagen Briefe, viele Briefe, aber zuoberst lag etwas, das mir die Kehle zuschnürte. Ein einfaches, unperfektes Herz aus Schwemmholz. Ganz ohne Glitzer.

Nathans Herz, das er für mich als Kind in Baton Rouge geschnitzt hatte. Ich holte es heraus, drückte es an meine Brust und spürte, wie mir die Tränen in die Augen schossen. Eine weitere Trophäe von Dad. Er hatte sicher gewusst, dass es mir etwas bedeutete, sonst hätte er es nicht aufbewahrt. Aber er hatte es mir trotzdem abgenommen. Irgendwie erschien mir das in diesem Moment wie der größte Verrat. Mir hatte er nämlich gesagt, er hätte es einem bettelnden Straßenkind geschenkt, als ich ihn zurück in New York danach gefragt hatte.

Ich steckte es ein und nahm einen Stapel Briefe aus dem zentralen Fach. Meine Augen wurden groß. Die Briefe waren alle von meiner Grandma Anna, und sie waren alle an mich adressiert. *Sie hat mir immer wieder geschrieben!* Zorn wallte in mir auf, aber ich legte sie erst einmal zurück und nahm einen einzelnen losen Brief aus einem anderen Fach.

Er war von der Agatha's Art Gallery, einer der angesehensten Kunstgalerien New Yorks, und auch er war für mich. Die Inhaberin schrieb mir, sie habe meine Bilder zufällig unter *#artnewyork* auf Instagram entdeckt und wolle sie gerne bei sich ausstellen. Sie nannte meine Werke eine »*beeindruckende Illusion der Wirklichkeit.*«

*Oh Dad!*

Er hatte es mir vorenthalten. Ich schaute auf das Datum des Schreibens. Es war vom März letzten Jahres. Kurz darauf hatte Dad mich gebeten, meine Gemälde nicht länger auf Instagram zu posten, weil es eine Entblößung meiner Seele darstelle und das zu Spekulationen führen könne.

Mit einem elenden Gefühl im Bauch legte ich den Brief zurück und griff einen anderen. Dabei fiel mir auf, dass eine Pistole im obersten Regalfach lag, ganz hinten. Eine Glock.

Es schockierte mich nicht, denn ich wusste ja, dass Dad Waffen besaß. Im Herrenzimmer befand sich sein Waffenschrank mit weiteren Glocks und antiken Revolvern.

Trotz der mahnenden Stimme in mir, die Waffe an mich zu nehmen, ließ ich sie liegen und öffnete den Brief. Absender war ein

Privatlabor in New York. *Family Safety*. Ich sah aufs Datum. Der Brief war über dreizehn Jahre alt. Oben, über dem Briefkopf, stand *Vertraulich*. Rechts oben ein Akten- und ein Geschäftszeichen. Es folgten verschiedene Zeilen.

*Nicholas G. Hampton, Identität bestätigt durch Personalausweis*

*Willa Nevaeh Rae Hampton, Identität bestätigt durch Personalausweis*

*Ivy-Rose Hampton, Identität bestätigt durch Reisepass*

*Anschrift bestätigt durch Personalausweis*

*Genmaterial der DNA-Probe: Speichel Vater, Haarprobe Kind, Haarprobe Mutter*

*Sehr geehrter Mr. Hampton,*

*hiermit bestätigen wir das Ergebnis vom 13.05. dieses Jahres. Die STR-Analyse der eingesandten DNA-Proben …*

Unten fiel unsere Haustür zu. »Willa, Darling?«

*Oh nein!* Dad war schon zurück! Mit zitternden Fingern steckte ich den Brief in den Umschlag und legte ihn in den Tresor.

*Die STR-Analyse der eingesandten DNA-Proben …*

Was bedeutete das?

»Willa? Wo bist du? Ich habe Essen dabei. Diesmal nicht von Jacques.«

## Kapitel 16

Mit rasendem Herzen schloss ich den Safe, dann fiel mein Blick auf das Chaos. Ich hatte die Ausdrucke überall abgelegt, sogar auf dem Boden. Wenn Dad jetzt hochkam, würde er mich erwischen. Ich bräuchte zu lange, um die Kopien einzusammeln und zu verstecken.

Also blieb mir nur die Flucht nach vorn. Ich lief zur Galerie.

»Ich komme gleich, Dad. Ich ziehe mich nur noch schnell um. Und es geht mir viel besser.« Hatte ich euphorisch genug geklungen? Wieso hatte ich so große Angst? Selbst wenn Dad mitbekam, was ich getan hatte, was dachte ich, würde er mit mir machen?

Ich blickte hinab in das weitläufige Foyer. Dad kam gerade in meinen Sichtbereich. »Das freut mich«, sagte er und lächelte in meine Richtung. »Du siehst auch besser aus. Du hast richtig rosige Wangen, mein Kind.«

Ich schluckte und dachte an den letzten Brief, den ich nicht zu Ende gelesen hatte. »Bin gleich da, Dad. Fünf Minuten noch. Was gibt's zu essen?«

»Oh, ganz profan: Danny's Burger.«

»Mit Beluga?«

»Selbstredend.«

Ich hastete zurück und versuchte, mich zu beruhigen. Eilig sammelte ich alle Papiere zusammen und fuhr den Computer runter. Ich wollte gerade hinausschlüpfen, da fiel mir etwas ein. Wenn der letzte Brief das war, was ich vermutete, bräuchte ich eine Kopie. Und zwar sofort. Ich lauschte und hörte Dad in der unteren Etage mit Geschirr klappern. Er würde das Kopiergerät nicht hören.

Schnell lief ich zum Tresor, kopierte den Brief und legte das Original zurück, damit er nichts merkte. Danach schaltete ich den Drucker aus und legte sogar noch Blätter nach.

Kurz bevor ich hinausging, sah ich mich in dem Arbeitszimmer um. Okay, alles war so wie zuvor. Er würde keinen Verdacht schöpfen. So leise wie möglich schloss ich die Tür ab, legte den Schlüssel auf den Rahmen und huschte in meinen Flügel gegenüber.

»Willa? Kommst du?«

*Oh Gott!* Es klang, als käme Dad die Treppen herauf.

Für einen Moment stand ich wie festgefroren im Vorraum und wusste nicht, wohin mit den Papieren, aber dann lief ich in mein Zimmer und verstaute die Blätter unter meiner Matratze. So könnte ich mir wenigstens sicher sein, dass er sie nicht entdeckte, wenn ich schlief.

»Bin fast fertig!«, rief ich dann extra laut.

»Die Burger werden kalt, Liebling.«

»Ich beeile mich … Dad.«

*Gott, bitte lass ihn keinen Verdacht geschöpft haben!*

Damit es so aussah, als ginge es mir wirklich besser, schlüpfte ich zum ersten Mal seit langer Zeit wieder in ein Kleid; in ein rosafarbenes Seidenkleid mit U-Boot-Ausschnitt und Volants am knielangen Saum. Dad hatte es mal in Milano gekauft und liebte es an mir. Ohne in den Spiegel zu schauen, pinselte ich mir Rouge ins Gesicht, kämmte meine Haare und zog ein Paar flache Ballerinas an. *Fertig!*

Mit schnell klopfendem Herzen sah ich zu meinem Bett. Ich wollte mir unbedingt diese Kopie anschauen, aber das könnte ich später immer noch machen. Außerdem würde mich das, was ich dort fand, vielleicht komplett durcheinanderbringen, und das konnte ich mir nicht leisten.

Als ich die Stufen hinabstieg, rauschte mein Verstand wie ein schlecht eingestellter Radiosender.

*STR-Analyse. DNA-Probe der Mutter. Eine beeindruckende Illusion der Wirklichkeit.*

Mir war schlecht. Vermutlich könnte ich keinen Bissen von Danny's Burger essen. Auf einmal spürte ich auch meine nackten Oberschenkel und die kühle Luft zwischen den Beinen. Es kam mir plötzlich so vor, als steckte ich wieder in dem dunkelgrünen T-Shirt von Isaac. Für einige Sekunden erfasste mich Schwindel, aber ich sagte mir, dass ich mir jetzt keine Panikattacke erlauben konnte. Ich atmete ein paar Mal tief durch und konzentrierte mich auf das Schauspiel, das ich meistern musste. Dad täuschen – und anschließend so schnell wie möglich mit den Beweisen verschwinden. Oder die Woche aussitzen, bis das Personal wieder da war, und dann verschwinden.

»Hübsch siehst du aus«, sagte Dad, als ich in das Speisezimmer trat, aber ein kaum merklicher Schatten bedeckte seine Züge.

Hatte er etwas gemerkt? Nein – er betrachtete meine Oberarme. Das Kleid verhüllte nicht all meine Narben. Daran hatte ich in der Hektik nicht gedacht.

Ein dunkles Gefühl senkte sich über mich, trotzdem zwang ich mich zu einem Lächeln. »Danke.«

*STR-Analyse. DNA-Probe der Mutter,* hämmerte mein Verstand weiter.

Dad musterte mich, als läse er die Gedanken hinter meiner Stirn, und blickte mich immer noch an, als ich mich gesetzt hatte.

*Du hast mir so vieles vorenthalten! Nathans Herz, Grandmas Briefe. Das Schreiben der Kunstgalerie.*

Am liebsten hätte ich losgeschrien, aber ich kämpfte dieses Bedürfnis nieder.

Beim Essen war es still. Ganz gegen meine alte Gewohnheit aß ich mit den Fingern, was mir schräge Seitenblicke von Dad einbrachte, aber ich ignorierte sie. Und obwohl mich der Fischgestank des Belugas anwiderte, befahl ich mir, immer weiter zu essen und meinen Ekel hinunterzuschlucken. Dabei wusste ich gar nicht, was mich so anekelte. Vielleicht das, was ich heute alles erfahren hatte.

Ich hörte Dad kauen und wusste, ich musste etwas sagen, damit er keinen Verdacht schöpfte. Ich wusste nur nicht, was. *Hey, ich habe heute Grandmas Briefe gefunden!*

Als die Stille wie Gefahr in meinen Ohren knisterte, schnitt ich das naheliegendste Thema an, das mir einfiel. »Hast du eigentlich schon einen Schuldigen gefunden? Ich meine wegen der gefälschten Gutachten.«

Dad zerteilte gerade ein Stück seines Burgers ordentlich mit Messer und Gabel und warf mir einen flüchtigen Blick zu. »Das wird noch dauern.«

»Hast du die Oil Company denn schon geschlossen?«

»Nein.«

»Und warum nicht?«

Er hielt inne, und seine Gabel schwebte in der Luft. »Kein Konzern dieser Größenordnung wird einfach so stillgelegt.

Außerdem muss ich auch noch mit dem Leiter des Außenhandelsverbands für Mineralöl und Energie sprechen. Vielleicht findet sich eine saubere Lösung für unseren Konzern.«

»Eine saubere Lösung?«, wiederholte ich baff.

Dads Augen wurden schmal. Sein tiefes Luftholen wirkte ungeduldig. »Amerika braucht Kanadas Öl, Willa Rae. Wir müssen vielleicht nur ein paar Produktionsschritte anpassen. Bei anderen Konzernen funktioniert es ja auch. Und zu deiner Frage nach dem Verantwortlichen: Es gab mehrere Parteien, die daran beteiligt waren. Da sie sich gegenseitig die Schuld zuweisen, ist es zum jetzigen Zeitpunkt schwer, etwas Konkretes zu sagen.«

»Ah. Okay.« Ich beobachtete ihn beim Essen und fragte mich, warum er so missgestimmt wirkte. Vielleicht hatte ja doch ein Sicherheitssystem des Tresors Alarm geschlagen und ihn informiert.

Ich legte den Burger weg. »Dad?«

»Ja, Liebes?« Jetzt lächelte er, aber es sah verkrampft aus.

Irgendetwas stimmte nicht. »Was ist los?« Meine Stimme klang dünn. Ich hasste es, mich so hilflos zu fühlen.

Dad räusperte sich umständlich und legte sein Besteck beiseite. »Ich wollte es dir eigentlich nicht sagen, weil es dir sehr zusetzen wird.«

»Was?«, flüsterte ich.

»Isaac McCormack.«

Mir wurde schwindelig. »Was ist mit ihm?«

Dad machte ein Gesicht, als schwebe ein Damoklesschwert über meinem Kopf. »Er ist nicht tot. Bill Luther wurde zugetragen, man hätte ihn hier in der Gegend gesehen. Es sieht so aus, als wollte er das zu Ende bringen, was er zuvor nicht geschafft hat.«

Ich hörte plötzlich nichts anderes mehr als meine Herzschläge, einen donnernden Galopp in meiner Brust. Blut rauschte durch meine Adern. Für Sekunden war mein rationales Denken komplett lahmgelegt. Kjertan – oder Rayk – musste zwar auf Isaac geschossen, ihn aber nicht tödlich verwundet haben. Und Isaac wusste offensichtlich, dass ich wieder zuhause war.

Dad fasste über dem Tisch nach meiner Hand. »Es tut mir leid, Willa. Das ist noch nicht alles. Zwei weitere Komplizen von ihm lungern ständig an der Greenwich Street herum und beobachten das Penthouse.«

*Billy und Maury?*

»Ich habe Bill Luther den Befehl gegeben, sie sofort festzuhalten, sobald sie auffällig werden. Notfalls holen wir das Geständnis gewaltsam aus ihnen heraus.«

Ich sprang auf. Meine Gedanken rotierten, und mein Hals zog sich zu. Isaac konnte unmöglich noch leben! Aber was, wenn doch? Was, wenn Nathan und die anderen es mir verschwiegen hatten, um mich zu schonen? Oder wenn sie ihn für tot gehalten hatten, er aber nur bewusstlos gewesen war?

Ich biss auf meine Fingerknöchel, bis ich Blut schmeckte, aber ich konnte seine Stimme in mir nicht niederkämpfen.

*Hör auf zu heulen, Willa Nevaeh Rae – da stehst du doch drauf, habe ich recht? Ich frage mich, ob Nath das auch mit dir gemacht hat, du billige, kleine Nutte.*

Ich war wie ohne Besinnung. Konnte mich nicht rühren, nicht sprechen. Innerhalb von Sekunden verwandelte ich mich in die leblose Hülle, die ich in den Tagen nach meiner Befreiung gewesen war, und weit darüber hinaus.

*Soll ich dich heute Nacht besuchen kommen, kleine Lady?*

»Willa? Willa-Maus?«

Die Stimme meines Dads kam aus einem weiten Ozean ohne Licht. Eher nebenbei bekam ich mit, dass ich trotz meiner Reglosigkeit im Inneren aufstand und weglief. Wohin, weiß ich nicht mehr, aber der Boden schien plötzlich wie eine weiche Masse zu sein, dieselbe Masse, die meinen Kopf füllte. Meine Knie knickten weg.

Auf einmal stand Dad über mir, und sein Gesicht verschwamm, verwandelte sich in das von Isaac.

»Nein!« Ich schrie und schlug um mich, erwischte ihn irgendwo und hörte ihn meinen Namen rufen, aber es klang weit weg.

*Willa! Willa! Willa! Beruhige dich!*

*Sei tapfer, mein Kind.*

*Sei tapfer …*

Mit einem Mal löste sich alles um mich herum auf. So wie in den Wochen nach meiner Befreiung, als Nathan mir den Remèdji verabreicht hatte, den Sud mit Mohn, Tollkirsche und Coca. Alles wurde weich und versank in Schwärze. Ich wurde ganz ruhig.

Ich trieb auf einem Meer ohne Wellen, ohne Wasser und ohne Gedächtnis. Ohne Zeit.

*Mom ist wieder da, aber sie sieht mich nicht. Ich komme von der Toilette der Voyageur II und will gerade hinaus aufs Sonnendeck, als ich meine Eltern streiten höre. Sie streiten selten, ihre lauten Stimmen ängstigen mich.*

*Schnell verstecke ich mich hinter der Luxus-Couch von Alexandré, die sich unmittelbar vor mir befindet.*

*»Lüg mich doch nicht an, Ivy-Rose! Du hast aufgehört, die Tabletten zu nehmen.« Das ist mein Dad, er hört sich gereizt an.*

*»Ich weiß nicht, was du meinst.« Mom klingt dagegen kühl.*

*»Sie waren in dem Stoffhasen von Willa Rae – willst du dich jetzt immer noch rausreden?«*

*Eine Weile bleibt es still, und in dieser Stille klopft mein Herz bis zum Hals. Hoffentlich verrät Dad mich nicht. Mom soll nie erfahren, dass ich ihm von unserem Plan erzählt habe.*

*»Wir sollten zurückfahren, Nicholas. Der Horizont ist viel zu dunkel, und Willa fürchtet sich vor Gewittern.«*

*»Du willst zurück, damit du gehen kannst! Damit du mich verlassen kannst! Wohin wolltest du überhaupt? Zu deiner Mutter oder zu einem Liebhaber, von dem ich nichts weiß?«*

*Ich krabbele um die Ecke der Couch und erhasche über die Sitzfläche hinweg einen flüchtigen Blick auf Mom. Ihr Gesicht ist weiß wie die Wand. »Du hast mir ein Medikament gegeben, das schwere Depressionen auslöst. Es darf heute gar nicht mehr verschrieben werden«, sagt sie jetzt. »Das ist Körperverletzung.«*

*Dad zuckt nicht mal mit der Wimper. »Ich sorge für deine Sicherheit. Mehr nicht.«*

*»Indem du mir etwas verabreichst, das mich krank macht?«*

*»Draußen bist du nicht sicher.«*

*Mom sieht ihn fassungslos an. »Ich habe den Brief gelesen. Den von der Polizeibehörde.«*

*»Du warst in meinem Büro?«*

*»Florentine und Nicholas junior – sie wurden umgebracht. Das Forb-Hotel … Es war Brandstiftung.«*

*Dad wirkt für einen Moment unendlich verloren. »Der Täter wurde gefasst.«*

*Mom schüttelt den Kopf. »Du hast Angst, dass das wieder passiert. Mächtige Männer wie du haben viele Feinde. Deshalb willst du Willa und mich einsperren. Wenn es nach dir ginge, würden wir nur noch im Haus bleiben.«*

*»Dort seid ihr wenigstens sicher.«*

*»Du kannst uns doch nicht ein Leben lang vor der Welt wegschließen! Mit dem Medikament bist du eindeutig zu weit gegangen.« Mom ist stinkwütend, selbst ihre zimtfarbenen Zöpfe scheinen wie elektrisiert. So habe ich sie noch nie gesehen. Und sie wirkt auch viel lebendiger und nicht mehr so*

*kraftlos und angeschlagen wie sonst. Noch vor Wochen dachte ich, selbst ein Lächeln würde sie ihre ganze Energie kosten.*

*Ich will zurückkrabbeln und so tun, als würde ich gerade erst von der Toilette kommen, da höre ich Mom sagen: »Wenn wir auf dem Festland sind, werde ich gehen. Willa nehme ich mit. Du wirst mich nicht aufhalten.«*

*Stille.*

*Ich bleibe doch noch in meinem Versteck. Irgendwann redet Dad.*

*»Ivy-Rose … sei vernünftig. Wenn du Willa nicht verlieren willst, musst du bei mir bleiben. Kein Gericht der Welt wird dir das Sorgerecht zusprechen. Dr. Moore wird bescheinigen, dass du psychisch labil bist.«*

*Am liebsten würde ich aufspringen und ihnen sagen, dass sie sich vertragen sollen, dass ich sie liebe und wir doch alles wieder hinbekommen, weil wir eine Familie sind, da sagt Mom:*

*»Kein Gericht der Welt wird dir jemals das Sorgerecht zusprechen, wenn es erfährt, was du getan hast.«*

*Dad lacht. »Das musst du erst mal beweisen. Und außerdem kenne ich jeden einzelnen Richter dieser Stadt persönlich.«*

*Mom holt tief Luft. »Das wird dir diesmal nichts nutzen.«*

*»Glaubst du, ja?«*

*»Du bist nicht ihr Vater, Nicholas.«*

*Die Worte drehen sich um mich, und mir wird schwindelig. Dad soll nicht mein Dad sein? Jetzt lügt Mom aber! Das, was sie sagt, kann unmöglich wahr sein. Dad hat recht. Sie ist wirklich krank und muss ihre Pillen wieder nehmen. Immer noch wage ich mich nicht aus meinem Versteck, doch ich krabbele auch nicht zurück.*

*Ich spähe erneut über die Sitzfläche. Dad ist totenblass. Seine Lippen sind ein einziger schmaler Strich, aber es sind seine Augen, die mir eine Gänsehaut machen. »Was sagst du da?« Er ist genauso getroffen wie ich.*

*»Ich will an Land. Sofort!«, verlangt Mom.*

*Mein Dad sagt immer noch nichts. Er schreit nicht, er tobt nicht. Er sagt nur gepresst: »In Ordnung. Wir fahren zurück. Aber vorher essen wir noch zusammen. Ein letztes Mal. Ich koche.«*

*Dad kocht? Er hat noch nie gekocht. Vielleicht bedeutet das etwas. Vielleicht hat er einen Plan, wie er Mom umstimmen kann, sodass sie wieder zur Vernunft kommt. Bestimmt klärt sich alles beim Essen. Womöglich macht er ihr ja auch diese Pillen hinein, damit sie wieder normal wird.*

*Ich sehe zu Mom. Sie starrt Dad an. »Ich habe keinen Appetit …« Nach einer Weile fragt sie: »Hat Willa mit dir gesprochen?«*

*Mein Herzschlag setzt einen Takt aus. Oh Dad, bitte verrat mich nicht!*

*Dad schweigt sehr lange und sieht sich in dem offenen Wohnbereich um, als wüsste er, dass ich da bin. »Ihr Häschen hat dort, wo du die Tabletten hineingesteckt hast, eine Bruchstelle. Die Pillen sind herausgefallen.« Mehr sagt er nicht.*

*Erleichtert atme ich auf, dann krabbele ich auf allen vieren zurück und tue so, als käme ich gerade von der Toilette. Als ich den Wohnbereich erneut betrete, höre ich Dad fragen:*

*»Wer ist es? Dein alter Freund Pierre?«*

*Mom sagt nichts, was Dad anscheinend Antwort genug ist.*

*»Und das ist sicher?«*

*»Ich habe den Test anonym im Netz bei einem Anbieter durchführen lassen. Ich brauchte nur Haare von allen Beteiligten.«*

*Das verstehe ich nicht. Kein Wort davon. Dad offenbar auch nicht, denn er sagt nichts mehr. Er steht in der offenen Küche der Voyageur II und hantiert an den Schränken herum. Ich sehe, wie Mom durch die Tür aufs Sonnendeck verschwindet und Dad ihr nachschaut. Danach nimmt er vier Pfannen und gießt eine Riesenmenge Öl hinein. Viel mehr Öl, als es je eine Köchin von uns getan hat, aber Dad kann nun mal nicht kochen.*

*Ich laufe zu ihm und drücke ihn an mich. »Das ist zu viel Öl«, erkläre ich ihm, bevor ich ihn loslasse.*

*Dad lächelt seltsam. »Warum gehst du nicht schon mal raus. Wir essen gleich.«*

*»Dad …« Ich trete von einem Bein aufs andere. »Mom … sie wird doch wieder gesund, oder?« Ich will ihm nicht verraten, dass ich gelauscht habe.*

*Dad tätschelt meinen Kopf. »Oh ja, Liebes, ganz bestimmt.«*

*»Ich will nicht weggehen.«*

*»Ich weiß, Darling. Das musst du auch nicht. Versprochen.« Dad küsst meinen Scheitel. »Und jetzt nichts wie raus zu deiner Mom.«*

*Ich tue, was er sagt, aber draußen kann ich Mom nicht anschauen. Das, was sie behauptet hat, tut weh. So darf man nicht lügen. Auch nicht, wenn man streitet.*

*Ich setze mich auf meinen Lounge-Sessel, der eher eine Liege ist, und trinke ein paar Schlucke Orangensaft aus einer Champagnerflöte. Mom beobachtet mich, sieht nach drinnen und wieder zu mir. Das macht sie viele Minuten lang, schließlich kommt sie zu mir rüber und setzt sich neben mich.*

*Auch jetzt schweigt sie sehr lange, bevor sie anfängt zu reden: »Nevaeh … Dein Dad weiß, dass wir gehen wollen. Er hat es herausgefunden.«*

*Ein bisschen komme ich mir wie eine Verräterin vor, aber meine Wut ist stärker. »Ich will nicht gehen. Du willst gehen!«, sage ich nur.*

*»Liebling, ich denke …« Mom verstummt, und ihre Augen weiten sich.*

*Etwas an ihrem Blick macht mir plötzlich furchtbare Angst. »Was ist denn, Mom?«*

*»Es … es brennt!«, stammelt sie wie betäubt, doch dann springt sie ruckartig auf. »Nic? Nicholas? Oh mein Gott, es brennt!«*

*Ich drehe mich um, und da sehe ich es auch. Dunkler Qualm drängt sich wie eine finstere Gestalt aus der Tür zum Wohnbereich.*

*»Dad!« Ich fange an zu schreien. »Daddy?« Ich will zu ihm, laufe dem dunklen Rauch entgegen und spüre den fahlen Geschmack von Asche im Mund. Mom packt mich am Arm. »Geh nicht da rein!«*

*Ich rieche verschmortes Plastik. Sengende Hitze legt sich auf meine Haut, da kommt Dad aus der Tür. Oh Gott sei Dank ist ihm nichts passiert! Er hustet und presst sich seinen nassen Hemdsärmel vor Mund und Nase.*

*»Nach oben!«, ruft er, fasst meine Hand und zieht mich die Stufen zum oberen Sonnendeck hinauf.*

*Mom kommt hinterher und schreit die ganze Zeit. »Wo sind die Schwimmwesten? Wo ist der Feuerlöscher?« Immer wieder. Panisch rennt sie zum Außensteuerstand und drückt ein paar Knöpfe. »Es gibt keine Verbindung! Nic, es gibt keine Verbindung!« Sie rennt wieder nach unten, um den Feuerlöscher und die Schwimmwesten zu suchen, kommt aber zurück, weil bereits alles in Flammen steht.*

*»Wir müssen springen!«, höre ich Dad rufen, an dessen Arm ich mich klammere, während er an einem Satellitentelefon hantiert.*

*»Ich kann nicht schwimmen! Und Willa auch nicht!« Mom fängt an zu weinen und reißt mich von Dad fort. »Das hast du absichtlich gemacht!«, schreit sie. »Das hast du absichtlich gemacht!«*

*Jetzt weine ich auch. Schlagartig habe ich fürchterliche Angst. Todesangst. Ich will nicht ins Wasser springen, ich werde untergehen wie ein Stein! Ich weine und weine und höre Dad brüllen.*

*»Gib sie mir! Gib sie mir!«*

*Mom geht mehrere Schritte zurück und klammert sich an mich, als würde sie bereits ertrinken. Als wäre ich ihre letzte Rettung. »Nein«, höre ich sie durch den dunklen Rauch rufen. Er ist überall, und meine Augen fangen an zu brennen.*

*»Dad!«, schreie ich und strecke meine Arme nach ihm aus. »Daddy, Daddy, Daddy!«*

*»Gib sie mir!«, brüllt Dad. »Gib sie mir, bevor die Tanks explodieren!«*

*Mom steht stocksteif da. Dann gibt es unter uns plötzlich einen gewaltigen Knall. Er ist wie die Erschütterung in mir, und alles bebt. Mom und ich werden gegen das Außensteuer geschleudert, prallen zurück und landen auf dem Boden. Im nächsten Moment wirft Mom sich auf mich, um mich zu schützen. Im Bauch der Yacht ertönt ein fürchterliches Knarzen, als würde der Rumpf durchbrechen.*

*»Gib-sie-mir! Bitte, Ivy-Rose!«*

*Mom klammert sich wieder an mich, lässt mich nicht los, auch nicht, als ich anfange zu strampeln und zu schreien. Es ist, als hätte sie übermenschliche Kräfte.*

*»Mom! Lass mich zu Dad! Ich will zu Dad!« Überall ist schwarzer Qualm. Meine Lungen schmerzen. »Mom!«*

*In dem Augenblick wird die Yacht wieder von einem lauten Knall erschüttert. Das Deck reißt auf, sieht aus, als würde es unter uns schmelzen. Mom springt auf die Füße. »Oh Gott!« Mit mir im Arm taumelt sie zur Reling.*

*Dad streckt die Arme nach mir aus. »Ich rette euch beide, Ivy-Rose. Ich schaffe das«, ruft er durch das Tosen des Feuers.*

*Eine gigantische Stichflamme schießt von irgendwo her in die Höhe. Mom blickt Dad aus ihren angstgeweiteten Augen an, dann drückt sie mich ihm in die Arme.*

*»Los spring!«, brüllt Dad – und Mom springt.*

*Ich schreie wie verrückt. Ich will nicht ins Wasser, das jetzt dunkel und aufgepeitscht aussieht. Die Wellen sind viel zu hoch, aber wir müssen zu Mom. Sie zappelt im Wasser, rudert verzweifelt mit den Armen, um nicht unterzugehen. Dad muss ihr helfen.*

*»Nicholas!«, schreit sie aus Leibeskräften, während sich ihr Kleid im Wasser aufbauscht wie ein Ballon. »Springt!«*

*Dad tritt einen Schritt vor und sieht hinab. »Ich passe gut auf sie auf! Ich verspreche es!«, ruft er nach unten.*

*Mom geht unter, kommt aber wieder hoch, weil sie so hektisch mit den Armen paddelt. Ihre Haare kleben am Kopf, und in ihren Augen spiegelt sich nackte Panik. »Nic!«, schreit sie. »Bitte!«*

*Ich will, dass Dad endlich springt und ihr hilft, aber er steht nur da, sieht hinab und presst mich ganz fest an sich.*

*»Mommy!« Sie hat so große Angst. Schluchzend strecke ich meine Arme nach ihr aus, da dreht Dad sich plötzlich um und rennt mit mir auf die andere Seite der Yacht.*

*Dort springt er ab.*

*Mein Herz pocht so heftig, dass ich Angst habe, mein Brustkorb würde explodieren.*

*Dad lässt Mom im Stich! Er lässt sie einfach ertrinken!*

*Noch während mich die Furcht vor dem Wasser überwältigt, höre ich sie ganz schwach rufen, wie ein Ruf vom Grund des tiefen Ozeans. Nicholas. Nicholas. Nicholas.*

*Vielleicht bilde ich mir das auch nur ein. Dad schwimmt mit mir weit weg. Ganz weit weg von der Yacht.*

*Ich weine die ganze Zeit, schlucke Tränen und Wasser. Das ist meine Schuld. Hätte ich Mom nicht verraten, wären wir nie hier rausgefahren.*

*»Sie hätte uns mit runtergezogen«, höre ich Dad immer wieder sagen, aber ich begreife nicht, was er damit meint.*

*Ich bin schuld. Die Worte kreisen in mir, sind wie ein Strudel, der mich tief hinabzieht, immer weiter hinab, an einen Ort des Vergessens.*

## Kapitel 17

ALS ICH ZU MIR KAM, LAG ICH AUF EINEM BETT UND SAH EINE WEIẞE Decke. Ich war klatschnass geschwitzt. Für einen Moment dachte ich, ich wäre wieder sechs Jahre alt und im Mount Sinai Hospital, doch schon nach wenigen Sekunden tropfte die Erkenntnis in mich hinein wie bitterer, scharfer Moonshine. Ich war in meinem Südstaatenzimmer.

Dad hatte gesagt, Isaac wäre noch am Leben, und das hatte mich ausgeknockt oder sonst etwas mit mir angestellt. Vielleicht hatte ich eine Panikattacke bekommen und war danach in den Schlaf der Erschöpfung gefallen. Aber ich hatte geträumt oder mich erinnert … Ich erinnerte mich an … ich schreckte hoch.

»Mom!«, flüsterte ich. »Oh Gott, Mom!« Tränen schossen mir in die Augen, mir wurde übel, und ich schaffte es gerade noch in mein Bad, um mich in die Toilette zu übergeben. Ich würgte, bis ich keinen Danny's Burger, sondern nur noch grüne Galle spuckte und grelle Sternchen sah.

*Das hast du absichtlich gemacht!*

Ich sah die vier großen Pfannen, randvoll mit Öl. Mein Magen krampfte sich erneut zusammen. *Dad … nein-nein-nein …*

Ich stützte mich auf der Klobrille ab, richtete mich auf und wankte an den grauen Säulen vorbei zum Waschbecken. *Dad, was hast du getan?*

Dann fiel es mir siedend heiß ein. Dad war gar nicht mein Dad! Ich wiederholte es mehrmals in meinem Kopf. *Dad ist nicht mein Vater!* Doch auch dadurch wurde es kaum realer.

Ich dachte an die Kopie, die unter meiner Matratze lag. *STR-Analyse, DNA-Probe der Mutter …* Dad musste einen Vaterschaftstest in Auftrag gegeben haben, nicht lange nach Moms Tod. Und selbst ohne das Schreiben gelesen zu haben, kannte ich nun das Ergebnis.

Heute hätte ich Mom geglaubt. Ich hatte nichts mit Dad gemeinsam. Ich besaß weder seine Redegewandtheit noch sein Machtstreben, außerdem sah ich ihm überhaupt nicht ähnlich.

Selbst Isaac war mehr Dad gewesen als ich.

Krampfhaft klammerte ich mich am Waschbecken fest, weil ich fürchtete, ohne diesen Halt umzukippen. Wieder und wieder zogen die Bilder der Erinnerung im Schnelldurchlauf an mir vorbei. *Dad hat Mom ertrinken lassen!* Er hatte nie vorgehabt, sie zu retten. Natürlich nicht. Er hatte den Brand gelegt. Und mich hatte er immer glauben lassen, ich stünde in seiner Schuld. Nicht mit Worten, aber mit seinen Blicken.

Ich schüttelte den Kopf. All die Jahre, in denen ich ihm gefallen wollte, alles getan hatte, was er wollte, nur um mich von dieser Schuld freizumachen … Und Mom … ich dachte daran, wie verzweifelt sie geweint hatte. Mein Herz wollte in tausend Stücke splittern. Ich wollte die Arme um sie schlingen und sie an mich drücken, sie aus der Vergangenheit in meine Gegenwart holen und um Verzeihung bitten – für all meine kindliche Wut von damals. »Oh Mom … meine liebe Mom …« Tränen rannen meine Wangen hinunter. Ich war an dem Tag so wütend auf sie gewesen, und meine Wut war das Letzte, das sie von mir mitbekommen hatte. Meine Wut und meine Angst. Ich hatte nach Dad geschrien … wie schrecklich musste das für sie gewesen sein? Was hatte sie gedacht, als sie in der Stille des Meeres hinabgesunken war? Dass ich sie vergessen würde und Dad mir eine falsche Wahrheit einimpfte? Wie lange hatte sie gekämpft, bis sie gemerkt hatte, dass es sinnlos war und sie alles verlor. Ihr Leben und mich.

Ganz tief holte ich Luft, versuchte, die Tränen zu stoppen, und presste die Finger auf meine Lider. Mom hatte mich nie verloren. Zumindest nicht meine Liebe. Und tief in mir drin hatte ich die Wahrheit immer gekannt, auch wenn mein Unterbewusstsein sie in einen Kokon gehüllt hatte. Für einen Moment dachte ich an die silbernen Gespinste, an das Spanische Moos von Louisiana. In Lost Memories war es mir so vorgekommen, als berge der Sumpf ein Geheimnis, das an meine Vergangenheit knüpfte. *Du bist mein Ein und Alles.* Kannte ich diese Worte von meinem leiblichen Vater? Hatte Mom mich zu ihm mitgenommen?

Ich fasste mir an die Stirn. *Oh mein Gott!* Mein Schädel fühlte sich an, als würde er platzen. Mechanisch drehte ich den goldenen Hahn auf und schöpfte mir eiskaltes Wasser ins Gesicht. Ich musste unbedingt wieder einen klaren Kopf bekommen und mir überlegen, wie ich Dad überzeugen konnte, mich rauszulassen. Ich musste zu Nathan. Und zu meiner Grandma.

Ich musste Dad anzeigen für das, was er getan hatte!

Entschlossen hob ich den Kopf und schaute in den goldgerahmten Spiegel, der über dem marmornen Waschbecken hing. Als ich mir in die Augen sah, klopfte mein Herz noch schneller. Sekunden wurden zu Ewigkeiten, in denen ich mich anschaute, mich fand und nicht fand.

So viele Wochen hatte es mir davor gegraut, mich im Spiegel zu sehen, weil ich das gebrochene, geschändete und gefolterte Mädchen nicht hatte anschauen wollen. Als hätten mir ihre Augen noch mehr über das Leid erzählen können, das sie erlebt hatte, als lägen dort noch mehr Horror und noch tieferes Entsetzen. Solange ich mich nicht ansah – hatte ich gedacht –, könnte ich das Geschehene von mir weisen, von Willa, dem kleinen Mädchen von früher, das ich rein halten musste, als könnte ich es schützen.

Jetzt blinzelte ich.

Ich sah aus wie zuvor. Wie ein ganz normales Mädchen, eine junge Frau. Mit rauchblauen Augen und korallenroten Lippen, porzellanweißer Haut und dichtem Zimthaar, das bis auf die Schultern fiel. Vielleicht etwas schreckhafter und schmaler, aber noch immer ich. Willa Nevaeh Rae. Mein Herz pochte erleichtert.

*Ich sehe aus wie Mom,* dachte ich. *Und wie Grandma auf den Bildern ihrer Jugend.* Wir waren – nein, wir sind – eine ganze Generation Klone. Und Nathan liebte dieses Mädchen vor mir, das mich nun ansah, als hätte es einen Geist gesehen. Er liebte dieses seltsame Mädchen, gleich wie zerbrochen es im Inneren war, gleich, wie lange es brauchen würde, um Nähe und Berührungen wieder zulassen zu können und zu vertrauen. Er würde warten. Weil er ein gutes Herz hatte.

Und Isaac … er war gar nicht mein Halbbruder. Er war es nie gewesen. Auch das war wie eine kleine Erlösung. Ich wischte mir über die Augen und schüttelte den Kopf.

*An meinen Händen klebt nicht das Blut von Coldville. Mein Nachname ist Farmer nicht Hampton. Ich bin Willa Nevaeh Rae Farmer.*

Wie paradox. All die Männer aus dem Dorf hatten mich für etwas gehasst, das ich niemals gewesen bin; das im Grunde nur Isaac gewesen war: Dads Fleisch und Blut.

Und ganz bestimmt lag Isaac tatsächlich irgendwo im Sumpf begraben.

Plötzlich war ich mir sicher, dass Dad auf gut Glück gelogen hatte, um mich hier in seinen vier Wänden festzuhalten. Er wollte, dass ich mich fürchtete, und hatte deswegen behauptet, Isaac wäre noch am Leben. Damit ich mich nicht mehr aus dem Haus traute, jetzt, wo ich seine Märchen nicht länger glaubte und erwachsen geworden war.

Ich ging zurück in mein Schlafzimmer. Wo war Dad überhaupt? Und wieso nannte ich ihn in Gedanken immer noch Dad? Ich sah an mir herab. Er musste mir mein Nachthemd angezogen haben. Ganz sicher hatte er mich auch in den ersten Stock getragen und in mein Bett gelegt.

Ob er ahnte, dass ich heimlich an seinem PC gewesen war? Jäh griff ich mir die Hose, die ich gestern getragen hatte, bevor ich in das rosafarbene Kleid geschlüpft war. Ich fasste in die Tasche.

»Oh verdammt!« Das Herz aus Treibholz war fort. Dad musste meine Sachen durchsucht haben, so wie neulich, als ich meine Hose im Speisezimmer hatte liegen lassen.

Aber wenn er das Herz gefunden hatte, wusste er auch, dass ich an seinem Tresor gewesen war. Durch sein plötzliches Auftauchen gestern Abend hatte ich komplett vergessen, es zurückzulegen. Ich hatte nur noch an den Brief gedacht, den ich kopieren wollte.

Meine Gedanken überschlugen sich. *Okay, beruhige dich, Willa,* predigte ich mir immer wieder, doch mein Puls stieg weiter in die Höhe. Ich musste hier raus, bevor Dad … ich musste schlucken … mir etwas antat? Dachte ich das gerade wirklich? Aber er liebte mich doch. Zu sehr wahrscheinlich. So wie er Mom zu sehr geliebt hatte – trotzdem hatte er sie sterben lassen, nein, er hatte sie umgebracht. Einen Nicholas Garrett Hampton verließ man nicht. Zumindest nicht lebendig.

Eine neue Welle von Übelkeit spülte über mich hinweg. Für einen Moment fühlte ich mich wie in einem Käfig gefangen. Wenn er mir wirklich etwas antat, würde niemand über all das, was in Coldville geschehen war, die Wahrheit erfahren.

Ich entschied mich blitzschnell. Ich holte alle Dokumente unter der Matratze hervor. Zum Glück hatte Dad sie nicht entdeckt, womöglich wusste er nicht einmal, dass ich diese Ausdrucke besaß, immerhin hatte ich die Blätter im Drucker aufgefüllt. Ich zog das Nachthemd aus, schlüpfte in eine Jeans, danach in einen weiten Pullover und stopfte die Papiere gefaltet in den Hosenbund. Leise lief ich in die Galerie und von dort die Treppe hinunter. Die Standuhr in der Eingangshalle zeigte drei Uhr nachts. Dad schlief sicherlich – das war meine Chance, mit dem diensthabenden Wachmann zu sprechen.

Im unteren Stockwerk versuchte ich zuerst, die Tür zu öffnen, aber sie war immer noch mechanisch verriegelt. *Klar!*

Gedämpft klopfte ich gegen das schwere Holz. »Hallo? Bitte machen Sie mir die Tür auf.«

»Miss Hampton, Sie sind noch auf?« Es war Mr. Cox.

»Lassen Sie mich raus, bitte!« Er musste den Code kennen, schon allein für den Fall eines Brandes.

Ich hörte ihn seufzen. »Es tut mir leid, Miss Hampton, ich darf Ihnen die Tür nicht öffnen.«

Das hatte ich erwartet, aber es erschreckte mich trotzdem. »Wieso nicht?«

»Strikte Anweisung Ihres Vaters«, sagte er jetzt.

*Verdammt!* »Er ist nicht mein Vater und er hält mich hier gefangen«, rief ich viel zu laut und merkte selbst, wie verrückt sich das anhörte.

»Mr. Hampton hat gesagt, dass Sie so etwas behaupten könnten. Gehen Sie schlafen, Miss Hampton. Sie sind krank. Sie müssen sich erholen.«

Ich hatte das Gefühl, gleich durchzudrehen. »Ich habe Beweise. Ich schiebe sie unter der Tür durch, damit Sie …«

Der Fahrstuhl bingte. »Ist sie wach? Hat sie verlangt, dass Sie sie herauslassen, Mr. Cox?« *Dad! Oh nein!*

Auf der Stelle drehte ich mich um und rannte die Stufen zur Galerie hinauf. Was sollte ich jetzt machen? Die Papiere wieder unter meine Matratze legen und so tun, als wollte ich schlafen?

*Sei nicht naiv! Mr. Cox wird ihm verraten, was du gesagt hast! Dad wird erfahren, dass du irgendwelche Beweise hast, so oder so.*

Ich rannte in sein Arbeitszimmer. Die Fenster dort lagen Richtung Greenwich Street, wo angeblich Isaacs Komplizen herumlungerten. Aber mit Sicherheit waren es nicht Billy und Maury, wie ich anfangs gedacht hatte, sondern Nathan und Ian.

*Nathan und Ian.* Sie mussten jetzt einfach dort unten sein! Ich schloss mich ein, stellte das Fenster auf Kipp und begann kopflos, die Ausdrucke hinauszuwerfen. Doch sie flatterten wild im Wind, segelten nicht sofort hinab, wie ich es gehofft hatte.

Ich musste sie beschweren.

Hastig sah ich mich in dem Arbeitszimmer um, aber es gab nichts außer Briefbeschwerern, Ming-Vasen, Büchern, Scheren, Klebern und Stiften. Okay, Stifte wären gut, damit würde ich niemanden erschlagen. Aber es gab nur drei Kugelschreiber ohne Klemme. Und das dämliche Tintenfass mit der noch dämlicheren Stachelschweinborste als Füllfederhalter.

*Verdammt!*

Eine Kordel hatte ich auch nicht! Ich wollte schreien! Im unteren Stockwerk hörte ich Dad mit Mr. Cox reden. Was sollte ich machen?

Unwillkürlich fasste ich an Nathans Armband, wie immer, wenn ich Halt brauchte. Ich betrachtete das raue Band. Am Tor in Louisiana hatte ich gedacht, es könnte sicher mein ganzes Gewicht tragen, ohne zu reißen. Jetzt musste es ein Gewicht tragen, allerdings nicht meins, und trotzdem hing so vieles davon ab.

Hektisch ging ich die Dokumente durch, suchte fünf heraus, die mir besonders wichtig erschienen, und legte den Vaterschaftstest oben drauf. Mein Blick fiel auf die letzte Zeile.

*Die DNA-Sequenzen stimmen nicht überein. Eine Vaterschaft ist zu hundert Prozent ausgeschlossen.*

Ich atmete tief durch, verdrängte all die Gefühle, die wieder in mir aufstiegen, dann nahm ich die Schere und schnitt Nathans Armband durch. Sein schönes Armband ganz ohne Glitzer. Zittrig band ich es um die Papiere, die ich vorher zu einer Rolle gedreht hatte. Mit dem Band wäre sie schwer genug und würde nach unten fallen, aber mehr als sechs Dokumente wollte ich nicht nehmen, nur für den Fall, dass sie nicht gefunden wurden. Dann gäbe es noch die anderen Papiere als Beweise.

*Lass es bitte, bitte funktionieren!*

Ich streckte meinen Arm so weit wie möglich durch den Fensterspalt und ließ die Rolle fallen.

*Möchtest du es zurück, Will,* hörte ich Nathan in meinem Inneren fragen.

Ich schluckte und blickte hinaus in die Nacht, da hörte ich Dad rufen. »Willa? Wo bist du?«

Sofort lief ich zum Tresor und tippte den Code ein. Das sanfte *Klick* ertönte. Gott sei Dank, er hatte die Ziffernfolge noch nicht geändert! Entweder hatte er nicht daran gedacht oder er hatte nicht erwartet, dass ich so schnell wieder auf den Beinen wäre. Vermutlich war er sich sicher gewesen, ich würde bis morgen früh schlafen.

Aber wieso lag die Waffe noch dort? Ohne zu überlegen, griff ich sie und klaubte die Briefe zusammen. Brauchte ich noch etwas? Für einen Moment sah ich in den Tresor, blinzelte nachdenklich … dann hastete ich zum Fenster zurück und stopfte die Briefe ebenfalls durch den offenen Spalt. Je mehr Papiere es auf New York regnen würde, desto besser. Desto eher würde sich jemand fragen, warum.

Als ich Schritte hörte, blieb ich wie angewurzelt am Fenster stehen. Die Klinke wurde gedrückt, aber zum Glück hatte ich abgeschlossen.

»Öffne die Tür, Willa Rae, oder ich breche sie auf«, sagte Dad von draußen.

*Oh Himmel!* Er klang so ruhig. Meine Gedanken rasten. Ich wusste nicht, was ich tun sollte, aber automatisch nahm ich die Waffe, die ich kurz auf den Schreibtisch gelegt hatte.

War sie geladen? »Moment, Dad!« Hektisch fummelte ich an dem Handstück der Glock herum, wo das Magazin steckte, und bekam es nach ein paar Sekunden heraus. Danach zog ich am Schlitten. Eine Patrone befand sich im Lauf. Hastig entfernte ich sie und nahm auch alle anderen Patronen aus dem Magazin, bevor ich es wieder zurückschob. Nathan hatte immer großen Respekt vor Waffen gehabt, sie auf der Agamemnon und in Lost Memories sogar verboten. Und egal was passiert war, ich wollte keine geladene Waffe auf Dad richten! Sie sollte nur ein Schutz sein.

Mit bebenden Händen steckte ich die Munition in die Hosentasche.

*Und wenn er sich eine Waffe aus seinem Waffenschrank holt?*

Um Himmels willen, was dachte ich da?

Dass Dad mich erschoss?

*Er ist nicht dein Dad! Hör auf, mit diesem Wort an ihn zu denken!*

Aber das schaffte ich nicht.

»Wird's bald, Willa!« Dad schien immer noch dicht vor der Tür zu stehen. »Du bist krank und gehörst ins Bett! Was zur Hölle machst du schon wieder da drin?«

»Ich wollte nur an den Computer«, rief ich nach draußen.

»Geh von der Tür weg!«

*Er wird sie eintreten oder das Schloss zerschießen! Womöglich hat er sich bereits eine Waffe geholt.* »Warte, Dad. Warte! Bitte! Ich mache auf!«

Ich streckte die Hand mit der Waffe vor und schloss mit der anderen die Tür auf.

Dad starrte mich entgeistert an. »Willa Rae, bist du jetzt komplett verrückt geworden? Leg sofort die Glock weg!«

Ich schüttelte den Kopf. »Du hast Mom umgebracht«, sagte ich mit zitternder Stimme. »Du hast die Yacht absichtlich in Brand gesteckt, ich erinnere mich wieder an alles.«

Dad lächelte, aber es sah grotesk aus, wie eine Fratze. »Was redest du nur für einen Unsinn. Ich habe versucht zu kochen, Kind.«

»Kind? Ich bin kein Kind mehr. Ich bin nicht einmal deine Tochter. Ich weiß es, Dad.«

Dads unechtes Lächeln verblasste. »Du hast diesen Brief also gelesen – ich war mir nicht sicher.«

»Ich weiß es nicht nur deswegen. Ich habe Mom und dich auf der Yacht belauscht. Ich habe es aus Moms Mund gehört, ich hatte es nur vergessen.« In seinem Blick stand Verwirrung, während er sicher versuchte, sich an seinen Streit mit Mom zu erinnern. Ich nickte in den Gang. »Lass mich vorbei!« Schweiß sammelte sich in meiner Handfläche und machte den Lauf glitschig.

»Zuerst legst du die Waffe weg. Danach können wir über alles reden.«

»Nein! Ich will nicht mit dir reden. Ich gehe jetzt.«

Dad wurde bleich. »Dort draußen lauert Isaac auf dich. Und wie ich meine, hat er dir abscheuliche Dinge angetan. Dinge, die man ihm selbst in Rikers Island angetan hat.«

»Du … du weißt davon …«, stammelte ich bestürzt. Fast wäre mir die Pistole aus den Fingern gerutscht. »Du weißt, was man ihm angetan hat?«

»Meine Augen und Ohren sind überall dort, wo ich sie brauche. Ja, ich habe damals davon erfahren, deshalb habe ich nach einer Weile seine Kaution bezahlt.«

»Nach einer Weile? Er war über zwei Jahre im Gefängnis.« *Gott und Gönner.* »Du bist ein Unmensch, Dad.« Die Waffe zitterte in meiner Hand, aber ich lief mit kleinen Schritten voran und trieb Dad Richtung Treppe.

Er ging rückwärts, eine Hand am Geländer der Galerie. »Isaac hat mir Fotos von dir geschickt, Willa; Fotos, auf denen du auf schändlichste Weise gefesselt bist und nur ein T-Shirt trägst.« Wie fassungslos schüttelte er den Kopf, und meine Wangen begannen zu glühen. »Er hat dir Schreckliches angetan. Lass es mich wiedergutmachen.«

Unwillkürlich schossen mir Tränen in die Augen. »Wiedergutmachen? Wie denn? Wie willst du das denn wiedergutmachen?« *Und wieso hast du mir nicht sofort gesagt, dass du das alles weißt?*

Dad hob beschwichtigend die Hände, blieb stehen, obwohl ich mit der Waffe auf seine Brust zielte. »Ich beschütze dich. Ich passe auf dich auf, damit so etwas nicht noch einmal passiert. Und da du jetzt weißt, dass du nicht meine leibliche Tochter bist ... es macht alles einfacher. Kein Geheimnis wird mehr zwischen uns stehen ... Weißt du, an deinem Geburtstag ... ich war fast so weit, es dir zu sagen. Aber nachdem du Moms Ehering ausgepackt hattest, schienst du so schockiert. Ich dachte, es wäre besser, noch etwas zu warten.«

»Du bist vollkommen verrückt«, wisperte ich fassungslos über das, was er sagte. »Du hast Mom getötet! Wie kannst du denken, ich würde bei dir bleiben?« Es kam mir vor, als wäre er ein anderer Mensch, als hätte er sich von Dr. Jekyll in Mr. Hyde verwandelt.

»Jemand muss dich beschützen, Willa Rae. Vor Isaac und den anderen.«

»Erwähne seinen Namen nicht mehr vor mir!« Ich umklammerte die Waffe fester. »Isaac ist tot. Er ist nicht dort draußen.«

»Willa, sei vernünftig! Keiner der Wachmänner wird dich durchlassen, eher jagen sie dir eine Kugel ins Bein. Außerdem wird Dr. Moore gleich hier sein und dafür sorgen, dass du deine Medikamente bekommst.«

»Meine Medikamente?«, echote ich verständnislos.

»Du bist in den letzten Monaten in einer Nervenheilanstalt in Denver gewesen. Zumindest denken das alle.«

Am liebsten hätte ich jetzt den Abzug gedrückt, aber das Magazin war zum Glück leer. »Wieso ... wieso hast du nicht gesagt, ich wäre auf einem College in Europa oder sonst wo ...«

»Die Nervenheilanstalt war das Beste, das mir eingefallen ist. So ein Aufenthalt kann auch mal sehr lange dauern, manchmal sogar die gesamte Spanne eines Lebens. Niemand hätte sich gewundert, wenn du nicht mehr zurückgekommen wärst.«

Seine Worte trafen mich so hart wie Trojas Fausthiebe in den

Magen. »Du wusstest von Anfang an, dass Isaac etwas mit der Entführung zu tun hatte, oder?«

Dad schwieg.

»Du wusstest, was er mir antun wollte … und du hast trotzdem so lange gezögert, die Bedingungen zu erfüllen … du hättest sofort deine Schuld zugeben können … oder etwa nicht?«

»Er hätte dich ja doch nicht gehen lassen, Kind. Sein Hass auf mich war zu groß. Ich war mir sicher, er würde dich …« Seine Stimme erstarb. »Wieso etwas zugeben, wenn man sowieso nicht wiederbekommt, was man liebt.«

Es war die tiefe Ehrlichkeit seiner Worte, die mein Herz endgültig brechen ließ. Das Herz der kleinen Willa, die ihn trotz allem, was er getan hatte, auch jetzt noch liebte. Wegen all der zauberhaften Erinnerungen, die in diesem Wust an Lügen immer noch da waren. Ein Lichtermeer voller zärtlicher, schöner Momente. Er und ich beim Eislaufen im Central Park, Schnee in seinen Wimpern; er und ich vor dem Kamin, die Weihnachtsgeschichte lesend, eine Tasse Kakao in den Händen; ich im Garten von Rosewood Manor auf seinen Schultern reitend. Ich liebte diesen Dad, der er für mich gewesen war noch immer, das konnte ich nicht einfach abschalten. Das war unmöglich, doch seine Worte trafen mich wie ein Dolch ins Herz.

Erschüttert rang ich nach Luft. »Du … du hast es nicht einmal versucht. Du hast nicht einmal versucht, mich zu retten …« Tränen liefen mir über die Wangen. »Ich hätte mein Leben für deins gegeben. Sie haben mich weggelockt, weil sie sagten, sie würden dich sonst erschießen. Ich … ich bin einfach gegangen, ohne nachzudenken.« Ich konnte nicht weiterreden.

Dad streckte kurz den Arm nach mir aus. »In diesem Punkt warst du immer ganz anders als deine Mom. Sie hat immer nur an sich gedacht. Du warst das komplette Gegenteil von ihr. So ein liebes, artiges Kind, so selbstlos … lass es mich wiedergutmachen.«

»Das kannst du nicht … niemals.« Und ich war ja auch nur so ein braves Kind gewesen, weil ich immer geglaubt hatte, ich müsste eine Schuld abtragen. Ich sah ihn an und wischte mir mit einer Hand die Tränen aus dem Gesicht. Jetzt wollte ich die ganze Wahrheit erfahren. »Wieso hast du plötzlich doch eingelenkt?«, fragte ich. »Wieso hast du Isaac und den anderen doch angeboten, alles offenzulegen?«

»Wie gesagt, wir hatten einen Hinweis. Wir wollten Zeit gewinnen, sie alle erschießen und dich befreien.«

»Du wolltest sie alle umbringen, damit nichts von all dem, was du getan hast, an die Öffentlichkeit dringt! Deswegen auch die Arrow-Corp. Diese Söldner führen Befehle aus und stellen keine Fragen … Du wolltest immer nur dich schützen!« Ich hob die Waffe ein Stückchen höher. »Wieso hast du Isaac Geld bezahlt?«

»Weil Bill Luther und sein Team dich nicht auf der Agamemnon gefunden haben. Der Kutter war verlassen. Wir waren wieder am Anfang, und Isaac bot irgendwann an, dich laufen zu lassen.«

»Niemals! Du lügst schon wieder. Eben hast du noch gesagt, du hättest nie gedacht, dass Isaac mich gehen lässt. Du hast gezahlt, damit Isaac auch nach meinem Tod schweigt.« Diese Erkenntnis sickerte nur tröpfchenweise in meinen Verstand. »Es war kein Geld, um mich auszulösen. Es war Schweigegeld.« Die Waffe zitterte in meiner Hand.

»Das ist nicht wahr, Willa. Ich hatte immer die irrationale Hoffnung, er würde dich am Ende doch gehen lassen. Nur deswegen habe ich bezahlt. Ich liebe dich. Ich habe dich immer geliebt. So wie ich deine Mom immer geliebt habe. Aber sie wollte mich verlassen und dich mitnehmen. Ich konnte nicht euch beide verlieren … Deshalb habe ich getan, was ich tun musste. Um dich zu behalten. Du hast selbst gesagt, du wolltest mich nicht verlassen. Im Grunde habe ich es für uns beide getan.«

Empört schnappte ich nach Luft. »Ich war ein Kind. Und ich kannte die Wahrheit nicht.« Ich lief einen Bogen um ihn herum. »Ich gehe jetzt, und du wirst mich nicht aufhalten!«

»Willa!« Dads warnender Ruf ließ mich doch wieder stehen bleiben. Kurz vor der Treppe drehte ich mich zu ihm um. »Mr. Cox wird dir niemals diese Tür öffnen. Ich werde dich nicht gehen lassen.«

Ich blinzelte, verstört, weil er so überzeugt klang.

»Dr. Moore wird dir helfen. Er wird dir erst einmal etwas zur Beruhigung geben.«

»Ich muss nicht beruhigt werden!«, rief ich zornig.

»Du richtest eine Waffe auf mich. Du bist krank, Schatz.«

Flüchtig blickte ich hinunter ins Foyer. »Mr. Cox wird schon aufmachen, wenn ich drohe, dich sonst zu erschießen.«

Dad lächelte mild. »Was willst du machen? Mich wie einen lebenden Schutzschild vor dir hertreiben? Das wird nicht funktionieren. Mr. Cox hat auch eine Waffe. Und wir wissen doch beide, dass du niemals abdrücken würdest.«

Die Ader an meiner Schläfe pochte. Ich hatte das entsetzliche Gefühl, in eine Falle getappt zu sein, zumal ich nicht mal einen

Warnschuss abgeben konnte. Im Gegensatz zu Dads Securitymännern.

»Du kommst hier nicht raus, Willa Rae.«

*Ich komme nicht raus!*

Der Gedanke lag wie ein festes Seil um meinen Hals.

*Ich bin eingesperrt!*

*Auf schändlichste Weise …*

Die vertraute Angst vor dem Gefangensein stieg in mir auf, und mein Blickfeld wurde zu einer Wand aus roten Sternchen. Ich blinzelte und sah Dad auf mich zukommen.

»Komm schon, Willa-Maus, das hat doch alles keinen Sinn. Gib mir die Waffe«, hörte ich ihn wie durch Wasser sagen.

»Nein!« Die Realität glitt mir aus den Händen. Aber ich musste hierbleiben. Ich musste mich wehren.

»Er hat dich immer kleine Lady genannt, nicht wahr?«

Für einen Moment wurde es so still in mir, als wäre ich zurück in das weiße Koma des Schocks gefallen. »Woher …« Ich konnte nicht weitersprechen, taumelte, als hätte sich auch der Boden unter mir in weißes Nichts verwandelt. Dad besaß seine eigene Munition, er brauchte keine Glock.

*Das hast du absichtlich gemacht!*, hörte ich Mom weinen.

Das Seil um meinen Hals spannte sich fester.

*Ich bin eingesperrt!*

Ich wollte zur Eingangstür rennen, aber ich fiel auf die Knie und ließ dabei die Waffe fallen. Dad hob sie sofort auf und steckte sie in seinen Gürtel.

»Du stehst völlig neben dir, Kind. Du gehörst ins Bett!«, sagte er jetzt, packte mich am Arm und zog mich auf die Füße.

»Woher weißt du …«, würgte ich hervor.

»Ich habe viel mehr gesehen als nur diese Bilder. Isaac hat mir Videos geschickt, sehr persönliche Nachrichten.« Dad klang nicht triumphierend, eher abgestoßen.

»Und jetzt benutzt du …« *Du benutzt das, was du gesehen hast, um meine Ängste immer weiter zu schüren …* Das durfte ich nicht zulassen. Ich durfte mich nicht von seinen Worten kleinkriegen lassen. Aber mir war so schwindelig. Am Arm gepackt zog Dad mich zu meinem Zimmer, doch auf einmal erhob sich eine Stimme aus der unteren Etage.

Eine durchdringende, ungeduldige, ungestüme Stimme, die mein Herz schwer und leicht machte. »Will? Will, kannst du mich hören?«

*Nathan!* Ein Teil der Panik fiel von mir ab. Ich wollte lachen und weinen. Er musste es irgendwie an unserem Doorman Franklin vorbeigeschafft haben.

»Ich bin hier«, rief ich laut und betete, dass er mich hörte.

Dad sah irritiert in den ersten Stock Richtung Tür. »Wer ist das?«

Immer noch zittrig sah ich ihm ins Gesicht. »Jemand, der mich hier rausholt!« Die Enge in meiner Kehle löste sich, und die Realität wurde schärfer. Ich nutzte das Überraschungsmoment, riss mich von Dad los und lief die Stufen hinunter, eine Hand am Geländer.

Als ich unten angekommen war, hörte ich Dads schneidende Stimme. »Stopp!«

Ich drehte mich um. Dad richtete die Glock auf mich und kam mir nach. Mein Herz klopfte plötzlich wie wild.

»Es tut mir leid, Willa, aber du sagst jetzt Mr. Cox, dass du krank bist und psychiatrische Hilfe brauchst.«

»Nein.«

Dad schüttelte unglücklich den Kopf. »Zwing mich doch nicht, dir wehzutun.«

Ich rannte zur Tür. »Er lässt mich nicht gehen, Nathan. Mr. Cox, bitte, er hat eine Waffe. Machen Sie auf!«

»Öffnen Sie diese gottverdammte Tür«, hörte ich Nathan brüllen. »Sie ist nicht seine Tochter. Ich kann es beweisen. Er hält sie widerrechtlich fest!«

*Er hat die Kopie gefunden!*

»Will!« Es klang, als würde sich Nathan mit voller Wucht gegen das schwere Holz werfen.

»Die Tür bleibt verschlossen, Mr. Cox!«, sagte Dad laut. »Was immer er Ihnen zeigt, es ist eine Fälschung! Sie ist krank. Und ich habe auch keine Waffe.«

Mr. Cox schien draußen mit Nathan zu diskutieren. Ziemlich heftig.

»Willa!« Das war mein Vater. Vor der Tür drehte ich mich zu ihm um, und meine Knie wurden weich. Wenn Nathan Mr. Cox nicht überzeugen konnte, die Tür zu öffnen, würde mich dieser Mann unter Drogen setzen lassen und in meinem Zimmer einsperren. Vermutlich für Jahre. Jahrzehnte. Für immer.

»Wir bekommen das wieder hin, Liebes, glaub mir.«

Er klang so harmlos. So vollkommen sanft, fast als glaubte er es selbst.

Ich schluckte hart. »Ich bin keine Rarität, die du sicher hinter Glas verwahren kannst. Ich bin nicht dein Besitz. Ich frage mich, was nach dem Ehering von Mom gekommen wäre. Dein Bett?«

Er sah mich vollkommen offen an. »Was wäre so schlimm daran gewesen? Wir sind nicht verwandt. Ich hätte dir das eines Tages gesagt.«

Am liebsten hätte ich ihn angespuckt. »Du widerst mich an! Du hast mich mit Schuldgefühlen und Lügen an dich gekettet und ein nervöses, überängstliches Mädchen aus mir gemacht. Leicht zu lenken – für all deine Bedürfnisse.«

»Es tut mir leid«, sagte er plötzlich ruhig. Viel zu ruhig.

Ich blinzelte irritiert. »Was tut dir leid?«

»Ich muss das jetzt tun.« Dann rief er auf einmal ganz laut: »Willa, nein! Kind, leg die Waffe weg, um Gottes willen!«

»Willa!«, schrie Nathan von draußen.

*Tu das nicht, Dad! Bitte nicht!* Ich schloss die Augen.

Hörte das leise Klicken.

Und fiel. Sekunden. Minuten. Jahre. Keine Ahnung, wohin. Es war nur mein Geist, der stürzte, denn als ich die Augen aufschlug, stand ich immer noch vor Dad, und trotzdem kam es mir so vor, als hätte sich der Boden geöffnet und mich die Tiefe gerissen.

Er hatte abgedrückt! Er hatte tatsächlich abgedrückt! Jetzt starrte er mich bestürzt an, in der herabbaumelnden Hand hielt er die Glock.

»Hast du wirklich gedacht, ich bedrohe dich mit einer geladenen Waffe?«, hörte ich mich flüstern.

Ich sah es nicht kommen, es ging zu schnell. Dad hob den Arm und schlug mir mit der Halbautomatik gegen die Schläfe. Blutrote Vögel flatterten vor meinen Augen. Dann raste der Boden auf mich zu, und ich sah Dad erneut ausholen. »Mr. Cox! Schnell! Wir brauchen Dr. Moore«, rief er.

In dem Augenblick flog die Tür auf und mein Vater hielt inne. »Sie hat mich angegriffen!«

»Will!« Nathan stürmte herein und stoppte unwillkürlich. Ich lag auf dem Rücken und starrte ihn an. Er sah aus wie damals auf der Agamemnon, als ich ihn das erste Mal ohne die Augenbinde gesehen hatte. Er trug ein schwarzes Stirnband, schwarze Klamotten und sah wild und düster aus. Aber das war es nicht, was mein Herz noch härter schlagen ließ. Es war die Art, wie Nathan meinen Vater ansah, der jetzt über mir stand. Ich glaube, ich habe noch nie größeren Hass in den Augen eines Menschen gesehen, höchstens bei Noah, als er mich damals am Hals gepackt gegen die Wand gedrückt hatte.

»Sie verdammter Scheißkerl«, hörte ich ihn fluchen. Seine Stimme klang wie das Brüllen des Meeres und war trotzdem ein Flüstern. In wenigen Schritten war er bei mir, packte den Arm meines völlig überrumpelten Vaters und schlug ihm die Waffe aus der Hand. Sie schlitterte wie ein Puck über den weißen Marmor, direkt vor die Füße von Mr. Cox, der mich von der Tür aus mit aufgerissenen Augen ansah.

»Sie werden ihr nie wieder wehtun! Ihr nicht, und auch sonst keinem mehr!« Mit einem einzigen Hieb beförderte Nathan meinen Vater auf den Boden und war sofort über ihm, während Mr. Cox aus dem Hintergrund »Aufhören!« brüllte. Aber Nathan reagierte nicht. Er packte meinen Vater am Kragen und schlug zu. Immer wieder. So, als würde er mit jedem einzelnen Schlag einen der Toten von Coldville rächen.

Ich wollte ihn beruhigen, ihn am Arm fassen, aber ich war immer noch benommen und nicht schnell genug. Ein Schuss knallte durch die Luft. Ich schrie auf, und Mr. Cox brüllte: »Das ist die letzte Warnung, junger Mann!«

Durch einen Funkenregen an Sternen sah ich, wie Mr. Cox mit gezogener Waffe auf uns zuging. Mein Herz raste. Nathan hatte wie eingefroren innegehalten, die Faust erhoben. Unter ihm stöhnte Dad gequält auf. Blut lief aus einer Platzwunde aus seiner Augenbraue, und sein Auge war blau.

Mit hämmerndem Schädel rappelte ich mich auf und stellte mich vor Nathan. »Nicht schießen! Er hat mich nur verteidigt. Mein Vater … Mr. Hampton … er hat mich bedroht. Sie haben es selbst gesehen.« Hinter Mr. Cox erschienen plötzlich unser Doorman Franklin und ein weiterer Wachmann, der die Glock vom Fußboden aufhob. Von ihnen sah ich zu Nathan, der immer noch in Kampfhaltung über meinem Vater stand.

»Nicht«, flüsterte ich in die Stille, die sich über das Foyer gelegt hatte. »Hör auf, bitte …«

Nathan blickte mich an und wirkte vollkommen gefangen.

»Lass uns verschwinden. Wir haben Beweise«, sagte ich und fing an zu weinen, weil alles, was geschehen war, plötzlich über mir zusammenbrach. »Wir müssen sie … wir müssen sie nur einsammeln.« Die Tränen liefen ohne Unterlass über mein Gesicht. »Und zwar jetzt gleich!«

Nathan blinzelte. »Will, er hat so viele schreckliche Dinge getan«, sagte er, als wäre ihm Mr. Cox und seine Waffe egal.

»Und dafür wird er bestraft«, sagte ich weinend.

Nathan schüttelte den Kopf, er hielt Dad immer noch am Kragen fest. »Er wird davonkommen. Männer wie er kommen immer davon.«

Dad blickte auf. Er verstand offenbar gar nichts. »Wer bist du?«, fragte er nahezu tonlos, während sein rechtes Augenlid unaufhörlich zuckte.

Ich sah zu Mr. Cox, der stehen geblieben war, und wischte mir über die Augen, bevor ich mich wieder Dad zuwandte. »Das ist Nathan McCormack. Merk dir seinen Namen.« Dad sah zwischen Nathan und mir hin und her, und ich fuhr fort: »Er ist einer der … der Geschädigten aus Coldville«, erklärte ich ihm und spürte, wie sich ein schwaches Lächeln über meinem Gesicht ausbreitete. »Er hat mir vor vielen Jahren das Herz aus Schwemmholz geschenkt, und ich liebe ihn. Er ist mein Ein und Alles.« Ich streckte meine Hand nach Nathan aus, und das Lächeln, das ich so liebte, flog über sein Gesicht. Er ließ Dad los und griff meine Finger.

Dad presste die Lippen zusammen. »Leg dich nicht mit mir an, Willa.«

Mein Lächeln erstarb. »Ich habe Ausdrucke von sämtlichen Gutachten gemacht und sie vorhin aus dem Fenster geworfen. In diesem Augenblick flattern sie wie Flugblätter über New York. Irgendjemand wird sie finden.« Ich sah zu Nathan, und er nickte. »Oder hat sie bereits gefunden.«

Dads Augen weiteten sich. »Was sagst du da?«

»Gutachten von Gewässerproben und so. Du kannst dich also nicht damit rausreden, dass du von all dem nichts gewusst hast.« Ich musterte ihn und wischte mir mit dem dicken Pullover das Blut aus dem Gesicht. »Hast du dich eigentlich gar nicht gefragt, wie ich dein Passwort herausbekommen habe?«

Diesmal blinzelte Dad. »Wie?«

»Coralie Chevalier. Deine geheime Trophäe – ich habe viel gelernt in diesem einen Jahr. Hauptsächlich von deinen Feinden. Im Grunde war es nicht schwierig, auf das Passwort zu kommen, wenn man dich kennt.«

Nach meinen Worten erlebte ich den Mann, der sich jahrelang als mein Vater ausgegeben hatte, zum ersten Mal sprachlos. Die Ironie war, dass ich niemals auf das Passwort gekommen wäre, wenn Isaac nicht mit mir über seine Mutter gesprochen hätte – denn auf Nathans Rücken stand nur der Familienname McCormack. Isaac hatte mir geholfen, Dad zu besiegen!

»Wir sehen uns vor Gericht, Dad … Mr. Hampton.«

Er setzte sich mit einem Ächzen auf. »Du weißt, ich habe nicht auf dein Herz gezielt, Willa Rae«, sagte er so leise, dass es nur Nathan und ich, aber nicht sein Personal hören konnte.

»Ich weiß es nicht, und es ist mir auch völlig gleichgültig.« Damit ging ich zusammen mit Nathan an Mr. Cox, Franklin und dem anderen Wachmann vorbei.

Sie hielten uns nicht auf.

Als wir im Fahrstuhl nach unten fuhren, musste mich Nathan festhalten, damit ich nicht umkippte. Immer noch schwankte der Boden unter mir – durch den Schlag mit der Halbautomatik und weil Dad den Abzug der Glock gedrückt hatte. Wie hatte er nur auf mich zielen können? Wie hatte er abdrücken können? Er hatte nicht gewusst, dass die Waffe nicht geladen war. Und er hatte immer behauptet, mich zu lieben!

»Wie?«, fragte ich noch im Fahrstuhl zusammenhanglos. »Wie bist du hochgekommen? Du hattest keine Waffe. Franklin hat noch nie einen Unbekannten vorbeigelassen. Lag es an dem Vaterschaftstest?«

Nathan schüttelte den Kopf. »Der hat am Ende nur diesen Cox überzeugt. Das war eine gute Idee, Will. Nein, Franklin wollte mich trotz des Tests nicht durchlassen. Es war ja auch nur eine Kopie und nicht das Original.«

»Und wie hast du es dann geschafft?«

»Mit der Waffe deines Vaters.«

Der Fahrstuhl hielt, und die Türen glitten auf. Eine Schar Liftboys starrte uns an.

Ich ertrug ihren Anblick nicht, löste mich von Nathan und drückte auf *Türe schließen,* auch wenn ich ganz dringend aus dem Gebäude wollte.

»Mit der Waffe meines Vaters?« Ich sah ihn verständnislos an.

Nathan zwinkerte mir zu. »Jeder hat seinen Preis, oder nicht?«

Ich klammerte mich an seine Oberarme, mittlerweile standen wir uns gegenüber. »Ich verstehe das nicht.« Ich war so unendlich verwirrt. So glücklich, so erleichtert, aber auch tieftraurig. So vieles hatte ich verloren; Dinge, die im Grunde nie mir gehört hatte. All meine Erlebnisse mit Dad. Meine Erinnerungen. Ein Teil meines Ichs, mein Zuhause.

Nathan beugte sich zu mir herab und küsste ganz zart meine Stirn. »Es tut mir leid«, flüsterte er. »Ich war in einer Sache nie ganz ehrlich zu dir. Aber ich finde, du hast dir genug Lügen anhören müssen.«

»Nathan …« Ich ließ ihn los und hoffte, er würde nicht etwas sagen, das mich noch mehr durcheinanderbrachte. Keine Ahnung, wie viele Offenbarungen ich noch ertragen würde, bevor er mich wirklich in eine Klinik einweisen musste.

Er fasste in seine Tasche, zog die geschlossene Faust heraus und öffnete die Finger dann vor meinen Augen wie Ian, wenn er einen Zaubertrick vollführte. »Ich hoffe, du bist mir nicht böse, aber er hat bereits so viele gute Dienste geleistet.«

Unwillkürlich legte ich die Hand auf mein Herz. »Moms Ring«, wisperte ich, und meine Knie drohten nachzugeben. Wie betäubt betrachtete ich den blutroten Rubin. »Ich dachte, er wäre für immer verloren.«

»Ich habe das nur behauptet, weil ich keinen Aufstand riskieren wollte – und erst recht keinen weiteren Verrat. Selbst in Lost Memories habe ich es niemandem gesagt. Nicht einmal Pan.«

Ich schluckte. Einige Diamanten fehlten. Mit dem Finger fuhr ich über die leeren Stellen. »Meinst du das mit: Jeder hat seinen Preis?«

Nathan nickte nur, und ich lächelte. »Du hattest ihn nie verloren.«

»Nein, ich habe ihn immer bei mir getragen … so konnte ich mich auf der Agamemnon auch von den Fesseln befreien. Aber jetzt … er gehört selbstverständlich wieder dir.« Nathan nahm meine Hand, legte ihn hinein und drückte meine Finger ganz zart zusammen.

Natürlich fing ich erneut an zu weinen, und Nathan zog mich mit größter Vorsicht in seine Arme. »Nicht weinen, Will. Jetzt wird alles gut. Ich versprech's.«

Ich hatte mich einmal gefragt, warum ich den Jungen aus Baton Rouge nie vergessen hatte. Heute wusste ich es. Nathan hatte mir nicht nur als Erster gesagt, dass ich nicht frei war, sondern er hatte auch den Wunsch nach Freiheit in mir geweckt. Und heute Nacht hatte er mir geholfen, die letzten Fesseln meines alten Lebens zu durchtrennen. Das Netz all der vielen Lügen. Es war nur seltsam, dass er mich erst hatte gefangen nehmen müssen, um das zu erreichen.

# Kapitel 18

*Heute*

So viel Zeit ist vergangen, und der Sommer in Louisiana neigt sich beinahe dem Ende. Das Laub der uralten Rosewood-Manor-Eichen trägt schon einen Hauch von Gold, und die feuchte Luft wird täglich ein klein wenig kühler. In meinem weiten Kleid laufe ich durch die noblen Hallen, in denen ich als Kind einst Verstecken mit Mom und Grandma gespielt habe. So vieles hat sich seit diesen Tagen verändert und ist doch gleich. Es riecht immer noch nach alten Möbeln, ein bisschen nach Staub, aber auch nach Putzmitteln.

Ich komme in das lichtdurchflutete Foyer, wo das einzige Porträt von Richard Hampton hängt, das existiert. Von dem Mann, von dem ich lange Zeit dachte, er wäre mein Großvater. Ich meide den Blick auf den stolzen jungen Fremden mit den gelben Augen, der stets wie ein Dienstherr auf uns herabschaut.

»Du musst nicht alle Schlachten an einem Tag gewinnen«, sagt Nathan immer, und ich weiß, es wird der Zeitpunkt kommen, an dem ich mich damit auseinandersetzen muss. Aber dieser Termin liegt noch in ferner Zukunft. Und natürlich gibt es einen Grund, warum dieses Porträt noch an seinem Platz hängt.

Als ich die große Veranda betrete, entdecke ich Sammy und Grace, die im Garten zwischen den Rosenbeeten Fangen spielen. Wie so oft denke ich bei Sammys Anblick an Sparta, an Stanton, und für Sekunden flattert mein Herz mit Wehmut, aber dann quietscht

Sammy vor Freude, und ich muss lächeln. Es war eine von Ians besten Ideen, die beiden hierherzuholen. Und nicht nur sie. Auch Ians Eltern leben bei uns, Jacks Großmutter und seine kleine Schwester May sowieso Raphaels Dad und seine Tante.

So lange stand Rosewood Manor leer, weil mein Vater Angst vor Isaac und seiner eigenen Vergangenheit hatte, doch jetzt erstrahlt diese Villa in ihrem früheren Glanz, und das macht mich glücklich. Es kommt mir vor, als wäre mir ein winziges Stück meines früheren Lebens geblieben, etwas, das nicht von meinem Vater und seinen Lügen besudelt worden ist. Und es war mein Glück, dass Dad dieses Anwesen aus steuerrechtlichen Gründen vor langer Zeit meiner Mom überschrieben hat. Normalerweise hätte ich erst ab nächstem Jahr darüber verfügen dürfen, aber dieses Datum habe ich mit meiner Anwältin vorverlegen können. Drei Wochen lang haben Nathan, Ian, Grandma und ich seit unserem Einzug die Möbel abgestaubt, die langen Seidengardinen gewaschen und alle mannshohen Fenster und Fußböden geschrubbt. Jack, Raphael, Kjertan – oder Rayk – haben, als sie nachgekommen sind, im Garten die Hecken, Bäume und Sträucher gestutzt, und Nathan hat mit Ian die Marmorsäulen und antiken Skulpturen wieder aufgestellt, die teilweise trostlos im Garten herumlagen. Jetzt ist alles so prächtig und märchenhaft wie damals, als ich ein Kind war, und die meisten Zimmer der Villa sind bewohnt. Im Grunde leben wir in einer Art Kommune und warten auf den Prozess gegen Mr. Hampton, während wir hier die Dinge in Ordnung halten.

»Hey, Liebes.« Meine Grandma kommt mit einem Tablett voll Gläsern und einer Karaffe selbst gemachter Limonade nach draußen. »Wo steckt denn Nathan?«

»Wartet auf mich.« Ich lächele, nehme ihr das Tablett ab und stelle es auf den Tisch.

»Dann solltest du gehen.« Fröhlich winkt sie Richtung Garten, wo Ian, Kjertan-Rayk, Raphael und Jack arbeiten. Sie haben nur auf Grandma gewartet. Unter Gelächter stürmen sie die Veranda, klatschen sich dabei ab und kippen die eiskalte Limo hinunter wie Bier.

»Großartig, Mrs. Farmer. Wären Sie zwanzig Jahre jünger, würde ich Sie nur wegen dieser Limonade heiraten.« Ian grinst lausbubenhaft, aber ich wende den Blick ab und beobachte den Zwilling. Immer noch hoffe ich, dass er sich eines Tages durch irgendetwas verraten wird, doch er ist vorsichtig, als liefe er Tag für Tag über Glas. So vorsichtig, wie sie alle mit mir umgehen, trotzdem habe ich, was ihn betrifft, einen konkreten Verdacht.

Das Lachen von Grandma lenkt meinen Blick wieder auf sie. Ich kann nicht fassen, wie jugendlich sie noch wirkt. Und wie sehr sie mich an Mom erinnert. Sie gehört zu dem Menschenschlag, der das Leben mit Würde meistert, gleich wie groß ihr Verlust auch ist. Ihr Mann, mein Grandpa mütterlicherseits, starb, als meine Mom zehn Jahre alt war, knapp fünfzehn Jahre später verlor Grandma ihre einzige Tochter, kurz danach ihren zweiten Ehemann. Und doch scheint sie diesen Verlusten zu trotzen. Ihre Augen versprühen noch immer Lebensfreude und einen gewissen Schalk, der sie so anziehend macht. Auch mit ihr habe ich einen Teil meines Lebens wiedergefunden. Und obwohl ich weiß, dass Nathan bestimmt schon an unserem Durchschlupf wartet, bleibe ich bei Grandma, bis sich die Männer wieder an die Arbeit machen. Nachdenklich schaue ich ihnen hinterher.

»Was soll ich ihr nur eines Tages erzählen, Grandma?«, frage ich und sehe zu dem Zwilling, der seiner Lieblingsbeschäftigung, dem Holzhacken, nachgeht.

Natürlich weiß sie sofort, was ich meine. »Das musst du doch noch nicht jetzt entscheiden, Willa. Das hat noch sehr viel Zeit. Weißt du, was deine Urgroßmutter immer darüber gesagt hat, wie man selbst den höchsten Gipfel der Welt erklimmt?«

Ich schüttele den Kopf. »Nein, wie denn?«

»Mit einem Schritt nach dem anderen.« Sie lächelt voller Wärme.

»Gefällt mir.« Ich bin so froh, sie wiederzuhaben und gleichzeitig so unendlich traurig darüber, dass ich Mom verloren habe. Und natürlich auch Dad. Zumindest den Dad, den ich als Kind geliebt habe. Manchmal erscheint es mir so, als sei das Unglück erst gestern geschehen. Denn erst seit ich weiß, was damals passiert ist, kann ich auf einer noch viel tieferen Ebene trauern. Erst jetzt kann ich Mom wirklich loslassen. Man sagt, niemand würde einen je wieder so bedingungslos lieben wie eine Mutter. Die Mutterliebe zu verlieren ist eine der größten Tragödien, die einem Kind widerfahren kann. Und dieser Verlust wird mir in letzter Zeit immer deutlicher bewusst.

Für einen Augenblick zögere ich. Die ganzen letzten Wochen habe ich mich um diese Frage gedrückt, weil ich Angst vor der Antwort hatte, aber nun stelle ich sie doch. »Ist es meine Schuld, dass Mom tot ist?«

Meine Grandma, die gerade die leeren Gläser wieder einsammelt und auf das Tablett zurückstellt, sieht mich entsetzt an. »Deine Schuld?«

»Ich habe sie verraten.«

»Willa, du warst ein Kind, das unschuldig, wie es war, seinem Vater geglaubt hat.« Sie wischt sich ihre Hände an der Schürze ab. »Es war Nicholas Hampton, der sie getötet hat, nicht du.«

»Ich weiß. Aber wenn ich nicht …«

Sie kommt auf mich zu und umarmt mich, drückt mich ganz fest, als würde sie meine Erlebnisse des letzten Winters bewusst ignorieren. Auf gewisse Weise tut mir ihr unbefangener Umgang mit mir sogar gut. Als sie mich wieder loslässt, sagt sie: »*Wenn ich – hätte ich nur – aber vielleicht wäre es besser gewesen* – das sind Fragen, die zu nichts führen, denn du kannst das Geschehene nicht rückgängig machen. Die große Lebensuhr tickt nur in eine Richtung, Willa Rae. Wäre Ivy-Rose die Flucht geglückt, hätte sie der Zorn deines Vaters höchst wahrscheinlich auf andere Weise getroffen. Er hätte niemals akzeptiert, dass sie ihn verlässt, darum wollte sie es auch heimlich tun. Aber letztendlich war sie es, die diese Tabletten in deinem Hasen versteckt hat. Dein Vater, also Mr. Hampton, musste nur eins und eins zusammenzählen.«

Ein Teil von mir weiß, dass sie recht hat, doch der andere Teil kämpft Tag für Tag gegen die Schuldgefühle an. Mittlerweile weiß ich, dass das Medikament Tryfanol war, ein altes Medikament gegen Schmerzen, das in fast siebzig Prozent der Fälle schwere Depressionen ausgelöst hat und daher vor sechzehn Jahren vom Markt genommen wurde. Ich weiß auch, dass sich die Überwachung meines Vaters in Moms Leben eingeschlichen hat wie ein Virus. Es geschah nach und nach, sehr subtil. Meine Mom bekam es lange Zeit gar nicht mit. Irgendwann, nachdem sie sich mal wieder mit mir aus dem Haus geschlichen hatte, hier in Baton Rouge, hat Dad ihr die Pillen verordnen lassen. Sie verkümmerte vor den Augen des Personals, aber jeder dachte, sie litte an Depressionen. Was bei Künstlern wohl einfach dazugehörte, immerhin hat sie mit der gleichen Hingabe gemalt wie ich. Als sie Verdacht schöpfte, schickte sie Grandma eine Pille per Post und schrieb: *Wenn es keine Vitamintablette ist, antworte mir nicht, sondern tu so, als seist du überraschend in der Stadt. Komm mit einem leeren Trolley; ich gebe dir dann einige Sachen von uns mit.*

Vor drei Monaten habe ich Grandma gefragt, warum sie damals nicht um das Sorgerecht für mich gekämpft hat. »Du wusstest, dass er nicht mein Vater ist. Wieso hast du ihn nicht verklagt?« Gegen meinen Willen hatte ich vorwurfsvoll geklungen, doch sie hatte mich nur ernst und traurig angesehen.

»Dein Vater hat mich bedroht. Vor allem, als ich ihn mit meiner Theorie konfrontiert habe, dass ich das Unglück nicht für ein Unglück halte.«

»Womit du recht hattest«, sagte ich milder.

Sie nickte. »Aber das wusste ich damals noch nicht. Es kam mir nur seltsam vor. Wieso hatte er keinen Skipper dabei wie sonst? Warum waren die Rettungsringe nicht auf den Decks? Hatte er sich die Option des Brandes offengelassen für den Fall, dass er Ivy-Rose nicht umstimmen konnte, bei ihm zu bleiben?« Sie seufzte. »Ich wollte dir ja auch nichts einreden, daher habe ich immer gehofft, du würdest dich eines Tages erinnern. Die einzige Wahrheit, die ich für dich hatte, war die, dass Mr. Hampton nicht dein leiblicher Vater ist.«

»Es hätte so vieles geändert, wenn ich es gewusst hätte.«

»Du hingst an ihm, Willa.« *Wie ein Mensch nur an jemandem hängen kann.* »Du hast ihn geliebt und vergöttert. Du hättest nicht zu mir gewollt. Und nachdem ich ihn mit meinem Verdacht konfrontiert habe, fing es an. Auf einmal lauerten dunkle Gestalten vor meinem Haus, verfolgten mich, wenn ich zum Einkaufen ging. Er sagte mir, ich hätte keine Chance gegen ihn, und mir war damals schon bewusst, dass er sich mit Geld vor Gericht die Vaterschaft kaufen könnte. Wer war ich denn schon – gegen ihn?«

Ich sah sie betroffen an.

»Ich hätte nichts lieber getan, als dich zu mir zu holen. Aber ich hatte Angst, Willa Rae. Außerdem: Wäre mir etwas passiert, wer hätte dir eines Tages die Wahrheit erzählen sollen?«

Da hatte sie natürlich recht. Und ich weiß ja selbst, wie schwer es ist, sich gegen meinen Vater zur Wehr zu setzen.

Nachdenklich lasse ich meinen Blick über die Wiesen und Bäume schweifen, und er bleibt automatisch auf Moms Gedenkstätte hängen. Sammy und Grace pflücken gerade ein paar Gänseblümchen vor dem Eingang. Mir geht so vieles durch den Kopf. Über Mom, über mich, darüber, wie das Ereignis auf der Yacht mein Leben verändert hat. Wer ich bin und wieso ich Gefühle anderer heute nicht mehr so stark spüre wie früher. Erst dachte ich, meine Gefangenschaft bei Isaac hätte das bewirkt, aber dann ist mir klargeworden, dass das nicht stimmt. Es lag an meinen Schuldgefühlen Dad gegenüber. Jahrelang hatte er mir einsuggeriert, er hätte Mom für mich geopfert. Alle meine Antennen waren darauf ausgerichtet gewesen, die Wünsche anderer wahrzunehmen, natürlich hauptsächlich Dads. Meine eigenen Bedürfnisse habe ich dadurch mehr oder weniger verleugnet. Heute brauche ich das nicht mehr.

»Willa?« Grandma holt mich zurück. Sie sieht mich aus ihren rauchblauen Augen mitfühlend an. Eine graumelierte Locke ist aus ihrem Dutt gerutscht und kringelt sich um ihr Gesicht. »Was deine Frage von vorhin angeht: Was du ihr sagen sollst …« Für einen Moment sieht sie zu den Rosenbeeten, und ich frage mich, was sie dabei fühlt. Ob sie auch Mom, sich selbst und mich durch den Spiegel der Zeit hier herumtollen sieht. »Überlege dir einfach, was du dir an ihrer Stelle wünschen würdest.« Sie sieht mich wieder an.

Ich zwinkere mehrmals und umarme sie spontan. »Das mache ich.« Insgeheim habe ich meine Entscheidung längst getroffen, zumindest glaube ich das.

Als ich jetzt Richtung Hecke laufe, ist es beinahe so wie vor neun Jahren, nur die Sonne steht ein bisschen tiefer. Ich winke Sammy zu, umrunde einen Wacholder und entdecke Nathan. Er wartet hinter der Hecke, deren Zweige sich durch das ständige Hindurchklettern verräterisch verbogen haben. Als er mich sieht, huscht dieses Lächeln über seine Lippen. Seine langen dunklen Haare fallen auf seine Schultern, aber er trägt kein Stirnband und auch keine schwarzen Klamotten, sondern eine Bluejeans und einen meergrauen Hoodie. Die Farbe lässt seine Augen so tief leuchten wie ein Wintermeer in der Sonne, geheimnisvoll, dunkel und doch voller Glitzer.

Ganz zart fasst er meine Hand und zieht mich durch das Gestrüpp, sodass mich Blätter und Zweige streifen wie Hände. Zum wiederholten Male frage ich mich, ob diese Hecke auch schon Moms heimlicher Durchschlupf gewesen ist, damals, als sie sich mit mir ab und zu in die Bayous geschlichen hat. Irgendwie gefällt mir der Gedanke, trotzdem verdränge ich ihn jetzt, denn für diese Zeit des Tages gibt es nur noch Nathan und mich.

Hand in Hand laufen wir den Trampelpfad entlang, bis hin zu dem verwunschenen Scherbenpalast, der von Efeu, Spanischem Moos und Kudzu-Bohnen überflutet wird. Wir kichern leise, als wir uns durch Hunderte von Schlingpflanzen kämpfen, die maroden Stufen des ehemaligen Sklavenzugangs hochlaufen und schließlich in die kreisrunde Festhalle kommen. Ich kann jedes Mal wieder über diese vergangene, verzauberte und zerbrochene Schönheit staunen. Das Glas des Kuppeldachs ist immer noch nicht repariert worden, dichte Efeustränge ranken viele Meter zum Boden hinab, sodass es beinahe so aussieht, als wären es Säulen, die den Rest des Dachs tragen. Das Buntglas der Fenster verteilt sich wie der Inhalt eines zersprungenen Kaleidoskops am Rand des Saals.

Es ist ein guter Ort für mich. Ein sicherer Ort, der mir so vorkommt, als stünde ich inmitten meiner Seele. Kaputt, aber trotzdem verzaubert. Zerbrochen, aber nicht verloren. Hier kann ich die vielen Ungeheuerlichkeiten aussprechen, die ich woanders nicht einmal denken kann.

Nathan reicht mir die Hand zum Tanz, und wir bewegen uns langsam zu einer Melodie, die nur wir hören.

»Ich habe ein Mädchen entführt und es als Geisel gehalten«, flüstert er mir ins Ohr.

»Und ich habe meine Mom verraten«, flüstere ich zurück.

Er drückt meine Finger. »Ich habe ein wichtiges Versprechen gebrochen und meine Schwester enttäuscht.«

Das Laub raschelt über uns, und ich entdecke ein Eichhörnchen, das davonspringt. »Ich denke immer noch mit dem Wort Dad an den Mann, der meine Mom umgebracht hat«, sage ich jetzt leise. »Den Mann, der mir eine schwere Lebensmittelvergiftung als Allergie verkauft hat.« Den Arztbrief von damals habe ich halb aufgeweicht am Randstein der Hudson Street gefunden.

Nathan schweigt eine Weile, schließlich sagt er: »Ich habe meinen besten Freund einen Verräter genannt.« Wir sehen uns an, und die Erinnerung an Lost Memories ist plötzlich allgegenwärtig, als stünden wir im Mittelpunkt eines Karussells, das sich mit Bildern der Sümpfe um uns dreht. Die Pfahlhütte am Atchafalaya, die grünsilberne Luft, der dichte Nebel und die schwarzen Zypressen. Pan, mit hängenden Schultern und Tränen in den Augen.

»Ich habe immer noch Albträume vom letzten Winter. Und manchmal verwandelt sich Isaac dabei in Mr. Hampton«, wispere ich Nathan dann ins Ohr, so leise, dass er es sicher erraten muss.

Nathan schluckt geräuschvoll. »Ich konnte dem Mädchen, das ich liebe, nicht helfen, als es in Not war.«

Ich würde gerne sagen, dass er es nicht hätte verhindern können, es meine Schuld war und Isaac mich vermutlich früher oder später sowieso erwischt hätte, doch es gibt bei unserer Art Spiel eine Regel. Wir lassen alles, was der andere sagt, ohne Worte im Raum schweben. Und wir dürfen alles erzählen, was wir wollen. Dinge, die wir getan oder unterlassen haben. Dinge, die uns einfach passiert sind, ohne dass wir sie verhindern konnten. Dinge, die uns froh oder traurig machen. Dieser Ort verwahrt das alles für uns auf wie ein Schatzkästchen.

»Ich habe mir manchmal den Tod gewünscht«, rede ich weiter. »Und manchmal kam es mir so vor, als hätte Isaac an mir eine selbst auferlegte Aufgabe abgearbeitet. Als würde er es nur bedingt genießen, so als wäre es eine Pflichterfüllung, eine Sache, die er zu Ende bringen muss.«

Eine Weile sieht Nathan mich an, jeden Gedanken dazu hinter einem neutralen Blick verborgen. Das macht er sehr gut.

»Ich … ich habe vermutlich meinen Halbbruder getötet«, sagt er schließlich leise. »Und das wollte ich nicht.«

Jetzt drücke ich seine Finger. Ich weiß, wie schwer es für ihn ist, das mit Isaac auszusprechen. Er hat alle Menschen, die er liebt, verloren. Und den einzigen, der aus seiner Familie übrig war, hat er vielleicht getötet. Wir wissen es nicht genau, denn Kjertan – oder Rayk – hat zwar behauptet, sein Bruder hätte Isaac erschossen, weil dieser noch mal nach seiner Waffe greifen wollte, aber mittlerweile wissen wir, dass das nicht stimmt. Er hat es uns gestern gebeichtet. Die anderen haben das, was passierte, nicht gesehen, weil der Zwilling ihnen die Sicht verdeckte. Es ging auch zu schnell. Der Zwilling, der gestorben ist, hat aus Hass auf Isaac geschossen, als dieser bereits leblos durch Nathans Schläge am Boden lag. Niemand wird uns je sagen können, ob er nicht vorher schon tot war. Egal was Isaac getan hat, diese mögliche Schuld lastet so schwer wie tausend Kilo Blei auf Nathans Seele, doch er wird lernen, damit zu leben, das weiß ich.

Wir flüstern weiter.

Wir kommen oft hierher. Und es gibt so vieles, das wir uns sagen. Und jedes Mal wird es leichter, jedes Mal wird das Grauen hinter den Worten erträglicher. Ich bin mir sicher, es liegt auch an diesem magischen Ort. Manchmal kommt er mir so vor, als verwandelte er all die schrecklichen Erinnerungen in neue bunte Scherben, Scherben, auf denen wir am nächsten Tag tanzen und denen wir wieder neue hinzufügen.

Für einen Moment halte ich bei der Erinnerung an gestern Nachmittag inne. Ich bin beinahe am Ende angekommen, und während ich diese Zeilen auf Papier verewige, macht sich mein echter Dad auf den Weg hierher. Wir haben den ganzen Sommer über nach ihm gesucht und ihn schließlich in Sacramento ausfindig gemacht. Es war nicht so einfach, ihn anhand der wenigen Anhaltspunkte, die ich hatte, zu finden. Selbst Grandma wusste bis zuletzt nicht, wer mein Vater ist, da Mom stets dazu geschwiegen hat; und dann, eines Tages, konnte sie es Grandma nicht mehr erzählen.

Für die Suche nach meinem leiblichen Vater lieferte ich den Vornamen *Pierre* aus meiner wiedergefundenen Erinnerung. Grandma fiel ein, dass Mom mal von einem Hausboot gesprochen hatte. Also suchten wir die Bayous rings um Baton Rouge ab, fragten die Menschen an den Ufern nach einem Pierre und bekamen schließlich von seinem ehemaligen Liegeplatznachbarn eine Adresse. Der Rest war leicht.

Ich blicke kurz aus dem Fenster. Mir ist klar, dass meine Mom und mein leiblicher Dad nie Heilige waren. Er und sie waren bereits verheiratet, als sie ihre verhängnisvolle Affäre begannen. Meine Mom lernte Pierre in den Bayous kennen. Er verbrachte die Sommer im Süden, mal mit und mal ohne seine sechsköpfige Familie. Ich freue mich auf ihn. Seit wir ihn gefunden haben, weiß ich auch endlich, von wem ich mein gutes Zahlengedächtnis habe. Mein leiblicher Dad ist nämlich Mathematiker, ein wahres Genie. Und ich glaube ganz fest daran, dass er mich schon als Baby oder Kleinkind in seinen Armen gehalten hat, vielleicht dort in den Bayous auf der Veranda seines Hausboots. Nur von ihm können diese liebevollen Worte sein, die mir in Lost Memories aus dem Unterbewusstsein gestiegen sind. *Du bist mein Ein und Alles, mein Tag und meine Nacht.* Ganz sicher wollte Mom ihm seine Tochter zeigen.

Kurz schüttele ich meine Hand aus, um die Finger zu lockern. Das Schreiben war Grandmas Idee. Sie sagte, es würde mir helfen, meine Gedanken zu sortieren und das Geschehene zu begreifen. Ich müsse erst die Fäden aller Geschichten miteinander verweben, um das Ganze zu erfassen. So habe ich überlegt, wie alles begann. Also bei mir, denn ich hätte auch bei Mom anfangen können. Aber das hier ist meine Geschichte, daher habe ich mich zurückerinnert – und an Nathan gedacht. *Alle großen Dinge beginnen mit einem Kuss.* So habe ich vor Monaten, als wir hierherkamen, begonnen, doch jetzt bin ich beinahe am Ende angekommen. Zumindest am Ende dieser Geschichte.

Ich lächele und lege die Hand auf meinen runden Bauch, als Ivy heftig dagegentritt. Dieses kleine Geschöpf – sie bekommt all meine Liebe. Und sie wird immer das Bindeglied zwischen Nathans, Isaacs und meiner eigenen Familie, den Farmers, sein. Manchmal kommt es mir heute so vor, als wäre die Vergangenheit unserer Familien verstrickt wie ein Fischernetz aus Rache, Blut und Liebe. Wir können uns darin verfangen und immer wieder versuchen, uns freizustrampeln, doch die Wahrheit ist: Die Vergangenheit wird immer zu uns gehören. Wir entkommen ihr nie, und jeder, der etwas anderes behauptet, ist in meinen Augen ein Lügner. Und wenn dem so ist, sie also zu uns gehört, müssen wir uns in dieses Netz vielleicht einfach nur fallen lassen, sodass es uns tragen kann, ohne uns in die Tiefe zu ziehen. Wir müssen lernen zu verzeihen. Uns selbst und den anderen. In all den Wochen in Rosewood Manor habe ich das begriffen. Mein Hass auf Isaac verliert seine Schärfe, im gleichen Maß, wie ich wieder anfange zu leben und dieses kleine Wesen in mir heranwächst. Dieses kleine Wesen, das wohl in den letzten Wochen meines Martyriums gezeugt wurde. Dieses kleine Wesen, das in jedem Fall mit Nathan verwandt sein wird, so wie mit Isaac, mit Mr. Hampton, mit Grandma und meinem leiblichen Dad. Sowie mit meinen vier Halbgeschwistern.

Sie ist ein Wunder. Aber ich habe eine Zeit gebraucht, um das so zu sehen, doch das ist wieder eine andere Geschichte, die ich Ivy nur erzähle, wenn sie mich eines Tages fragt.

Lange habe ich überlegt, ob sie die Wahrheit erfahren soll, und letztendlich habe ich mich dafür entschieden, auch wenn ein isländisches Sprichwort sagt: *Eine Lüge, die ein Leben trägt, ist besser als eine Wahrheit, die ein Leben zerstört.* Das habe ich von Kjertan. Oder Rayk.

Ich sehe das anders. Ich will das Leben meiner Tochter nicht auf einer Lüge bauen. Die Lügen meines Vaters hätten mich fast zerbrochen. Das möchte ich nicht für Ivy. Aber natürlich werde ich damit warten, bis sie alt genug ist und es versteht. Grandma hat recht. Ich habe noch viel Zeit, und wir müssen erst andere Dinge hinter uns bringen.

Zum Beispiel den Prozess. Auch ich werde vor Gericht aussagen, und dieser Teil wird mir schwerfallen. Ich habe meinen Vater seit dem Tag im Penthouse nicht wiedergesehen, und ich habe Angst, ihm zu begegnen. Kein Mensch, weder die Staatsanwaltschaft noch sonst jemand, weiß, wie die Geschworenen entscheiden; ob mein Vater versucht, sie zu bestechen, oder das längst getan hat. Ich bin nicht mehr so naiv, ihn zu unterschätzen. Er war und ist ein mächtiger Mann. Und leider kann man ihm den Mord an meiner Mom heute nicht mehr nachweisen. Sein Wort steht gegen meins, und mein Wort steht gegen das Gutachten, dass der Brand ein Unglück war. Küchenbrände gelten als häufigste Ursache für Feuer auf Schiffen, also wird er sich aus dieser Schlinge geschickt herauswinden können. Noch dazu war ich damals ein Kind.

Die Anklage wird sich vor allem darauf konzentrieren, dass er sich als mein Vater ausgegeben hat, obwohl er die Wahrheit kannte. Im Grunde liegt eine Entführung vor, aber der Tatbestand erfüllt nicht alle Punkte. Meine Anwältin glaubt, dass er für dieses Vergehen lediglich eine Bewährungs- oder Geldstrafe bekommt, was natürlich auch daran liegt, dass er Mr. Nicholas Hampton ist und er mir keine körperlichen Schäden zugefügt hat. Noch dazu wird Dr. Moore für ihn aussagen, dass mich eine Trennung von meinem Ziehvater psychisch gebrochen hätte. Das sei auch angeblich Mr. Hamptons Grund gewesen, es allen zu verschweigen.

Ich habe mich schon damit abgefunden, dass er in diesem Punkt nicht bluten wird. Mir ist auch viel wichtiger, dass er wegen der Umweltverbrechen verklagt wird. Wegen der Toten auf seinem Konto.

Natürlich haben Ian, Nathan und ich in der Nacht in New York so viele Papiere wie möglich eingesammelt, aber ein großer Teil davon war nicht wieder auffindbar, wehte in U-Bahnschächte, kam unter die Räder der hunderttausend Autos oder landete vielleicht im Hudson River. Die Anklage wird sich also auf unser rares Beweismaterial stützen, da der Durchsuchungsbefehl so spät ausgestellt wurde, dass Mr. Hampton in Ruhe alle Beweise auf seinem PC vernichten konnte. Ein paar Daten konnten allerdings doch wiederhergestellt werden.

Im Grunde kann alles passieren. Vielleicht wird Mr. Hampton tatsächlich schuldig gesprochen und muss ins Gefängnis. Aber vermutlich, und das ist wahrscheinlicher, wird er sich mit seinen Milliarden bei den Geschworenen freikaufen – oder das Gericht sieht trotz Schuldspruch sein Vergehen als zu gering für eine Freiheitsstrafe an, da er die Richter bestechen wird.

Ich weiß noch nicht, wie ich dann reagiere. Aber ich weiß auch noch nicht, wie ich reagiere, wenn ich ihm im Prozess gegenüberstehe. Wird ein Teil von mir ihn immer noch mit dem Dad in Verbindung bringen, der er mal für mich gewesen ist, oder wird er nur noch Mr. Hampton sein? Was wird passieren, wenn er eines Tages von Ivy erfährt? Wird er versuchen, sie an sich zu reißen, oder uns in Ruhe lassen? Wird es mir gelingen, sie vor ihm zu schützen? Ich möchte sie niemals einsperren müssen, und auch ich will mich nie wieder eingesperrt fühlen.

Das alles sind Fragen, die mich nicht loslassen. Fragen, die mir Angst machen.

Doch es gibt auch jetzt schon Positives: Die Hampton Oil Company wurde stillgelegt. Die Presseartikel haben wohl zu viel Staub aufgewirbelt, sodass eine Gruppe aufstrebender Umweltaktivisten, unter der Führung eines gewissen McMillan, massiven Druck auf die zuständigen Behörden ausgeübt hat. Wie Isaac sagte: Ein einzelner engagierter Reporter kann manchmal alles ins Rollen bringen. Ein Sheriff hat vor fünf Wochen das Tor mit der obligatorischen Kette verschlossen, die Giftzentrale steht seitdem still.

Außerdem konnten wir den Bewohnern von Coldville helfen. Nathan hatte damit bereits angefangen, als ich mich im Sumpf erholt habe. Er hat ihnen Geld geschickt, für Medikamente und eine anständige Behandlung in einem Krankenhaus. Er hat dafür einfach einen Diamanten meines Rings bei einem Leihhaus versetzt. Mr. Callahan, der Pferde-Tierarzt, kannte einen Juwelier, der wiederum den Inhaber des Leihhauses in New Orleans. »Ich hätte dich gefragt, Will«, hat Nathan mir erklärt. »Aber ich wollte dich nicht damit belasten, und ich weiß, du wärst die Erste gewesen, die Ja gesagt hätte. Trotzdem werde ich dir diese Diamanten wiederholen, egal wie hart und lange ich dafür arbeiten muss.« Natürlich habe ich das abgelehnt.

Er hatte mir an dem Tag im Penthouse schon gesagt, der Ring hätte bereits viele gute Dienste geleistet; damals hatte ich einfach gedacht, er hätte Franklin die Diamanten überlassen. Dabei hatte Nathan an dem Tag Bargeld dabei, eine sehr große Summe. »Vorausschauenderweise«, hatte er gelacht und mich tatsächlich wieder an einen Piraten erinnert. Dafür hatte er aber auch zwei weitere Steine versetzen müssen. Von dem Geld hatte er auch Mrs. Durand und Mr. Callahan bezahlt, für alles, was sie für uns getan hatten.

Was die Diamanten angeht: Ich könnte sie mir selbst zurückholen, ich habe genug Geld.

Ich kann nur so viel dazu sagen: Das Herz aus Schwemmholz war nicht das einzige Herz, das ich an jenem Abend in New York aus dem Tresor geholt habe – nur hatte ich das blaue besser versteckt, nämlich unter meiner Matratze bei den ausgedruckten Kopien.

Ich habe es letzten Monat für eine gigantische Summe versteigert. Von einem Teil des Erlöses habe ich Land in British Columbia gekauft. Sauberes Land mit kristallgrünen Seen, kobaltblauen Flüssen und ebenholzschwarzen Tannen. Es ist für die Familien aus Coldville, und ich hoffe, sie fühlen sich dort irgendwann zuhause.

Manchmal, wenn ich nachts wach im Bett liege und Nathan ebenfalls schlaflos meine Hand hält, muss ich an seine Geschichte für Sparta denken. Vielleicht wird die Enkelin von Sparta eines Tages tatsächlich nach Coldville zurückkehren können.

Vielleicht erholen sich die Flüsse und Seen besser als eine Menschenseele.

An diesem Punkt höre ich auf zu schreiben und lege den Stift beiseite. Ordentlich lege ich das Notizbuch in meine Schublade, zu dem Ring von Mom, den ich darin aufbewahre, bis ich einmal heirate. Natürlich ist mir heute klar, warum Mom ihn an ihrem Todestag nicht getragen hat. Ganz sicher hat sie ihn in den ganzen letzten Wochen nicht mehr getragen, auch nicht an ihrer Kette. Behutsam streiche ich über den blutroten Rubin. Vielleicht werde ich mir auch einen ganz anderen Ring aussuchen und diesen hier Ivy schenken, zusammen mit diesem Buch, sodass sie meine und ihre Geschichte selbst lesen kann.

Ich schaue auf die Uhr. Es ist noch ein bisschen Zeit, bis das Flugzeug von Dad in New Orleans landet. Zeit, die ich mit Nathan im Scherbenpalast verbringen will. Für einen Moment betrachte ich mich im Spiegel. Ich gefalle mir wieder. Ich habe rosige Wangen, und ich habe etwas zugenommen, nicht nur durch die Schwangerschaft. Für Ivy zwinge ich mich wirklich, mehr zu essen. Vor allem ganz viel Rührei und jede Menge gesunder Nüsse.

Schnell zupfe ich ein bisschen an meinen Haaren herum, ehe ich schließlich durch die weiten Gänge und Hallen nach draußen in den Garten laufe.

Auf einer Leiter, die an einer mächtigen Eiche lehnt, entdecke ich den Zwilling, der heute Kjertan ist. Er macht sich mit einer Motorsäge an einem vom Sturm beschädigten Ast zu schaffen.

Ich zögere keine Sekunde und gehe auf ihn zu.

Sofort stellt er den Motor aus.

»Hey«, sage ich und lächele.

»Hey, Prinsessa. Was es gibt?« Er sieht aus wie immer, trägt Bandana, Jeans und ein schwarzes Shirt, auf das sich seine wilden Locken schlängeln.

Ich fasse an meinen Bauch und schaue ihn von unten an. »Ich möchte, dass du der Patenonkel von Ivy wirst«, sage ich nach einem kurzen Zögern.

Für einen Wimpernschlag schaut er mich verdattert an, doch dann fängt er an zu strahlen. »Du mich wollen für deine Baby? Das nicht deine verdammte Ernst!«

Er steigt von der Leiter und legt die Motorsäge ins Gras. »Darf ich anfassen?«

Ich zögere kurz, aber nicke dann. »Es gibt eine Bedingung«, sage ich, als er seine Riesenhand vorsichtig auf meinen Bauch legt.

Ivy zappelt herum, und er strahlt noch mehr. »Sie mich treten. Das starke Kind wird. Ich ihr beibringen, wie sie sich wehren.« Noch einmal nicke ich, und er zieht die Hand wieder zurück. »Was ist das für Bedingung?«

»Ich möchte, dass dein Name ordentlich in die Papiere eingetragen wird. Ich möchte Ivy nicht immer sagen müssen: Das ist heute Onkel Kjertan und morgen Onkel Rayk. Es würde sie verwirren.«

Sein Gesicht verdüstert sich. »Abgekartetes Spiel das sein. Sie mich nennen kann Johannsson wie Nathan und Ian.«

Ganz leicht berühre ich seine Hand. »Ich weiß, dass es wehtut. Aber dein Leben geht weiter, auch wenn das deines Bruders vorbei ist. Es ist nicht gut, Dinge auf diese Art festzuhalten.«

Gedankenverloren sieht er ins Leere, und seine Augen werden feucht.

»Eines Tages weißt du vielleicht selbst nicht mehr, wer du bist. Weißt du noch, als du über Nathan geschimpft hast? Als du gesagt hast, er wäre ein *Hase aus Angst*, weil er sich vor der Liebe fürchtet.«

Für Sekunden starrt er mich an. »Du raffiniert«, sagt er dann und hebt einen Finger. »Aber ich nix fallen darauf rein.«

Ich stelle mich auf die Zehenspitzen. »Du wirst ein prima Patenonkel, Rayk. Das weiß ich jetzt schon«, sage ich leise, bevor ich mich umdrehe und Richtung Hecke laufe.

»Woher du wissen?«, ruft er mir hinterher. »Was mich verraten?«

Ich spüre eine Welle von tiefer Trauer, die mich erfasst, weil meine Vermutung, die ich schon länger mit mir herumtrage, so plötzlich Gewissheit geworden ist. Trotzdem lächele ich, als ich mich zu ihm umwende, auch wenn der Kloß in meiner Kehle auf einmal riesig zu sein scheint.

Rayk kommt auf mich zu. »Woher?«, fragt er und schüttelt durcheinander den Kopf. »Oder du nur geraten?«

Bis heute haben wir das aus Respekt nie getan. Und auch Spekulationen oder verfängliche Aussagen wie eben haben wir vermieden. »Ich war mir ziemlich sicher«, sage ich leise. »Dein Bruder Kjertan … du wusstest es vielleicht nicht, aber er hat mich anders angesehen als du.« Und er hat, selbst tödlich verletzt, auf Isaac geschossen, als dieser leblos am Boden lag. Seine Liebe zu mir hat ihn vor Hass rasend gemacht.

Rayk schweigt einen Moment, und ich höre die Vögel über uns zwitschern. »Doch«, sagt er dann. »Ich wissen. Er dich geliebt wie verrückt.«

Jetzt laufen mir doch die Tränen über die Wangen. »Er war wunderbar. Ein guter Freund. So wie du.«

Rayk umschließt mich mit seinen Armen, klammert sich an mir fest und weint so heftig, dass ich glaube, er würde in seinen Tränen ertrinken. Immer wieder streichele ich ihm über den Rücken, flüstere ihm beruhigende Worte ins Ohr und vergesse vor lauter Tränen und Mitgefühl, dass ich mich vor den Berührungen anderer fürchte.

Zwei Dinge machen den Menschen unberechenbar. Das eine ist der Krieg und das andere ist die Liebe.

Das waren einst die Worte meiner Mom, und heute verstehe ich sie viel besser als früher. Dad, also Mr. Hampton, hat wohl seine eigene Art von Krieg geführt, vielleicht einen Krieg gegen das Leben und seine vielen Verluste. Und ganz sicher hat er das Wort Liebe irgendwann nicht mehr wirklich verstanden. Mir ist in den letzten Tagen allerdings noch etwas ganz anderes klar geworden. Dads größte Trophäe war immer ich, nicht Coralie Chevalier. Ich war etwas, das er widerrechtlich von Mom behalten hatte, etwas Verbotenes. Etwas, das er sich jeden Tag ansehen konnte wie eine Siegermedaille in einer Vitrine.

Während ich an Nathans Hand den Trampelpfad zum Scherbenpalast entlanglaufe, verscheuche ich jedoch all diese Gedanken aus meinem Kopf. Wie immer nehmen wir den Seiteneingang, steigen die Treppen hinauf und gelangen in den Festsaal.

Meine Haut kribbelt, irgendetwas ist heute anders. Ich schaue zur Decke hinauf, in der sich das Sonnenlicht auf dem zersprungenen Glas bricht und zitternde Muster auf den Boden malt. Kringel, Schnörkel, Figuren wie aus *Tausendundeine Nacht*. Fliegende Elefanten und Wunderlampen. Ringsum liegt das blaue, rote, grüne und gelbe Glas der alten Fenster und schimmert wie buntes Gold in der Herbstsonne.

Ich atme die laue Luft und schaue Nathan an. Er kommt auf mich zu und nimmt meine Hand zu unserem langsamen Tanz, bei dem wir immer all das sagen, was uns bedrückt.

Doch heute schweigen wir.

Alles ist plötzlich anders, aber das stimmt natürlich nicht. Ich habe die Veränderung schon in den letzten Wochen gespürt. In mir drin, auf dem Gras unter meinen Füßen, der Sonne auf meiner Haut. Sie war wie das Aufspringen einer Hülse, die einen winzigen Keimling freigibt. Sie war unsichtbar wie ein Geist, aber dennoch präsent. Und jetzt ist sie zusammen mit uns hierhergekommen, so wie Mom mir immer erschienen ist, wenn es Zeit war, Dinge zu erkennen. Und vielleicht ist es ja auch Mom, die mir jetzt sagen will, dass ich ein mutiges Mädchen sein soll, dass ich die Dinge nur selbst überwinden und verändern kann, und niemand sonst.

Ich atme tief durch und schlinge die Arme um Nathans Taille, drücke mein Gesicht an seine Brust und sauge seinen Geruch in mich hinein. Er riecht immer noch nach Salz, Wind und Meer. Nach Abenteuer und Freiheit. Ich könnte mich darin verlieren. Genau hier in dem rätselhaften Schattenlicht unseres magischen Verstecks.

»So still heute, Geistermädchen?«, flüstert Nathan irgendwann liebevoll und verwuschelt mein Haar. Ich weiß, wie sehr er sich nach mir sehnt, und doch konnte ich mich ihm bisher noch nicht öffnen. Unsere Liebe war zuvor zu wild und zu ungestüm gewesen. Das, was uns verbunden hat, trug immer einen Hauch von Gefahr und Abenteuer. Lange Zeit konnte ich genau das nicht zulassen. Und doch …

Ich schaue ihn an und lege den Kopf schräg. »Vielleicht habe ich heute nichts zu sagen, vielleicht will ich ja etwas anderes«, flüstere ich. Alle großen Dinge beginnen nun mal mit einem Kuss, oder?

Nathan lacht und sieht mich an, seine Augen werden dunkler. Ein Schauer rieselt über meine Haut, ein schöner, und dann ist sie wieder da, leicht wie ein glühender Funken, aber ich kann sie fühlen. Die Magie des letzten Louisiana-Sommers, die Ahnung von zärtlichen Berührungen auf nackter Haut, das Umschlungensein von zwei Körpern. Nathans und meinem.

»Ich liebe dich«, forme ich mit den Lippen, weil ich dieses Gefühl nicht mit Worten zerstören will.

»Und ich liebe dich«, flüstert Nathan tonlos und beugt sich zu mir herab. Ich spüre seinen kühlen Atem auf meiner Haut, und schließlich küsst er mich vorsichtig und so leicht, als wären meine Lippen aus diesem zerbrochenen, bunten Glas zusammengesetzt. Ich ziehe ihn noch näher zu mir und küsse ihn tiefer. In diesem Augenblick ist der Scherbenpalast wie ein prachtvolles Schloss, in dem getanzt und gefeiert wird, als gäbe es kein Morgen.

In der Ferne höre ich eine Schar Vögel aufflattern und davonfliegen, und es kommt mir vor, als wären es all meine schlimmen Erinnerungen, die in diesen Sekunden schweigen.

Als wir schließlich auseinanderweichen, schaue ich reflexhaft zum Eingang. Fast meine ich, dort etwas Weißes vorbeihuschen zu sehen, vielleicht ein Stück eines Kleides. Und ich fühle noch etwas, etwas Zärtliches, das mich ein letztes Mal umgibt, ein Lebewohl flüstert und dann verschwindet. Fast glaube ich wirklich, dass es Mom war, und meine Augen werden feucht.

»Hey!« Nathan hebt mein Kinn. »War das zu viel?«

Ich schüttele den Kopf. »Überhaupt nicht«, flüstere ich zurück. »Ich dachte nur, ich hätte eben Mom gesehen«, sage ich ehrlich. »Es kam mir vor, als würde sie sich verabschieden, weil ich sie jetzt nicht mehr brauche.«

Nathan streicht zart mit dem Finger über meine Wange und fängt eine Träne auf. »Dann war das deine Entscheidung. Du hast sie losgelassen, Geistermädchen.« Er küsst meine Stirn. »Von diesem Teil deiner Vergangenheit bist du jetzt frei.«

# Kapitel 19

*Nachtrag*

Ich wollte diese Geschichte eigentlich mit Nathans Worten abschließen, einfach, weil mir das besser gefallen hätte, aber diese eine Sache muss ich noch loswerden, bevor mein echter Vater hier eintrifft.

Gerade eben hat meine Anwältin angerufen und mir mitgeteilt, dass wir eine reelle Chance haben, gegen Mr. Hampton zu gewinnen. Bill Luther wurde verhaftet, und er hat ihr erzählt, wie die Arrow-Corp an die Information gekommen ist, dass ich auf einem Kutter im Atlantik festgehalten wurde. Dad, also Mr. Hampton, hatte mir damals im Penthouse gesagt, es tue nichts zur Sache. Der Mann, den sie dafür gefoltert haben, sieht das ganz anders. Er hat unerwartet überlebt. Er hat Bill Luther auf einem Foto erkannt, das in Zusammenhang mit meinem Vater veröffentlicht wurde. Daraufhin hat er ihn angezeigt, und Bill Luther will nun einen Deal mit dem Gericht aushandeln. Er will Straffreiheit, wenn er dafür gegen Mr. Hampton aussagt, der die Folter befohlen hat. Natürlich wollen wir alles, was mit der Entführung zu tun hat, nicht vor Gericht auspacken, aber Bill Luther hat zum Glück noch ganz andere Dinge zu erzählen. Dinge, die Mr. Hampton tatsächlich ins Gefängnis bringen könnten. Ich hoffe sehr, sie gewähren Mr. Luther Personenschutz bis zum Prozess.

Allerdings ist das nicht die einzige gute Nachricht des Tages. Auch die Aussage von Mr. Hamptons ehemaligem Firmenanwalt, Mr. Strickland, wird uns helfen. Seine Tochter, meine Freundin Penelope, hat mich ebenfalls vorhin angerufen. Sie wird mich bald besuchen und mir alles haarklein berichten. Mr. Hampton wollte unter anderem wohl Mr. Strickland zum Sündenbock der Geschehnisse in Coldville machen, doch dieser wehrt sich jetzt dagegen. Somit haben wir noch bessere Karten.

Mit diesem guten Gefühl lege ich nun meinen Stift zur Seite und hoffe, meine Tochter Ivy wird diese Geschichte eines Tages in den Händen halten und verstehen, warum ich ihr die Wahrheit über ihren Vater und Großvater erzählen musste. Es ist keine schöne Geschichte, aber eine wahre. Und letztendlich erkämpft sich die Wahrheit immer einen Weg aus dem Sumpf. So wie Dads zärtliche Worte, die ich heute Nacht Nathan zuflüstern werde. Denn eins ist sicher. Er ist wirklich mein Ein und Alles. Mein Tag und meine Nacht. Mein Himmelsstern und meine Erde. Mein Gestern und Morgen. Mein Jetzt. Und meine Ewigkeit.

Zart streiche ich über das raue Band an meinem Handgelenk, das Nathan mir in der bewussten Nacht in New York zum zweiten Mal wiedergegeben hat, im Grunde zum dritten.

»Das reicht dann aber auch mal irgendwann«, hat er mich liebevoll getadelt und mich so von meinen Tränen abgelenkt.

Ich stehe auf und lasse das Notizbuch und alles andere hinter mir. Ich muss Grandma helfen, alles für das Barbecue vorzubereiten. Denn bevor ich mit Nathan allein bin, werde ich mit all meinen Freunden und mit meiner Familie feiern. Wir werden lachen, singen und tanzen; wir werden auf das Leben anstoßen.

Nur die Toten – die lassen wir ruhen.

ENDE

## ZUM NACHSCHLAGEN

DIE BESATZUNG DER AGAMEMNON

Apollon – Alvin White

Delphi – Raphael Gauthier

Hobbits – Ben Baker & Jerry Millman

Ikarus – Ian Lee

Ilias – Rayk Johannsson

Kastor – Jack Wilson

Mykonos – Owen Williams

Pan – Kjertan Johannsson

Sparta – Stanton Foster

Taurus – Thomas Tremblay

Troja – Noah Van Veenstra

# DANKSAGUNG

Seltsamerweise bin ich im wahren Leben kein Freund großer Worte, daher fasse ich mich auch in dieser Danksagung wieder kurz.

**Mein Dank gilt:**

**Ann Christine Larsen.**

Du bist immer die Erste, die mein Manuskript liest, daher bekommst du immer die schlechteste Version vorgesetzt. Sorry, an dieser Stelle … Danke, dass du mir trotzdem immer sagst, was gut ist, um mich zu motivieren. (Und natürlich auch danke, dass du mir sagst, was schlecht ist.)

**Anna Milo.**

Du warst die Zweite, die Willas Story gelesen und mit mir daran gearbeitet hat. Danke für deine Ehrlichkeit, deine Kapitel- und Plotredaktion, deine vielen englischen Begriffe (pacing, willing suspension of disbelief etc.) und deinen Einsatz! Was wäre ich ohne dich!

**Anne Paulsen.**

Du bekommst immer schon eine mehrfach überarbeitete Fassung, von der ich denke, sie wäre gut. Trotzdem findest du noch so viel! Ich liebe unsere Zusammenarbeit und unseren Austausch, deine lustigen Kommentare, aber auch die kritischen – okay, Letztere weniger, aber die müssen ja auch sein. Ich hoffe, du bleibst mir lange als Lektorin erhalten.

**Jürgen Müller.**

Vielen Dank für Ihr scharfes Auge und die zügige Bearbeitung. Ich bin jedes Mal erstaunt, was Sie noch alles finden.

**Dir, liebe Leserin oder lieber Leser.**

Danke, dass du »Willa und ihre wilden Kerle« (Ann Christine Larsen) auf ihrer Reise begleitet hast. Ich hoffe, dir hat diese Geschichte, die nicht ganz so typisch Mila Olsen ist, dennoch gefallen. Wenn ja, würde ich mich bei beiden Büchern wie immer über eine Rezension bei Amazon freuen.

# NACHWORT

An dieser Stelle möchte ich ein paar Worte über das Buch loswerden (das mich so viel Nerven gekostet hat wie kein anderes). Falls du mehr an Infos zur Ölsandindustrie interessiert bist, kannst du den Absatz gerne überspringen.

## Zur Geschichte

Die Geschichte rund um Willa und Nathan entstand 2017, allerdings nur in meinem Kopf, und zwar beim Hausbootfahren in Frankreich. Ein reiches Mädchen wird von einer Horde Männer entführt, die mehr fordern als Geld. Der Hintergrund der Entführung, die katastrophale Umweltbelastung in einer Region Kanadas, war mir auch schnell klar (ich hatte zufällig einen Bericht darüber gesehen). In meiner ersten Version, die ich nie auf Papier gebracht habe, sollte Willa, die damals Lily-Rose hieß, die Namen der Toten auf den Rücken tätowiert bekommen. In dieser Version wäre Nathan an den Folgen der Umweltbelastung auf dem Meer gestorben. Nachdem aber »Whisper I Love You« schon so ein tragisches Ende bekommen hatte, wollte ich mein nächstes Buch mit einem Happy End abschließen, also hat sich auch die komplette Story gedreht.

In der zweiten Version war die Agamemnon noch ein großer Frachter auf dem Nordatlantik. Ich habe gefühlt tausend Videos über Frachtschiffreisen geschaut. Es sollte eine lockere leichte Geschichte werden, in der es nur Troja als Bösewicht gab. Der ältere Bruder von Nathan hieß Elias und war einer von den Guten, die bereits gestorben waren. Nach dreihundert Seiten (und circa vier überarbeiteten Anfängen) habe ich das Manuskript abgebrochen. Der Frachter war mir zu groß, die Geschichte nicht düster genug – dennoch keine schlechte Geschichte, aber eben nicht die, die ich erzählen wollte. In dieser Version gab es auch weder den Scherbenpalast noch Rosewood Manor. So ist also die dritte Version, diese hier, entstanden.

Coldville als Dorf existiert natürlich nicht. Es steht aber stellvertretend für Orte wie Fort Chipewyan. Dieser Ort liegt in Alberta, circa dreihundert Kilometer von Fort McMurray entfernt, wo die Ölsandindustrie floriert. In Fort Chipewyan stieg die Krebsrate in den letzten zehn bis zwanzig Jahren stark an, und es gab auch Fälle von einer mysteriösen Immunschwäche. Ein Arzt, der den Zusammenhang untersuchen sollte und daraufhin eine wissenschaftliche Studie an den Patienten vorschlug, wurde von dort abkommandiert. Die kanadische Regierung versuchte, ihm seine Zulassung zu entziehen (Link unten). Ich möchte an dieser Stelle nicht näher darauf eingehen, die Videos und Zitate sprechen für sich.

**Auszüge aus »WWF Profit um jeden Preis«**

»In Fort Chipewyan, wo ich lebe, haben Krebserkrankungen enorm zugenommen. Wir sind überzeugt davon, dass dies mit der Ölsandgewinnung vor unserer Haustür zu tun hat. Es verkürzt unser Leben. Das Blut der Menschen von Fort Chipewyan klebt an den Händen der Ölfirmen.« *George Poitras, ehemaliger Chief der Mikisew Cree First Nation*

»Es fällt schwer, sich diese Fische anzusehen. Der hier hat einen Golfball-großen Tumor auf der Bauchseite. Einem anderen fehlt ein Teil seiner Wirbelsäule.« *Bob Weber, Journalist*

»Die Provinzregierung von Alberta beharrte bis 2010 auf der Position, dass der Ölsandabbau den Athabasca Fluss nicht verschmutze und die organischen Schadstoffe auf die natürlichen Erosionsprozesse im Fluss zurückzuführen seien. Die von der Ölindustrie in Athabasca finanzierte Umweltaufsichtsbehörde RAMP (Regional Aquatics Monitoring Program) stellte Jahr für Jahr keine Veränderungen in der Wasserqualität fest – unabhängige Studien der Universität Alberta bewiesen 2010 das Gegenteil.«

**Links**

https://mobil.wwf.de/fileadmin/fm-wwf/Publikationen-PDF/WWF-Hintergrundinformation-Profit-um-jeden-Preis-OElfoerderung-in-Naturregionen.pdf

https://www.youtube.com/watch?v=HIZ5-Muc_1c

https://www.ardmediathek.de/daserste/player/
Y3JpZDovL2Rhc2Vyc3RlL1dlbHRzcGllZ2VsLzEzMTAzNjQwMDk/
kanada-oelsand-im-indianerland

https://www.youtube.com/watch?v=I3kzlaxHtQM

Es gibt aber noch viele weitere Berichte.

## ÜBER MILA OLSEN

Geboren in den 70er-Jahren ist Mila Olsen ein Kind der Krisen, Veränderungen und Umbrüche. Holzclogs, Punk und Anti-Atomkraft-Bewegung gehörten dazu wie Disco-Welle, New Age und »Wir Kinder vom Bahnhof Zoo«. Mit 12 Jahren wollte sie Schriftstellerin werden, doch realisiert hat sich dieser Traum erst sehr viel später.

Heute schreibt sie Geschichten über die Liebe und das Leben. Aufgrund ihrer Ausbildung und ihrem Interesse an psychologischen Phänomenen drehen sich ihre Romane oft um Grenzerfahrungen.

Keine Neuerscheinung mehr verpassen?

Dann abonniere unter www.milaolsen.com den Newsletter der Autorin.

Printed in Poland
by Amazon Fulfillment
Poland Sp. z o.o., Wrocław
15 September 2021

449d76ee-c3d5-4277-868c-b03ea0ce5877R01